上海文化发展基金会资助项目（2018年度第二期）

厂卫

阎伟俊 ◎ 著

当代世界出版社
THE CONTEMPORARY WORLD PRESS

图书在版编目（CIP）数据

厂卫 / 阎伟俊著. —北京：当代世界出版社，2019.6
 ISBN 978-7-5090-1480-6

Ⅰ.①厂… Ⅱ.①阎… Ⅲ.①长篇小说—中国—当代 Ⅳ.①I247.5

中国版本图书馆CIP数据核字（2019）第025706号

书　　名：厂卫
出版发行：当代世界出版社
地　　址：北京市复兴路4号（100860）
网　　址：http：//www.worldpress.org.cn
编务电话：（010）83908456
发行电话：（010）83908409
　　　　　（010）83908455
　　　　　（010）83908377
　　　　　（010）83908423（邮购）
　　　　　（010）83908410（传真）
经　　销：全国新华书店
印　　刷：河北盛世彩捷印刷有限公司
开　　本：710毫米×1000毫米　1/16
印　　张：17
字　　数：280千字
版　　次：2019年6月第1版
印　　次：2019年6月第1次
书　　号：ISBN 978-7-5090-1480-6
定　　价：49.00元

如发现印装质量问题，请与承印厂联系调换。
版权所有，翻印必究；未经许可，不得转载！

目录

开　篇	/ 001
第一章	/ 009
第二章	/ 023
第三章	/ 032
第四章	/ 042
第五章	/ 049
第六章	/ 057
第七章	/ 066
第八章	/ 072
第九章	/ 082
第十章	/ 091
第十一章	/ 100
第十二章	/ 108
第十三章	/ 117

第十四章	/ 124
第十五章	/ 131
第十六章	/ 139
第十七章	/ 146
第十八章	/ 154
第十九章	/ 161
第二十章	/ 169
第二十一章	/ 176
第二十二章	/ 184
第二十三章	/ 191
第二十四章	/ 198
第二十五章	/ 206
第二十六章	/ 213
第二十七章	/ 221
第二十八章	/ 228
第二十九章	/ 235
第三十章	/ 242
第三十一章	/ 250
第三十二章	/ 257

开篇

  一滴冰冷的水珠落在锦衣卫总旗龙炎的脸颊上。迷离中,他皱着眉头慢慢睁开双眼,只觉一阵头晕目眩、神魂颠倒,眼前飞星乱闪。

  "这里是哪儿?我怎么睡着了?"龙炎努力地回忆着,可脑海中却一片空白,就像是有人用刀将他的这段记忆给生生地剜去了。

  龙炎勉强撑起身体,人软绵绵的,没什么气力。头很疼,感觉就像有人拿针在不断地扎着。耳边也不停地传来单调的嘶鸣声。龙炎闭上双眼,抬起手用力揉压着额头两侧的太阳穴,想让自己好受些。

  总算不长时间,恼人的头痛和耳鸣好像减轻了不少。龙炎的神智开始清醒,这才发现自己原来坐在一张黄花梨木的拔步床上,但床上既没有垫絮也没有被褥。他抬头,目光顺着雕刻着螭纹的床柱缓缓移动,却发现自己竟连扭动脖子这么简单的动作都会觉得异常地僵硬和酸痛。

  周遭的光线十分昏暗,龙炎眸子里看到的情景亦实亦虚。他只知道,自己正身处于一间不大的屋子内。十步开外,有一对圈椅和茶桌依墙而置。茶桌中间,好像还摆放着什么东西。龙炎起身下床,蹒跚着走到茶桌前想要看清桌上的物件。映入眼中的是一件铜制的兽行熏炉,盖为兽头,此刻正昂着头,张口露齿地看着他。龙炎附身凑近熏炉,才看清楚这是个甪端熏炉。甪端与麒麟一样同为神兽,而且长得也极为相似。但不同于麒麟的是,甪端的头上只生了一只角。出乎龙炎意料的是,甪端的露齿大口忽然向他吐出一口白色浓烟。不但迷住了龙炎的眼,而且还有股浓烈刺鼻的异香直冲他的鼻腔。龙炎只感觉心口一阵剧烈的震荡,身体不受控地痉挛,眼中的景象也开始天旋地转。他忙撑住茶桌想要稳住身体，可还是不由自主地跌坐在圈椅上。他只有紧紧地抓住圈椅的扶手，死劲地挣扎、大口地喘息。

"咳咳咳！"龙炎被烟呛得涕泪齐流。眼角的余光看见那甪端仍在口吐着白烟，他忙用手掌猛地按住甪端头盖。好不容易，晕眩和咳嗽才逐渐过去。龙炎警惕地慢慢收回自己的手，眼前的甪端已经不再吐烟，平静如初。龙炎不禁一阵寒噤，额头开始冒出冷汗。

正在这时，门外有道黑影一闪而过，龙炎忙大呼："谁？"

屋内飘荡着他的声音，却无人回应，不久就连他的回音也消失了。四周重又陷入一片死寂中，安静得有些可怕。

龙炎忽然意识到要去追上那个黑影，搞清楚自己到底身在何处。他急忙起身，如同摔出去的一般离开了坐着的圈椅，冲向屋门……

眼前白茫茫的一片，推门而出的龙炎瞬间又跌入了浓密大雾中。他什么都看不清，身边没有一丝风，也没有任何的鸟叫虫鸣。耳边唯一传来的声响，只是他自己的喘息声。

见鬼，难不成自己是到了阴曹地府吗？龙炎暗暗将手伸向腰间，紧紧握住了佩刀的刀柄，小心地缓步前行。向前走了二十多步，雾色缭绕中隐约出现一个模糊的人影。这个人难道就是刚才的黑影？

龙炎按捺不住心中激动，快步走上前，"这位兄台，请留步！"

那个人影就像是听到龙炎的话，停在那里一动不动。等龙炎离得足够近的时候，才看清这个人衣衫褴褛，而且脸朝外，背对着他。

"兄台。"龙炎又叫了一声，可陌生人依旧毫无反应。

龙炎试探着拍了一下他的肩膀，终于这个陌生人动了。他缓缓转过身体，出现在龙炎眼前的是一张残缺、扭曲的脸。脸上的皮肤皱巴巴地折在一起，像极了一块破布。而这张脸的主人，此刻正用一双失神的眼睛呆滞地看着龙炎。突然，这张如厉鬼般可怖的脸咧开嘴对他笑了。龙炎被吓得连连后退，陌生人伸出了一只枯瘦的手臂，颤颤巍巍地朝他走去，感觉就像是在向他索要些什么东西似的。同时越来越多的人影，从周围的迷雾中出现。他们全都狰狞着脸，向龙炎伸出一只或一双手臂缓步靠近，不经意间就形成一个圆将龙炎包围在了中间。

开篇

龙炎大骇，退无可退之下被逼得摔倒在地。他慌乱地将手伸向腰畔想拔出佩刀，却发现原本一直挂在腰畔的佩刀不见了。恐慌下，龙炎的身体不自觉地颤抖起来。这时，从他头顶上方出现一张幼童的脸。同样是一张破碎的面容，在瘦弱身躯的衬托下，头颅显得巨大无比。这张脸就这么定定地看着他，眼里满是空洞、绝望，龙炎被他看得头皮发麻。忽然，他开口说话了，"叔叔，救救我，我好饿！"紧接着，周围的人影一拥而上，眨眼间就将龙炎淹没了。

龙炎蓦地坐起身。他醒了，一身冷汗涔涔。

天刚蒙蒙亮，一缕晨曦正顺着窗沿缓缓地向屋内攀爬。龙炎用手抹了抹额间的汗，看了眼身旁仍在睡梦中的妻子，心中不经暗叹：还是那个梦，可为何耳边仍能隐隐听见那个孩子的求救声。龙炎不由苦笑了一声。

离开那个地方已经很多年了，可往事仍旧如冤魂般不肯散去。

一切要追溯到万历十年，也就是公元1582年。

那一年广西庆元府的永顺司发生了一件大事，正当壮年的永顺土司在家中暴毙。按理说土司之位乃是世袭，老土司既然不在了，就该由他的儿子来继位。可没想到老土司的兄弟不干了，竟搬出兄终弟及的一套说辞。结果叔侄二人为了争权而互相厮杀，永顺境内一片混乱。不得已，朝廷派出了锦衣卫北镇抚司前去调查。这才知道竟是兄弟阋墙，弟弟毒杀了自己亲哥哥的一桩人伦惨剧。

真相查明后，总旗龙炎、校尉韩潇在锦衣卫百户骆思恭的带领下，收押了人犯，平定了动乱。

执行完任务的锦衣卫在府衙外休整，等待着之后的命令。永顺气候湿热，又正逢立夏，蚊虫乱舞。锦衣卫所穿着的飞鱼服虽然华美却不吸汗，搞得人人都烦躁得很。校尉韩潇不知道从哪里搞来了一把折扇，在那儿用力地挥舞，驱赶着身边的蝇虫。"这破地方不但天热、虫子还多。昨儿夜里起来撒泡尿，我都被咬了好几个包，到现在都痒。真他妈一天都不想再待下去了。"韩潇此人有一特点，他的指掌比常人要来得纤细。时常被龙炎拿来取笑，大老爷们怎么就生了一双姑娘家的手。

龙炎正斜靠在一旁的树荫下，显得老神在在，"确实挺热的，幸亏还时不时地下场雨。不过总算是结束了，就等骆大人下令集结回京。"

"啪"的一声，韩潇随手打死了一只正叮在自己脖颈处吸血的花蚊子。"你就别提这雨了,越下越热!哼,受了这么些天的活罪。回去后,老子定要到教坊司好好耍几天。听说那儿最近来了一批新货,鲜嫩得很。"

"新人不及旧人悲,旧人不及新人美。你啊,还是收收性子,攒些钱将来安安生生地成个家。"龙炎翻了个身,试图让自己躺得更舒服些。

韩潇并未理睬龙炎的话,他岔开了话题,"总旗,你听说了没有?张居正一死,他的家人立马遭殃了!"

龙炎忙转过头瞪了韩潇一眼,又看了下四周低声道:"可别瞎说!张大人乃是内阁首辅,虽说人已经亡故了,可门生故吏不少,万一被有心人听到……"

韩潇惊讶地看着龙炎,"你还不知道这事?那老头差点儿被皇上下令开棺鞭尸!他大儿子张敬修听说现在就在咱诏狱里关着呢!"

"不能吧!张大人好歹也是帝师,这么多年辅政鞠躬尽瘁不说,没有功劳也有苦劳啊!怎么……"

窃窃私语间,锦衣卫百户骆思恭走了过来。众人忙整理好衣冠,站立迎接。

骆思恭如往常般板着脸,看不出有什么表情变化。他扫了众人一眼,高声宣布道:"刚接到朝廷调令,需即刻赶往湖广行省的荆州府江陵县。通知下去,整理好行囊,马上出发。"

刚刚还被晒得骂娘的锦衣卫们立即行动了起来。韩潇则暗暗地向龙炎使了个得意的眼神,意思是,"你看,我就说吧"。

湖广荆州府江陵县,正是已故内阁首辅张居正的祖籍,自然张大人的老宅也在此处,此行的目的骆思恭虽未明说,但也已是不言而喻了。

无非是抄家、拿人!

龙炎强压下一肚子疑惑和隐隐的不安,随队赶往江陵。

众人一路快马加鞭、日夜兼程。当他们赶到江陵县时,张家老宅已是热闹非凡。黑压压地站满了人,荆州府和江陵县的官员衙役们在门外已经集结一堂。

看到风尘仆仆抵达的锦衣卫,荆州知府领着江陵县丞赶紧迎了上来,对着骆思恭拱手道:"大人一路劳顿,下官本应为诸位接风洗尘。但这事有缓急,朝廷传来了旨意,即刻起将张宅封锁,严禁任何人等出入,只等钦差从京师赶到后开始查抄家产。下官已命人控制住张宅的所有人,既然大人到了,那接下来这重任就拜托诸

开篇

位了！"

骆思恭同荆州知府及江陵县丞寒暄了两句，便接过命令执行起来。将张宅所有院门封锁，同时安排锦衣卫轮班把守。

在等待朝廷钦差抵达的日子里，与张居正一案有关的消息也陆续传来。

据说张居正长子张敬修在诏狱内全都招了，其父并没有表面看上去那么清正廉洁。而且锦衣卫在查抄张居正京师宅邸时发现仅黄金就有近万两之多，其贪赃枉法所得甚至远超一代奸相严嵩！众人听闻哗然。可没过几日，又传来张敬修投井畏罪自杀的消息。

张宅的大门已用铁链牢牢锁住，人自然是进不去也出不来的。

开始的几天，张宅内还时不时地传来撞击声、嘶吼声，夹杂着几声哀号和婴儿的啼哭，听着让人不忍。可过了几日，渐渐地都消停了，仿佛里面的人已经认命般不再挣扎。

这天夜里，龙炎和韩潇守在张宅门外。龙炎用手肘轻轻顶了下韩潇，"你说这张大人生前位高权重，而且官声也还不错。怎么人才死，就落得这般田地？"

韩潇斜着头，靠近龙炎的耳边低声说道："我听说，这张老头和李太后有那么一腿。可不小心给咱万岁爷发现了这些龌龊事。万岁爷不是孝顺吗，碍着李太后的面子也不好动手，所以一直忍着，一直等到张老头死了。这才……"说着还做了一个赶尽杀绝的手势。

龙炎一把推开韩潇，"滚你的吧，这狗嘴里没一句靠谱的！"

韩潇被推开后也不生气，只是在一旁呵呵直笑。

龙炎回头看了眼张宅，"你说这么大的宅子，看这上上下下的，怎么也得有一百多号人吧。这么一关也不知道里面有没有吃的。"

韩潇耸耸肩，"我觉着悬。你想啊，这可是抄家。没冲进去直接砍人就不错了，哪儿还能给你备吃的啊！"

龙炎皱着眉头，"这么些天，那还不得饿死！"

"嗯，我估摸会。"

龙炎沉不住气了，"不行，我得找骆大人说一下。怎么也要往里面送点吃的，这么多条人命呢！"

韩潇赶紧拉住他,"你啊还是拉倒吧,咱们那位骆大人一定会和你说,谨遵朝廷旨意行事。我们的职责是:了却君王天下事,赢得生前身后名!哎,总旗你还真去啊!别走啊!"

龙炎未曾理会韩潇的劝说,他还是固执地去找了骆思恭禀报此事。可果然如韩潇所料的那样,骆思恭拨弄着烛台,也不看龙炎,反问道:"朝廷的旨意是什么?"

龙炎深吸一口气,回答道:"不得进去一人,不得出来一人,一切只等朝中钦差大臣抵达后再议。可是……"

骆思恭看着一脸担忧的龙炎,缓缓说道:"你清楚就好,遵从朝廷的旨意做好自己分内的事。至于这宅子里有没有吃的,那是当地府衙与县丞的事,与你我无关,明白吗!没其他事就好好回去守岗,擅离职守来给不相干的人求情,像什么样子!"

军令如山,龙炎没有办法,只好离开。他唯一能做的也只有乘着夜色偷偷地往院子内扔些食物,来稍稍弥补些心中的不安。

可张家却越来越安静了。

半个月后,朝廷的钦差大臣、刑部右侍郎邱橼终于抵达了江陵县。

身为钦差大臣,邱侍郎自然知道轻重。他谢绝了当地府衙的宴请,直接赶到了张宅。

而骆思恭早已率领麾下锦衣卫在张宅外列队相迎。

等大队站停,落了轿,邱侍郎从轿中走出来,站在张宅门口的骆思恭高声喝道:"锦衣卫百户骆思恭恭迎钦差大人!"

邱侍郎整理了一下官服,面带笑容说:"百户大人辛苦了。"

骆思恭忙弯腰拱手道:"钦差大人一路舟车劳顿才是辛苦。"

"为皇上办事,哪里顾得上什么辛苦?"

"大人说得是。大人,不知是现在就进张宅里看看,还是……"

"现在就进去。"邱侍郎收起了脸上的笑容。

"是,请大人稍候片刻。"骆思恭转头对着身后的锦衣卫说了声,"开门。"

"是。"龙炎、韩潇及一众锦衣卫开始忙碌起来。

可当众人打开张宅门上的锁链,推开大门后却发现,院内静悄悄的,死气沉沉,安静得可怕。

开篇

邱侍郎转头对着陪同而来的江陵县县丞问道:"张宅里面一共有多少人?"

江陵县丞忙凑近道:"禀大人,张家上下连带厨子、杂役总计一百〇四口。小人接到朝廷的命令后立即就封了宅子,一个都没有放跑。之后,移交给了锦衣卫的诸位大人。"

邱侍郎还未问话,骆思恭就抢先一步说道:"大人,下官未曾放出一人,所有人犯都在里面。"

邱侍郎点点头,"嗯,那就好。可怎么会一点动静都没有?"

见上峰满意,江陵县丞也是心情大好,在一旁打趣道:"小人觉得,可能是饿得都走不动道了吧。"

邱侍郎整理了下袖口,"噢,也好。倒是省了畏罪潜逃的风险"。

江陵县丞的嘴角都快咧到耳根了,"是,大人英明"!

可等他们进到里面,看到的却是满地形容可怖的饿殍。有的都已经腐烂发臭,上面爬满了白色的蛆虫。

邱侍郎忙用手捂着口鼻,紧皱眉头厌恶地问道:"怎么回事?"

骆思恭看了眼地上的尸体,转身说道:"回禀钦差大人,下官抵达江陵县时,张宅就已经被江陵县的衙役们查封了。下官收到的命令是,严禁任何人等出入,一切等钦差大人从京师抵达后再做安排。所以,下官未曾踏入张宅半步。至于宅子内的情况为何会如此,只怕要问问江陵县的县丞了。"

邱侍郎扭头看着江陵县丞,"那你倒是说说,怎会如此?!"

江陵县丞见到府内惨状本已腿软,再被邱侍郎这一喝吓得慌忙跪下,说道:"大人!小人不知啊!小人……小人只是按命令封了张宅而已。可为何会如此,小人是真的不知道!"

邱侍郎抬手指着满院饿殍,"那在封宅之前,你就没看看这宅子里还有没有吃的?"

江陵县丞跪在地上不敢抬头,"小人……小人未曾留意"。

邱侍郎气极,忍不住踹了县丞一脚,"你!你这蠢材!你等着,要是主犯被饿死了,本官唯你是问!"

江陵县丞被踢得仰面倒在地上瑟瑟发抖。骆思恭善解人意地带着邱侍郎逃离了张宅,而余下的锦衣卫则留在府中继续清点人数。原本清净雅致的张家老宅,成了

厂卫

一栋森森"鬼宅",再无往日的大家气派。

最后经过确认,张家满门一百〇四口,被活活饿死了三十八口。其中包括张居正年已八十有余的老母和两名尚在襁褓中的婴儿。

只因他们是张居正的亲友,就该落得如此下场。

而这一切仅仅只是开始,还有越来越多的人将会受到波及。

人群中,锦衣卫总旗龙炎把这一切看在眼中,战栗不已。

这满院的饿殍,在场的诸公竟无人在意?!

这些个朝廷官员,这些个所谓的谦谦君子,关心的又是什么!

这究竟是怎样一个世道!

可就算龙炎看得明、辨得清,又如何?

他无力遏止这一切,因为他只是一枚棋子,听人摆布。

张宅事毕后,回了京师的锦衣卫卫所,龙炎就向骆思恭辞了锦衣卫的差事。他厌倦了眼前这一切,脱下飞鱼服,放下绣春刀,换回粗麻布衣,他选择了浪迹天涯。若干年后,当途径家乡苏州府时,龙炎停了脚步,留下来娶妻生子、开枝散叶。

从此世间再没有锦衣卫总旗龙炎,有的只是一个乡野村夫,过的也是柴米油盐的平凡生活。只是时有梦魇,提醒着他当年的惨剧和这世道的多艰。

龙炎离去后不久,韩潇主动要求调往辽东。倒也不是和龙炎有多么深的交情,他就是看不惯骆思恭罢了。那货整日里将"了却君王天下事,赢得生前身后名"挂在嘴边。什么狗屁的身后名!还是留给你骆思恭这伪君子吧!老子今后只要生前利,毕竟利才实在,看得见,摸得着。

死了就什么都没了!

第一章

黄昏时分,苏州府李家村。

在田野间忙碌一天的老少们陆续归了家,一时间村舍内炊烟袅袅,各家各户都在忙碌地准备着晚餐。

村舍内,一个七岁上下的男孩,正在自家的柴房中翻找着什么。只见他随手拿起一根两指粗的柴火棍试着挥了几下,摇了摇头,又拿起另一根试了试,可表情依旧不大满意。对襟短衫已经被汗浸湿,小脸上也粘着不少木屑。他却毫不在乎,继续执着地在一堆柴火中寻找合适的目标。终于,他看到了一个"大家伙"。捡起来抡了几下,满意地点点头。他转过身,冲着一旁的草堆喊道:"二丫,你找到没有?"

草堆旁发出窸窸窣窣的声响,一个看上去年纪比他更小的女孩钻了出来,灰头土脸不说还一头的草梗。她高举着一团黑漆漆的东西,开心地叫道:"找到啦!哥,你是要这个吗?"

男孩看了眼女孩手中那脏兮兮的麻袋,回道:"对,就是这个袋子。"

那个叫二丫的小女孩一蹦一跳地来到男孩的身旁,将麻袋递给了他:"哥,你还要找什么?我帮你。"

男孩一手接过麻袋,另一只手帮女孩摘下头发上的草梗:"差不多齐了。"

此时,屋外传来了母亲何氏的柔声呼唤:"青儿、琴语,吃饭啦!"

原来在草堆旁翻找麻袋的二丫是男孩的亲妹妹龙琴语,而那男孩名叫龙青。

听到母亲的呼声,龙琴语忙"哎"地应了一声,开心地跑了出去。快到门口时,龙琴语停下了脚步,回过头对着龙青说:"哥,你快点,娘叫咱们吃饭呢!"

"嗯嗯。你先去，我就来。"龙青忙着手里的事，心不在焉地回道。他将之前龙琴语给他的麻袋和那一根经过千挑万选而选出来的柴火棍一起摆在柴房的角落。等一切妥当后，才向着龙琴语的方向追去。

寻常人家的晚餐，粗糙、简单，虽上不得大雅之堂，但不失美味，特别是对于忙碌了一天后归家的人来说更是如此。

龙青兄妹同各自手中的地瓜做着搏斗，而这家的男主人正是早前的锦衣卫总旗龙炎。席间的话语自然是逃不脱收成、儿女这类的琐事。收成和以往相同，无非是看天吃饭，能有个温饱罢了。不过好在龙炎除了会捯饬农活外，还精通打猎，富贵谈不上，弥补家用倒也是足够。谈到儿女，自然就是功课学业。

"龙青，你李叔布置的功课都写完了没有？"吃饭的间歇，龙炎随口问道。

由于早先个人的经历，龙炎特意将一对子女送到好友李公溪的私塾就读。毕竟能够多读些书，总比自己舞刀弄剑强。如果将来还能考个功名的话，那就再好不过了。

"爹，先生今日没布置功课。"龙青嘴里塞满地瓜，含含糊糊地答道。

"没有？那你一会儿再去练练大字，别成日里就知道玩！"龙炎放下手中的碗筷，用手指敲了敲桌面，严厉地说。

"噢，孩儿知道了。"龙青的表情有些委屈。

一旁的龙琴语抬头看了眼龙炎，又瞧了瞧龙青，打起了小报告，"爹，哥不乖。他在学堂里不听先生话，光顾着和李梁哥说话。我说他，他还不理我！"

餐桌上的话题十分简单，可一家四口乐在其中。

这个家虽简陋，却胜在温暖。

龙炎很知足。

用过饭后，龙炎督促着兄妹俩练大字。母亲何氏收拾了碗筷，铺好床铺，就念叨着众人早点睡觉。于是，没多久一家人便早早地熄灯休息了。

夜色如同宣纸上流淌的水墨，渐渐弥漫了整个村庄。村子里一片寂静，只有偶尔从田间传来的几声蛙鸣。这时，龙家柴房内隐现一个小小的人影，也看不清手上拿了什么东西，偷偷摸摸地往外走了出去。

第一章

大半夜偷溜出来的正是龙青,他手上拿着白天准备好的麻袋和柴火棍,借着月光一路小跑着来到村口,"咩咩"地学了好几声羊叫,却始终没有动静。龙青忍不住低声叫了句:"吴羊!"

村口大树下的阴影里猛地蹿出一个身影,"龙哥,我在这儿呢!"

一个看上去比龙青瘦小些的男孩,兴奋地跑到他跟前。男孩鼻子上挂着两条鼻涕,笑眯眯地露出几颗参差不齐的牙。这个名叫吴羊的小孩,是隔壁吴家村猎户家的小儿子,也是龙青的小跟班。

龙青做了一个噤声的手势,低声说道:"小点儿声,你看到他了吗?"

吴羊十分肯定地点着头,"我看到了!他一出门我就跟在他后面,亲眼见着他进了县里的窑子。"

龙青拿出了柴火棍和麻袋,"我把东西都带来了。"

吴羊看了眼龙青带来的木条,翻了翻白眼,面露不屑地说,"你这柴火棍不行,你看我的。"原来吴羊偷偷地把家里的斧头给卸了下来,把柄子给带来了。

龙青拍了拍吴羊的肩膀,笑着说:"嚄!你这行啊,真挺沉的。"

吴羊得意地笑着说:"等用完了,我再拿回去。"

龙青坐在树下阴影里,将东西放在一边,"好了,咱们就在这儿候着他。"

一个时辰后,有人晃晃悠悠地朝村口走了过来。已经困得五迷三道的龙青使劲揉了揉眼睛,推了推一旁已经睡着的吴羊,低声说:"起来,他来了。"

吴羊晕晕乎乎地睁开眼,"哪儿呢?"

龙青轻轻拍了吴羊一下脑壳,"你小点声儿,在那儿呢!"说着,用手指了指不远处。

吴羊摸着脑壳,总算看清了方向,"哦哦,我看到了。龙哥,那一会儿你兜他,还是我兜他啊?"

龙青从地上捡起麻袋,"你个太小,我来!"

吴羊"哦"了一声,捡起斧头柄和柴火棍。

从村口进来的那位明显喝了不少酒,走在泥道上小腿直打飘。只见那人左脚深一步、右脚浅一步地经过了龙青和吴羊藏匿的地点。夜色里,龙青现出身形,蹑手蹑脚地跟在那人的身后。没走几步,龙青猛地跳起,用力将麻袋套到那人的头上。吴羊赶忙跑了过来,将斧头柄递给龙青,自己拿着龙青带来的柴火棍。两人对着麻袋里的人好一通打，被打之人哀号不已。

　　村里的狗貌似听到了动静，开始狂吠起来。不远处的几家房舍，有的也点起了灯。

　　龙青见状忙停了下来，拦下了还在继续的吴羊。拉上他，慌乱逃离了村口。只剩下还被麻袋套着的人瘫在地上，"哎哟、哎哟"地直叫唤。

　　被打之人名唤李公溪，是村里唯一的私塾先生，也就是先前龙青父亲龙炎提到的那位李叔。

　　李家勉强称得上是书香门第。虽说已有些家道中落的迹象，但当尚是弱冠之年的李公溪在县试中考取了功名，成了秀才之身，那些蜂拥而至上门说媒的媒婆们，好悬没把李家的门槛给踏破了。要知道现在是李秀才，将来指不定就成了李进士。最终，李公溪如愿娶了一房美貌贤淑的妻子。婚后，夫妻二人也是恩爱无比。可随后的人生道路对于李公溪来说，就显得过于艰难。屡试不中不说，生活也越来越拮据。当掉了妻子的嫁妆，还是跨不过乡试这道坎。再到后来，夫人有了身孕，李公溪也想明白了，放弃了仕途，安心在家中开了一家私塾，教授村中孩童学业。

　　龙炎与李公溪两家可谓是世交，从祖上几代起就有渊源。不仅如此，整个李家村能让心高气傲的李秀才正眼相看的，恐怕也只有曾担任过锦衣卫总旗的龙炎了。龙炎刚回李家村时，几乎日日与李公溪共饮对谈。某次酒后，李公溪同彼时尚未娶妻的龙炎约定，如果将来两家各自生了一儿一女，就要让两家儿女结成连理；如果两家生的都是儿子或者女儿，就让他们义结金兰，反正怎么着两家人都是亲上加亲。

　　时年，李家生了个儿子，李公溪为其取名李梁，意喻将来可成架海金梁之才。三年后，龙家也生了个大胖小子，取名龙青。龙炎当然不敢指望儿子将来可以名留青史。只是这小子出生的日子好，六辰值日、青龙金匮，于是就借了这大吉之日的彩头。来年，龙炎家又诞生了个女儿，由李公溪取名为龙琴语，摘自两汉司马相如《凤求凰》中的"将琴代语兮"。两家的儿女也确实从小玩在一起，感情甚笃。

　　可既然两家如此亲密，龙青为何要策划这一起夜袭李公溪事件呢？

　　自然与学业无关。李公溪自己授课也是有一天没一天的，全然不放在心上，当然就不会督促龙青等人的功课了。龙青其实是为了帮他的好兄弟，也就是李公溪之子李梁报仇。只因龙青无意间发现了李梁与李公溪父子间的秘密。

第一章

　　一切的起源令人叹息，只因李公溪的夫人在生产李梁时难产去世。从那以后，承受不了丧妻之痛和仕途失意的李公溪越发潦倒。从李梁出生那日起，李公溪就一直厌恶自己的这个儿子。因为这个儿子不但害死了自己的妻子，也害苦了他自己。害得自己无法考取功名，害得自己自暴自弃，害得自己整日借酒消愁，害得自己沉迷于烟花柳巷之地。这个儿子简直是上天故意派来的祸根孽胎！

　　李公溪将所有的不如意通通归咎于独子身上，经常是非打即骂。可怜李梁小小年纪无人疼爱不说，还要整日担惊受怕。龙青发现这个秘密后，也曾想过告诉父亲，让龙炎帮帮李梁。可李梁却逼着龙青起誓将这个秘密烂在肚子里，不可以告诉任何人，包括龙青的家人在内。在李梁的苦苦哀求下，龙青只好答应。可又不甘心好友一直这么下去，最后他越想越气，觉得唯一能帮李梁出气的办法就只有揍他爹了。

　　龙青叫上了吴羊，但他没有告诉吴羊实情，只说李公溪害他被父亲责罚，他要揍李公溪一顿出出气。小跟班吴羊自然是龙青说什么是什么，这才有了早先的这一幕。

　　李公溪刚喝了一顿花酒，正飘飘然地走在小道上。他打算回家继续小酌几杯，可没想到莫名其妙地挨了顿打，而且还看不到是谁干的。亏得来人下手不重，只是擦伤了些皮肉，头上起了个包而已，可他原本好好的心情、微醺的状态全给毁了。他吃力地站起身，一手扶着腰，另一手抚摸着头上的肿包，嘴里嘟囔着一些骂人的话，步履蹒跚地往家中走去。

　　好不容易回到家的李公溪一脚踹开房门，满肚子怨气地走了进来。

　　李梁见到父亲归来忙迎了上去，"爹，你回来了"。

　　李公溪瘫坐在椅子上，应道："嗯。"

　　李梁看到父亲一身的泥土，脸上还有些许伤痕，着急地问："爹，你这是怎么了？"

　　李公溪有些狼狈，"没什么，夜里道黑，摔了一跤。"为了掩饰自己的尴尬，李公溪转移了话题，"你怎么还没睡？"

　　李梁给李公溪倒了一碗水，递了过去，"我在等你回来"。

　　不料李公溪一挥手，直接打翻了水碗，溅了李梁一脸，"等什么等，我有叫你等吗？大半夜的还不去睡，朱子的《四书集注》背完了吗？！"

李梁不敢擦去脸上的水渍，站在那里战战兢兢地说："还……还没。"

李公溪站起身，拿起摆在角落的藤条指着李梁，说："连朱子的书都背不出，你还读什么书！过来，把裤子脱了！"

李梁无法，只得按照父亲的嘱咐，颤抖地脱下裤子，闭着眼。

李公溪抬高手，藤条重重地抽打在了李梁细瘦的腿上。李梁"啊"的一声惨叫，却马上捂住了自己的嘴。因为他知道，哭叫并不会让父亲心软，只会让自己被打得更惨。

李公溪又重重地抽打了一下，恶狠狠地说："知道错了吗？"

李梁的眼泪在眼眶里打转，他硬生生忍着不让眼泪流下来，颤声说："孩儿知道错了。"

李公溪终于收手，把藤条扔回角落，"下次要是再背不出来，十下！记住了？"

李梁重重地点头，小声说道："记住了。"

李公溪拍了一下桌子，"大声点！"

"记住了！爹，我记住了！"李梁带着哭腔大声说。

发泄完心中的怨气，李公溪自顾自地去休息了，独独留下李梁一人，不闻不问。

李梁紧紧攥着拳头，直到此时，他的眼泪才划过面颊落到地上，摔成数瓣。

次日清晨，伴随着鸡鸣声，李家私塾的童生们陆续前来报道。龙青神采奕奕地领着龙琴语，来得比平日还要早些。等见了李梁，他就开始挤眉弄眼，十分不安分。李梁看出他的意思，跟跄地随他一起来到院子里。

路很短，可还是带到了腿上的伤口，李梁暗暗握了握拳，忍住了疼痛，"猴子，什么事？"

"猴子"是李梁给龙青起的外号，只因龙青这小子实在是太好动了，成天上蹿下跳，不但在李家村赫赫有名，连相邻的吴家村也知道这么一号人物。

"你爹最近对你怎么样？"强压着内心的兴奋，龙青装出一副若无其事的表情。

李梁看了龙青一眼，"挺好的，比之前好些……"

龙青掩藏不住得意的神情，高兴地说："没事，我就随便问问。走吧走吧，不然一会儿二丫又该找我们了。"说完故意用手推了李梁一把，没想到李梁应声倒地，同时发出一声哀呼。

第一章

龙青慌忙地扶起李梁,"你怎么啦?李大哥,我……我都没用力啊!你没事吧"?

李梁在龙青的搀扶下艰难地站起了身,"没事,我昨天自己摔了一跤,扭到胯了"。

刚好龙琴语来到院中看到这一幕,忙跑过来帮忙搀着李梁,转头怒视着龙青,"好啊,哥,你欺负李梁哥!我要和娘说!"

龙青敲了一下龙琴语的额头,"瞎说什么呢"!

李梁强忍着疼,抬起头看着龙琴语,艰难地挤出一丝笑容,"是我自己昨天摔了一跤,刚刚不小心又摔了一下,不关你哥的事"。

龙琴语关心地用袖子给李梁擦了擦额头上的汗,"李梁哥你别怕,我哥要是欺负你,你和我说,我帮你揍他"!

于是,龙青同李梁又陷入了与龙琴语的纠结不清中。而自以为帮了李梁的龙青全然不知,因为他和吴羊做的"好事"害得李梁平白无故地又挨了一顿打。

下了课,龙青强拉着李梁去自己家吃饭,龙琴语也在一旁推波助澜。李梁被他俩闹得无法,只得小心翼翼地去向爹爹禀明。

李公溪正拿着一册《清平山堂话本》看得津津有味,头都没抬地回了句,"知道了,刚好我要找龙兄有事,你就在那里等着我吧"。有了李公溪的话,李梁顺理成章地被龙家兄妹拉去了龙家。

因为李梁的到来,何氏特地多做了两个菜,所以晚饭吃得比平日晚了些。对何氏来说,自打出生起就没了娘的李梁,显得尤为可怜。更何况还是自家将来的姑爷,这孩子不但人长得眉清目秀,书也读得好。小小年纪就如此稳重懂事,一看以后就会疼人。而且指不定将来考取了功名……总之何氏无比疼惜李梁。正应了那句老话:丈母娘看女婿,是越看越欢喜。

当李公溪赶到时,龙炎一家还在用着饭。龙炎一脸笑意地拉着李公溪坐了下来,给他满了一杯酒。席间龙炎和李公溪回顾了二人年少时的情谊,感慨着时光催人老。

龙炎看着默默吃饭的李梁,向李公溪说道:"李兄,你看,我家那小子就是个属猴的。还得有你家李梁陪着,才肯好好用功。今儿天色也晚了,要不就留孩子在这儿过一夜,明日再回去。"

龙炎开口,李公溪自然点头同意。

又过了半个时辰，等何氏带着几个孩子离了席，李公溪才有些窘迫地向龙炎提起他此次的来意，借钱。龙炎偷瞄了一眼妻子何氏，偷偷地拿出大约半两的散碎银子，塞到李公溪手中。这可是龙炎将打到的猎物剥了皮毛，拿去应天贩卖后悄悄攒下的酒钱。

龙炎压低了声音对李公溪说道："李兄拿去用，没事，这钱你弟妹不知道。就当两个孩子的束脩，不用还。"

李公溪向龙炎连声道谢，又小坐了片刻后，离开龙家。

李梁随着龙家兄妹念了会儿书。期间，何氏还为他们洗了脸和脚。早早地，便让李梁和龙青一起上床休息。龙青是沾枕即睡，可李梁却久久难眠，耳旁隐约传来龙青父母和龙琴语的嬉笑声。李梁感受着这从未体验过家的温度，冷暖自知。

身为李家村第一号皮猴儿，如果没有些拿得出手的事迹自然是说不过去的。龙青一直渴望着父亲能带他进山打猎，可龙青的年纪放在那儿，龙炎从来没松过口。而这一天龙炎在龙青的死缠烂打下实在是没辙了，终于同意带他进山。其实龙青不知道的是，龙炎原本只打算在周边打些野兔，根本没想要去多远。

从没有出过远门的龙青，第一次面对那神秘的高山峻岭，一路上心潮澎湃。就算是跟着父亲经历了长途跋涉、餐风沐雨，可这些又算得了什么。山野间发生的一切，都令他回味无穷，这样高亢的心情一直保持到他回私塾上课。龙青拉着李梁聊个不停，绘声绘色地描述着这次打猎的收获和山间的美景。毕竟也是少年人的心性，李梁被龙青说得心动不已。可他思来想去，最后也只有无奈放弃。不然还能怎么办，和父亲说要去山里？抑或偷偷逃学和龙青去？怕只怕回来后，等他的就不只是藤条了。

可不久后的一天，事情迎来了转机。学堂刚上课不久，一个体型彪悍的陌生人来私塾找李公溪。李公溪见到此人神色慌张不已，他立即就宣布提前放学，随后就同那人一起离开了私塾。堂下的学生们高兴不已，其中自然也包括龙青。大好的时光，可不能就这白白浪费了。

龙青抓着李梁的手臂，兴奋地说："李梁哥，走！我带你去山里玩。"

李梁还没有来得及做任何表态，一旁的龙琴语倒先跳了起来。她紧紧拽住李梁的另一只胳膊，喊道："我也要去！上次爹爹就偏心只带了哥哥进山，现在还想抛

第一章

下我，想都别想！不带我去，行，现在我就回去和娘说！"

带了拖油瓶在身边还怎么玩？龙青不禁对龙琴语千哄万骗，可龙琴语软硬不吃，就是不答应。

就这样，二人游变成了三人行。

在龙青的引领下，初次入山的李梁和龙琴语走在小径上，饱览着山间的美景。虽是初夏，可山里却不是那么燥热。这里有参天古树撑起的穹顶，有苍翠竹林摆出的屏风，有习习清风送爽，有淙淙溪泉伴奏，引得几个孩子游性十足。

龙琴语一路上忙着采野花编花环。龙青则凑近李梁，悄声问道："李梁哥，找你爹的那人是谁啊？看样子不是咱们村里人。"

李梁摇摇头，"我也不认得那人"。

龙青还要再问，却听见龙琴语的惊叹声，"这里有湖"！

龙青和李梁转头去看，一片清澈的湖泊映入眼帘。阳光洒在湖面上，像给水面铺上了一层闪闪发光的碎银，又像被揉皱了的绿缎。三人不由得欢呼阵阵，瞬间将一切琐事抛在脑后。龙青脱掉上衣，硬拽着李梁下水玩耍，将妹妹龙琴语独自一人留在岸边。

这俩小子在水中玩得十分畅快，都没注意到他们离龙琴语越来越远了。正当二人在水中开心嬉闹时，远远传来龙琴语的呼救声。原来二丫龙琴语在岸上见不着龙青、李梁，心中十分焦急。她沿着湖边寻找，结果一不小心跌入了水中。龙琴语根本不识水性，再加上内心恐慌，呼救的同时喝了几口湖水不说，离得岸边也越发远了。

听到呼救声，李梁和龙青都急红了眼。他俩拼命朝龙琴语的方向游去，最终还是李梁先一步抱住了龙琴语，奋力将她托上岸。可自己也因为力竭，被湖水向内卷走。龙青帮着将妹妹拉上岸，仔细查看。幸好妹妹没什么大碍，可回头却发现身边不见了李梁。再一转身，就看到李梁还在湖中未曾上岸。看着李梁在水中沉浮，渐渐地就快支撑不住。情急之下，龙青想到了父亲龙炎教他的投绳之法。他立刻用随身带着准备捆猎物的麻绳绑住湖边的一块木板，铆足了力气向李梁扔去。可心急火燎下，反而适得其反。而受了惊吓的龙琴语只知道在一旁哭个不停。龙青又试了几次，好不容易才将木板投到李梁的手边，艰难地将他拉上岸。

三人浑身湿漉漉地躺在岸边,也不敢回家。

"就说让你不要跟来吧。"龙青对妹妹抱怨着。

龙琴语坐在地上双手抱在胸前,怯懦地看着龙青,小声说:"哥,我想回家。"

龙青走到龙琴语身边,一边替她拧着袖口的水一边说:"现在这样子怎么回去,被爹娘看到了还不得揍死我!"

李梁皱了皱眉,问:"那现在怎么办?"

龙青转过头,笑嘻嘻地看着李梁,说:"这点小事还难不倒我,等会儿我带你们做一回洞主。"

李梁疑惑地问:"什么洞主?"

龙青拉起坐在地上的龙琴语,用手指了指不远处的一座小山,"咱们上那儿找个山洞,等烘干了衣服再回家"。

李梁从地上捡起自己和龙青的衣服,"这荒郊野岭的,还是回去再说吧。"

"上回我和我爹进山,他就带我去洞里待过。里面可舒服了,比外面还要凉快。哎呀,反正你听我的没错。"龙青接过李梁递过来的衣服,信心满满地说。

于是在龙青的提议下,三个小孩找了个山洞躲在里面烤火取暖,顺便烘干衣裤。李梁此时才发觉,右手手臂一阵痛楚。原来方才不小心,被湖边的砾石划开了一道挺深的伤口,血到现在也没止住。龙琴语看到李梁的唇色有些发白,便凑近想问他怎么了,却看到李梁的手臂流血不止。龙琴语忙把自己已经烘干的外衣撕下一块布条给李梁包扎止血。李梁有些羞涩地看着龙琴语,腼腆地笑了。

等衣裤好不容易干了,三人准备回家的时候,才发觉天色已经暗了下来。龙青带着李梁和龙琴语紧着往家里赶,可走着走着,龙青发现这路怎么跟白天来的时候不太一样了。就这么瞎晃悠了一个时辰,龙青遗憾地通知李梁和妹妹二丫,"不好意思,咱们好像迷路了!"

黑暗已经笼罩了这片天地,唯一的光亮来自半空中悬着的那颗毛月亮。早先受了惊吓的龙琴语抬头看了眼天空,吓得赶忙低下头,紧紧抓住龙青的胳膊,颤声道:"哥,娘说过毛月亮一出,菩萨都闭眼。我怕!"龙青和李梁其实也很害怕,看着月色下舞动的树杈,还有那树枝摩擦发出的沙沙声,更觉诡谲莫测。可他俩还是得硬着头皮去安慰龙琴语。

李梁故作镇定道:"二丫,没事。我和你哥都在呢。"

第一章

龙青也在一旁起哄，"就是，要是那什么东西敢来，看我不揍它们！"

此时，草丛里传来一阵细微的声响。突然，一个黑影出现在他们的身后。三个小孩感觉到了身后的动静。

那什么东西，它出来了！三人回转身，齐声尖叫了起来。

空旷的山谷中穿来一阵怒吼。

"你个小猴崽子，一定是你的主意！"

"不是，爹，不是我！啊！……"

三个孩子终于被龙炎找着了。暴怒之下的龙炎本打算狠揍龙青一场，好让他长长记性。可没想到，李梁跳了出来说提议进山玩耍的主谋是他。虽然龙炎再三确认，奈何李梁一口咬定。龙炎只好暂且饶过龙青，将三人带回了家。

回到家后，何氏用略带埋怨的眼神看着龙青。龙青低着头，跟着母亲来到内室。在母亲的柔声逼问下，龙青最终还是说出了真相。当何氏得知李梁为了救龙琴语差点搭上性命时，不禁对李梁更是心疼。当天夜里，龙炎夫妇俩私下商议了起来。李梁秉性聪明、敦厚，二人又是看着李梁长大的，知根知底再放心不过。不如早日把龙琴语和李梁的事和李公溪再提一下，等到龙琴语及笄，就让这两个孩子成亲。

而李梁忐忑地回到家，本以为等着他的一定是那躲不过的藤条。可没想到，父亲却一夜未归。出去玩了一天，又在湖里游了一遭，他已是累极，便早早地上床休息了。

一直到第二日清晨，李公溪才脸色极差地回到私塾，直接在课堂上宣布休学三日。李梁一直提着心吊着胆，生怕被父亲发现自己偷偷去了山里玩耍。李公溪的心情十分烦躁，他没有发现李梁的惴惴不安。随口责骂了李梁两句，就让李梁收拾一下随身的物品，和他一起出门。

李梁十分诧异，忙问父亲，"爹，咱们这是要上哪儿啊？"

李公溪心神恍惚地说："金陵。"

"金陵？"长那么大，李梁还从未出过远门，他不禁又问道，"爹，那咱们去多久啊？"

李公溪抬头看了眼李梁，语气不善地说："去了你就知道了。"

李梁小心翼翼地又问了句，"爹，要不我和龙青去说一声？"

李公溪瞪着李梁，厉声说："你哪儿那么多废话！赶紧收拾。"

休学的三日里，龙青也没有闲着。他没有想到，父亲竟会主动向他提起一同进山。龙青自然满心欢喜，可他却不知道父亲的打算。龙炎心里想的是：小猴崽子，你不是整天闹着要去山里打猎，不肯好好读书嘛。好，看你老子我这回怎么收拾你。结果就是，龙青被老爹极其残暴地操练了三日。虽然吃尽了苦头，但他也确实从父亲那儿学到了不少新的东西。

三天后，龙青从山里回来。他一大早兴致勃勃地带着龙琴语赶到私塾找李梁时，却发现李家的房子居然换人住了。

龙青怒气冲冲地跑进屋子找人理论，他以为这家外来户强占了李梁父子的家。龙琴语也在龙青身后，高喊道："这是李梁哥的家，你们都给我出去！"

这一家人也很无奈，俩孩子在这儿瞎闹，骂又不能骂，打又打不得，一筹莫展之下只好找来村正。村正来到后，将两个不停叫嚷的孩子送回了家，并且将龙炎拉到一旁。龙炎这才知道李公溪沾上了赌瘾，而且输了不少钱，将房子都抵给了赌档，现在带着儿子也不知道跑去了哪里。可自己又该怎么对这两个孩子说呢！

在一旁远远看着的龙青兄妹，虽然听不见父亲和村正说什么，却没缘由地不安起来。好似他们也感知到，将要失去些什么……永远。

李梁被父亲连夜带到南直隶金陵，住进一间破旧的客栈。其间，李梁试探着向父亲问起此行的目的地，抑或何时回家时，都会惹得父亲暴怒无比，伴随而来的是一次次毒打。直到某次父亲外出，李梁无意间发现家中房屋抵押的借条。再通过父亲醉酒后的言谈，李梁揣测出父亲不但将家中的屋子抵给了赌档，就连换来的银子也都输了个干净。

整日待在破烂不堪的客栈里的李梁，靠着手上的两本旧书来消磨时光。李公溪只在需要休息的时候才会出现。如果当天李公溪赢了钱回来，就会对李梁好些。还会说些等他翻了本，就将这个家赎回来之类的话。可大部分时间，李公溪都是醉醺醺的。不仅如此，他还会毫无理由地虐打自己的儿子，而且，下手比以往更重、更疼。

李梁格外地挂念龙青兄妹，怀念在龙家的那些日子，那些点点滴滴。

第一章

可自己今后该怎么办？这样的日子并没持续太久，直到那一天的到来。

李梁永远记得那天。

那天，父亲一反常态地在下午就早早回了客栈。父亲的眼神有些灰暗，整个人显得没有一丝生气。进了屋子也不说话，只是静静地坐在椅子上一动不动地看着他。虽然父亲没有动手打他，可李梁却觉得，这样的父亲反而使他更害怕。过了好久，父亲像是终于想明白，下定决心似的开口说话了。其实也没说什么，只是要李梁同他一起出门。

父子俩在金陵的繁华之地穿梭着，李梁紧紧贴在父亲身后，一步也不敢远离。这是哪儿？这世间怎会有如此热闹、繁华的地方？李梁发现自己的一双眼根本不够用。两旁的屋宇鳞次栉比，茶坊、酒肆、脚店、肉铺、庙宇都连绵在了一起。那店中铺陈着的绫罗绸缎、珠宝香料，随风飘曳的香火纸马，琳琅满目；耳边卖艺人的吆喝声忽远忽近、此起彼伏；各种香气扑鼻的小食，让人食指大动。而街市上的行人摩肩接踵、川流不息，行商的商贾，骑马的官吏，身负背篓的行脚僧人，听说书的街边小儿，酒楼中狂饮的豪门子弟，城边行乞的老人，男女老幼，士农工商，三教九流，无所不备，还有那路边摆摊算命的半仙嘴角似笑非笑，他们每个人的眼神都仿佛在看向他，看得他跌跌撞撞、似梦非醒，恍惚间就随着父亲走进一处幽深的宅子。

宅子里宽敞气派，相比外头的热闹却又毫无生气。李公溪将李梁带到一间空屋内，对他交代道："你在这儿好好待着。"说完就匆忙离开了。李梁看着父亲走出屋子关上了门，赶忙扑到门口，透过门缝向外望去。他看见父亲从一个身着奇怪服饰的人的手中接过一个钱袋，然后急匆匆地转身走了。

这是李梁看到父亲的最后一眼。

李公溪拿着儿子的卖身钱，出了宅子便直奔赌档。

赌档内烟雾缭绕，所有的人都红着眼，把自己的全部家当往赌桌上堆。荷官抬头看了看眼前这一张张狰狞的面容，开始摇起手里的骰盅。李公溪眯着眼死死地盯着荷官手中上下翻飞的骰盅，一刻都不敢松懈。

"买了，买了，买定离手！"荷官大声吆喝道。

李公溪心里想着，如果这次能够赢的话就将儿子给赎回来。他一咬牙，把钱袋整个押在了十一点上。

"开！"荷官掀开骰盅盖，"二三六，十一点，大！"

"中啦，十一点，我中啦！"李公溪按捺不住心中的狂喜，兴奋地大声尖叫起来。

"他妈的！"身边传来一片咒骂声。

荷官清空了桌面上的银子，将李公溪赢来的银子摆到他面前，笑眯眯地说："手气不错，要不要乘胜追击啊？"

"不了，谢谢。"李公溪慌乱地将银子归拢到自己面前。

荷官笑了笑，将焦点重又放在赌桌上。再一次摇完了骰盅，荷官吆喝道："买了，买了，买定离手！"

李公溪整理着面前的银两，眼睛却止不住地看着赌桌上的骰盅。

"开！三六六，十五点，大！"

"又是大！都十一把大了，真邪门！""这把一定是小！""老子就不信了，小，压小！"李公溪的耳边充斥着各种疯狂的声音。

"你赌不赌，不赌就把位子让出来！"一个杀红了眼的赌徒，厌恶地看了眼挡在身前的李公溪，问道。

李公溪看着摆在面前的银子，想到被抵押出去的房子，想到曾经的好日子……这把应该是小，李公溪暗暗想着。"赌！"说着他用力地把身前所有银子又推了出去，全部压在小上，嘴里还不停地喃喃念着："一次，再赢一次就好，再赢一次就能回家了。"

"买定离手……开！一四五，十点，大！"

……

当天夜里，秦淮河上灯火通明，照得河面波光粼粼，曲声、琴声、歌声点缀着这方天地。花船的老鸨子刚刚送走一位恩客，才回身，脑袋就是"轰"的一声炸响，一具男尸正从她身前的水面上缓缓漂过。

第二章

买下李梁的是南京的老太监胡公公,他奉宫中的命令来采买一批小太监进京。胡公公见着李梁本来挺中意的,这孩子不但长得清秀俊俏,眼神中还透着那么一股子灵气,一看就是个伶俐苗子。胡公公心里满意,手上也就豪气,给了李公溪一个不错的价钱,买断李梁的终生。当然,最后娃娃有没有这个福分,胡公公也不知道,一切都是天定的。

按着宫里的规矩,不管是从哪儿收来的娃娃,但凡想要进宫讨这口饭吃,都必须在当地受了宫刑再说。于是一切按着规矩走,此次胡公公收的所有娃娃,都得一个个的排队阉了。至于阉了之后如何,不好意思,那得看您有没有这个命,过得了这道坎。

眼看着一个个男娃娃进屋挨刀,无论是腿软发蒙的、流泪不止的,还是苦苦哀求的,最后还是认命般被抬了进去。可没想到轮着李梁的时候,这平常看着沉默寡言的小兔崽子突然之间就发了狂,拼命地挣脱,口中直喊道:"我爹爹会回来接我的。"几个公公差点按他不住,有一个手上还被他咬了一口。

李梁这么一闹,就惹着胡公公了。对胡公公来说,这本是个赚钱的肥差,就算去了该孝敬宫里其他公公的那份,他自己也能留下不少好处。可未承想这一次,号称"江南第一刀"的净身师傅仇一刀居然失误连连,几天下来折损了好几个娃娃。胡公公心疼得不行,他倒不是心疼那些小孩,而是心疼自己那份好处。要知道宫里的那几位可不管你死了几个,该是他们的银子那是一钱都不能少的,这个损耗等于白白落在了胡公公的头上。他老人家心里本就不舒坦,再见着这么一出,火一下子就从心里窜上了头。胡公公脸一沉，呵斥了一句。屋里的人都领会了意思，于是李梁被打得奄奄一息，再也折腾不动了。胡公公让一旁的人架着李梁去清洗下身，逼着李梁喝下净身师傅递过来的一杯东西。也不知道杯子里面装的是什么，味道腥臭无比。被灌着喝完后，李梁就如同待宰的猪羊一般被绑在床板上，两腿被高高地抬起、叉开，安静地等着宰割。

不知道等了多久，也可能因为那一杯东西的缘故吧。李梁觉得自己晕乎乎的，身上的皮肉也是一跳一跳的，周围的嘈杂声模糊又遥远。

净身师傅仇一刀站在李梁的两腿间，手握着刀具。

先割丸，后去势。

撕心的疼痛后，一阵的迷糊，痛晕了过去的李梁什么都不知道了。等再醒来时，他已经是一个阉人了。身体上的疼痛实在太过剧烈，他甚至都无法分出心思去哀悼什么。瘫在床板上的李梁以米汤度日，直到三天后才落了地。可这痛苦还没有结束，之后的每一天，他都要被人拉伸三次腿。每一次的拉扯，都会让李梁疼得浑身战栗不止，好似心肝都被扯碎了，恨不得就此死去。听净身师傅说，如果不这么拉一下，人会佝偻，那样的话就一辈子不能挺起腰了。

日子就这么煎熬着一天天过去，李梁无数次在剧痛中昏死过去，却又每次都挣扎着苏醒过来。一直等到他离开金陵，才知道自己多么幸运。那些与他同时被净身的人，有许多都没能熬得过那割丸、去势的两刀，早就不知道魂归何处了。而他，至少还活着。

去往京师的路上，由于已经失了胡公公的欢心，加之长得清瘦，李梁没少被同行的孩子欺负。就连负责照管的人也时常故意不给他饭吃，把李梁饿得更显面黄肌瘦。

可无论如何，总算坎坎坷坷地抵达了京师。按着惯例，新到皇宫的小太监们都是由胡公公来举荐，再请各房的主事公公过来挑人。等到挑人的时候，其他小太监，胡公公都会或多或少地美言几句。轮到李梁时，胡公公却一言不发，只是耷拉着脸在那儿站着。各房的公公们自然心知肚明，他这是要收拾人呢，于是都配合着不出声。最后，无人问津的李梁被派往直殿监。

直殿监可是个好地方，宫内所有的脏活、累活，您且放宽了心，您呐都有份。您就是被安排了干这活的，专门负责宫内所有的洒扫之事。

第二章

初入皇宫的李梁举目无亲，又不精于世故，也无钱财打点宫中那些个老太监、宫女们，以至于所有的脏活累活都逃不了他。任何人都可以呵斥他，虽如此却仍换不到什么好脸色，等待他的永远是打骂和惩戒。当他忙完回到住处，就连那些同时入宫的小太监也看他长得瘦弱寡言，一同欺负他。吃的是残羹冷饭，睡的是狭窄凉炕，李梁唯一剩下的念想就是别死，一定要活下去。等到有朝一日可以有机会离开这里，回家。

可哪儿才是他的家呢？

陈才人是西偏殿的主子，长得颇为俏丽，脸蛋微圆，双眉修长，嘴角边有一粒细细的黑痣，就是肤色略微有些黑，眼中时常透着幽怨。她也是个可怜人，在宫里经历三个寒暑，却只是在刚入宫时见过皇上两回，此后便是长夜漫漫独守深宫。要知道在皇宫里，得不到万岁爷恩宠的宫人很难有地位可言，甚至还会受到掌事太监和宫女们的故意怠慢。备受冷落的陈才人心中那一股子怨气总要有个口子宣泄，于是一些无权无势的下人们就成了她出气的筒。

初来乍到的李梁没得幸免，无意间惹着陈才人，无端端被关了三日小黑屋，而且里面是管住不管吃。打骂尚且能忍，这挨饿的滋味却实在难受。李梁待了两日后，已是饿得神思恍惚，连求饶的力气都没了。

当天夜里，小屋的窗户被人偷偷撬出一道缝，一块厚实的饼子从窗户缝里被扔了进来，砸到李梁面前。

李梁赶忙从地上捡起饼子，急急啃了两口后，口齿不清地低呼道："是彩月吗？"

窗外传来一声轻笑，一个少女的娇俏声音回答道："不然你以为还有谁会来给你送吃的！"

听到这声音，黑暗中的李梁腼腆地笑了。

彩月是西偏殿的一名小宫女，岁数和李梁相仿。但跟隐忍内敛的李梁不同的是，彩月性格伶俐、心思活络，一张脸蛋也是清秀可爱。她平日主要负责陈才人的起居、梳妆，以及整理陈才人的首饰物品等琐事。

李梁在打扫西偏殿的时候结识了彩月。言谈中，彩月知道了李梁的处境。她不禁想到初入皇宫时的自己，同样没有靠山又不精于世故，以至处处受人欺凌。于是，彩月对这个不爱说话的小太监多了几分同情。偶尔会从西偏殿拿些小食，偷偷地带给经常挨饿的李梁。同时，彩月还将自己在宫中的处世之道教给了李梁。这些可都是彩月自己吃了不少苦之后，才总结出来的经验。比如，在宫中不可如此木讷，要主动结识一些实权人物，这样可以有个好的靠山，才能在宫里过上舒坦日子；还要积攒一点钱财，好随时备着能打点等。

李梁在屋内用力地吞咽着彩月带来的饼子，没办法，屋里没有水喝，饼实在是太干了。可他还是一口口地把饼子吃完，连带掉在地上的饼渣也被他用手指拈起来吃了。

彩月靠坐在屋外的墙根下和李梁念叨着他犯下的错误，"谁要你那么好心，多管闲事。都和你说了，在宫里谁都别信。你倒好，做的什么烂好人，把自己折腾到这里来，饿不死你！"

李梁知道彩月说得在理，可还是回了句嘴，"至少……你不会害我。"

彩月一阵冷笑，"你又知道了？"说完，便站起身走了。

李梁自然知道，谁对他好或不好，他心里辨得很明。

被关足三日，李梁终于踏出了屋子。他一出去就按着彩月教的说辞，去了西偏殿向陈才人赔罪。果然陈才人的气顺了也就未再刁难他，这事就这么过去了。

之后的日子里，李梁继续着直殿监里忙碌的打杂生活。直到不久后的一天，彩月的突然来访，使得一切都变了。

彩月拉着李梁躲在直殿监一处回廊的阴暗角落里，再三确认没有其他人后，她偷偷地掏出一块巾帕塞入李梁的怀里。

"里面包的什么呀？"李梁想从怀里取出来看看到底是什么东西，却被彩月一把抓住了手臂。

"小点声，你想害死我啊！"彩月的神情十分紧张。

"怎么了，发生什么事了？"李梁看到彩月的样子，也跟着无端端地紧张起来。

"这是我从陈才人那儿偷偷拿出来的。"

"你怎么偷她东西啊！"李梁听说过宫里的太监和宫女们，会偷偷地从各位娘娘、才人那儿顺一些物件拿到宫外去贱卖换钱，可他不愿相信彩月也是这样的人。

"这可是九尾凤钗。"

"不管几根尾巴的都不行。"

第二章

"你什么都不懂。我跟你说,九尾凤钗只有皇后才能带!"

"皇后?她不是早就死了吗?"

"是啊,奇怪就奇怪在这儿,为什么皇后的东西会在陈才人那里。我还听说郑贵妃也在找这支凤钗,可陈才人却假装不知道。"

"郑贵妃是……"李梁挠了挠头,他记得彩月好像和自己提起过。

"就是上回我和你说过的,皇上的宠妃啊。我听宫里那些上岁数的宫女们偷偷议论,说皇后其实是被郑贵妃暗中害死的,而且真正的死因就在这凤钗上。所以郑贵妃才会这么着急想要找到它。"

"那你还敢拿,不要命啦!"

彩月的眼中闪着异样的光芒,"我打算去找郑贵妃,告诉她凤钗就在陈才人那儿。"

"可你不是都把它给偷出来了吗?"

"哼,那是当然。万一我去郑贵妃那儿告状的时候被陈才人知道了,她把凤钗再偷偷藏起来怎么办!我就倒大霉了。"

"彩月,我不明白。既然这么危险,你为什么还要做这事啊!"

"靠山啊,你想,要是我是郑贵妃的人,这宫里谁还敢欺负我!"

"可我还是觉得太危险了。"

"你别管了,反正你替我把它藏好,最好藏在一个谁都找不到的地方。还有,千万记得不管谁找你要这凤钗,你都不能给他,只能交给我!"

彩月细细交代完李梁后,马上去了郑贵妃的居所翊坤宫。翊坤宫跟西偏殿可不同,不但宫女和太监众多,排场也大得很。彩月好说歹说都没用,最后还是用自己攒下的一点月钱贿赂了一个小太监,才被带进郑贵妃的寝殿。郑贵妃正坐在铜镜前,镜中出现的是一位美艳少妇的面容,三十五六岁的年纪,肤若凝脂,唇若点樱,眉如墨画,双目犹似一泓秋水,说不出的柔媚多情,只是眉梢眼角间隐隐露出几道细纹。

彩月跪在地上,不敢主动开口。

好一会儿,郑贵妃才淡淡地问了句,"说吧,你找我何事?"

彩月低着头,恭敬地说:"娘娘,奴婢知道您要找的那支九尾凤钗在哪儿。可奴婢斗胆求娘娘赏赐,让奴婢能有这个福分,来翊坤宫服侍您。"

郑贵妃挑了挑眉转过身，问："你叫什么名字？"

"回禀娘娘，奴婢名叫彩月。"

"你想来翊坤宫？"

"是的，娘娘。"

郑贵妃似笑非笑地看着跪在地上的彩月，说："可以。"

遂了心愿的彩月，开心地说："谢娘娘赏！那支凤钗，就在奴婢的前主子西偏殿陈才人那里。"

"陈才人！好，来人啊，准备一下，咱们去西偏殿走一趟。"

彩月经过宫内的磨炼，确实冰雪聪明，可年纪轻轻的她又哪里知道上位者最忌惮什么呢！那就是身边人的不忠及背叛，没有人会喜欢告密者！

当郑贵妃得到她想知道的消息后，彩月的命运就已经注定了。她就是一只老鼠，一只肮脏的老鼠！

郑贵妃带着彩月一同到了西偏殿。

对于郑贵妃的突然造访，陈才人十分惊讶，忙出来迎接。

郑贵妃板着脸，开门见山地问道："我到处找的九尾凤钗是不是被你藏起来了？"

还没等陈才人回答，郑贵妃用手指着彩月接着说："你的宫女已经说了，凤钗就在你这儿。我留些脸面给你，尽快交过来吧，不然我也没法子替你瞒着这僭越之罪。要知道这可是当年孝端皇后佩戴过的物件，就你也配！"说完，郑贵妃转身直接离开了西偏殿，翊坤宫随行而来的宫女和太监们也随着自家娘娘一同走了，可唯独留下了彩月，她想跟上去，却被翊坤宫的宫人给推了回来。

她被郑贵妃用完便弃了，如同一件垃圾。

陈才人冷笑着看向彩月，"原来是你这个贱蹄子！"说完就命手下太监将彩月扔进西偏殿一旁的湖中，将她溺死了。彩月甚至没来得及求一声饶。

直到死去那刻，彩月都没明白她为何会是如此下场，为什么郑贵妃不带着她一起走！

等收拾完彩月这个叛徒，陈才人稍事冷静片刻，心中不由暗恨起自己来。都怪自己被鬼迷了心窍，无意中得了这支凤钗。只是听说这该死的凤钗同早年间孝端皇后的死有关，又见着郑贵妃如此关心凤钗的下落，就想着将它偷偷地留下来。可留

第二章

着到底能干吗,就连陈才人自己也不知道。哎,早知今日……今时今日自己已是如此境地,又何必要去触这个霉头,自讨苦吃呢!想到这儿,陈才人便打算带着凤钗去向郑贵妃赔罪。可谁知道宫女们四下里将西偏殿翻遍,也没找到凤钗。

无法,陈才人只有硬着头皮来到翊坤宫向郑贵妃赔罪,告诉郑贵妃凤钗是真的不见了。

郑贵妃自然信不过陈才人,她面带笑意地看着陈才人,喊了句:"肖春!"

"臣在。"陈才人身侧,一名年轻太监应道。

肖春今年二十岁,男生女相长得甚美。他肤色白皙,挺鼻薄唇,一双凤眼微微上挑,格外妖娆媚惑。他深得郑贵妃宠幸,年纪轻轻就身居内官监少监一职。

"你把内官监的事先放放,替我去陈才人那儿走一趟。帮着她好好找找,看看是不是像她说的那样,真的不见了。"

"娘娘放心,臣一定会用心地找。"肖春脸上带着笑,可等他再转头看陈才人时,又是另一幅面孔,"走吧,陈才人。"

在搜索西偏殿的过程中,肖春一样没能发现凤钗的下落。而一同前往的翊坤宫管事太监徐锦则多了个心眼,他假装不经意地询问西偏殿的几个宫人,彩月平时都跟谁走动时,知道了李梁这个名字。可徐锦却没有将此事禀报给肖春,而是去直殿监找到了李梁。

看着眼前的瘦弱少年,徐锦冷冷地问道:"你就是李梁?"

李梁怯懦地点了点头。

"你知道我是谁吗?"

"小人不知道。"李梁面前,是一个四十岁上下的中年男子,四方脸庞,浓眉下边闪动着一对精明、深沉的眼睛。这个人的个子应该很高,可佝偻着身体也看不出个具体来。

"我是翊坤宫的管事徐锦。"

"徐管事好。"李梁躬身向徐锦行礼。

"不知道我没关系,你只要知道彩月是谁就行。"

李梁低垂着脑袋,紧紧闭起眼睛,彩月果然出事了。

徐锦把李梁的举动看在眼里,"把凤钗交出来吧。"

"凤钗?小人不太明白大人的意思。"李梁直起身,装出一副疑惑的样子。

"彩月已经告诉我了,凤钗就在你这儿。"

"大人可能搞错了,彩月没给过我什么东西。"

"看不出啊,嘴还挺紧的。"

听不出徐锦的话是嘲讽还是赞许,李梁急中生智道:"大人要是不信,我可以和彩月当面对质。"

"噢,哈哈,你想要和她当面对质?"徐锦忍不住笑出了声。

"是的,大人。"这应该是自己见到彩月唯一的机会吧,李梁心中想到。

"好,那你随我来。"徐锦收了笑容,向直殿监外走去。

李梁跟在徐锦身后,等两人走到西偏殿一旁的湖边时,徐锦停下了脚步,李梁有些不解,不是应该到西偏殿找彩月吗,怎么在这儿停下了?

徐锦猛地转身,抓住李梁的前襟,将他狠狠地摔在地上,用手指着面前的湖水厉声说:"彩月就在这湖里面,你还要不要去和她当面对质!"

李梁被这突如其来的噩耗惊呆了,脸被地上的石子硌出了血痕都没感觉。

徐锦蹲下身子,低头看着李梁,说:"年轻人,路还很长,怎么走都没关系。不过千万不要像彩月一样,去选一条死路。这丫头就是个蠢货,脑袋有毛病,不但背叛自己的主子,还敢和娘娘谈条件。"徐锦鼻子里哼了一声,然后说,"我给你一个时辰,你平心静气地好好想想,想明白了就来翊坤宫找我。"说完徐锦便松开了李梁,转身离去。

李梁爬起来后,在湖边站了许久。他两眼通红地看着平静的湖面,脑海中反复想着彩月对他说过的话,终于下定决心。他来到直殿监一间用来堆放杂物的屋子内,将藏在角落木桶里的凤钗取出来后,去了翊坤宫徐锦的住处。

进到屋里,带上门,李梁递上凤钗,徐锦却没有收,而是摆了摆手说:"你不用将此物交予我,我带你去见娘娘,你直接呈给娘娘即可。"

李梁低下身子答道:"是。"

可半晌过去了,徐锦却未有动静。李梁疑惑不解,正要抬头时,耳边传来徐锦的话语声,"想不想为你的小友彩月讨个公道……"

李梁随徐锦来到郑贵妃的居所,献上凤钗。

郑贵妃拿着凤钗把玩了一会儿,才看向李梁,"这支凤钗,你是从何处得来的?"

第二章

　　李梁伏在地上，眼睛看着地面说道："小人入宫以来，一直在直殿监当差。昨日傍晚，小人在西偏殿外打扫时，看见陈才人神色慌张地在花园里藏着什么东西。小人一时好奇，就躲在一旁。一直等到陈才人离开后，小人才上前查看，结果从泥土中发现了这个凤钗。听徐大人说娘娘正在找一个凤钗，小人也不知道是不是这个，就想拿来给娘娘过目。"

　　郑贵妃握着凤钗的手重重地砸在桌面上，"这个贱人！真的给脸不要脸！"看见自家娘娘发怒，一旁站立的宫人们吓得跪了一地。

　　要知道这九尾凤钗，乃是历代皇后相传下来母仪天下的象征。孝端皇后在世时，某次皇上在翊坤宫用膳，一时酒醉兴起，提及这个凤钗若不是历代都必须由皇后拥有，自己肯定赏给郑贵妃，因为只有郑贵妃的美貌才与凤钗相得益彰。孝端皇后死后，作为皇上最宠爱的妃子，郑贵妃一直希望可以得到这个凤钗，可没想到凤钗竟不知所终。所以郑贵妃才命人四处寻找，谁知竟然是被一个不受宠的才人给藏了起来。

　　郑贵妃将目光转向徐锦，"你做得好。"说完，又对身边的宫女盼咐道，"去取二百两银子给徐锦。"

　　徐锦谢恩后，便带着李梁退下了。

　　屋内的郑贵妃越想越气，这事若传出去，整个后宫都会把自己看成一个笑话。自己就那么好欺辱吗！不行，一定要找个机会，好好收拾这个陈才人。

　　等离了翊坤宫，徐锦匀了一点赏赐给李梁。李梁受宠若惊地向徐锦道谢，但不解地问道："大人，您为何要这样帮我？"

　　徐锦笑了，让李梁凑近自己，悄声说："不明白？呵呵，其实帮你就是帮我自己。你有没有想过，如果哪天陈才人重新得宠，知道了今日的事，你觉得她会放过你我吗？我们两个会是个什么下场，不用我说了吧？所以，凡事要么就不做，要么就做绝！千万不能留有后患，明白了吗？"

　　李梁似懂非懂地点了点头，他还需要一些时间来消化徐锦的这些话。

　　大约过了半个月，西偏殿就空了出来。陈才人被迁走了，据说皇上下旨，将她打入冷宫。至于之后是生是灭，无人知晓也无人再去问津了。就如同西偏殿外的那片湖水，仿佛从未有过波澜。

第三章

　　李公溪父子的不告而别，使得李家村唯一的学堂也没了，龙家兄妹的读书生涯不得不提前结束。龙炎虽走访各处尽力打听，可人海茫茫又让他去哪里寻得这父子二人。

　　对于龙青来说，虽然少了李梁这个玩伴很是失落，但终于可以不用再去学堂上课，也算不幸中的大幸。于是他跟着父亲进山打猎，倒也变得理直气壮起来。每每想起此事，龙炎唯有苦笑不已。若要提起念书识字，他这个儿子是头昏脑涨、肚里空空。反倒是追踪觅影、下套使绊这些个狩猎技巧，却是一学即会。龙炎也不是那般心思古板的人，既然孩子喜欢那就由着他去吧，至少将来还能有个一技傍身。

　　这一次，龙炎带着龙青又进了山，查看上回二人布置的兽夹有何收获。龙炎听闻，最近山上一直有野猪偷了下山来糟践庄稼。他心想：如果这回能够逮到那么一两只的话，那可敢情好。不但能为山下的村民消灾，顺便还能给家里换些钱财，一举两得。

　　山间的景色美好如故，父子二人反正也不着急赶路，就在这山野中缓步前行。途中龙炎特意向龙青传授了不少在野外追寻猎物的技巧，比如通过泥地上残留的印记来追踪猎物。可龙青却当他老爹在吹牛，"爹，现在也没什么动物的足迹，就只有你和我的脚印。"

　　"其实，道理都一样。人的脚印更好办，不但能发现他的行踪，还能通过脚印知道这个人大致的身高、胖瘦，还有年龄。"

　　"就一个脚印，还能看出来那么多门道？"龙青脸上露出难以置信的神色。

第三章

"怎么，小猴崽子你还不信，是不是觉得你爹在吹牛！"龙炎停下脚步，看着龙青。

"呵呵。"被看穿了的龙青不好意思地笑着挠起了头。

"好，就教你两招，记好了。这绳索，你拿去量一下自己的脚印长度，再量一下自己的身高，看看身高是不是刚好就是脚印的七倍。"龙炎解开腰间的绳索递给了龙青。

"嗯。"龙青开心地接过绳索在地上比画起来，先量一下自己的脚印，再举起绳子量起身高来，最后发出一声惊叹，"爹，还真是这样！"

"爹，我量一下你的。"龙青兴奋地量起龙炎的脚印和身高，"也是七倍！"

龙炎笑眯眯地看着龙青，"嗯。"

"那胖瘦呢？"

"这个就更简单了。胖的人脚印深，瘦的人……"龙炎故意停顿了下来。

龙青高声说："脚印浅！"

"没错。你可以以自己的脚印作为衡量的标准，比你脚印深的一定比你胖，反之亦然。"

"嗯。但是这年纪该怎么看啊？"龙青还是觉得有些匪夷所思。

"你回身看一下自己留下的那些脚印，是不是脚印瘦小，两个脚印之间的距离也短，向前走的时候还不是直线，有些弯曲着前进的？"

"嗯，没错。"

"少年人的脚印大多如此。"

"那你的脚印呢？"

龙炎挪开一步，露出自己脚下的印记，说："爹是大人，脚印自然比你的大。大人的特点是走路稳，所以脚印偏实，而且步子间的距离均匀，差不多是一条直线。"

"嗯。"龙青蹲在地上，脑袋贴着地面，细细地研究起龙炎的足迹，"那要是老者呢？"

"步子间的距离变短，脚后跟的印子要比脚掌的印子重。"

龙青认真地点着头，"爹，还有呢？"

见到龙青如此好学，龙炎忍不住打开了话匣子，"脚印很乱，步子间的距离也不匀称，说明这个人不是累了，就是受伤了。如果你顺着脚印找人的时候刚好下了场雨，那应该怎么分辨？"

龙青摇了摇头。

"脚印上如果有很多麻点，就说明脚印是在下雨前留下的。要是麻点少而且印子浅，那就是雨快停的时候留下的。如果没有麻点，那一定是雨后留下的。"一番话听得龙青是津津有味。

"脚步的印记和其他线索结合起来再一起佐证，基本就不会有什么偏差了。"

龙青两眼发光，"还有其他的，是什么呀？"

"树枝折断的痕迹。"

……

一个昼夜后，父子二人来到上回布置兽夹的地点。果然一头壮硕的野猪，没留神给夹住了后腿逃脱不得。它看上去血流了不少，已然是奄奄一息了。

他俩兴奋不已，这么肥美的猎物，不枉他们辛苦走这一遭。可没多会儿，龙青就高兴不起来了——因为俺爹让俺去杀猪！

龙炎为了锻炼龙青的胆量，特意把杀死这头野猪的机会留给了龙青。

愣了半天，龙青才委屈着说："爹，真的要我……我来杀啊？"

龙炎冷着脸看着龙青，说："不然怎么办，难不成你小子还打算弄根绳把它牵回去！赶紧的，以后你还想不想和我一起进山了？"说着将自己的佩刀递给龙青。

龙青心里怵得很，可对付他老爹，是插科打诨没用，软磨硬泡不行，死皮赖脸？就算你小子没皮没脸，还是没辙，龙炎油盐不进。

最后，心不甘情不愿的龙青在挨了亲爹两脚后，磨磨唧唧地接过刀动起手来。虽说那野猪已是奄奄一息，可仍残余几分蛮力，加上野猪本就皮硬肉实，还是费了龙青好大的劲才把它给杀了。野猪的惨叫声响彻山林，惊起无数林鸟。等好不容易忙完，龙青已是一身的汗水，脸上也被溅了数道血痕。

一直在边上冷眼旁观的龙炎，脸上终于有了一丝赞许的表情。他看着瘫坐到地上、惊魂未定的龙青，笑骂道："个猴崽子！别愣着了，赶紧去做个架子，还得把它拖回去呢。"

龙青不得不爬起身，哭丧着脸道："哦。"

趁着天色尚早，父子二人赶制了一个木架出来。将野猪架在上面绑紧后，踏上

第三章

归途。山野间行路本就困难重重，更何况还要带着这三百来斤的猎物，不免更觉艰辛。两三个时辰后，天色昏暗了下来。路没走多少，人倒是累得够呛。

龙炎估算了一下路程，不由得一阵摇头。照现在这个走法，怎么也得有个四天才能出得了山。他让龙青放下架子，两人在一条溪边休息。此后为了节省体力，也为了安全起见，龙炎带着龙青每日里都是天色尚未全暗时就早早地安顿下来，次日一大早再行赶路。艰难地在山间行走了三日后，龙炎望着熟悉的景色，总算舒了口气。快了，就快走出这片山林了。

当天夜里，眼看就要离开这片山野，龙炎脑中紧绷的弦不由得松懈了下来。他看着不远处捡着柴火的龙青，心中想着：猴崽子这回出来吃了不少苦头，不过倒挺有骨气，一路上没叫过苦，不愧是我龙炎的儿子。

于是为了犒劳这个"有骨气"的儿子，龙炎燃起篝火后，特意为龙青烤了一大块野猪肉。他一边翻动手中的野猪肉，一边和龙青说："儿子，我估摸着明儿再走个一天，到了夜里，咱们就能走出这片林子了。"

龙青直勾勾地看着那块滋滋冒油的野猪肉，鼻间全是肉香，肚子里咕咕作响，心不在焉地应着，"嗯，嗯。"接着他问出了眼前他最想知道的问题，"爹，你说这野猪肉怎么就这么香啊！"

龙炎看着一脸馋相的儿子，放声大笑。可没几下，龙炎的笑声忽然就这么戛然而止地停住了。

龙青的眼中还是只有那块冒着油的野猪肉，可恍惚间又觉得好像哪里不太对劲。怎么一下子周围什么声儿都没了，好安静啊。他疑惑地抬起头，就看到斑驳的树影间，一对惨绿的眼睛正死死地盯着他。龙青不由得惊声喊道："爹，有狼！"

其实，早在龙青惊觉的前一刻，龙炎就发现了狼群。可他不能动，他怕自己一动，狼群就会扑过来。他没有把握在这种情况下，还可以保全他们父子二人的性命。他不敢冒这个险，所以当他听到龙青的叫喊后不由得身体一颤，心道：糟了！

果然，狼群被龙青的叫声惊动了。夜色下，四五道黑影飞速向他们袭了过来。龙炎顾不上其他，先飞起一脚将篝火向着狼群袭来的方向踢去。燃烧着的木炭延缓了群狼的攻势，让龙炎得以有机会拿起摆在一旁的佩刀。手起刀落，龙炎斩杀了离自己最近的一头狼，拉起龙青就跑。

可没跑多远，他们就被狼群撵上了。而且群狼甚是狡诈，看似杂乱无章的队形，实则已将龙炎父子的退路给切断了，他们逃无可逃。

情急之下，龙炎选了一棵还算粗壮的大树作为依靠，对着龙青吼道："儿子，快！上树！"

龙青已从最初的慌乱中冷静下来，听到父亲的话后毫不犹豫地窜了上去，他知道这个时候可容不得半点拖泥带水。等爬到树枝分叉处稳住身体，龙青探出身子对着树下叫道："爹，你快上来！"

听到龙青的声音，龙炎心里稍事安稳了一些。他挥刀逼退离得最近的一头狼，回转身用嘴咬住刀背，双手交替着快速向树上攀爬。就在龙炎以为自己将要逃出生天的时候，右脚上突然一阵剧痛袭来。

夜色下只听到一声惨呼。

一头狼高高跃起咬住了他的右腿，这一下好悬没把龙炎直接拽下去。等龙炎好不容易将狼踹开爬到龙青附近的树杈上时，却发觉刀丢了。就在刚刚被咬吃痛的时候，龙炎没忍住松了口，口中的刀落到了树下。

高处的树杈上，龙青看着脸色惨白的父亲担心地问道："爹，你怎么样？"

龙炎强忍着痛楚，对着龙青露出一个极其难看的笑容，"放心吧，爹没事。对了，弓还背着吗？"

龙青将斜背在身上的弓递给龙炎，反手从箭袋中抽箭，不料却摸了个空。慌乱之下，龙青急忙回头看，只见箭袋里孤零零地就躺着两支箭。

龙青苦着脸对龙炎说："爹，袋子里的箭跑的时候全掉了，就剩下两支。"

龙炎一愣神，随即道："管不了那么多了，拿来。"

接过龙青递来的箭，龙炎借着枝叶间透过的月色仔细地观察着。他想先射杀之前咬住自己右腿的那头狼。可夜色下，又怎能看得那么仔细。龙炎索性心一定，张弓、搭箭，瞄准一头暴露在他视线里、周围没有遮挡物的狼。

龙青就听见"嗖"的一声利箭破空之声，紧接着树底下就传来"嗷"的一声惨叫。狼应声而倒，听到同伴惨叫声的狼群一阵混乱。

龙炎转过头对着龙青喊道："箭！"

龙青赶忙将最后一支箭递给了父亲。

趁着狼群的混乱，龙炎射出最后那支箭。树下再次传来"嗷"的一声，又一头狼中箭倒下。其中一头狼在两个倒下的同伴周围转了几圈，突然仰头长啸一声，然

第三章

后奔跑着离开了。狼群也渐渐后退,慢慢消失在密林之中。

挂在树上的父子二人不禁面面相觑,龙青探出身子查看,树下没再看见有狼。他对着龙炎问道:"爹,你说它们还在吗?"

龙炎也观察了一下四周,摇头道:"不知道。不过稳妥起见,咱们还是等天亮了再说。儿子,你用绳子把自己和树绑在一起,可别睡着了摔下去。"

龙青点点头,"嗯。爹,你的伤……"

紧绷着的神经才一放松,腿上的疼痛立马就跟了上来。龙炎皱着眉深吸了一口气,"不碍事,休息吧。"

他从衣角扯下一块布条,将腿上的伤口简单地处理了一下,止住血。然后也把头靠在树干上,开始闭目养神。

折腾了一通,最后父子二人就这么在树上挂了一夜。可龙青倒也不觉得凄凉,这树上冷是冷了点,却让他看到了不一样的景致。从高处望去,夜间的山林显得幽深、神秘。一阵倦意袭来,龙青忍不住打了个哈欠,趴在树干上睡着了。

等到第二日天色大亮,父子二人确认狼群已经远去,才狼狈地下来。恰逢有其他猎户路过此地,父子俩跟着众人总算脱离险地。不过临行前,他们特地回到最初同狼群遭遇的地点查看。幸好还剩下半扇野猪,没有被狼群啃食殆尽。父子俩随着众人一起出了山林,为了答谢结伴而行的猎户,龙炎将两头狼的尸体送给了他们。这群猎户倒也爽气,见到龙炎伤了腿还如此客气,只肯收下其中一只,并且套了辆牛车,送这对死里逃生的父子回李家村。当然也包括他们的战利品,两头狼尸,及半扇野狼没来得及带走的野猪肉。

回到家中,又累又饿还浑身汗泥的龙青虽然对前一晚的险遇仍心有余悸,可心中又不免有些满足。自己不但亲手杀过野猪,而且还是已经经历过生死的人。我爹说我不是个小孩了,现在已经是个男人了。明天我就去告诉吴羊!

京师皇城,经历了陈才人的凤钗事件后,在宫中混迹多年而郁郁不得志的徐锦终于迎来了出头的日子。他成功地盖过内官监肖春的风头,让翊坤宫之主郑贵妃知道了自己的能力,而且还从郑贵妃那儿讨来了一件不错的差事。

郑贵妃的兄长郑国泰,仗着自己国舅爷的身份在民间颇有些营生。经手的生意也是五花八门,但凡能挣钱的他都要插上一脚。其中就有一家药铺,做些药材的生意。这位郑国舅神通广大，不知从哪儿听来消息，说是宫内的御药房要买一批药材入库。郑国舅的心思立马活络了，他托到了妹妹郑贵妃这儿来。郑贵妃一方面是不好拒绝自家人、一奶同胞的亲哥哥，另一方面是有自己的盘算。她想借此机会弄一批药材入宫，以备私用。于是，郑贵妃思虑良久后找来徐锦，私下安排了此事。

能被郑贵妃看中，赏了这么重要的差事，徐锦自然用心，想在郑贵妃面前挣个脸面。可徐锦虽在宫内多年，却仍属于后起之秀，根基浅薄，他急需要一个靠得住的人来帮自己。这时，他想到小太监李梁，于是他找来李梁再做试探。

再次面对徐锦，李梁不但意外还有些慌乱。

徐锦看在眼里，刻意放缓声调，"今日找你来，只是闲谈，不用如此紧张。"

李梁暗中捏了捏拳，答道："是。"

其实所谓闲谈，不过是一个问一个答。

问的人事无巨细，答得人毫无保留。

渐渐地，李梁短暂的一生呈现在徐锦面前。

母亲早亡，父亲是个教书的还是个秀才。帮着他爹一起打理私塾，他爹上课时他也在一旁听。看着学得还不错，称得上识文断字。可后来他爹把他卖进宫，自己拿着钱跑了。

徐锦觉得可笑，心想：倒也挺好，宫里宫外的都没个依靠，干净、省心。而且，话少、嘴紧、脑子活络，更重要的是心还没变黑。如果将他带在身边，假以时日定会对自己忠心耿耿。

打定主意的徐锦，在第二日就将李梁调到了自己身旁。

翊坤宫上上下下的宫人都知道，内官监少监肖春肖大人，不仅明面上是郑贵妃身边的红人，更是私下里同司礼监掌印太监冯保暗通款曲，称得上风头无二。可这一次世道好像有些变了，肖大人在陈才人的事上被徐锦抢尽了风头，连带着在郑贵妃的跟前地位也下降不少。肖春心中对徐锦十分恼怒，于是在暗中默默地关注着徐锦的一举一动。

因此当肖春得知，徐锦在给郑贵妃兄妹联络采买药材一事后便格外上心。他暗中打探到入库药材的清单，又特意找了宫外郎中询问过后，心中了然，他知道机会来了。肖春约了徐锦见面，徐锦顺便带了李梁同去。一见面，肖春就开门见山地向

第三章

徐锦索要好处，徐锦自然不会答应。肖春冷笑一声，告知徐锦他已经清楚郑贵妃所买药材，其实为堕胎之药，是郑贵妃想要用来加害宫中其他有孕嫔妃的暗招。只要徐锦答应许下他种种好处，他就当作什么都不知道。但徐锦为郑贵妃办事，又哪里会怵他肖春。

肖春见商谈不成也不生气，只是悠悠地说道："徐锦，你若是当真不依我，我就上报给司礼监掌印太监冯保。与外戚私贩药材，还意图谋害龙胎。这两重罪名是什么后果，你心里清楚！到时候别说是你徐锦，就是郑贵妃也要跟着遭殃，看那时谁人又来保你！"说完甩了甩袖子，作势向外走去。

眼见肖春离去，默立一旁的李梁赶忙跑了上去，想要拦住肖春。岂料跑得急了些没收住脚，竟一下扑在肖春身上。那还了得！肖春虽然自己是个太监，可最厌恶的同样也是太监，他一直觉得太监的身上有一股子尿臊气。加之肖春素有洁癖，寻常出门时都要用锦帕遮着口鼻，回了住所第一件事就是换了这周身的脏衣服，今日竟被李梁这下贱的脏东西给碰了！恼羞成怒的肖春一把将李梁推倒在地，他厌恶地拍打着自己的衣裤，破口大骂起来。

李梁的后脑重重地磕在地上，他勉强坐起身，用手摸了摸晕乎乎的脑袋，将手掌举到眼前，发现手心里黏糊糊的沾满了血。同时，耳边传来肖春尖锐的叫声："你个有妈生没爹管的脏东西，瞎了你的狗眼，也不看看自己是个什么玩意儿！就你也敢碰我！你等着，看我回头怎么收拾你！"

在直殿监的日子里，李梁受的打骂也不少，他一直都是默默地忍受着，从没跟谁急过眼。可这一次肖春的言辞深深刺痛了李梁。我有爹，你个死太监才没爹。反正自己也活不了了，那不如就一起死吧。想到这儿，李梁将手慢慢地伸向自己的靴子。

肖春是真生气了，顾不上和徐锦玩什么欲擒故纵的手段，铁青着脸就要向外走。没想到，李梁从地上爬了起来，再一次扑到肖春的身上。肖春惊得急叫："狗崽子，你滚开！啊……"李梁死死地抱住肖春，同时在他耳边喃喃道："我不是，我有爹。"

当徐锦拉开二人时，肖春胸前竟鲜血淋漓，手足抽搐着仰面跌倒在地，死了。原来，自从彩月死后，李梁就偷偷地在靴子里藏着一把匕首，这还是他在直殿监当差时无意间捡来的。眼前这一幕大大出乎了徐锦的意料，他不可置信地看着这个先前还四处被人践踏的小太监。李梁则呆若木鸡地站在一旁，只有那染了鲜血的双手还在不停地颤抖。

徐锦带着李梁回到自己的住所,屏退其他的侍从,再让李梁包扎头上的伤口,换了干净的衣衫。徐锦从屋内捧出一个匣子,从里面取出一件蝉形珐琅器交给李梁,对他说道:"定下心,什么都别想,听我和你说。现在你马上去东缉事厂,找一名叫王国臣的公公,将这件珐琅器交予他。告诉王公公,内官监少监肖春已死,尸首现在……"

李梁平静了下来,点点头抱着匣子出了房门。

东缉事厂,王国臣捧着珐琅器把玩着,"你说,肖春那个小白脸死了?"

"是的,大人。"李梁低声答道。

"呵呵,死得好,不然这老小子又怎么舍得这件一鸣惊人呢。"王国臣依依不舍地放下珐琅器,转过头看着李梁,"你告诉你家公公,这事我会替他办,不过我还有个条件……"

翌日,徐锦被郑贵妃唤了过去。

软榻上,雍容华贵的郑贵妃正端起茶碗饮茶。徐锦行完礼,没待禀报肖春一事,郑贵妃就放下茶碗,淡淡地说:"行了,我已经知道了。东厂的王公公都和我说了,这狗奴才自己不惜福。这事儿你办得不错,采买药材一事你还要接着费心,抓紧办了。另外,原先肖春掌管的那摊子事我会向陛下禀明,你就一起接过去。往后呀,只要你记得自己的主子是谁就行。"

徐锦急忙跪下,谢恩道:"老奴明白!不过娘娘,王公公与奴才说,他觉得自己年事已高,想托我给他找个山清水秀之地颐养天年。娘娘您看?"

郑贵妃轻笑一声:"这老人精……知道了。下去吧。"

徐锦躬身离开,嘴边噙着得意的笑容。我徐锦终于要出人头地了。

时隔不久,李梁搬家了。他调入内官监,依旧在徐锦左右做事。虽然在那件事后,他有时会梦到肖春的魂魄来索命,每每被吓出一身冷汗。可好在进了内官监后,日子变得忙碌起来,也就没那么多心思去琢磨这些了,夜里自然睡得安生一些。

东缉事厂的王国臣公公如愿地被派往南直隶,成为一名镇守太监。临行前,受王国臣举荐,接任东厂职位的张宏张公公,带着酒肉来到王国臣的住所,宴请王公公。

第三章

看着大口喝酒吃肉、身心愉悦的王国臣,张宏略带遗憾地说:"大人,您这……您说就凭您老人家这资历,再多个几年,没准这厂公的位置就是您的了。可您倒好,偏偏要去当那什么镇守太监!"

王国臣大笑几声,放下酒杯,"你呀,还是年轻了些。厂公这位置扎人啊,你看连你都惦记着这位置。可你又知道,暗中还有多少双眼睛也在盯着呢?!我要是真坐上那个位置,指不定哪天连命都没了。还是让我多活两年吧!要说这做官啊,还是千里为官只为财,来得舒坦。"

张公公嘴上附和着,心里却并不这么想。虽说他是个宦官,但对权力的渴求一点不亚于那些身体健全的朝臣们。

如今天赐良机,怎么说也要争上一争!

第四章

  自从上次进山被狼咬伤后，龙炎的伤势一直时好时坏，腿脚不复往昔灵便了。
  这一次，正逢集日。按着往常，龙炎应该带着猎物去南京贩卖。可这两天他旧伤发作，独自一人赶路实在有些吃力。无奈之下，只好让龙青与他一同前往。能够去南京见见世面，龙青自然十分愿意，得意扬扬的龙青还特地跑去跟吴羊吹嘘。结果被勾起兴趣的吴羊，死缠烂打着龙青说他也想去南京开眼界。这小子知道龙青做不了主，于是拉着龙青一起跑去哀求龙炎。看着眼前这俩浑小子，龙炎一阵头痛，好吧，去就去吧，也不在乎多一个人。不过和这俩猴子规矩还是要定的，南京城可不比李家村。虽说成祖皇帝将京师迁往了北京，可南京仍是陪都，依旧保留着南京六部。人流如潮不说，更是鱼龙混杂，三教九流什么人都有。龙炎千叮咛万嘱咐，要龙青和吴羊千万不能淘气，更别说惹是生非了。二人为了能去南京自然是满口答应，头点得如同小鸡啄米一般，可心里头的小九九早就盘算开了。
  有了龙青和吴羊的帮忙虽然省力不少，可这俩小子一路上见着什么都觉得稀罕，就连路边供人歇脚的凉亭也非要进去坐上一坐才肯接着赶路。龙炎也不能丢下他们先走，于是三人一路走走停停，竟比平时还多用去半天的时间。等到了南京城，却发现城门早已关闭。眼见天色已晚，龙炎只得领着龙青、吴羊在城外的客栈过了一夜。
  第二日一早，南京城开了城门。龙炎拉着板车，领着龙青、吴羊随着人流进了城。"儿子，等爹把这猎物卖了，就带你和吴羊去逛逛这南京城。"龙炎看着身边的俩小子笑着说道。

第四章

好不容易来到这个熙熙攘攘、热闹非凡的花花世界，龙青和吴羊的心又怎肯安分下来，"爹，要不您先忙着，我和吴羊四处看看。"龙青试探着问。

"小猴崽子，想什么呢！"龙炎收起脸上的笑容。

"龙叔，等你把这些猎物卖了，都不知道得多久呢。您就让我和龙青去玩吧。"吴羊在一旁相帮着说，"龙叔，求您了！"

龙青跟着起哄，"爹，您就让我们去吧。"

龙炎的头都大了，自己当初怎么会想到要带这俩小子来，"好、好。"拗不过他俩的龙炎只好答应，可他还是故意板着脸说："不过，咱们可先说好，不准瞎跑，不准惹是生非。"

"嗯，一定。"龙青和吴羊异口同声地说。

龙炎从怀里掏出半吊铜钱递给龙青，"拿着，和吴羊一起分着买些吃的。"

"谢谢爹。"龙青笑嘻嘻地接过钱，拉着吴羊就跑。

"谢谢龙叔。"吴羊边跑边回头说。

"早些回客栈！"龙炎犹自不放心地喊道。

"哎，知道了。"两个皮猴一溜烟儿就跑得没影了，也不知道听进去了多少。

看着两个孩子的身影消失在街角，龙炎笑着摇了摇头。

南京城内行人摩肩接踵，好不热闹。夫子庙附近满是各式小摊，梳着总角辫的孩童聚精会神地在糖人摊旁看小贩做糖人。满街的酒肆摆满了各地的美酒，街上飘着淡淡的酒香。秦淮河畔传来悠远的琵琶声和温软娇甜的歌声，但很快就飘散在街道的吆喝声里。龙青与吴羊心中雀跃不已，恨不得长出十双眼睛来看，十对耳朵来听。

两人在街上就这么闲逛着，直到不远处的地摊传来一个男子的声音，"这……是神武弓？"按说语气应该是疑惑，可这说话声也实在太响了，差不多半条街的目光都被他吸引了过来。身为军户子弟的龙青和吴羊听到"神武弓"三个字，也不由得上了心，双双停下脚步。龙青早就听父亲龙炎与吴羊提起过，如果现在还看到什么所谓太祖年间的神武弓，那都是江湖骗子杜撰出来的。早年间，就连龙炎自己也上过当受过骗，屁颠颠儿地去买了一把太祖高皇帝时期的"神武弓"，之后还喜滋滋地当成宝贝似的每日精心保养。后来在当差期间龙炎还特意问了兵仗局的同僚，才知道这世上压根儿就没有什么神武弓，有的只是二意角弓。

地摊前，一名身材魁梧的大汉正从摊上拿起那把弓仔细地端详着。龙青和吴羊来到近前，就看见地摊上杂乱地摆放着一堆奇怪的物件。所有的东西全都是又破又旧，黑黢黢的。有古的印章、破的画册、旧的佛像等，唯一看上去还算新的物件就是大汉手中的弓了。

龙青和吴羊看着那壮汉拿着"神武弓"在手上把玩许久，一副爱不释手的模样，憋不住地直想笑。这壮汉身长八尺，长了一张大圆脸，鼻直口方，腮边一圈浓密的络腮胡，看不出多大年纪。

龙青在大汉身后说："这位大哥，你被骗啦！"

看上这把弓的人，姓曹名九，今年二十九岁。他生平有两大喜好，一是喜欢舞刀弄剑，再就是喜欢收藏各种有来历的兵器。比如鄂国公常遇春攻克大都时所用的的虎头湛金枪，俞大猷将军单挑少林群僧时使的齐眉棍，戚继光将军在岑港之战时所铸的第一把戚家刀等，他都有，只是真伪不论。

曹九原想着今日运气不错，竟能偶遇洪武年间的"神武弓"。心中激动的他本打算立即就买下此弓，可居然有人说他被骗了！

曹九疑惑地转过身，眼前一个穿着粗布麻衣的少年正似笑非笑地看着他。曹九耸了耸肩，"此话怎讲？"

摊主是一个瘦弱精明的少年，名叫左莘，家中排行老二，大家都叫他小左。小左见有人砸场子，立马出声阻止，"你懂什么啊？别来瞎掺和，不买东西就赶紧滚蛋！"

曹九斜着脖子瞪着小左，"给老子闭嘴，信不信我现在就砸了你的摊子！"说完又对龙青说，"小兄弟，你继续说。"

龙青拿过弓和曹九说道："我爹早年间也受过骗，后来他特意问了兵仗局的同僚。他告诉我，太祖高皇帝根本没造过神武弓，有的只是二意角弓。但凡以后你见着有人贩卖神武弓，那这人就一定是个骗子。"

吴羊在旁边把胸膛挺得老高，说："对，他爹说的时候我也在呢！他爹可是锦衣卫……哎。"

龙青见吴羊在大街上随口就将父亲过往的身份说出，急得将他一把拽到自己身后。

第四章

一旁的曹九露出一副原来如此的神情，接着他将目光转向小左，眼中透着凶光，脸上的横肉不停地抖动。曹九揪起小左的衣领将他抵着墙举到半空，同时另一只手盖在小左的脸上，粗硬的手指直接按住小左的眼睛，力气逐渐加大，慢慢地按进了小左湿哒哒的眼窝里。"敢骗到我头上来了，信不信老子把你的屎都打出来！"曹九恶狠狠地说。

"信，我信。大爷，我错了，我再也不敢了！您放过我，这弓我不收钱，送给您！"半空中的小左吓得浑身颤抖，不住地求饶。

龙青赶忙拦住曹九，劝说道："这位大哥，我看不如送他去见官吧，上当受骗的顶不止你一个人。"

曹九把小左扔在地上，看了看围在四周的人，心中暗想：毕竟是在南京城内，要是闹得太大，自己也不好脱身。于是他点头说："也好，让这小子尝尝蹲大狱的滋味，看他以后还敢不敢出来诓人！"

听到要将自己送官，小左也不敢赖在地上装死了。他赶紧爬起身，跪在龙青等人面前不住地磕头哀求，还泣泪俱下地讲述起自己的生平种种。家中祖祖辈辈都是手艺人，家传了这制造各种机关巧物的手艺。祖上还留下几亩良田，家境也还算富足。可未料到，老父早亡，独留下母亲和他还有哥哥三人。寡母含辛茹苦地将兄弟俩养大，但积劳成疾，几年前开始卧床不起。为给老母治病，兄弟俩将家财散尽。原本想着一家人守着家中几亩薄田，慢慢的日子总会有起色。谁知屋漏偏逢连夜雨，竟遇上酷吏征税，家里拿不出钱来，哥哥为了阻止他们霸占田地还被打伤，关押在县牢内。而且如果一个月内小左要是仍交不上税款，不但哥哥要被流放，家中田产也要全部充公。如今他举目无亲，实在没有其他办法，才出此下策。

其实还有些能耐，小左是不敢摆在明面上说的。比如伪造官牒文笺、私刻印玺图文等，李代桃僵、瞒天过海，这小子藏得很深。

小左赌咒发誓自己所说句句属实，龙青、吴羊将信将疑，曹九则是双手抱在胸前，一脸不屑地看着小左。正当龙青还想问得再详细一些时，围观的人群突然四散开来。一群手拿棍棒、铁尺的衙役冲了过来。领头的官差直接将枷锁套在小左身上，就要把他押走。曹九上前询问才知道，这小子是个惯犯。此前有当地乡绅花了不少银子买小左的古董字画，等回到家找人来鉴定，才发现字画全是伪造的，于是立马报了官。

厂卫

平日里小左行踪飘忽,衙役也逮不到他。不想今日却被曹九给堵住,脱不了身。人群里有人认出小左,赶紧跑到衙门去报官领赏,众官差这才将他抓个正着。同时,龙青、曹九等人也被衙役当作证人一起带回衙门。

在人群的簇拥下,一行人浩浩荡荡地来到应天府衙,就看到门里门外早已围满了人。今日是应天府公开审案的日子,准许百姓围观,所以逛完集市的人都跑来凑个热闹。

一阵"威武"声后,应天府府丞高坐堂上,说道:"将人犯带上来。"

戴着枷锁的小左被衙役带进来,推跪在案下,不敢抬头。龙青、曹九和吴羊作为人证站在一旁。

府丞看了他们三个一眼,问道:"哪个是买弓的?"

曹九向前一步,瓮声瓮气地回答:"县太爷,是我,曹九!"

府丞上下打量了一下曹九,"曹九,你是否受了这犯人的坑骗,买了他的弓?"

曹九大声回答:"正是!"

府丞点点头,看向一旁的官差。官差立即呈上一卷案卷,府丞翻阅着手中的案卷,说:"人犯于上个月向江浦县严老爷出售古董书画赝品,今日还在集市上贩卖假弓。均有证人举证,且证物确凿。现命你归还所得不义之财,并罚银二十两。"

听到不但要把骗来的钱还回去,还要多交二十两罚银,小左不由得大声喊冤,声泪俱下地将家中情况告知府丞。

可应天府府丞未有丝毫动容,他板着脸说:"你的事情本官知晓,但国法如此,况且本官已对你法外开恩,免了你的杖刑。若你还是无法交齐罚银,那本官就只好将你先行收押。"

小左整个人瘫软在地上,他知道收押是暂时的。如果自己还是交不出罚银,等着他的将是流放。

此时,曹九突然高声喊道:"大人,我不告了!我觉得此弓就值这个价。"

"大胆!"府丞将醒木重重地拍在桌上,"你当这公堂是儿戏不成?说不告就不告。"

曹九一脸不在乎地说:"不是说民不举、官不究吗?我乐意花银子买这把弓,还不行吗?"

府丞还要呵斥,却从后堂传来一个浑厚的声音,"刘府丞,可否将税册取来

第四章

一观。"

顾不上责骂曹九,府丞转过身恭敬地对着后堂拱了一下手,"是,请大人稍后。下官这就命人取来。"

官差拿来税册交到后堂。不久,后堂传来一声叹息。税册上确如小左所言,左家欠税未交,家主仍被关在狱中。

一名穿着便服,体貌端正,眉目轩朗的中年男子从后堂走了出来,府丞忙起身相迎。

看到事情还有转机,小左回过神缓缓抬起头,发现眼前的这位大人自己还认识。就在一个时辰前,刚在他的摊上买走一块假的印章。小左只觉得眼前一黑,差点晕过去。

中年男子低头看了眼跪在地上的小左,轻声感慨道:"如今这税法把良民逼得走投无路,才生出这些事端。圣上有意恢复'一条鞭'法,相信届时必定能让百姓安居乐业,不再需要靠此旁门左道为生。"

龙青等人虽然听不太懂他说的话,什么"一条鞭"法,更是闻所未闻,但心里隐隐觉得这应该是件了不起的事。

中年男子转头看着府丞说:"既然苦主曹九已经撤告,那么本官也不愿再追究这位小兄弟行骗之事。至于江浦县严相公那里,我去同他说明。"

府丞拱了拱手,"那就有劳大人。"

中年男子接着说,"府丞既然已经法外开恩,不知可否再念他是为孝犯错,索性就免了他的罚银。"

府丞皱着眉略微迟疑了一下,"这……下官依大人所言行事。"

中年男子面露笑容,"好。不过此案既然公审,那有罪就应该有罚,该判的还是要判。府丞大人,你觉得呢?"

"是,下官明白。"

最终,应天府府丞判了小左服苦役三日,无须再缴纳罚银,算是从轻发落了。

小左跪在地上,不停地向着堂上众人磕头。中年男子命人扶起他,便又回了后堂。

龙青满腹疑惑,不知中年男子究竟是谁,居然连应天府府丞都要听他的话。曹九见多识广,猜出这人可能是南京吏部尚书邱橓。他还猜测小左的哥哥,应该马上会被放出来了。果不其然，很快他们就听到，应天府府丞下令，释放小左的哥哥，并且减免了左家的税银。

左家的官司圆满了结，龙青等人也不必再在府衙里待着了。出了衙门，龙青、吴羊二人与曹九话别，安心地回了城外的客栈。

龙炎早就卖完所有的东西，在客栈外等着俩小子。见二人安然无恙地回来，总算松了口气，收拾好行装便带着他们踏上归程。

第一次见到公堂审案的龙青和吴羊十分兴奋，回家的路上，俩小子不禁又聊起小左的事，你一言我一语地抢着向龙炎说起此事的来龙去脉。龙炎对于龙青和吴羊逛街居然都能逛进衙门也觉得十分诧异，可等他听到什么关于恢复"一条鞭"法这句话时，终于忍不住冷哼一声，漠然道："恢复税法？好大的口气。"龙青听到父亲的质疑和不屑，高声同父亲争辩，"他们都说那位邱大人，是很厉害的人物，是个好官！"

龙炎皱起眉头，"邱大人？哪个邱大人？"

龙青一时想不起邱尚书的全名，支支吾吾说："他叫邱……"最后只得和龙炎形容起邱大人的穿着、长相特征和声音特点等。龙青全部说完，还不放心地补了一句，"总之就是那个很厉害的邱大人！"

龙炎这才明白，儿子口中的邱大人原来竟是邱橪，心中不免一阵厌恶，冷笑着说："哦，原来是他。邱橪，邱大人。"

龙青看着爹爹阴阳怪气的样子，十分不解："爹，你笑什么？"

龙炎摇摇头，拍了拍龙青的肩膀，笑着说："没什么。咱们快走吧，天都快黑了，再不抓紧就赶不上你娘做的饭喽！"

龙青一听，又兴奋起来，拉着吴羊一路狂跑，还不住地回头招手道："爹，我们先到前头等你啊！"

龙炎挥挥手由他们去了，望着落日下远去的小哥俩，脸上的笑容渐渐散去，也不知在沉思些什么。可没一会儿他就缓过神，叹了口气，呢喃道："哎，操的什么闲心。"说完，迎着晚霞向着两个孩子的方向走去。

第五章

　　李梁被徐锦调入内官监后,也成为彩月口中那类有靠山的人了。不仅衣食住行大为改善,连每月的俸银也多了不少。这不但是徐锦对他之前作为的奖赏,更重要的是,徐锦需要李梁帮他盯着内官监里的一摊子事。内官监负责着宫内的采买,琐碎的事务多,账目也繁杂得很。徐锦可不想因为在此处任了职,而耽误了他在郑贵妃那里的走动。好不容易搭上的贵人,可不能就这么断了。所以内官监这边就需要一个徐锦信得过的人来帮他照看着,万一不留神在这儿出了差池,那就前功尽弃了。

　　这段时间的生生死死令李梁的心性有了很大转变,与初入宫时相比,让人很难联想到这会是同一个人。虽然还是那么尽心尽责,却不再像初始般沉默寡言。他学会了如何在这深宫中待人接物,与内官监中的太监、宫女们都相处得十分融洽。毕竟内官监里的人也不是傻子,看出了少监徐锦大人对李梁的不同。

　　可李梁的靠山,少监徐锦徐公公最近这日子过得实在别扭。旁人只看到了他的风光,却不知道他心中的苦楚,他被内官监的掌印太监陈公公给盯上了。

　　内官监在这宫内的十二监中权力虽然不是最大的,但油水却一定是最足的。内官监掌印太监这个位置更是人人眼馋,陈公公当初也是花了大价钱,才好不容易从司礼监掌印太监冯保冯公公那儿得来的这个位置。结果陈公公还没把屁股坐热,就调来了一位看着就不好拿捏的徐锦。陈公公隐隐感觉到了徐锦给他带来的威胁,心里恨不得马上就拔走这根碍眼的芒刺。

　　徐锦虽然是郑贵妃的人,但也得谨小慎微,事事能忍让则忍让,生怕有把柄落在陈公公手里。李梁将这一切看在眼中,对手上的事儿更是万分用心,努力为徐锦分担着。

可这些天,李梁却觉得自己手上这内官监的账目越看越糊涂。为此,他特地跑了几次内库,清点府库内存放的金银、字画及饰品等,发现与造册有颇多不符之处。李梁隐隐意识到,他平日里经手的账册可能根本就是本不完整的残册。寻了个由头,李梁找负责入库造册的小宫女白莹查证。对着这个比自己还年幼的少女,李梁是连哄带骗,塞给她五两纹银的同时又许下种种好处,还对天发誓说一定不会将她牵扯进来。禁不住李梁的诱惑,白莹偷偷告诉他一桩内官监的大秘密。李梁手中的造册称为阳册,是特地做给皇上看的。内官监另有一本阴册,里面记载的才是内库的真实情况。白莹还告诉李梁,阴册就藏在陈公公厢房的柜子内。李梁看着白莹心中觉得奇怪,这么重要的事,照理说陈公公没可能会告诉白莹这小丫头啊。

"你怎么连藏在哪儿都知道?"李梁问出了心里的疑惑。

可老半天白莹都不说话,只是在那儿红着脸不停地扭捏着身体。

"怎么了?"

"你怎么连这个都问呀!"

"好妹妹,你就告诉我呗。"

"……那个老东西,虽说是个太监,却和别的公公不太一样。每次都让我去他屋里记册,可回回都对人家动手动脚的。"白莹红着脸说出实情。

李梁听得眼睛都直了,露出一副匪夷所思的神情。

"讨厌,你和那老东西一样坏。"看到李梁的表情,白莹忍不住娇羞道。

在白莹的协助下,李梁顺利潜入陈公公的厢房,拿到了阴册。

翻阅着阴册,李梁越看越心惊。想不到内官监竟混乱至此,陈公公连皇上的便宜都敢占,真是胆大包天。更关键的是,阴册里面不单单记录了陈公公每一笔贪污所得,何时向何人孝敬些什么东西,也被他一一记录在册。在名录里,李梁甚至看到了内相司礼监掌印太监冯保的名字。这位冯公公不仅收了许多入账的矿税银钱,就连内库存放的字画、玉器等,也有不少被他中饱私囊。早前从严嵩府宅搜来入库的、北宋张择端的《清明上河图》,都落在了他的手里。

为免打草惊蛇,李梁拿出随身携带的火炭笔和小札,偷偷地将阴册内较重要的几条摘录下来,然后将阴册放回原处。做好了这一切,李梁不敢耽搁,赶忙去找了徐锦。

第五章

徐锦收到李梁的密报，不由得喜上眉梢。这玩意儿对他实在是太有利了。他看着恭顺地站在一旁的李梁，忍不住拍拍他的肩，赞赏地说道："好！小子，这事儿你办得漂亮！向你泄露这事的那个人现在怎么样？别让陈老狗得到消息再把造册给毁了，那咱爷们儿可就功亏一篑了！"

李梁脸上虽然没什么表情，心里却十分高兴，自己这一步果然走对了。他低头答道："大人放心，我这就安排。"

徐锦点头道："去吧，安排好后再来见我，随我一起去见冯公公。"

"是。"

离开徐锦的住处，李梁赶紧安排小宫女白莹出了宫，在崇南坊广渠门附近，寻了家偏僻的客栈把她安顿下来。临走前李梁允诺白莹，等事成后就把她接回宫，再给她一个有品秩的女官来做，到时就可安享荣华富贵了。白莹听后喜笑颜开，满口答应。

全部安排妥当，李梁回到宫内，随徐锦来到司礼监，拜访司礼监掌印太监冯保。

徐锦弯着身子在门外整了整衣冠，换了一副愁苦的面容，才走入屋内。李梁则垂手在门外静静候着。

没多久，李梁就听到屋子里传出打砸物件破碎的声响。守在门口的小太监吓得缩了缩脖子，和李梁对视一眼后，好奇地隔着门往里偷偷地瞟了好几眼。

又过了小半个时辰，徐锦才出来。他走到李梁面前，面带微笑地轻声说了句："走了，明日带你看场好戏。"

翌日，天还未大亮，徐锦便唤李梁一同来到内官监。

平日里尽量避着陈公公的徐锦，今日却一改常态。他故意在内官监中大摇大摆地穿堂走动，还大声喧哗，弄出许多动静。陈公公烦不胜烦，怒气冲冲地将徐锦叫入厢房内一顿训斥。怎料，徐锦竟直接顶了回去。本就不对付的两位公公声音越来越高，最后吵作一团。整个内官监的人都听到厢房里传来的争执声，却无人敢进去劝阻。

厢房内，徐锦冷笑着告诉陈公公，他已然知道陈公公贪污了皇上内库中的银钱。陈公公心中大惊，万万没想到这冤家对头今日居然如此嚣张，竟把他贪赃的事情这么大声地抖搂出来。他气得浑身战栗不已，忍不住上前甩了徐锦一个大嘴巴。可巴掌刚落下，厢房的门突然被推开了，司礼监掌印太监冯保带着一众侍卫鱼贯入内。

冯保瞟了陈公公一眼，淡淡地说，"拿下。"

陈公公直接瘫倒在地，颤抖着说："大人，我什么都没做……"

冯保看着烂泥一般的陈公公，冷哼一声，"亏你还是四品官员，竟然在光天化日之下殴打同僚，成何体统。"说完，冯保瞥了眼左右侍卫，道，"押走吧！"

徐锦看着被拖走的陈公公，摸了摸被打的脸颊，嘴角浮起一丝笑容。

三日后，徐锦特意叫上李梁一起去了直殿监。二人来到直殿监一间用来堆放杂物的房屋内，看到了瘫在床上的陈公公。陈公公的右手被木板绑着，显然断了，而且也没过了几日可面容看上去却苍老了许多，头发凌乱、嘴唇也毫无血色地干裂着。他身上随意套了件旧衣服，浆洗得都看不出它原本是什么颜色了。当初那个趾高气扬的内官监掌印太监陈公公，现在真成了一条只能在床上喘气的老狗。

陈公公看到徐锦和李梁，艰难地向床内侧了侧身子，闭上眼睛装作没看到他们。

徐锦看着陈公公落魄凄惨的样子，面带微笑地开始不停地数落起他的种种不是，包括之前处处针对他徐锦的大小事，每一件都记得清清楚楚、明明白白，就等着今日呢。但没缘由的，徐锦话锋一转，又感谢起陈公公。谢谢陈公公对他徐锦这么好，还急不可耐地给他让出位置。陈公公则像一座泥塑的雕像般躺在那儿紧紧地闭着双眼一动不动，只有他那微微颤动的鼻翼证明这还是个活人，只是敢怒不敢言。

徐锦大约也是觉得有些累了，他坐到陈公公的身旁，接着念叨。可突然，徐锦俯下身子，竟一口亲住了陈公公的嘴。只听见陈公公一声惨叫，用力推开徐锦。徐锦顺势站起身，一旁的李梁这才看到陈公公满脸满嘴的鲜血，痛苦地在床上翻滚，号啕得像头受伤的野兽。

徐锦竟将陈公公的舌头咬断了。

吐出了口中的琐碎之物，徐锦放声大笑。看到这一幕，李梁在徐锦的身后露出不忍之色，不料恰好被转过头的徐锦发觉。可徐锦看着李梁的表情反而笑得更大声了，仿似见到了一件十分有趣的事情一般。等徐锦笑够了，这才让李梁叫来负责照看陈公公的小太监，为陈公公止住嘴里的伤口。

欢声笑语中，徐锦出了陈公公的屋子。李梁不忍多看，赶紧随着徐锦离开直殿监。

第五章

途中，李梁忍不住问徐锦："公公为何……"

徐锦拿出随身携带的绢帕擦干净嘴角的血痕，满不在乎地说："你是不是想问我为何没让他们弄死那老狗？"

李梁点点头，"是的，小人不明白。"

徐锦心情大好，忍不住又笑了几声，"我为何要杀他？哈哈，他手中又没有我的把柄，我有何惧！只不过那冯保做事不干净，保不齐哪天那老狗再去告密。我要让他手不能写，口不能言，看他还能怎么办！况且只有他活着，别人才会怕我。哼，我不单不杀他，我还要让他以后天天倒夜香……"

这番话听得李梁一激灵。

徐锦在阴册之事后，顺利顶替陈公公坐上了内官监掌印太监的位置，成了一名正四品的大明官员。并且他每月对冯保的孝敬相比陈公公那会儿只多不少。见徐锦这么懂事，冯保也没故意刁难他，有些事睁只眼闭只眼也就过去了。

徐锦当上内官监掌印太监后，特意带着礼物去了趟翊坤宫，感谢郑贵妃对他的栽培。恰好，郑贵妃也有事正准备安排徐锦去做。

郑贵妃一双玉手闲闲地在徐锦送来的首饰上摸过，脸上带着一丝笑意说："还算你有心，想着过来看我。对了，洵儿最近对我抱怨，先生教书枯燥得很。你帮着安排个年纪差不多，伶俐些的，最好是会读书写字的小太监，陪着洵儿一起读书、玩耍。让他有个伴，不至于整日跟我丧懒着说无趣。"

徐锦恭敬地行礼，"是，老奴这就去安排。"

出了翊坤宫后，徐锦命人将李梁唤到住所。

李梁很快来到徐锦的屋外，经过侍从小太监的禀报后，走进屋内。

徐锦站在鸟笼前，逗弄着一只通体鲜红色的雀鸟。

李梁赶忙躬身道："大人！"

徐锦没有停下手里的动作，只是随意地说，"来了，坐。"

李梁嘴里应着"是"，却不敢落座，乖巧地站立一旁，默默观察笼内那只红色的雀鸟，同时等着徐锦后面的话。

徐锦微微转头，"那个姓白的小宫女安顿好了？"

李梁额头微微冒汗，"是的，大人。小人将她暂时安排在广渠门附近的客栈内。"

"嗯。这件事要趁早收拾干净。"

"是，小人知道该怎么做了。"

"内官监这阵子怎么样，都还消停吧？"

"是，大人放心。大伙都挺安分的，没人敢惹事。"此时，李梁心中认出了这只雀鸟。他尚未入宫时，听龙青的父亲龙炎提起过。龙炎曾在云贵广西一带，见过这种浑身血色的小雀鸟，当地人称其为血雀。想到这儿，李梁忍不住说，"大人，您的这只血雀长得可真俊。"

徐锦轻抚着雀鸟头，说道："血雀？不不不，你错了。它不是血雀，是朱雀，是祥瑞！"徐锦略为停顿，目光直视李梁，接着说道，"我说它是朱雀，那它就是传说中的神兽朱雀。你要做的，就是让所有人都相信它是朱雀。明白吗？"

李梁低下头应道："是，小人明白了。"

徐锦面带笑容地看着李梁，"那好，咱们再来一次。这是什么？"

李梁斩钉截铁地道："禀大人，这是神兽朱雀，是祥瑞。"

徐锦又看回鸟儿，"这怎么可能是神兽朱雀，不过是只长了红毛的鸟，一只血雀而已。"

李梁有些不知所措，徐锦这话把他绕糊涂了，可他又不敢反驳，只得应承着说："是，大人说得是，这是一只血雀。"

徐锦停下了手里的动作，点了点头，"对，说得没错，这就是只血雀。你记住，今后不管你看到什么或是发生什么事，从你口中告诉我的，必须永远都是实情，这才是一家人应该做的事。这世上你能相信的人，只有你的血亲，可我们没那样的机会了……"讲到这儿，徐锦停了下来，眯着眼看着站在自己面前的李梁，悠悠问了句即将改变李梁一生的话："李梁，你可愿意成为我的义子？"

李梁有些诧异，但他知道这是个千载难逢的机会。他立刻跪倒在地叩头，同时高声喊道："义父！孩儿愿意。"

徐锦听到"义父"二字，脸上露出笑容，对李梁说道："乖儿，站起身说话。义父现在有一件重要的事，需要你去做。"

"孩儿但凭义父吩咐。"

"明日你到乾西五所，去服侍皇上与郑贵妃的儿子，皇三子朱常洵。"

李梁十分不解，为何徐锦不让他跟在身边，而是去乾西五所服侍一个皇子。

只因此时万历尚未册封太子，原本按祖例，应当被册封为太子的是皇长子朱常

第五章

洛。可朱常洛虽身为长子，但母亲王氏身份卑贱。她原是慈宁宫的一名宫女，万历一时兴起宠幸了她。就是这唯一一次临幸，王氏竟珠胎暗结，诞下朱常洛。万历根本不想提起这荒唐事儿，但在李太后的压力下，勉强同意封王氏为恭妃，便再也不去理会她。就连王氏现在的住所景阳宫，也是后宫中最为偏僻的宫殿。同样，万历也并不待见这个性子敦厚软弱的长子，经常称呼朱常洛为"都人子"。因当时宫中称宫女为"都人"，此间轻视的含义不言而明。而次子朱常溆，虽说也是郑贵妃的骨肉，可甫生即死，所以直接忽略不计。

在徐锦的眼中，皇三子朱常洵才是最有可能被册封为太子的人，也是将来接掌整个大明江山的不二人选。要知道，朱常洵的母亲乃是皇上最为宠爱的郑贵妃，这个女人在宫中的权势仅次于万历的生母李太后。所以当郑贵妃让他派人服侍朱常洵时，其实正中他下怀。

徐锦稍做解释后，郑重地问道："你想要待在义父身边，一时风光，还是想将来有机会，站在帝王身边显赫一世！你的答案，应该跟义父想的一样吧。"

李梁低下头，沉默不语。

徐锦将手轻轻搭在李梁身上，说："既然你我一心，你就听话，安心把这位皇子伺候好。至于如何显赫一世，这件事情上，我们父子要早做打算。另外，乾西五所不比其他地方，你身上的那把小刀子别再带着了。上谋伐心，下谋诛心，明白吗？"

李梁跪下身，重重地磕了个头，"义父说得是，孩儿明白。"

"嘿嘿，潜龙之臣！不错。"徐锦不禁自得地笑出声来。

午时，李梁溜出宫，来到小宫女白莹避居的客栈。敲开白莹的房门，李梁进了屋后锁紧房门，愁容满面地对白莹说："这事出了些麻烦，有点难办。冯保大人说他还要再斟酌一二。"

白莹十分紧张，赶忙问："那，我怎么办？当初你可不是这么说的！"

李梁皱着眉说："我知道，我也没想到会这么麻烦。现在，最紧要的是不能让陈公公找到你，我怕他狗急跳墙！"

白莹被吓得慌了神，哭着问："那我现在该去哪儿？李梁哥，你可一定要救我啊！"

李梁表情凝重地说道："你放心，我一定救你。来的路上我已经想好了，你先赶

厂
卫

紧换身衣服，咱们现在就出城。我有一表舅住在城外，到了那儿保管没人能找着你。另外，这儿有十多两银子，你先紧着用，安心在我表舅那儿待一阵。等咱们这事有了眉目，我就把你接回宫，到那时候你就是有品秩的女官了。"

白莹不疑有他，对李梁千恩万谢，开开心心地跟着李梁出了客栈。

为掩人耳目，李梁特意租了辆马车驾着出了城。两人来到郊外僻静处，李梁见四周杳无人烟，便让白莹下了马车，对她说："到了，下个坡就是。这里很偏僻，陈公公的人一定找不到。"

白莹走到李梁身前的土坡上问："下坡，在哪儿呢？"话音刚落，李梁从后一手捂住白莹的嘴，另一手将匕首重重地刺入她的体内。还来不及叫一声，白莹就被刺死了。

李梁看着白莹的尸首，呆呆地站了一会儿，然后在坡下挖了个浅坑，将白莹的尸首放进去，并且将白莹掉落在地上的十多两碎银和那把匕首也一起摆在她身边，才填土埋了。

仔细地抖落身上的尘土，李梁去车马行还了马车，又在那儿擦了把汗后，返回宫内。

就在随后的第二日，李梁改名换姓为徐追，以徐锦义子的身份去了乾西五所，负责服侍皇三子朱常洵的起居日常，一心一意、尽力尽责。

从此，这世上那个可怜、懦弱的李梁已经死去。活着的只有光鲜、狠辣的徐追。

第六章

弹指间，龙青和吴羊都到了束发的年龄。跟父亲龙炎一样，龙青长得身量颀长、剑眉星目，下巴中间竖着一道明显的沟壑。多年的打猎生涯将他练就得骨健筋强，结实有力。相比起来吴羊要瘦弱许多，身长六尺四，尖嘴猴腮，发色焦黄，眉毛又短又粗，一双三角眼细小而锋利，时而透着精光，像在一直搜寻着什么。

两人同为军户人家子弟，到了这个年纪，必须去卫所应召入伍。

龙青本以为父亲会送自己和吴羊去南京的卫所。可没想到当父子二人聊起此事时，龙炎却对他说："我和吴羊他爹商量过了，你们都成年了，这次就自己去吧。再说，从咱们这儿到南京城的路，你比我还要熟。"

龙青有些不太相信自己的耳朵，疑惑道："爹，你说真的？"

龙炎笑了笑，说："嗯。怎么，难不成你们俩猴崽子在卫所当差，还要我和你吴叔叔一起陪着？"

龙青不好意思地挠了挠头，傻笑着说："那……那倒不用。"

知道龙青要有段时间不能回家，何氏和龙琴语给他准备了一大堆衣服、食物，以及各种治跌打损伤的药。何氏甚至给龙青多纳了几双鞋让他带着。很快就到了分别的日子，两个女人家对着龙青是千叮万嘱、依依不舍，就差相拥而泣了。龙炎在一旁看着，也不知道在思索些什么。直到最后才上前，拍了拍儿子的肩膀，说了几句"万事莫逞强""平安最重要"之类的话。

离了父辈的约束，龙青和吴羊快活得就像脱了缰的野马，嬉笑打闹了一路，不知不觉间，南京的城墙已然在望。进城前，两人决定先在城外的小酒铺里歇歇脚。

正当他们坐在桌边，聊着进城后是先赶去卫所报道，还是先去曹九曹大哥那儿要一会儿时，一个腰粗腿圆的黑胖少年走了进来。那少年的头发用一块布包着，上身穿着一件短褡裢，露出胸口茸茸的毛。他四下看了看，便吆喝着向店小二走去，大嗓门格外惹人注意。原来他只是讨口水喝，不料却被小二耍弄，哄骗着喝了一杯酒。这一杯下肚，少年很快就变得醉醺醺的，说话的时候连舌头都打结了。

小二本来只是想借机多卖点酒水，可费了半天工夫，这少年背囊里除了一袋干粮和一些旧衣裳，身上竟连一个铜板也没有。气得小二用拳头狠狠捶了少年几下，哪知这少年皮实肉厚竟一点都不觉得痛，还以为小二在和他逗着玩，一个劲地在那儿咧嘴傻笑。这一幕引得许多路人围观，众人如同看猴戏般，笑得死去活来。

黑胖少年虽然醉了七八成，但依然记得自己还有紧要的事情，大喊道："不玩了不玩了，我还要进城找军营报到。你这水喝得人怪晕的，我不能再喝了。"说完起身就要走，小二想拦他，可根本拦不住。

此时，一青衣少年从围观人群中走出来，挡在黑胖少年身前。他面带不屑地说："就你这种傻子，还是不要去军营里惹人嫌了。留在这儿扫地刷碗，或许还能给自己留条活路！"

黑胖少年看到有人挡着不让他走，不禁有些恼怒，"你谁啊？别挡道，让开。"说着就伸手向青衣少年推去。可没想到青衣少年身手不凡，只见他肩膀微微一闪，让过了黑胖少年的一掌。同时，左手握拳猛地一下击在黑胖少年的心口。黑胖少年踉跄着往后退去，青衣少年快走两步，对着他的面门又是一拳。紧接着脚下一个扫堂腿，直接将黑胖少年扫倒在地。

青衣少年将双手负在身后，轻蔑地看了眼躺在地上已经晕过去的黑胖少年，吩咐随从将其捆绑起来交给小二处置，自己则傲然离去。小二见黑胖少年已经不能反抗，便对他拳打脚踢起来。龙青于心不忍，忙劝住小二，帮黑胖少年付清了酒钱。

龙青帮黑胖少年松了绑，吴羊跑到一旁打了桶井水把黑胖少年浇醒。少年醒了酒还觉得莫名其妙，自己怎么晕过去了，而且脸上平白添了瘀青伤口。龙青询问他的来历，才知道他名叫高大伟，是个平民子弟。年幼时便父母双亡，靠吃百家饭长大。如今成人也不好再靠别人的救济生活，便离开了村子。可苦于没有生计，听说南京卫所正在募兵，月饷足有八九钱银子，便特意赶来南京试试。他想着自己身强体壮，说不定能被选中，等熬个几年攒够钱，回乡后还能买几亩良田，娶个婆姨过

第六章

上安生日子。吴羊一听，巧了，去的是同一个地方，便让高大伟跟他们一起进城。龙青觉得有些奇怪，什么时候平民子弟也可以去卫所参选？等他们到了城门口看到告示，才知道南京卫所这些年一直缺额，才不得不从平民中招募兵员。

由于高大伟是平民子弟，不能像龙青与吴羊他们一样验明正身后便登记入营，需要通过考核才行，高大伟虽然没有学过武艺，但天生神力。校场上，他一口气举起五石的石锁绕场狂奔了一圈，不大工夫就回到负责考核的小旗面前。高大伟这么一大圈下来也没出多少汗，小旗却吓得出了一脑门子汗。这二货，跑完就跑完了呗，倒是把手里的石锁放下来啊！怎么举着个石锁就过来了，还在自己面前不停地傻乐。"别过来了，再近就被你砸死了！那边，把石锁放那边去。好了好了，你过了。走走走。"小旗手舞足蹈地赶紧让高大伟过关。

三人来到营中集合，负责操练的贺总旗给他们训话。贺总旗疾言厉色，严申军中的规矩和奖惩制度。只因前段时间，五十多名倭寇横行江南一带，最后一路打到南直隶南京城外。可笑的是朝廷竟然束手无策，引得天子震怒。所以此次的新兵操练，贺总旗他们可不敢再走个过场。

其间，贺总旗特意将一人领到众人面前，介绍道："此人名叫杨明鉴，将门之后！其父乃是平凉府左卫指挥使司百户，正六品的武将。虎父无犬子，杨明鉴还在武乡试中考中了武举！"贺总旗一通猛夸，说此次杨明鉴知道家乡倭寇泛滥，赶回来为国效命，是你们这群大头兵的榜样等。

台上，杨明鉴端着一张面无表情的俊脸。他拥有小麦般的肤色，刀削的眉，高挺的鼻梁，薄唇紧抿，如旗杆般笔挺的修长身材。只是一双漆黑的眼珠中，隐隐透着一股凉薄气息。龙青他们认出了这个人——在酒铺出手对付高大伟的青衣少年。

吴羊用三角眼厌恶地瞥了一下傲然而立的杨明鉴，恨恨地朝地上吐了口唾沫，低声对身旁龙青说："不就是个鼻孔朝天的富家公子哥嘛，这个武举一定是靠他老子的关系疏通钱财打点得来的。也不知道他嘚瑟个什么劲。"

杨明鉴也看到了人群里的高大伟和龙青等人，脸上露出一丝讥讽。

训完话，贺总旗开始将众人分组。龙青、吴羊、高大伟分在了同一组，三人心中甚是欢呼雀跃。可下一刻他们郁闷了，在指派队正时，贺总旗竟然让杨明鉴做了他们的队正。

很快，更为郁闷的新丁操练开始了。

厂卫

本以为进来后可以学到高深武艺的龙青等人不免大失所望，每日里都在重复着简单枯燥的练习。什么阵法、步法、旗语，还有号令，真不知道这些东西练得再熟又有什么用处。步法走得精准，旗语看得明白，难道能用来上阵杀敌？最后还不是得实实在在地拿着大刀片子砍人才行！

起初，这三个人只是在休息时互相抱怨，没多久就变本加厉，不但在操练时不上心，还变着法子地偷懒、打诨。没想到身为队正的杨明鉴直接将此事上报贺总旗，结果是哥仨儿每人领到二十军棍。

三人被剥去衣衫，强按在地上。龙青仍不服气，用力挣脱的同时，昂首抗辩道："凭什么打我们！不就是操练个阵型、步法，喊喊口号嘛，又不能用来上阵杀敌。我不服！"

"慢，把这小子给我拉起来。"贺总旗挥手止住两旁准备行刑的士卒，走到龙青近前，上下打量了龙青一眼，笑眯眯地问道："不服气？是不是觉得自己挺能打的，现在我罚你们还感觉特别委屈？"

龙青倔强地抬着头回答道："是。"

贺总旗点点头，捏了捏龙青紧实的肩膀，说："看样子是错怪你了，你小子是真的挺能打。啧啧，这身板打一个，应该没什么问题。十个呢？我算你厉害，一个能打一百个，这样差不多了吧。"

龙青被贺总旗问得哑口无言。

贺总旗的脸慢慢贴近龙青，眼睛死死地瞪着他，厉声道："你就是再能打，到了战场上顶个球用！你打得了一千人、一万人吗？！都他妈猪脑袋让驴踩啦！"说着，贺总旗又看了眼被按在地上的吴羊和高大伟，"看你们这样子，就知道说了你们也不懂！用指头戳人疼，还是拿拳头打人疼，这总该明白吧。你们要记着，上了战场，你们就是一个人，你们必须做到眼只看旗帜、耳只听金鼓。所有人共作一个眼、共作一个耳、共作一个心。再让我知道你们偷懒打诨，通通给老子滚回去种地！"贺总旗转头冲两旁士卒吼道，"还愣着干吗？给老子打！"

杨明鉴一脸肃穆地站在那儿，看着吃瘪挨罚的三人，心里得意地暗骂道："傻子，一群傻子！"

原先还有些新兵想有样学样，现在看到龙青他们的下场都消停了。而龙青几人是鸡也做了猴也做了，终于想通了。贺总旗的话说得没错，不过杨明鉴那小子着实

第六章

可恨，居然暗中告密。龙青等人心里憋着一口气，一定要正儿八经地比过杨明鉴，争回脸面。哥仨儿不但平时的操练开始认真对待，就连休息时也不放松，还约定要互相督促。于是，吴羊盯着龙青、高大伟练旗语，龙青和高大伟则架着麻秆儿吴羊练石锁。可有一件事，却让龙青和吴羊哭笑不得。三人里长得最为粗犷的高大伟居然有脸说："我怕黑！还怕鬼！"

这个胆小如鼠的小子！龙青和吴羊商议决定，必须帮他练练胆儿。

这天夜里，营地内其他人都早早休息了，龙青三人悄悄起身离开营房。夜凉如水，偶尔传来几声虫鸣，四周的草木看起来黑影幢幢，格外瘆人。高大伟半闭着眼不敢看四周，紧紧贴着龙青和吴羊，硕大的身躯恨不得挤进两人的中间。他哆哆嗦嗦地向前边走边问："咱们这是要去哪儿练啊？"吴羊心里其实也有些害怕，可又不愿在高大伟面前显露。虽说他挺着胸膛，脑袋却不停地转来转去，生怕突然冒个什么东西出来，所以实在没工夫搭理高大伟。龙青走在最前面领路，话语间带着一丝兴奋地答道："急什么，等到了地方你就知道了。"

走了有一个时辰，龙青终于停下脚步。

举着火折子，龙青指了指面前杂草丛生的凌乱坟头，转头对高大伟说："大伟，我和吴羊就陪你走到这儿。接下来你自己进去，只要在这乱坟岗采满一百根草，就算你过关。"

高大伟听到龙青的话，好悬没一屁股坐在地上。等他定了定神再往四周看了一眼，急忙摇头，"龙、龙哥……那可都是坟头草！我……我不行。我……我今天还拉了一天的稀，你看这小腿直打飘，要不……咱们改天吧……"

龙青瞪着他，"不行也得行！今晚好不容易避开杨明鉴跑出来，下回没准被他看到，我们又要挨棍子。你赶紧进去。"

高大伟哭丧着脸，说："真的不行，我亲奶奶说过的，我五行火旺，你还让我去拔坟头草，这一下我就烧死了！"

吴羊在旁边"噗"地笑出了声，"鼠辈，你不是说自己是吃百家饭长大的嘛。爹妈长啥样都记不得了，哪儿又冒出来个亲奶奶啊！"

高大伟结巴地说道："我、我……"

吴羊笑着打岔道："我什么呀我！放心，你要真出事，来年我和龙哥铁定去你坟头帮你拔草。"

"吴羊,你别再吓唬他了。"龙青埋怨地看了吴羊一眼,接着安慰起高大伟,"大伟,没什么可怕的,我们就在外面帮你看着。不会有事的,你速战速决,我们也好早点回去睡觉。"

高大伟磨蹭了半天,还是没拗得过二人。临行前,他哀怨地看着龙青、吴羊,说:"我真的去了?"龙青、吴羊不耐烦地挥手。高大伟终于一步抖三抖地往乱坟岗里走去,可才踏进去没几步,马上又嗷嗷着飞奔出来,涕泪涟涟。没想到这么一个威武的汉子,竟可以有如此娇柔的姿态。在龙青和吴羊的坚持下,高大伟又接连尝试了几次,最后就差没尿裤子了,坟地还是没走进去多少,更别提拔坟头草了。眼看天光渐亮,三人只好先回营地。

此后,龙青与吴羊逮着机会就抓高大伟半夜去乱坟岗练胆。可高大伟的胆子没肥多少,倒把吴羊的胆子给练壮了,这小子都敢浑身插满枯骨吓唬高大伟了。

操练期间,龙青等人发现,时常有一个年近四十、身穿葛布直身的清瘦男子在营内随意走动。他皮肤粗黑,双眼细长而且常常带上一种病态的黄色,使人不欲久看。但此人有一异于常人的特征被龙青无意间发现,他的指掌比一般人要来得纤细。这名清瘦男子有时会站在校场边看着大伙训练,偶尔还会在休息时间坐下来和众人聊天,聊一些比如大家对营中训练的感受等。不经意间,他问了众人的家乡和家境情况。众人对这个人也有些好奇,便打听起他的身份,最后只知道他姓韩,凤阳府亳州人氏,此次是来南直隶探亲的,大伙不疑有他,慢慢地和他熟络起来,有些事也就一五一十地答了。甚至吴羊还曾向他大吐苦水,高大伟跟在旁边一个劲地不停点头。可这事过去的时间一久,大伙也都把这事给淡忘了。

营中的日子过得飞快,经过半年的操练,大家终于等来了最终的遴选。这次遴选,关系到每个人的归属。到底是被留在南直隶当差,还是被派去护卫哪个王府,抑或去屯田、放马,都看这回。杨明鉴自信满满、志在必得,每天脸上都挂着得意的神色。龙青和吴羊有些忐忑。不过也有例外,高大伟就无所谓被分到哪儿。反正到哪儿当差,都少不了他的饷银。所有人在选拔中都铆足了劲儿表现自己,但等结果出来后,包括龙青三人组以及优秀学员、武举杨明鉴在内,居然全都被派去放马。

杨明鉴十分不满,正要冲去找贺总旗质问,没想到贺总旗先来找了他们几人。

第六章

贺总旗一脸遗憾地看着几人,"没想到,你们几个居然是这个结果。"

高大伟憨厚地笑着说:"总旗,我倒是没什么。哪儿当差不是……"

"闭嘴!"杨明鉴怒气冲冲地冲着高大伟吼道,接着他看着贺总旗问:"总旗,是不是哪里搞错了!我不可能没有通过。"

"就算是搞错了,现在也没办法。"贺总旗看着两眼喷火的杨明鉴安慰道,"不过你也别急,我给你们几个托了关系。五军营那儿还有个特训,如果你们能在特训中通过,就有机会去京师当差。你们看怎么样,去还是不去?"

听到还有机会,龙青与吴羊纷纷应允。高大伟不愿与龙青他们分开,也答应了下来。杨明鉴虽然心中不忿,可也别无他法,只好跟其他落选的人一起,由贺总旗带领着去往五军营的驻地报到。

进到五军营,他们才发现接下来要训练他们的新教官,居然就是之前那个时常在营内走动的清瘦男子。并且,这次人家可不再那么亲切和蔼了。他上来就是一顿臭骂,"你们这群废物,我就是你们接下来的教官,韩潇。一个个资质这么差还敢抱怨,接下来的日子里,我会让你们见识到什么才是真正的训练。"

众人傻眼了。吴羊和高大伟想起之前的对话,才察觉他们好像说了很多不该说的话……

然而后悔也没有用,五军营的训练马上开始了,强度和新兵营简直是天差地别。不仅如此,还设置了很多新的训练项目。比如练习水性、使用火铳、骑射等。每天这群小子都被韩潇的魔鬼训练法折腾得苦不堪言,还不敢有丝毫抱怨。只要有人显露出一丁点的懈怠,马上就会被罚以数倍的量,完不成还不许吃饭睡觉。

同时,军营中流传着关于韩潇的骇人传闻。说这位韩大人,曾是传说中嗜血成性的"辽东夜不归",还说得有鼻子有眼的,比如他单枪匹马干掉多少多少蒙古人……在众人眼中,他就是鬼见愁,是一个杀人不眨眼的恶魔。

特训期间,韩潇在与众人的接触过程中了解到每个人的特点及能力,还知道了龙青乃是故人龙炎之后。可他却没有向龙青言明,不知道心中是何打算。

突击训练三个月后,韩潇带众人出城,来到四十里外的一处山林,说是训练众人的野外生存和潜踪匿迹之技。到达目的地后,又是连着几天强度极高的特训。众人简直累得灵魂出窍,每天躺下后直直地睡得不省人事。

可就在这天夜里,驻扎在山里的大营出事了。

厂
卫

　　一伙身着黑衣的蒙面人，毫无征兆地夜袭营地，将尚在睡梦中的所有人等一网打尽。甚至连恶魔韩潇也没躲得过去，被黑衣人给五花大绑了起来。

　　黑衣人头目让众人说出所属编制及此行的目的。韩潇奋起反抗，反倒呵斥起那头目来。没等他说上两句，就听那头目冷哼一声，"把这个嘴硬的，给我拖出去砍了！"几个黑衣人架着韩潇往外走，没一会儿就传来韩潇的惨叫声。

　　众人不禁面面相觑，韩恶魔就这么死了？！龙青忍不住小声地骂了一句脏话，吴羊紧张得全身僵硬，高大伟早就被吓得腿软到不行。就连平时总是嘲讽脸的杨明鉴，此刻也是脸色煞白。接着这伙黑衣人将众人分开关押、审讯。结果有的招了，有的没招。龙青是铁了心一句话也不说，即便逃不过一死，也不能做个贪生怕死的懦夫！

　　问完话后，众人又被聚在一起，静静地等待着。也不知道在等待什么，每个人脸上都神色复杂。两个时辰后，众人如同见鬼了一般看到，已经被砍死的韩恶魔和黑衣人头目有说有笑地一同走了过来。

　　原来，这起事件是此次操练的一个重要环节，测试众人的忠诚度。结果不言而喻，当然是招了的收拾东西打道回府，没招的顺利通过。龙青、吴羊、高大伟、杨明鉴，都在通过的人选中。杨明鉴见这三人居然阴魂不散，还要继续跟他们共事，白眼都快翻上天了。当然龙青他们也觉得杨明鉴这个小人相当碍眼。

　　不过事后谈及此事，仍是十分有趣。龙青原本只是以为吴羊可以幸免过关，高大伟天生胆小，可能不用严刑逼供，就吓得全部都招了，没想到他居然也能通过考验。私下向他打听此事时，这小子不无自豪地说："咱们之前那么多回坟头可不是白去的。再说了，他们是人又不是鬼。我只怕鬼，人倒还好。"龙青和吴羊不由得为他感到高兴，牺牲了这么多睡觉的时间总算还有些用处。

　　回到营地，韩潇集结余下的众人。这一次，他总算不再阴沉着一张脸大声呵斥了，而是露出了久违的笑脸，"我是锦衣卫北镇抚司百户，韩潇。之前所有出现在你们面前的身份都是掩饰。同样，你们之前也并没有落选，而是我发现了你们的潜质，给了你们更多的考验。在此，我要恭喜各位，你们已经是锦衣卫北镇抚司的校尉了，有资格领取朝廷赏赐给你们的飞鱼服和绣春刀，希望你们将来别让我失望。另外按惯例，你们本可以回家探望一下父母、妻儿，但事有轻重缓急，朝廷现有一

第六章

项紧要的差事需要你们去办,所以探望家人一事只能延后了。"

龙青他们听到自己已经成为锦衣卫,哪里还顾得上别的。等众人再各自领取了飞鱼服及绣春刀,更是激动不已,一个个急急地穿戴起来。人靠衣装,马靠鞍。换成锦衣卫的装扮,人人皆是神采飞扬。人群中,龙青与杨明鉴更显气宇轩昂。就连瘦小的吴羊,也感觉比原先挺拔了不少。高大伟兴奋地直念叨:"我还担心没有我合身的呢,没想到正好!"一时间,众人只觉得之前所受的一切苦累煎熬都值了。

第七章

  紫禁城乾西五所内住的是当朝各位皇子，朱常洵也在其中。按着年龄排序，朱常洵排在第三。由于母亲是万历宠妃郑贵妃的缘故，自出生之日，朱常洵就享尽人间富贵，受尽世间宠爱，性子难免有些骄纵。可朱常洵心思绝不糊涂，他知道要在父皇面前做个乖巧、伶俐的模样，因此也不敢太过任性。

  徐追刚到皇三子朱常洵身边时，教导众位皇子学业的是内阁首辅张四维张大人。这是个古板的老夫子，满口的之乎者也。虽然如此，张四维却颇受万历信任。因此，在立储一事上，他的态度就显得很重要。

  在张四维看来，这事儿根本就不应该拿出来讨论。你提起此事就是别有用心，大逆不道。民间的老百姓都知道祖宗家法上写着的就是传嫡不传庶，立长不立幼，更何况帝位。既然当朝孝端皇后早已亡故，那皇长子朱常洛理应是太子的不二人选。可现状却是由于朱常洛的生母王恭妃不受皇上宠爱，招致朱常洛在宫中所处的地位与身份极其不符，而他本不应受此屈辱。张大人每每念及此事都会为朱常洛感到悲哀，所以张大人要为其做主。天地不可欺、祖制不可违！张四维不仅在课堂上对朱常洛多有照拂，还总在万历面前为其美言，对皇三子朱常洵却是略有微词。

  朱常洵当然知道，这个老夫子是在帮着兄长打压自己。可他没办法，总不能跟自己的老师对着干。万一在父皇眼里落下个目无尊长的名声，吃亏的还是他。朱常洵只好继续在张四维面前摆出一副恭敬的样子，私底下却大骂这张老头不识时务。

  一段时间后，徐追慢慢摸透了朱常洵的脾性，总是能顺着他的意，把事情办得妥帖恰当。往往朱常洵尚未张口，徐追就知道他想要什么。使得朱常洵对徐追的信

第七章

任与日俱增，手边的事都习惯让徐追来办，心里有什么话也喜欢找徐追来讲。主仆二人是越来越默契。

同样徐追心里对张四维也烦得很，这个老头的存在实在是有百害而无一利。可眼下也没什么其他办法，徐追只能时不时地劝慰一下朱常洵，该忍的还得忍。同时，他还会收集一些与众皇子有关的讯息暗中向义父徐锦禀报。应徐锦的要求，徐追会对讯息加以分类，顺带附上自己的分析。例如朱常洛性格敦厚、软弱，遇事瞻前顾后，与其母王恭妃一般懦弱。而朱常洵继承了郑贵妃的聪颖、心高气傲、争强好胜，处处都想压这个"都人子"大哥一头。只要郑贵妃圣宠不衰，朱常洵就有机会去角逐太子之位。

徐锦对徐追的要求极高，一旦发现徐追出了差池，就会严厉地责罚他。虽然被义父责罚，可徐追心中却没有丝毫的愤恨。他知道义父这么做是真心为他好，是让他记得下回别再犯相同的错。毕竟这宫中龙蛇难辨，时刻都需要如履薄冰。"孝莫大于严父。"徐追渐渐将徐锦当成了自己真正的父亲。他觉得孝敬义父最好的方法就是完成义父交代的任务，为其分忧解难，甚至共图大业。因此，他做事愈发用心竭力。

幸好苍天有眼，张四维的父亲恰好在此时殁了。按着张大人一直挂在口中的祖宗家法，他要回去丁忧守孝三年。就这样，张四维被迫离开权力中枢。而接任首辅位置的申时行申大人，比起那个迂腐老头来，就是个有眼力见儿的妙人了。他知道万历独宠郑贵妃，众皇子里也更喜欢皇三子朱常洵。审时度势的申大人，自然是支持万历的想法。他在给众皇子上课时，发觉皇三子朱常洵确实聪明伶俐，一点即通。而皇长子朱常洛的谨小慎微、事事忍让，在申时行大人的眼中就变为了胆怯懦弱。这样的人就连宫中的下人都掌控不了，怎么可能会是未来大明的皇帝？这么一对比，谁适合做储君，申时行心中了然，自然站到郑贵妃及朱常洵一边。

徐追终于等来这个大好时机，没有张四维的庇护，朱常洛还不是任人拿捏。没有靠山的处境，他最是清楚不过。徐追挑唆朱常洵去羞辱朱常洛，申时行大人看在眼里，不但默不作声，有时还有意纵容，使得朱常洛的日子更加艰辛。朱常洛为人忠厚老实，又不善言辞，加上心中对郑贵妃多少也有些畏惧，所以对朱常洵的种种挑衅不敢还击，只是左右躲闪，尽量回避和朱常洵见面。

朱常洵在申时行的悉心教诲下，不但言谈举止得体大方，学业上也有了长足进步。徐追也时常督促朱常洵去翊坤宫，向父皇和母妃请安。朱常洵表现出的安详恭敬、嘘寒问暖都令万历十分满意。面对万历的考核，朱常洵也是信手拈来，对答如流，更让万历喜爱。为此，万历还褒奖了郑贵妃，夸其教子有方，特封其为郑皇贵妃。

郑皇贵妃看到儿子的表现十分欣喜，她着实夸奖了徐锦的举荐之功。同样徐锦对徐追也是十分满意，这小子不仅让朱常洵在万历面前百样玲珑讨了欢心不说，竟还拉来了一位内阁首辅，这可是意料之外的喜事。

对于徐追来说，这些年日夜陪伴着朱常洵起居进出，他对朱常洵也有了感情。在陪同朱常洵读书时，徐追会不自觉督促朱常洵的功课，就如同儿时教导、监督龙青一般。这令徐追不由自主地回想起他曾经拥有过的，如今却又十分陌生，显得不太真实的年少时光。渐渐地，他忽略了初始的动因，而是真心期盼有朝一日朱常洵能登上太子之位。

在申时行和徐锦等人的授意下，朱常洵努力地为今后的道路做着铺垫。他知道仅仅依靠父皇的偏爱是不够的，他还要争取群臣的支持。只有这样，当父皇想要册立他为太子时，才能水到渠成，不会横生枝节。毕竟老朱家的规矩摆在那里，立长不立幼。想要打破这个规矩，难度着实不小。

朱常洵开始刻意地多与群臣走动，向他们请教国事。还时不时找名头送礼赏赐，在宫外设宴联络感情等。总之，只要有益于他登上太子之位的事情，他都会不遗余力地去做。

所有的一切都在按着计划稳步进行着，事成只是早晚。

刘坤瑞今年刚满十三，是乾西五所跟在朱常洵身边的一个小太监，平日里机灵嘴巧，挺讨朱常洵欢心。可这小奴才少不更事，得意之下现了形，和别的太监吹嘘时，不无显摆地说："乾西头所有什么呀，别看咱们三皇子现在住的是乾西二所，但给太子住的慈庆宫，可是老早帮咱们备着呢。以后咱二所就是潜龙邸，懂吗你们？往后，你们还指不定怎么巴结我呢！"好死不死，这话被宫内巡防的锦衣卫听到，立即将这消息禀报到锦衣卫指挥使刘守有那里。说者无意，但听者有心。刘守有不单是锦衣卫的指挥使，更是皇长子朱常洛的岳父。他本就对自家女婿的处境十分担忧，再听到这话更是心急如焚，他急命麾下干将骆思恭暗中查证。没几日，骆思恭就将密报摆在刘守有的面前。皇三子朱常洵不但与内阁首辅申时行大人来往密切，并且同朝中许多大臣都有走动。

第七章

看着书案上的密报,刘守有一筹莫展。没错,朱常洵就是在发展自己的党羽,可你能拿他怎么办!就是密奏给皇上也没用,京师里的瞎子都知道皇上专宠郑氏母子,本来就属意立朱常洵为太子,他知道了也只会睁只眼闭只眼。可当今世上,还有谁能给皇上施压,让皇上听话呢?思来想去下恐怕也只有生养他的人,毕竟百善孝为先。于是刘守有来到慈宁宫将这个消息禀报给李太后,顺便还替自己的可怜女婿哭诉了一把平日里受的委屈。

皇长子朱常洛的母妃王恭妃,原本就是李太后宫里出来的人。李太后对这母子俩本就抱着几分怜惜,她也颇有些看不惯恃宠而骄的郑皇贵妃。现在得知了这些事后更是大怒,祖宗立的规矩在那儿呢,大家都不是正儿八经的嫡子,哪有这么放肆让老三压着老大的道理。刘守有退下后,李太后思量了一整日,直到第二天才命身旁的女官将万历请来慈宁宫。

起初,李太后还耐着性子,细声慢语地和万历说着。可没承想,万历就是不愿意。这下李太后也不客气了,好生教育了万历一通。让他仔细想想祖宗立下的规矩是什么,不要被自己的偏心弄昏了头。

可万历也没想要当下就立太子,他本想把这个事拖一拖,过几年再说。而且他实在不喜欢这个唯唯诺诺的"都人子",一脸没出息相,根本不像自己的种。现在被李太后这么劈头盖脸地一顿说教,万历心里的火"蹭"地一下就上来了。

"母后,您就不要逼儿臣了。"

"哀家怎么逼你了,你且说来听听。"

"儿臣当初只是一时糊涂。"

"这哀家知道。"

"王淑蓉只是个宫女,常洛不过是都人之子!"

李太后听到这里,将手里的龙头杖重重地朝地上一捣,指着万历骂道:"他是都人子,那你呢!别忘了,你也是都人之子。她王淑蓉的儿子,难道就不是你的儿子了?"

跪伏在地上的万历,静静听着母亲的训斥。表面上好似已经顺从不再反驳,可心里早已波涛翻涌。张居正活着的时候,他管束着朕,这不许那不准的,好不容易张居正死了,您又来!朕想立哪个儿子做太子,难道还得您说了才算!到底谁才是大明的皇帝!

离了慈宁宫,万历即刻命冯保宣众内阁大臣入宫觐见。并且,他刻意将觐见的地点选在了建极殿,这可是只有皇帝在准备册封皇后或太子时才用得上的地方。

等到众位内阁大臣听到旨意,再一看觐见的地点,心想:好嘛,这就来了。

原来,李太后早摸透了她这个儿子的性子,就在她同万历见面的前一天,已经将申时行、王锡爵为首的众内阁大臣和司礼监掌印太监冯保叫到慈宁宫,特意嘱咐他们:"皇上要是任性妄为,提什么立皇三子为太子的话,你们这些老臣可别跟着他瞎胡闹,千万要劝阻,不能在他这里坏了祖宗的规矩。一切要以社稷为重!如果你们顺着皇上性子来,那你们都是罪臣!"

因此当万历在建极殿和众大臣一说要册立皇三子朱常洵为太子,底下人就全乱套了。诸公是你一言我一语地劝说万历要三思,千万不可冲动。整个大殿乱糟糟的,全是反对的声音。不但司礼监冯保反对,就连一直支持皇三子的首辅申时行也摇头说不妥。而以次辅王锡爵为首的其他内阁成员反应最为强烈,就差要以头抢地,跪求皇上把话收回去。

总之众人的意思就是:不行!坚决不同意!你想都别想!别说我们了,你的太后亲妈也不同意,就连你们家列祖列宗都不同意!太祖高皇帝曾曰:有嫡立嫡,无嫡立长!就算你下了旨,我们也能把你给驳回来!

君臣在建极殿上吵嚷半天,也没个结果,双方不欢而散。看着万历气鼓鼓地拂袖而去,大臣们也只能叹息着离开。

此后,万历要册封皇三子朱常洵为太子的消息不胫而走,传遍京师的街头巷尾,众大臣及言官们听闻消息后纷纷上书劝阻。甚至内心支持朱常洵的内阁首辅申时行也在其中,毕竟现在这事儿闹得太大了,他总不能和群臣壁垒分明,所以不得不一起装装样子,说几句不咸不淡的话。还有其他几位和朱常洵过从甚密,相得无间的大臣,审时度势下也都选择了明哲保身,跟着同僚一起上书。

众臣工上书劝阻的内容,除了"有嫡立嫡,无嫡立长,立长不立幼"这些老套路,还有连带着将朱常洵的母妃郑皇贵妃一起骂进去的,说她是祸国妖精,为了一己之私,不顾大明的祖例。更有甚者还借机骂万历是昏君庸主,被酒色乱了本性,反正说什么的都有。

看着眼前堆砌奏本里面写的那些鬼话,什么郑皇贵妃是妲己在世,皇上您是非不辨,堪比两汉成帝,迷恋酒色,不理朝政。切莫留下王莽篡汉的祸根!原本就心气不顺的万历勃然大怒。他把这些奏章全扔了出去,命人传来锦衣卫指挥使刘守有。

第七章

刘守有知道皇上火急火燎地找他来一定不会是什么好事，可不来也得来。他忐忑地在殿外等着万历的召见。等刘守有进了殿，就看见满地奏章，而万历正襟危坐在殿上俯视着他。

刘守有忙跪地行礼道："臣刘守有叩见皇上。"

万历点点头，"看见地上这些奏本了吗？"

刘守有抬头看了看眼前，"臣看见了。"

"写这些奏本的人，全给朕抓起来。"

"万岁爷，这么多人？臣有些担心这些大臣恐怕不服，继而聚众闹事，不知臣该以何名目去拿人？"

万历突然暴怒，大声吼道："混账，你怕他们闹事，你就不怕朕了吗？还要朕给你想名目，你自己去想，就是编你也得给朕编出来！"

刘守有赶忙低下头，惶恐地说："臣不敢，臣这就去办。"说完，刘守有伏在地上，捡拾着散落一地的奏章。

看着底下忙碌的刘守有万历稍事冷静了一些后，叹息着说："罢了，里面骂皇贵妃是妲己的，还有说朕是汉成帝的，就这几个吧。"

刘守有急忙再次叩首道："臣遵旨。"

随即，过足口舌之瘾骂得最狠的几位大臣被锦衣卫关入诏狱。另外上奏的臣子里被贬官、撤职的也有七八位之多。

万历这才稍稍消了一点心头怒气。

其实这些被惩戒的人里面，还有属于被误伤的。比如都察院右佥都御史虞可衷虞大人，他和朱常洵来往甚是密切，也是皇三子一派的人。但眼看大势如此，他也不敢跟这么多同僚公然作对，没法子就跟着一起上了书。结果把一篇劝谏文写得倘佯恣肆、花团锦簇，洋洋洒洒一长篇，不留神间写得过于投入被万历给记住，不幸躺了枪一同被卸了职。

这场风波闹得这么大，郑皇贵妃和朱常洵眼看着之前的努力不但瞬间灰飞烟灭，而且倒还显得他们母子确实用心不良，落下这不贤的名声，心里又急又气，可又别无他法。朱常洵一怒之下，杖杀了那个多嘴坏事的小太监刘坤瑞。

这事也把徐锦父子的"潜龙"计划击得粉碎，之前的良苦用心变成了一出水中捞月的闹剧。可即便如此，这场风波也仍未过去。

第八章

  龙青等人终于穿上飞鱼服成了威名远播的锦衣卫，心情无比雀跃。就算听到韩潇说暂时无法回家探望父母，也没太放在心上。毕竟又不是不见，只是暂缓而已。

  韩潇看着眼前这群新兵蛋子那跃跃欲一试的样子，嘴角不由得露出一丝笑容。他想起当年的自己，和这群年轻人一样也是满腔热血、踌躇满志。但这念头只是一闪而过，如同他嘴角的笑容一般。韩潇恢复了训练时严厉的表情，开始了对这些新人的第一次训话。内容无非是让他们戒骄戒躁、尽忠职守，平日里也要注意生活作风，不可滥用职权等。同时，韩潇宣布了他们的第一件差事：大队将于七日后开拔，前往江浙一带。可关于任务具体的地点、内容和要求，韩潇却闭口不谈。

  生平第一桩任务不但要去倭寇泛滥的江浙沿海，还如此神秘，想来也不会是什么鸡毛蒜皮的小事。底下这群小子心痒难耐，一个个摩拳擦掌，恨不得现在就能拔营出发。

  少年人的本性本就一身锋芒，何况现在更是鲜衣怒马，彼此间看不顺眼起个冲突，有时也在所难免。杨明鉴与吴羊之间就是如此，整备期间两人闹了一场不大不小的风波。

  起因还要从最早新兵训练那时说起。杨明鉴顶着武举的光环又身为队正，免不了心高气傲，看谁都觉得不过如此。他自认在这一批新人中，无论从哪个方面来说，他绝对是独占鳌头的那一个。可没想到在队内的箭射比试中，他居然败给吴羊这个矮小瘦弱还生了一对三角眼的乡下小子。

  好不容易能压住这个拿鼻孔看人的杨明鉴，可把吴羊给嘚瑟坏了。就差没在城

第八章

门口贴出告示,昭告天下他赢了武举人。恼羞成怒的杨明鉴当场就把弓摔了,他恨不得直接指着吴羊的鼻子破口大骂。但他确实是输了,真要去找吴羊的麻烦,反显得自己小肚鸡肠。实在咽不下这口恶气的杨明鉴,想到一个能让他扳回颜面的法子。

杨明鉴看着得意扬扬的吴羊,挤对着说:"有那么开心吗?吴羊,没什么好嘚瑟的。你应该知道,现在咱大明编制里基本全是用火铳了,你拿把破弓,射得再准顶个屁用!"

听到这话,正在兴头上的吴羊当时就急了,他拿三角眼瞪着杨明鉴,"你输不起就直说,别在这阴阳怪气地嚷嚷。不管是弓箭还是火铳,不都是比个眼力见儿嘛!你要是还不服,那咱们就再比比火铳!"

话虽这么说,但在乡野长大的吴羊哪儿会火铳啊。他也就是来了军营才知道有这玩意儿,早先压根没见过。杨明鉴料准吴羊没见识过火铳,才故意这么说。他想的是,只要吴羊敢答应,那他就能扳回一局。而且这小子心思简单,被他用激将法一激,保不齐就会跳起来。现在吴羊这么主动地要求比试,正中杨明鉴的下怀。

两人站在校场上手持火铳,开始填装火药,压上弹丸,点燃火绳,最后对着五十步外的靶子瞄准射击。先是一声脆响,紧接着又是一声轰鸣以及黑烟滚滚。高大伟在一旁看乐了,"嘿,吴羊稳赢了,他这动静可比杨队整的大多了!"

听到高大伟的话,围观的锦衣卫没笑得背过气去。龙青拍了拍高大伟,轻声说:"吴羊输了,他的火铳炸膛了。"

吴羊在火铳比试中,彻底输给了杨明鉴。之前赢来的面子丢了不说,还落了个灰头土脸。

这不,在这次整备期间,杨明鉴又跑来吴羊面前炫耀自己的火铳技术,滔滔不绝地讲个没完。吴羊不干了,这窝囊气实在咽不下去,就算龙青拦着也不行。他还是忍不住,跟杨明鉴又杠了起来。

二人吵了半天,谁也不服谁。最后两人决定要不还是再比一回,反正文无第一、武无第二,咱们手底下见真章。但这个时候,杨明鉴又出幺蛾子了,他打算恶心一下吴羊。于是他故意露出轻蔑的笑容,对吴羊说道:"老是这么傻比也没意思,要不咱们添点彩头。我是没什么,但你看你这也挺穷的,不知道能拿得出来多少银子。可别到时候输得拿裤子来抵债,我可是不收你那些破烂。"

盛怒之下的吴羊一不留神又中了杨明鉴的计,他气急败坏地说:"就算我现在没钱，可我还有俸禄呢！要是我输了，我就把一年的俸禄都给你。行了吧！"

龙青一把拉住吴羊，对他吼道："你疯啦！万一他赢了，接下来这一年你喝西北风啊！"

吴羊挥手挣脱开龙青，斩钉截铁地说："龙哥，你别劝我。我还偏不信了，这次赢不了他！"说完，吴羊转头看着杨明鉴，"那你呢，你输了怎么说？"

杨明鉴冷笑一声，"我？我会输给你？做梦吧你！不就一年的俸禄嘛，没事，我应了。"

可没想到围观的同僚中有人出了馊主意，在那儿说道："杨头，你这就没意思了。人家吴羊可是拿出一年的俸禄，你这富家公子哥怎么也得再添点不一样的彩头，不然谁跟你比啊！你们说是不是这个理？"

这一群看热闹的反正也不嫌事大，都跟着起哄。

人群中传来一个厚重的声音："要不让他拿出他爹给他的火铳来做彩头？"

众人顺着声音看去，发现原来是高大伟说的。

高大伟突然被这么多人一同看着，不由十分紧张。他不好意思地挠了挠头，露出憨厚的笑容，说："我就随口说说。"

围观众人连声喝好。

平日里显摆是一回事，真要拿出来做赌注就是另一回事了。

杨明鉴当时就不乐意了，"这可是当年中了武举我爹送我的，从不离身，凭什么！"

龙青挑衅地说："你不是说自己一定赢嘛，那你怕什么！还是说，其实你心里根本没底，也慌得很，生怕自己会输！"

杨明鉴咬咬牙，最后在众人的目光中狠下心，拿出随身携带的那把佛郎机短铳"啪"地放在桌上，用手指着吴羊说："这次我不单要让你一年都吃不上饭，还要你记住，你永远都是我的手下败将！"

旁人或许不清楚，吴羊自己心里可是明白得很。自从上次比试输给杨明鉴之后，吴羊完全沉迷于研究火铳及火药的配制中。没事就拿着营里的火铳一个人往后山跑，偷偷琢磨了这么久，为的就是有朝一日可以一雪前耻。

杨明鉴万万没有想到，吴羊平时看起来没心没肺，却相当记仇，早就铆足了劲等着找回面子了。经过这段时间的刻苦练习，吴羊是突飞猛进、今非昔比。

第八章

二人再次来到校场,手拿火铳开始重复上回一样的动作。随着一前一后两声脆响,早有人急急地跑到靶前确认,在那儿高声喊道:"吴羊的铅丸离得靶心近,吴羊胜!"听到这个消息,龙青、吴羊和高大伟在那儿高兴得连蹦带跳。杨明鉴一脸不可置信的表情,特意跑到靶子前亲自确认,可他是真输了。

吴羊眉飞色舞地回到桌旁,刚伸手想要拿走桌上的佛郎机短铳,却被杨明鉴一把按住。吴羊用三角眼瞥了瞥杨明鉴,说:"怎么,想赖账?"

杨明鉴低着头,轻声说:"你说个数,我拿银子抵。"

龙青向吴羊使了个眼色,冲杨明鉴点点头,"行。"

"行什么呀?"吴羊眯着眼反驳道。龙青忙拽了下吴羊,可吴羊却不为所动,"你自己答应的赌注,现在还想反悔?原来杨大少当年就是这么考上武举的!"

围观的同僚也在一旁跟着起哄:"可以啊,愿赌不服输嗨。""真他妈丢人。"听着耳边传来的闲言碎语,杨明鉴脸涨得通红,不情愿地松开手,狠狠地瞪了吴羊和龙青一眼,"咱们走着瞧!"说完拔腿就走。

吴羊才没工夫接杨明鉴的话茬儿。他捧着短铳心里那叫一个美,一边爱抚着一边对身边的高大伟说:"你看人家那线条、那做工,上面还雕着花纹呢。啧啧,不愧是佛郎机的玩意儿,就是好。"

这时一个识货的锦衣卫插了一句嘴:"能不好吗,就这火铳得卖三百两银子呢!"

吴羊一听这数目,吓得嘴都没合拢,手上的动作不觉轻柔了许多。要知道大明朝的鸟铳造价才六两银子,而这把佛郎机短铳居然值三百两,这能换多少把鸟铳了!

高大伟听到这话坐不住了,拽着吴羊就要往外走,"还玩什么玩!走,咱们直接去当铺把这玩意儿给当了。这得是咱们多少年的俸禄啊,还当什么差,不干了!回家买田买地娶婆姨去!"也难怪高大伟激动,要知道在这南京城最繁华的秦淮河两岸购置一套宅子也不过六十多两银子。而哥仨在这卫所当差,拼死拼活一年也仅有十八两的饷银。三百两!这得干多少年才能挣到!只是吴羊到底没舍得这宝贝,还是留了下来,把高大伟郁闷得不行,在一旁小声嘟囔着:"这杨大少怎么就不来找我比试比试呢,要是他来找我比力气,那倒感情好,再不济就是比饭量也行啊。"

吴羊得了这短铳宝贝得不行,但凡出门都要贴身带着。而且这小子还时不时就拿出来炫耀一番,把杨明鉴气得每天都阴沉个脸。龙青特意劝过吴羊,让他将这把

厂卫

佛郎机火铳还给杨明鉴，解了这段恩怨，毕竟怎么说也是人家爹送给他的，以后日子长远得很，大伙在一个地儿当差，抬头不见低头见的，做起事来难免尴尬。但是他这个兄弟，难得露了一下脸正在兴头上，任凭龙青怎么劝说，吴羊就是不肯。高大伟也不乐意，打岔道："吴羊凭本事赢来的，干吗要还他！龙哥，这可是三百两银子呢，你真舍得！"弄了半天，高大伟反倒劝起龙青来。龙青知道再要劝说吴羊是没可能了，只有随他俩去吧。

他们这么一闹腾，日子也就没那么难熬了，很快到了拔营出发的日子。大队人马在韩潇的统领下，向着浙江沿海一带进发。

走了大约有半个月，众人终于抵达此行的目的地，浙江布政司治下、台州府宁海县。韩潇这才宣布此次的具体任务——刺探沿海倭情，并且所有人必须着便服行动，如果发现线索，千万不可打草惊蛇。

由于在之前受训期间，龙青翻墙越壁、潜踪匿迹的能力让韩潇印象深刻。衡量再三后他做出决断，由龙青替代杨明鉴作为队正，带队出发。丢了火铳又当不成队正的杨明鉴，此刻内心像是吃了一只苍蝇，难受恶心又气到头疼，可军令如山，也只能乖乖跟着去。

虽说任务已经布置下来，可这"刺探倭情"四个字未免也太空泛了一些。再说这些个倭寇海盗，又不可能站在大街上等见着你过来，还特意跑到你面前，告诉你说我是海盗，你快来抓我呀。这些锦衣卫新手毫无头绪，又是初来乍到，让他们去哪里刺探？一群人叽叽喳喳讨论了半天也没结果。身为队正的龙青也想不出法子，只好让大家先分头到处乱逛，看能不能发现蛛丝马迹。于是什么酒楼、茶馆、客栈，高大伟和吴羊等人倒是得以有机会都逛了个遍，好好地开了一番眼界。杨明鉴对龙青、吴羊他们新奇兴奋的神情不由得嗤之以鼻，这些场所不过是他平日常去的地方，真不知道有什么好稀罕的，一群土包子。

眼见天色已晚，龙青带着众人随意找了家餐馆走了进去。白天毫无收获，晚上自然不能闲着。趁着吃饭的间歇，龙青叫来堂倌向他打听。众人这才知道，宁海县晚上最热闹的地方非醉花楼莫属。

高大伟探头探脑地问吴羊，"醉花楼，青楼啊？"

吴羊冲他翻了个白眼，"废话，晚上生意好的还是茶楼啊。"

第八章

高大伟挠挠头，呵呵直笑，"我没去过青楼。"

吴羊不再理睬高大伟，他凑到龙青身边，"龙哥，要不咱们晚上去醉花楼打探打探？"

龙青皱着眉，掏了掏耳朵，抬头看了看众人期盼的神情，"行，那咱们就去醉花楼。"

龙青的话音才落下，就看见高大伟猛地拿起碗筷一阵扒拉，随后"啪"的一声放下，吧唧着嘴说："我吃好了。"

龙青和吴羊已经憋不住笑出了声。杨明鉴一脸诧异，这位不是吃饭，是倒饭。

在高大伟的紧赶急催下，众人终于站在了宁海县的醉花楼前。

灯火通明，人流如织，竟比白天还要热闹几分。可真要进去时，这群初哥又在门前扭捏起来，谁也不好意思踏出第一步。杨明鉴轻蔑地瞥了他们一眼，当先走了进去。龙青等人这才反应过来，争先恐后地往里冲。

姹紫嫣红！粉色轻纱随风摇曳，飞舞间阵阵浓郁的脂粉香味袭面而来。数道曼妙身影环肥燕瘦，姿态各异，风情万种，似彩蝶般翩翩起舞。吴羊和高大伟连眼神都不知道该往哪里放，坐在那儿傻笑着往嘴里灌茶水，然后不停地去茅房。龙青则是故作镇定，抬眼到处观察，其实也不知道要观察些什么。他只看到姑娘们个个柳眉媚眼，眼底藏春，嫣然一笑，勾魂摄魄。而杨明鉴一边品着酒，一边看着这群土鳖，心想：反正你龙青才是队正，此间事与我无关。

也是老天垂青，还真被这群人在醉花楼里查到了线索，还是吴羊和高大伟二人听墙脚听来的。

少年人血气方刚，这俩货又未经人事，不免对那档子事特别好奇。于是吴羊偷偷带着高大伟跑去听人家姑娘房间的墙角，正好这房间里的恩客是海盗中的一员，而且估摸着和这姑娘还挺熟络，酒醉色迷之际说出了自己才跟着四当家从岛上出来，乘着四当家不在才赶紧跑过来。这位还不停地追问姑娘，什么时候和他一起上岛生活。吴羊和高大伟心里一惊，吴羊墙角也顾不得听了，让高大伟继续盯着，自己跑回来把消息告诉了龙青。

龙青一听乐了，这不就是踏破铁鞋无觅处，得来全不费工夫嘛。他让吴羊赶紧回去接应高大伟，自己则向杨明鉴说出了计划。他打算在青楼外候着那海盗，等那海盗出了醉花楼，就将他直接绑了带回去。到时候，不怕那海盗不说出他们藏匿的地点。但他没想到，计划遭到杨明鉴的反对。杨明鉴的理由很简单，咱们此行是来刺探倭情，临行前韩大人特意叮嘱不可打草惊蛇。你这生怕别人不知道似的，直接把人绑了，还刺探个屁的倭情！

龙青听得杨明鉴的话也觉得不无道理，可一时半会儿想不出其他办法，不由得紧锁眉头，小声向杨明鉴请教，"那你说咱们该怎么办？"

杨明鉴笑了笑，高深莫测地说："什么都不做，继续喝酒。"

龙青不免有些着急，"什么都不做，那贼寇跑了也不管？！"

杨明鉴呵呵一笑，"跑就跑吧，跑得了和尚，跑不了庙。你安心等着就是。"

龙青低声警告杨明鉴，"杨明鉴我知道咱们不对付，但你可别因为咱们的恩怨影响了正事。"

杨明鉴扯了扯嘴角，轻蔑地看了眼龙青，未置可否。

半个时辰后，一个中年男子向醉花楼门口走去。在他身后不远处，吴羊和高大伟也探头探脑地跟了出来。吴羊暗暗用手不停地指着那男子。可龙青悄悄对二人摆了摆手，二人一脸诧异。

杨明鉴斜眼看着那中年男子，直到他走出门外，才唤来老鸨，悄声在老鸨耳旁说了几句，还塞给她一锭银子。老鸨满面春风地接过银子，转身领着杨明鉴朝内走去。

吴羊和高大伟来到龙青身边，吴羊急不可耐地问道："怎么就放那贼寇走了？"

龙青皱着眉说："不放不行，韩大人说过不能打草惊蛇。"

吴羊红着脖子，问："龙哥，人都跑了，咱们到哪儿再去知道他们藏匿的地方！"

龙青揉了揉眉头，说："等一等吧，杨明鉴说他有法子。"

吴羊咒骂道："他有个屁的法子！"

不一会儿，杨明鉴回来了，得意地说："走吧，队正。"

龙青着急地问："查到他们藏匿的地点了？"

杨明鉴看着这三个土鳖，淡淡地道，"三门，蛇蟠岛。"

吴羊斜眼看着杨明鉴，"真的假的，可别是你胡诌的吧？"

杨明鉴倨傲地说："不信你可以不来。"

高大伟插嘴问道："杨大少，我问下，你是怎么知道的？"

杨明鉴冷哼一声，"婊子无情，戏子无义。只要给钱，他们什么都愿意干！"说完，杨明鉴昂头走出青楼。

第八章

一个昼夜后,众人赶到蛇蟠岛。为免人数众多打草惊蛇,龙青将大队留在岛外接应,自己带着杨明鉴、吴羊和高大伟三人上了岛,前去搜索那伙海盗的所在。众人从蛇蟠岛南侧上岸,乘着夜色深入中部的密林中。对于这样的山林,龙青跟回到家一样熟悉,很快顺着树枝折断的痕迹,找到林中小道。沿着小道,他们看到一个村落。躲在远处望去,整个村子好像没有什么人烟,只有几座破旧的茅草房歪斜地立在那里,看上去格外萧条。

正当一行人缓缓走向村子时,领头的龙青突然抬起右手,做了个止步的动作,伏低身子的同时让众人赶紧散开躲藏。远处村落里,一个矮小精瘦的男子,腰挎单刀慢悠悠地出现在众人视野中。龙青等人不由得将身子压得更低,唯恐被那男子发现。只见那男子径直来到一处草丛边,随手将单刀扔在一旁,松开腰带,蹲下身子解起手来。龙青皱了皱眉,不自主地捏了捏鼻子,转过头望向吴羊等人,准备给三人做个手势,意思大伙噤声、勿动,一回头却发现坏了!夜色下一个五六岁的男童正朝着几人躲藏的地方跑了过来。这要是被发现就全完了。龙青的额头冒着冷汗,心里喊着:"祖宗,你可别再往这儿跑啦!"可那个小男孩却是面带笑容跑得反而更快了。因为他的家就在前面这个村子里,他急着回家见他的爹娘。

冷不丁的,小男孩眼前突然出现一个黑影。他被吓得发出"噫"的一声惊呼,可随后就没法子再出声了。他被一只胳膊狠狠勒住脖子压倒在地上,同时嘴巴和鼻子也被另一只手给死死捂住。

正在解手的那名矮小精瘦男子听到声音,慌忙提起裤子,抓起手边的单刀,喊道:"谁啊,谁在那儿!"

听到矮小精瘦男子的叫声,村子里又跑出来一名粗壮男子。他手里提着刀,在那儿问道:"耗子,怎么了?"那个叫耗子的精瘦男子,指着龙青他们藏身的地方,说:"大头,那儿有动静!"大头顺势看去。密林里传来鸱鸮的叫声,"咕咕咕咕"。大头回过身,向着耗子的方向走去,同时咒骂了起来:"你他娘的,夜猫子出来抓耗子,又不是抓你这个耗子,你怕个球啊!"可突然间,大头停下脚步,用力嗅了嗅,说:"不对……你小子是不是屎屙裤子上了!我说怎么那么臭呢,你他娘别过来!"说完,他逃似的往村子的方向跑去。耗子提着裤子,看了看龙青他们躲藏的地方,又转身看了看大头的背影,最后下定决心,喊道:"大头,你等等我!"大头见耗子向他跑来，不但没停反而加快了脚步，远远地道，"你他娘的，别跟着我！"

最终，两人消失在了夜色里。

龙青长长呼了口气，这才发现自己已是汗流浃背。不远处的吴羊慢慢靠了过来，笑着低声说："龙哥，你这夜猫子叫，学得可真好。"

龙青抹了抹额头的汗，对吴羊说："你和高大伟去看看杨明鉴手里那孩子，然后在这儿守着，小心些，我进去看一眼就出来。"

交代完吴羊，龙青猫着腰往村子的方向走去，渐渐融入黑暗中。

一炷香的时间后，龙青回到原地，却发现吴羊等人不见了，只看到他们留在树上的记号。顺着记号，龙青走了大约一里地，终于追上了他们。

可龙青发现气氛不太对，吴羊和高大伟正怒视着杨明鉴，而杨明鉴则坐在一旁的土坡上，擦拭着手里的佩刀。杨明鉴抬头看了眼龙青，又看了看吴羊和高大伟二人，淡淡地说："队正回来了，你们和他说吧。"

龙青困惑地问道："你们怎么跑这儿来了？不是让你们在村外等我嘛。"

高大伟指着杨明鉴，说："他把人家爷孙俩都给弄死了！"

龙青听得一惊，"什么爷孙俩？那小孩死了？"

吴羊接着说道："龙哥，还是我来说吧。你不是让我去看看那孩子吗，等我过去的时候，那小孩已经叫他给捂死了。是，我知道这事不能全赖他杨明鉴，也是那孩子命不好，赶上了。可这孙子，他还把人家爷爷也给捅死了！"

听吴羊说到这里，杨明鉴站了起来，把手里擦拭一新的佩刀插入刀鞘，用手指了指吴羊和高大伟，转头同龙青说道："那老头看到了我们三个，也看到了他孙子的尸体。如果我不杀他，他回头一定会向那群海盗通风报信，那我们的任务怎么办？"

龙青瞪着杨明鉴，目眦尽裂地说："是，你说得都没错。但这也不是你滥杀无辜的理由！"

杨明鉴毫不退让地往前走了两步，来到龙青面前，直视他的双眼，问道："那队正，你教我，我应该怎么做？"

龙青紧紧攥着刀柄，"你！我会将此事上报韩大人，交由他来定夺。"

杨明鉴冷笑着说："请便！"

韩潇没想到，才几天的工夫，龙青就带队回来交付任务了，将海盗藏匿的地点、大致的兵力探查得一清二楚。虽说杨明鉴不得已误杀了蛇蟠岛上的爷孙二人，但权

第八章

衡轻重之下，也情有可原。韩潇不由大大地褒奖了众人一番，对龙青和杨明鉴更是赞赏有加。

被韩潇当众嘉奖的杨明鉴面带微笑地看着龙青，龙青的脸上却没有丝毫的高兴之色。

因龙青等人拿到的消息至关重要，再加上韩潇亲自出马，获得了一份更为详尽的资料，大明水师得以成功击破这伙贼寇。

只是这伙海盗中，有一个叫常五的四当家刚好不在岛上，成了漏网之鱼，逃往东瀛。

第九章

　　翊坤宫的寝宫内接连传来"啪嚓、啪嚓"物件破碎的声音。
　　紧接着，响起郑皇贵妃的呵斥声："出去！都给我出去！"
　　一众太监、宫女们耷拉着脑袋窸窸窣窣地从屋内鱼贯而出。
　　守在门外的太监吓得缩了缩脖子，对着身旁的同伴低声问道："这都第几回了？"一旁的同伴抬起头朝他使了个眼色，微微地摇了摇头。
　　寝宫内，郑皇贵妃云鬓偏坠、发丝散乱地坐在软榻上生着闷气。就因为前段时间皇上要册立洵儿为太子，朝中那些大臣同疯狗似的，逮着人就咬。听徐锦说，他们不但写奏表骂皇上，连带着自己也一同被骂了进去。说什么难听话的都有，什么妖媚惑主，占着皇上全部的宠爱，不让后宫雨露均沾。还想动摇国本，竟让皇上连祖宗的规矩都不管不顾了。自己不过是一介弱女子，教养了一个聪颖的儿子罢了，怎么就被说成妲己褒姒一样的祸国妖精了呢。郑皇贵妃紧锁起眉头，想得入了神。
　　万历同往常一样来到翊坤宫，门口的太监见皇上来了，赶忙跪下，刚要山呼万岁，却被万历制止了。最近这日子烦躁得很，他只想安静地见一见他的爱妃。
　　万历走入寝宫，只看见一地狼藉，郑皇贵妃以手托腮在发着呆，一副愁苦无助的模样。
　　恍惚间，郑皇贵妃发觉有人进来了。她皱了皱眉，轻咬着嘴唇，心想：哪个不开眼的奴才，不是都让你们出去了，怎么还进来！想到这儿，她抬头望去，映入眼帘的不是旁人，正是大明皇帝——万历。
　　郑皇贵妃望着眼前的皇上，无限委屈地叫道："陛下！"

第九章

这一声"陛下"叫得荡气回肠，柔情百转，而她眼中已流下泪来。

万历被郑皇贵妃叫得肝肠寸断。他忙走上前，俯下身子为郑皇贵妃拭去脸颊上的泪水，柔声道："爱妃，委屈你了。"

郑皇贵妃紧紧抱住万历，脸颊抵在他的胸前，如同婴儿般"嘤嘤"地痛哭起来。

万历轻轻拥着郑皇贵妃，心里五味杂陈。这群大臣们该抓的抓了，该贬的也贬了，可什么时候才是个头。

徐锦站在内官监厢房门口，看着外面那些忙碌的宫人。曾几何时，自己也同他们一般浑浑噩噩。不一样的是，自己握住了机会，这间厢房就是他从陈老狗手里抢来的，同样可能有那么一天，也会有人这样对他。

徐锦转身走入屋内，坐回书案前凝视着摆放在面前的那枚内官监官印。这象征着他的身份，大明正四品的官员。而这一切只因他是郑皇贵妃的人，如果郑皇贵妃因为此事圣眷不在……可自己不是司礼监冯保，能退了那些大臣的奏表，那么自己能做些什么呢？

此时，门外传来徐追的声音："义父，中极殿大学士、首辅申大人到了。"

徐锦听闻赶忙起身，说："噢，申大人来了，快快有请。"

宾主各自落座，免不了一番寒暄，可很快就切入正题。

徐锦端起茶盏，问道："申大人，不知可有良策，能为万岁爷分忧，破今日之局？"

申时行坐在圈椅上，叹了口气，"徐大人，并非本官不愿为皇上分忧，可今时今日之局，实在颇为棘手！"

徐锦试探着问道："申大人，不知内阁可否驳回这些奏表？"

申时行手捻着下巴上一绺髭髯，"本官虽为首辅，可势单力孤啊。"

徐锦尤不死心，"那可否请大人的学生或相交好友上书驳斥？"

申时行摇了摇头，"徐大人，此事乃李太后的懿旨。就连本官都迫不得已一同上书劝阻皇上，谁又肯来当这出头鸟？而且，事关祖制。不然，你我当初又何必让三皇子多多交好朝中大臣呢？不也是为了绕开这祖制吗？这事，皇上还是心急了些。"

徐锦紧锁着眉头说："是啊！"

厂卫

站立一旁聆听良久的徐追再次听到"祖制"时,突然想起了什么,他略带急促地说:"义父、申大人,可否稍等片刻。"

徐锦看向徐追问道:"追儿,你可是想到了什么?"

"是的,义父。只是孩儿需要再确认一下。"

徐锦点点头,"好,速去速回。"

盏茶工夫,徐追捧着厚厚的一沓册子跑了进来。

徐锦疑惑地问道:"这是什么?"

徐追兴奋地说:"义父、申大人,这是高祖皇帝颁布的《大明律》,也是祖制!"

徐锦和申时行对望一眼,依然不太明白徐追的意思。

徐追接着说道:"《大明律》有名例、吏律、户律、礼律、兵律、刑律、工律。其中高祖皇帝在《刑律》中提到大明所有官员,只有六科的给事中和都察院的御史才可建言。那不知是否就是,除了六科、都察院,其他官员上疏言事,只能限定在自己的职掌内;不是职权范围的,不得妄言?"

徐锦尚在品味这些话的时候,申时行已经连声称赞起来,"妙啊,贤侄,此法甚妙!"

申时行笑着对徐锦说:"恭喜徐大人,你可是有了个好儿子啊!"

徐锦心中也是大喜,忙回应道:"申大人谬赞了,小孩子家无非是碰巧罢了。追儿,还不快过来,谢申大人夸奖。"

徐追赶忙上前一步叩首道:"小侄谢过申大人。"

申时行笑着搀扶起徐追,"贤侄快快请起。不如本官在你这后面再加一条,各部各院的奏疏,都需先交各部各院长官审查。合乎规定的,才准上呈皇上。徐大人,你看可好?"

徐锦笑着说道:"好。那这奏表还得劳烦申大人。"

申时行摆摆手说:"无妨,本官这就回去准备,明日就能呈给皇上。"

说完,申时行起身告辞。徐锦一直将申时行送到门口,说道:"申大人,慢走。"随后嘱咐徐追道,"替为父送申大人回府。"

直到二人离开,徐锦才兴高采烈地往翊坤宫方向快步走去。

没过几天,万历对朝中各部官员颁布了一条新的圣旨:据《大明律》,即日起,

第九章

官员上疏言事,范围限定在自己的职掌内;不是职权范围的,不得妄言。各部各院的奏疏,需先交各部各院长官审查,合乎规定的,才准上呈天听。

这份旨意一下,大部分的官员都太平了。当然每个人的心思各不相同,有的想先观望一阵,看看朝堂上的风向再做打算;有的原本就不想蹚这摊浑水,正好借此机会装聋作哑,不再掺和这事。毕竟大伙的功名也不是白捡的,靠的都是十年寒窗苦读,最后一步一步考出来。少说点话,就能多吃几年官家饭,谁又愿意跟自己现在的安稳日子过不去呢。

但真有不怕死的偏要逆风而行的耿直人,内阁大臣之一的王家屏王大人,就是个中代表。他见到这个旨意,根本就不把它当回事儿,继续上书指责万历和郑皇贵妃。结果被万历以抗旨逾权之罪直接罢了官。本来还有点摇摆不定的大臣们见到连内阁大学士都被罢免了,再不跟着折腾了。

万历和郑皇贵妃终于得了一段清静日子。

可王家屏这一走,内阁次辅王锡爵等人不免焦虑起来。敢于上书直言的都被赶走了,还有谁能制衡住皇上呢?

没几日,万历又收到一份奏表,是由内阁次辅王锡爵呈上来的。奏表所言,先前在家中丁忧守孝的原内阁首辅张四维,即将丁忧期满。张老先生德高望重又博文约礼,如今正是朝务繁重之际,盼皇上能尽快召回张老先生,同为皇上分忧。万历看了后,笑着和身旁的冯保说:"他倒是提醒了朕。这么长时日不见张大人,朕心里也甚是想念。既然王卿提出了,朕这就准了。等张大人丁忧期满后,即刻返京复职吧!"

申时行没有想到,这才过了没几日,自己又来见了徐锦。

"徐大人,如今皇上要召那张四维回京复职,这该如何是好?"在徐锦花厅内焦急得不停踱步的红袍官员,正是现任内阁首辅申时行。他听到万历下旨让张四维丁忧期满便回京复职,差点被气出病来。这原内阁首辅要是回来了,他这个现任的位置早晚保不住。申时行在家中忧思半日也想不出应对的方法,只好来找徐锦商量。

徐锦请申时行落座,安慰道:"申大人满腹经纶、赤心报国,又岂是随便什么人可以替代的。申大人少安毋躁。"

申时行眉头紧锁,半分都放松不下来,"本官在内阁本就式微,这张四维一旦回来,王锡爵等人不免风头更甚。一直以来我配合着皇贵妃娘娘和徐大人,为的是大明的江山社稷未来仍能由贤君统治。因而我未曾顾忌是否得罪同僚，可他们恨不能将我驱之而后快！徐大人……"

徐锦长叹一声，转头看着徐追问道："追儿，你来同申大人说。"

一直站在徐锦身后的徐追上前一步说道："是，义父。申大人，您先别急。那张四维的家乡山高水远，待他丁忧期满赶回京师，也不是一时半会儿的事情。您只要想办法，把下旨召张四维回京的事尽量拖一拖。其他的，小人定会为大人处理妥当，让您永无后顾之忧。"

申时行一把握住了徐追的手，催促道："贤侄，你打算怎么做？莫要遮遮掩掩，吊足了胃口！"

徐锦轻轻拉开申时行的手，笑着说道："汝默兄，莫要急恼。追儿这么做，也是为了你这世叔好。有些事，你还是暂且不知道为好。你就放宽了心，安安心心地等信好了。"

申时行无奈地摆了摆手，"也罢，那此事就全仰仗徐大人了。"

徐锦拱手回礼，"无妨，汝默兄，静候佳音即可。"

送走了申时行，徐追脸上却浮起一丝担忧："义父，这宫外的事好办，可这宫内皇贵妃和三殿下那边……"

徐锦道："景阳宫有什么动静？"

"刚传过来消息，王恭妃听闻皇上要立三殿下为太子，整日愁眉不展、以泪洗面。"

万历要册立皇三子朱常洵为太子，最发愁的人自然是王恭妃。一直谨小慎微的她，最近更是担忧得茶饭不思。她和儿子朱常洛本就不得宠，若真的让朱常洵当了太子，他日登基为帝，他们母子俩还有活路吗？想到这些，王恭妃的心情一点也放松不了，时不时心酸地感叹："我们母子俩的命，怎么这么苦啊！"

朱常洛虽然知道母亲身体愈加不好，但万历不让他们母子相见，他也没有什么能安慰母亲的办法，只能私下里偷偷着急得掉眼泪。

徐锦冷笑道："呵呵，不如让她就此哭瞎了眼，倒也省事。"

徐追不无担忧地说："义父，真要让她瞎了眼，只怕上面深究下来，咱们也脱不了干系。"

徐锦抿了口茶，看着徐追说："你以为还有谁真会把这王恭妃当回事？"说完，

第九章

徐锦放下手中的茶盏，站起身，"随我一同前往翊坤宫。"

徐追应了一声"是"，赶紧跟在徐锦身后。

郑皇贵妃纤手执刀，破开一颗新橙，细细去皮取瓣，递给坐在一旁的朱常洵，"洵儿，这是江西赣州府才送来的，最是清甜。"

朱常洵双手接过，满脸堆笑，"还是母妃最疼我。"

宫女端过一盆放满花瓣的清水，郑皇贵妃净了手，徐锦赶忙递上锦帕。郑皇贵妃接过来轻轻地擦拭着手上的水珠，提声同徐锦说道："上次你同申大人的法子，陛下和我都很喜欢。这几日，陛下更是常提到你们俩。"

徐锦恭敬地答道："主忧臣辱，这都是老奴分内的事。"

郑皇贵妃微微一笑，"知道你们忠实心诚。陛下也怜惜我和洵儿，恩宠浩荡。可这满朝文武，却故意使坏刁难，偏就要帮着王恭妃母子，哎……"

徐锦施了一礼，"娘娘，老奴倒有个主意，不知当不当讲？"

郑皇贵妃凝眉道："你且说来听听。"

徐锦抬头看了眼左右，又看了眼三皇子朱常洵。郑皇贵妃心领神会，屏退左右宫人，连朱常洵也被支走了。

徐锦朝徐追使了个眼色，徐追自然明白，陪同朱常洵离开翊坤宫。

四下再无他人，徐锦这才说道："娘娘，老奴早先在景阳宫安插的耳目，刚传来消息，恭妃娘娘近来终日啼哭不止。"

郑皇贵妃挑了挑眉，"她不是从来都是哭哭啼啼的吗，有什么奇怪的！"

徐锦接着说道："早些年，娘娘曾交给老奴一项差事，帮着御药房采买药材。老奴由此结识了太医院的汪御医，未曾想他竟和老奴是同乡。而那恭妃娘娘日日啼哭，最是容易伤眼，总需要有人去好言相劝一番。咱们算好时日，在汪御医当值那天，娘娘您就去探望一下恭妃娘娘。毕竟她也是皇子生母，若是得了眼疾，总是不好。届时，您传唤御医前来问诊。恭妃娘娘是什么处境您是知道的，太医院不会把她当回事儿，给陛下和您看病的那几位御医定然不愿前往。此时就会指派汪御医前去给恭妃娘娘治病。只要他在这药方上稍做文章，这位恭妃娘娘，以后就不足为虑了。"

郑皇贵妃仍有不少顾虑，"要是出个岔子，查到汪御医，万一他胆小怕事，将此事给抖出来……"

徐锦胸有成竹地回道:"娘娘,且放宽了心。老奴用性命担保,定然万无一失。"

郑皇贵妃沉默不语,毕竟这伤人身体的事,一旦败露了,其中凶险不言而喻。

徐锦在一旁劝慰道:"娘娘,就算您不为自己打算,也要为殿下着想。若将来由那'都人子'做了太子,殿下危矣!"

想到儿子,郑皇贵妃不免有些动摇。

徐锦跪倒在地,"我的娘娘,可不能因为您的宅心仁厚,而陷殿下于万劫不复啊!"

郑皇贵妃厉声道:"放肆!"

听到郑皇贵妃的训斥,徐锦趴在地上痛哭流涕起来。

看着眼前的徐锦,郑皇贵妃心中一阵烦躁。她思虑再三,最后还是答应了,"也难为你了,就依你说的办吧。"

徐锦抹了抹眼泪,深深施了一礼,"老奴这就去安排。"

本月初七,正逢汪御医在太医院当值。太医院平日清闲得很,特别对于汪御医来说。皇上和诸位皇子以及贵妃娘娘的病轮不着他来管,他每日无非是饮茶看书混着日子。但这天,汪御医早早便来到太医院,坐在书案前看着医书,手心里却在不停地冒汗,他显得有些思绪不宁。一直到中午,太医院的医官跑了过来,传他前往景阳宫为恭妃娘娘看病。汪御医饮下一口热茶,又擦了擦手心的汗水,定了定心神,才起身随医官去了景阳宫。

跪在地上的汪御医知道,此刻在恭妃娘娘下首坐着的就是皇上的宠妃郑皇贵妃,不免更是紧张。他战战兢兢地替王恭妃把好脉、开了药方后,未曾想竟将药方呈给了郑皇贵妃。

郑皇贵妃接过药方不觉一愣,随即"咯咯"笑了起来,说道:"你呈给我做什么?"郑皇贵妃转头看着王恭妃,"姐姐,你看这大夫也糊涂得很。"说完就将手中的药方递给了王恭妃。

王恭妃接过药方后,强笑着说:"贵妃娘娘就别取笑他了。"接着王恭妃对汪御医说道:"没什么其他事,你就退下吧。"

汪御医叩首谢恩后就转身准备离开,可忽然想到自己遗漏了至关重要的一点。于是汪御医转过身,对着王恭妃说道:"恭妃娘娘平日里不妨多吃些银杏,此物对

第九章

您的眼疾有莫大的好处。"

王恭妃微微一愣，"谢谢汪御医，有心了。"

汪御医走后不久，郑皇贵妃也起身告辞，还特意叮嘱王恭妃要按着御医的方子好好调理身子。

两个月后的一天，宫里传开了一件怪事。皇长子朱常洛的生母、景阳宫的王恭妃，因双目突然失明急召太医入宫。最终经太医诊治，王恭妃乃是热泪伤眼，而导致的双目失明。说白了就是王恭妃自己哭瞎了双眼，太医现在也是束手无策。

可怜那王恭妃，原本在宫内的日子就难熬，这下成了瞎子，只怕更惹人厌恶。

徐锦第一时间得知这个消息，喜得眉飞色舞，也顾不上其他，赶紧去了翊坤宫向郑皇贵妃禀报此事。

郑皇贵妃虽然心中有些不忍，可这对她们母子来说毕竟是件好事，不禁连连夸好，还给了徐锦一些赏赐，但她仍有些担心地问道："此事你做得甚好，只是汪御医那里不会出什么差池吧？"

"娘娘放心，那方子老奴已经让人毁掉了。等再过几日，老奴就安排汪御医离开京师。"

郑皇贵妃稍事安心，"如此甚好。你做事一向让我放心。往后洵儿那儿，还需要你这老人帮他多看着点。"

"娘娘，老奴一定尽心辅佐殿下。不过娘娘，王恭妃此事还要您费心，在外人面前切勿流露出高兴的神情。不但如此，您还要表现得很关心王恭妃的病情。最好，请万岁爷去看望一下王恭妃，也请万岁爷开恩，准许那'都人子'前去探访王恭妃，让他们母子团聚，这样也许会对王恭妃的身子有好处。"

郑皇贵妃此时对徐锦是满心信任，自然全都照做了。

这下让万历更觉得郑皇贵妃明事理、温婉贤良，堪称后宫典范，不由得愈加宠爱郑皇贵妃。

好不容易有机会见到母妃的朱常洛，连衣冠都顾不得整理，急忙忙地赶到景阳宫。王恭妃一早由宫女搀扶着等在宫门口。朱常洛见到王恭妃双目失明，更显消瘦苍老的样子，不禁跪下涕泪横流，大声哭喊："儿子有罪。"王恭妃忙让他起身，到屋内说话。

王恭妃的寝宫跟朱常洛的宫里一样冷清萧瑟，因为她现在眼盲，下人们连灯火都省了许多,昏暗的光线让这一切看起来更加让人不适。朱常洛忍不住又悲从中来,跪下来把头埋在王恭妃的膝头失声痛哭,抽泣着说一些"儿子不孝,不能让母妃过上好日子,如今还要受更多磨难。"之类自责的话。王恭妃原本以为自己的眼泪已经哭干了,可听到这些话,忍不住又拿出随身的丝帕不断拭泪。她搂住朱常洛,跟着哭喊道:"我上辈子作了什么孽啊,为何连带着你也跟着受这些委屈!"

  母子俩正哭天喊地,沉浸在悲情中不可自拔。恰巧此时,万历前往景阳宫看望王恭妃。他不耐烦地制止了准备通报的宫女,径直走入殿内,却看到王恭妃与朱常洛在那里相拥而泣的画面。母子俩看到身后的万历,吓得急忙跪地迎接。对比郑皇贵妃的体贴可人和皇三子朱常洵的聪颖懂事,王恭妃总是一副凄凄惨惨的模样,还有朱常洛畏畏缩缩的神态,万历心中甚是不喜。他索性连坐都不坐,不咸不淡地安抚了几句,胡乱赐了点东西,就迫不及待地离开了景阳宫,留下还没反应过来的王恭妃和朱常洛。知道皇上龙心不悦,王恭妃也不敢再让朱常洛多待,只能催促着他快些回到自己的住所。最终朱常洛在母亲的连番催促下,一步三回头地向外走去。

  只是这一分开,母子二人不知何时才能相见。

第十章

被明太祖朱元璋列为天下禅宗五山之一的天童禅寺，坐落在太白山麓上。由于此处山水旖旎、意境幽雅，平日里除了往来求签进香的香客，还吸引了不少文人墨客来此游览抒怀。

因此这一日，原本在佛堂打扫的小沙弥听到外面传来的嘈杂声时，并未十分在意。这间佛堂外就是住持因怀大师的小院，他以为又是哪位贵客带了家仆前来找因怀大师解签。但是渐渐地，嘈杂声愈发刺耳，其中甚至有短兵相接的声音。小沙弥心中一惊，停下手中的动作，怎会有人在此好勇斗狠？

小沙弥忙站起身来，躲到门边的长桌后，透过窗户的缝隙向外看去，眼眸立时露出惊骇，只见一男子右手握刀，左脚蹬地，身形向上一蹿，手中刀由上猛然向下，对着面前身穿常服的男人劈去。

常服男子仰面摔倒在地，鲜血溢出，淹没地上的杂草。同时，另一行人也向这个方向疾走而来。为首的中年男子身材清瘦，面色蜡黄。他穿着一身深色锦衣，一举一动都带着肃杀之气。他身后的年轻男子各个身形精壮，手握腰刀，神情冷酷。

锦衣男子径直走到院子前，眼神淡漠。他并未闯入主屋，而是站在门前，淡淡地说道："在下锦衣卫北镇抚司百户韩潇，奉命追缉朝廷要犯。烦请因怀大师出来一见。"

先前小沙弥所见杀人的那名男子正是杨明鉴。他慢慢地走到韩潇身边，拱手说道："百户大人，属下果然找到了与蛇蟠岛余孽相识的一名盐商在此借住。可是那人不但不肯招供，还想偷袭属下，所以属下将他就地斩杀。属下觉得，这寺庙恐怕还窝藏有其他匪寇。"他手上的刀有鲜血一滴滴地留下，落在地上，点出一个个骇人的痕迹。

龙青、吴羊和高大伟见了，脸色各异。龙青眉头紧锁，干脆转过脸不再看他。

韩潇并没有特别理会，只是吩咐道："知道了，你先归队吧。"

此时已近午时，日光大盛。韩潇看着毫无动静的屋子，面上却没有丝毫的变化。杨明鉴忍不住又在韩潇耳边轻声道："大人，不如属下现在就攻进去将那和尚抓出来。"

韩潇摆摆手，面色沉静，并未说话。

杨明鉴见状只好走回队伍里，却紧握手中的佩刀，显然已经做好随时攻进去的准备。

躲在佛堂的小沙弥看着杨明鉴刀尖滴落的血迹，心中突突直跳。他也盼着因怀大师能够走出那屋门，否则也许真会发生些可怕的事情。

不多时，屋门"吱呀"一声被打开，小沙弥听到因怀大师那熟悉的带着特别安抚效果的嗓音，"天童禅寺乃佛门清净之地，还望大人高抬贵手，切莫再造杀孽。"

"因怀大师，在下奉皇命而来，彻查江浙一带与倭寇相关人士。方才我这下属既然已找出一人，那么在下少不得要再仔细翻找其他同伙。若是就此轻易放过，不但在下无法交差，这天童禅寺恐怕也安宁不了。"韩潇嘴角带着细微的弧度，淡淡地道。

一名身着袈裟的年迈僧人走出，他生就一副慈眉善目的样貌，手持念珠、步履缓慢。因怀大师看着一众锦衣卫手中的绣春刀，默然良久才沉声道："天童禅寺上下一百零三号僧人，皆是恪守清规戒律的出家人。来此处的香客，也大都是普通百姓、善男信女。韩大人可自行搜寻所谓的贼人，但贫僧还请韩大人莫再伤及无辜。"

"大师大可安心，锦衣卫并非滥杀无辜的歹人。在下只捉拿与倭寇相关人等。"韩潇停了片刻，对身后一干锦衣卫吩咐道，"给我仔仔细细地搜，不要放过一切蛛丝马迹。不过藏经楼乃天童禅寺重地，就不用去搜了。另外，切不可再妄添人命，都清楚了？"这么说着，韩潇的目光却是看着杨明鉴。杨明鉴倒是一副无所谓的样子，跟着其他人应了一声"是"。

很快，韩潇身后的锦衣卫快速分散向各处搜查起来。

半个时辰过去，众锦衣卫再次回到韩潇身旁，还押着几个人。龙青上前，向韩

第十章

潇禀告:"大人,这几人均与我们前日所查的倭寇余党特征吻合,应该就是我们要找的人。"

韩潇轻"嗯"一声,扭头看向因怀大师,"因怀大师,锦衣卫也是奉命行事。这几位均是你天童禅寺的香客,想来也不是第一次出现在此处。他们是何身份,不管大师是否得知,如今都与大师脱不了干系。锦衣卫上下不顾安危深入敌巢,才助我大明水师大破倭寇,守得江浙一方百姓的安宁。如今正是多事之秋,出家人理应不问俗家之事。大师此番,不仅是与锦衣卫作对,更是与整个大明为敌啊。"韩潇故意停顿了一下,看着因怀大师的表情,"大师乃佛法高深的得道高僧,按理说不应会受人蒙骗才对?"

因怀大师微闭双目,双手合十低声念了句佛号:"南无阿弥陀佛。"

韩潇咧了咧嘴,"不过见你先前也算配合,在下就当作大师不知情吧。还望大师今后好自为之。"

说完,韩潇便带队离开了。因怀大师静默许久,小沙弥走了出去,怯怯地问道:"住持,咱们寺里,真的藏了倭寇吗?"

因怀大师合上双眼,摇头道:"凡所有相,皆是虚妄。若见诸相非相,即见如来。"

天童禅寺一行后,锦衣卫在江浙一带的搜捕行动似乎进展得很顺利,没多久就把相关人等抓得七七八八。他们此行的任务已基本完成,就等着回南直隶复命了。疲惫不堪的众人,也终于有机会得以稍事放松。这段时间里的顺风顺水,众人皆是士气高涨,沉浸在成功的喜悦之中。

而韩潇在早先得知龙青乃是故人龙炎之后,便更加在意起这个后辈,跟龙青这组人的走动也多了起来。闲暇之余,韩潇还会同他们一起饮酒、闲聊。时间久了,龙青等人也不再像受训时那般,谈韩色变。吴羊甚至还大着胆,向韩潇问起"夜不归"那段时期的惊险经历及辽东的风土人情等。没想到韩潇不仅没有生气,还很大方地同众人聊起了那段往事。直听得众人两眼放光、啧啧称奇。男人间的情谊,就在这一来二去的肥肉厚酒和谈天说地中建立了起来。如今韩潇不单是他们的顶头上司,也算是能说说心里话的知己,众人与韩潇的关系变得亦师亦友起来。

这天夜里,在锦衣卫的营地中,一帮大小伙子为了第二天开拔激动得睡不着。

吴羊又拿出短铳显摆，杨明鉴一早就离得远远的眼不见为净。高大伟看着也眼馋，挠挠头，不好意思地问道："吴羊，给我也试试呗。"

吴羊一听，赶紧宝贝地抱在怀里："哎哎哎，你会不会用啊？可别一会儿给我使坏了，这可值三百两银子呢！"

"羊哥，羊舅舅，羊大爷……你就让我试一下，坏不了！"

"不行！"

龙青在一旁看着好笑，帮腔道："吴羊，你就给高大伟试一回吧，要不了你的命。"

韩潇提着两坛酒走了进来，笑着问道："都在吵什么呢？半夜三更还不睡觉。"

龙青站起来迎了上去，"韩大人也没歇息。"

韩潇把酒放在桌上，拿起一坛晃了晃，"知道你们激动，不会那么守时安寝。我早年做'夜不归'，习惯了昼伏夜出，这个时辰对于我来说只是傍晚。既然大家都不睡，不如一起好好喝一杯。这可是我平日的私藏，今儿就算是犒劳你们了。"

看到韩潇带了好酒，所有人都欢呼一声，围了过来。吴羊抢先第一个拿到酒，仰头就灌了一大口，感觉口中呛辣无比，不禁大声赞叹道："好烈的酒！这才是男人喝的酒。龙哥，咱们上次在醉花楼里喝的那根本就是花露，没劲。还是韩大人的酒好。"其他人一听，争抢得更激烈了。

一群人喝酒聊天，好不快活。渐渐地，话题聊到了这次的任务上。经过这段时间的调查搜捕，他们大致清楚了这些海上倭寇的实力。众人原本以为，这伙盗贼全都是穷凶极恶的东瀛浪人，一定是他们手段诡谲，才会让朝廷那么头疼。结果发现完全不是这么回事。

韩潇看出了他们的疑惑，却没有直接点拨，只是夸奖道："我大明打了几朝几代的倭寇，都没让他们绝了根。他们反而一年比一年猖獗，把这鱼米富饶的江浙一带搅得民不聊生。这次你们这么快就查到线索，助我水师大破寇贼，还搜捕了这么多余孽，是替百姓做了一件大好事啊！作为你们的统领，我也高兴。来，敬你们一杯！"

众人听到韩潇的赞誉十分高兴，纷纷举杯喝光了杯子里的酒。酒酣耳热之际，龙青还是没忍住，向韩潇提出一个困扰他许久的疑问，"韩大人，我不太明白。您刚刚也说了，朝廷打了那么多年的倭寇。但这些贼人的实力不比我们强盛多少，为

第十章

何还是屡禁不绝呢?"

韩潇表情严肃起来,他调了调坐姿,举起酒杯,却欲言又止。众人也不催他,只是眼巴巴地望着他。沉默许久后,韩潇将酒杯重又放回到桌上,重重地叹了一口气,说:"其实倭寇也好,流寇也罢,均来自海外孤岛。他们对我大明的风土人情、兵力部署全不熟悉,有些甚至连语言都不通。但他们就是能做到来去自如,每击必中。而每每我军倾巢而出,不是扑了空,就是去得晚了被他们逃走,再不就是被打了埋伏。你们说这是为何?"

众人哑口无言。就连在角落独自喝酒的杨明鉴也望向这边,饶有兴趣地听着。

"难不成同我们最近做的事有关?有咱们大明的自己人做了内应,他们才能屡屡得手?所以朝廷要我们搜捕与流寇私下往来之人,就连寺庙也不能放过?"龙青迟疑了一会儿,试探性地问道。

"不错,正是如此。"韩潇点点头答道。

"可……可是,这些人为什么要这么做?难道被杀被抢的不是他们的亲朋好友、乡亲父老吗?"高大伟喝得两颊酡红,大声问道。

韩潇冷哼一声,仰头饮尽杯中酒,回答道:"还能为了什么,利!就为了这个利字,这些人丧尽天良,连至亲好友的性命都不管不顾。这群里通外国的败类,简直枉称为人!"

韩潇义愤填膺地说了一通,众人一片哗然。这些血气方刚的少年心中的怒火被点燃了。吴羊更是破口大骂起来,"这群杀千刀的混账!连自己人都害,不得好死!照我说,这群家伙抓住就该直接就地正法,还收什么押,浪费咱们的粮食。"

"唉,所以说最可恨的,不是那些个倭寇、流寇。最可恨最该杀的是这群利欲熏心、唯利是图的小人!可惜……"韩潇有些垂头丧气地停了下来,一个人喝起闷酒来。

吴羊好奇地问道:"大人,咱们现在不就是在抓这些小人,让他们得到应有的刑罚吗?为什么您还这般模样?"

韩潇看了一眼被吊起胃口的众人,叹了口气说道:"咱们现在做的这叫什么事啊!你们以为现在抓的这些人就是首犯了?唉,一群小鱼小虾罢了。"

龙青吃惊地问:"什么?我们连日抓了这么多人,都还不是首犯?那我们为何不去直接抓那首犯呢,大人?"

韩潇摆摆手，又叹了一口气，"就算我们抓到了，又有什么用？也不是没抓过，呵呵，可人家在朝廷里有人，再了不得的罪名，最多关上一两个月。等风头一过，就不得不把他给放出来。当地州府衙门都知道罪魁祸首是谁，可谁也没办法，根本动不得真格的。前日去的天童禅寺，你们想想，为什么一个佛门之地，却有那么多倭寇同谋？就因为那老头子常借清修之名，去那里与倭寇互通消息，行祸孽之事。那伙流寇就因为这老匹夫，提前知道了我方的部署，所以次次均能潜逃成功。等大队官兵一撤，他们是舅舅点灯笼，回来接着抢。你们说还能怎么办？唉，有时我可真恨我自己，要不是碍着这百户的身份，我真恨不得将这老匹夫一刀宰了，用他的血祭奠那些被害死的百姓与战死沙场的同僚们的英灵。可我不能，不能啊！"韩潇又是一阵悔恨的捶胸顿足。

　　原本热闹的氛围仿佛被投入了一块千年寒冰，突然冷冽下来。所有人都在垂首沉思。韩潇看着大家突然沉默不语，又举起酒杯，站起来大声说道："不说这些丧气话了，今儿个原本是替你们提前庆功的。咱们少说话，多喝酒，不醉不归！"

　　这一夜，韩大人醉了，不复往日的英明神武，醉得如同一摊烂泥。

　　龙青、吴羊和高大伟酒没喝多少，却是把韩潇的那些丧气话一字不落地听在耳中、记在心里。他们三个主动提出将韩潇送回营中，其他人也喝了不少，一个个东倒西歪地回到自己的营帐休息去了。龙青三人在路上借着韩潇酒醉，从韩潇口中套出了这个老匹夫的大体样貌和具体住址。韩潇一沾床就睡得不省人事。把他安置好后，龙青几人却未返回大营，而是到不远处的一片树林里商讨起来。

　　吴羊用手肘捅了捅龙青，问道："龙哥，你说那老匹夫是不是该杀？我觉着不但该杀，简直该千刀万剐！"

　　高大伟在一旁酒气未消，瓮声瓮气地说："对，我们就该为民除害！龙哥，你说呢？"

　　"韩大人是官，不好下手，那咱们来帮他做这件事！明日就要开拔，我们今晚动手。你们说，怎么做？"龙青握紧刀柄。

　　"一刀砍了他！"

　　"一火铳崩了他！"

　　高大伟和吴羊异口同声道。

　　龙青"啪啪"给两人的脑袋各一巴掌，"呆子！要是轻而易举就能杀这老匹夫，

第十章

韩大人会如此苦恼吗？这件事，我们一定要做得神不知鬼不觉。我觉得，最不留痕迹的死法，就是蒙住他的口鼻，让他窒息而死。这样不会留下任何伤口，仵作难辨死因，自然不易查到我们身上。"

吴羊和高大伟频频点头，高大伟捋起袖子露出结实的臂膀，说道："龙哥，我力气最大，做起来快、狠、准，让我去！"

吴羊一把将他推到一边，拿出火铳，"你起开，这可是杀人，又不是种地，光有力气顶啥用。还是我来吧，万一出什么岔子，我还有个火铳防身呢。"

龙青一挥手打断他们的争论，"都别争了，听我的，这事还是我来吧。你们俩给我把风。哎哎哎，别再给我废话！现在就走，不然天就要亮了。"

三人按着韩潇透露的地点，来到一座大门上挂着"张宅"牌匾的院外。这个张宅居然是个五进五出的大宅子，就连大门都显得十分阔气，任谁看了都知道，主人家肯定非富即贵。龙青三人看着这气派的大宅子，心中怒气更盛：这老匹夫果然是个恶人！他要是不干这些伤天害理的事，怎么可能那么有钱，住这么大的宅子！韩大人说得没错，这个老匹夫该杀！

吴羊忍不住冲着宅子啐了一口。高大伟摸着墙半是羡慕半是厌恶地小声说道："怎么恶人的日子都过得这么舒坦？"

龙青"嘘"了一声，压低声音道："别废话，准备动手。"

按照事先约定，龙青用黑巾蒙住半边脸，攀上墙头，纵身跃入墙内。吴羊与高大伟在外面把风。

轻轻落在庭院里，龙青辨明方向后直奔正房，推开正房房门后，却发现室内一片漆黑。他快速搜了一圈，发现并没有人在。不过龙青也不慌乱，他一边警惕地避开路过的张宅家仆，一边四下查找。最终，他在一间灯火明亮的书房里，发现一名正在看书的身着灰衣的老者。老者须发花白，身形挺拔，精神矍铄。在灯下捧着书正全神贯注地看着，嘴里还念念有词。

龙青兴奋得手心微微出汗，心想：老东西，看来就是你了。害死那么多人，你倒过得舒舒服服的，还有闲心看书。人间的律法治不了你，就让阴间的阎王爷来整治你吧！

打定主意，龙青拿出事先准备好的帕子，慢慢靠近老者。沉浸在书中的老者丝毫没有察觉到危险正在悄悄靠近。当龙青走到离老者不足一臂宽的距离时，猛地从身后一把勒住老头的脖颈，迅速用帕子闷住他的口鼻，令其窒息。

老头初时还能手足乱颤，拼命挣扎。龙青死死不放手，力道也越来越重。不久后那老头就没了声息，四肢下垂，一动也不动了。

龙青松了手，探了探老头的鼻息又把了把脉，确认老头已经死得透透的，才喘了几口粗气，压下剧烈的心跳，快速地清理现场。

处理完所有痕迹后，龙青又四下里仔细地观察了一阵，发现再无遗漏任何蛛丝马迹。他没有多看老头的尸体，轻手轻脚地出了书房，从原路返回，与屋外把风的吴羊、高大伟会合。

吴羊和高大伟一见到他，忙问道："怎么样，事成了吗？"

龙青点点头，轻声道："我们赶紧回去，一会儿尸体就该被里面的人发现了。"

三人迅速回到营内，也没继续讨论，就各自歇下。

龙青一夜没睡，眼皮"突突突"地狂跳，心里竟然有了一丝懊悔：万一自己杀错了人……

他甩甩头，强迫自己不要想太多，等天亮了去跟韩大人商量吧。

第二日清晨，前一晚彻夜豪饮的众人还有些宿醉，许多人精神还没完全缓过来。倒是龙青等人，显得格外精神抖擞。开拔后，龙青借故来到韩潇身边，悄悄地将此事告诉了韩潇。

韩潇听完大惊失色，忙将龙青拉到一旁，低声训斥道："你们怎可如此目无法纪，居然连夜到府上杀人！身为锦衣卫，你们怎可如此莽撞！做事之前可有想过，万一被抓会是什么后果，你们承担得起吗？"

龙青静静听完训，坚定地回道："韩大人，此事我是主谋，最后也是我动的手，吴羊和高大伟是被我拖下水。如果真出了事，我一人承担。无非是一命抵一命，如果我一条命，能换来当地百姓的安居乐业，我认了！"

韩潇沉思许久，叹了口气，与龙青说道："唉，罢了罢了。此事因我而起，都怪我不好，喝多了酒，说了那么多不该说的话。你们也是一片忠心，这事你们都别管了，交给我来解决。不过你回去也要告诉他们两个，千万不可将此事透露出去。若事情败露，追查到你们头上，也要咬死不承认。这个责任由我来负！什么百户不百户的，不管了。将来哪怕我是削职也好，流放也罢，就算是偿命，也与你们没有一

第十章

点关系。你给我牢牢记住，听到没有！"

龙青还要再说些什么，却被韩潇阻止，"就这么定了，你归队吧。此事就当没发生过，以后都不要再提。"

龙青感动不已，拼命点头，哽咽道："韩大人……"

韩潇拍拍他的肩，"归队吧。"

龙青回了大队，一直憋到休息时间，才偷偷把吴羊和高大伟拉到没人的地方，将这个消息告诉了他们。吴羊和高大伟也对韩潇心怀感激，吴羊甚至都改换了称呼，直接喊起了"韩大哥"。"他真这么跟你说的？"见龙青肯定地点头，吴羊高兴地说，"老天保佑！韩大哥太仗义了！只听过头儿让下面人背黑锅的，韩大哥这还替咱们背了锅。以后咱们哥仨就跟着他混了！"高大伟不停地随声附和。

直到此时，龙青前一晚的不安感才消散了些。

第十一章

子时,内阁次辅王锡爵的府上依旧灯火通明。

书案上,摆放着两份皆由南直隶送达的公文。其中一份的内容是:南京锦衣卫北镇抚司百户韩潇,于浙江承宣布政使司寻获线索。台州府宁海县,一座名为蛇蟠岛的海外孤岛被倭寇暗中掌控多年。南京兵部得到消息后,由南京镇守太监王国臣协同南京守备魏国公徐邦瑞一同发兵征讨。盘踞蛇蟠岛数年之久的倭寇,终被我大明水师所破。另一份公文的内容则是一件看似无关大局的小事,却令王锡爵夜不能寐。前内阁首辅张四维在籍丁忧守孝期间,突然病殁于家中。

"原本想着,等张大人重返京畿,以张大人在皇上心中的地位及朝中的声望,在册立太子一事上,或许能令皇上回心转意。谁知壮志未酬,张大人便驾鹤西去。而那申时行又首尾两端,迟迟不愿表态。王大人,我们……我们该如何是好啊?"东阁大学士沈一贯在王锡爵的书房里忧叹半日,叹得王锡爵心中更是烦乱。

"沈兄,我何尝不是与你一心同胆、日夜忧思呢。我们已然折损了王家屏大人,如今张大人再一西去,只怕这世间更没有人能劝得住皇上了。沈兄问我如何是好,我又该去问何人呢?"王锡爵也是愁眉不展。两人忧心忡忡地静默良久,实在是想不出更好的对策,只能暂且观望朝局,再谋良策。

可有人惆怅,自然就有人欢喜。

内阁首辅申时行大人此时的心情就非常不错。虽然早先徐锦父子胸有成竹地同他说有万全之策,可毕竟事关申时行的前程,这些时日还是把他愁得茶饭不思、坐

第十一章

立难安。当得知张四维已然驾鹤西去的消息时，申时行高兴得差点老泪纵横。那块一直悬在他头上，随时可能坠落的石头终于消失了。首辅这个位置总算稳当了，再也不用怕哪个人会突然出现，抢走他奋斗一生才得来的这一切。

第一时间里，申时行就命人备了一份厚礼，他要进宫去见徐锦。等他进了宫，脚步轻快地来到徐锦的住处，才发现屋子里只有徐追一个人。

听到下人禀报，徐追正要到屋外将申时行迎进来，可不想竟在房门口遇到了申大人。徐追忙躬身道："申大人来了。"

申时行微笑着说："贤侄何必如此客气，徐大人呢？我记得今日他并不当差。"

"烦劳大人费心了。是，大人记得没错，只是贵妃娘娘急召义父觐见。不如大人稍坐片刻，义父应该很快就回来。"说着徐追命一旁的小太监上了茶。

此时，徐锦也回了府。他一抬眼就看到申时行，欣喜道："哟，汝默兄！"

申时行起身拱手道："徐大人，您公务繁忙。我这不请自来的，又到您这儿叨扰了。"

徐锦回礼道："汝默兄，见笑了。我们当奴才的哪儿有什么公务繁忙，都是些应尽的本分。汝默兄今日前来……"

申时行环顾四周，确保没有其他人后轻声道："徐大人，南直隶那边传来消息，张四维殁了。"

徐锦一点也不惊讶，像是早有所料一般。他让徐追为申时行斟上热茶，又添了些瓜果糕点，才淡淡地笑道："张大人倒也善解人意，去的刚是时候。"

申时行抚掌而笑，"谁说不是呢。徐大人好手段，只是不知……"

徐锦啜饮了一口茶，却不说话。

徐追见场面有些尴尬，赶忙打岔道："申大人，不知道您是否收到一份关于水师征讨倭寇的公文？"

申时行想了想，"好像是有这么一份公文，落的还是徐国公和王公公的款。"

徐追接着道："是，不过里面还有一个人。"

"噢？还有一个人，老夫倒是没什么印象了。贤侄，不妨直说。"

"锦衣卫北镇抚司百户韩潇。不知能不能请大人为他写一份请功的奏表？"

"韩潇……老夫记起来了，台州府蛇蟠岛！"

"没错，大人好记性。"

"呵呵，贤侄好像很在意这件事。老夫要是没记错的话，张四维的祖籍好像就是宁波府的，离台州府也不远。"

"汝默兄，道不传非人，法不传六耳。有些事，您还是权当不知道的好。"徐锦终于放下手中的茶盏，看着申时行说道。

申时行顿悟道："是，徐大人说得是，倒是本官愚钝了。"

徐追看了眼徐锦，接着问道："申大人，那奏表？"

申时行忙说："贤侄放心，礼尚往来，才是君子所为。本官今日回去，就写一份奏表呈给皇上。今后，还需要徐大人与贤侄的不世之略，助本官一同为大明效力才是。"

徐锦自是颔首相应。等送走了申时行，徐锦在血雀笼前站定，看着笼中无忧无虑的鸟儿，冷笑一声："君子所为？哼！"

申时行回到府中连夜写了一篇奏表，大大赞扬了南直隶锦衣卫北镇抚司的拳拳忠君爱国之心，实乃国之栋梁。尤其百户韩潇领导有方，多年来兢兢业业为朝廷效力。他提议，万历应提拔这等人才。这篇奏表，获得了万历及其他内阁大臣的一致认可。毕竟，这实打实的功劳，谁也没法否认。

而万历对张四维的去世，十分悲伤不舍。在张居正之后，这位老夫子便担当起内阁首辅的重任，一直以来清正廉洁、尽心尽责。失了这么一个老臣，万历怎能不痛心。他忍不住掉了几滴泪，下令厚葬张四维，并赠予太师之称，谥号文毅。

张四维不在了，不仅王锡爵他们觉得是天大的损失，万历也愁得很。之前为了册立太子一事，他跟内阁大臣们闹了那么大一出，都没弄出个结果。现在虽然耳根清净了一些，可到底治标不治本，总要找到解决办法。万历原想等张四维进京后，与他好好商讨一下，可现在这个局面，实在进退两难。

想到这儿，万历不禁叹了口气，说道："如今，朕还能找谁来商议？"

王锡爵等人站在下面皆是默然无语，没办法，这主意还真是不好出。

此时，内阁首辅申时行知道机会来了。他站了出来，躬身道："皇上乃是真龙天子，何必与我等凡夫俗子一同商议。"

万历一听来了兴致，"申卿的意思是？"

申时行高声建议："依臣愚见，皇上，不如与天求！"

这一句话就如同闪电一般，点亮了万历的心思。

第十一章

两日后,万历下了一道旨意,着司礼监掌印太监冯保传旨,命人前往江西信州龙虎山上清宫,宣请正一道天师文徽真人入京觐见,共商春祭一事。

龙虎山与京师相隔山水迢迢,真人赴京需要一些时日。早先拖着不愿定下太子人选的万历,此番却心急得很。在等待真人来京的时间里,万历一直在向冯保打探和催促着真人的行程,恨不得文徽真人施展法术,即刻腾云驾雾前来相见。好不容易盼到真人抵达京师,他前脚才刚踏入宫门,万历就在隆德殿等着了。

文徽真人,即是龙虎山正一道第五十代天师张国祥张天师。据说此人天文地理、河洛图纬,无所不精;诸子百家、三坟五典,更是倒背如流。文徽真人不仅学识渊博,更是长年修持道家炼形合气、辟谷少寝长生之道。这样一位世外高人,万历坚信,他一定能解决自己这个多年的心病。

文徽真人进殿后,只见他身长五尺,浓眉大脸,红顶绿眼,鼻子高挺,垂手过膝,鹤发童颜。虽千里跋涉而来,一身道袍却纤尘不染,腰间的斩邪雌雄剑看上去十分夺目,衬得他更加仙风道骨。

万历见真人脸上没有任何疲惫之色,龙行虎步,十分威武,心中更加佩服。于是待真人行礼后,万历便屏退左右,急急走到殿下扶起文徽真人,说道:"真人不必多礼。真人远道而来,朕原本欲为真人接风洗尘。奈何朕为一事烦扰已久,无法可解,才不得不请真人出山,为朕卜卦,求得天意。此事关乎国之根本,且极为紧迫,少不得要劳累真人先为朕解惑。"

天子有求,文徽真人欣然应允,"普天之下,莫非王臣。皇上有令,贫道怎敢不从。不知道皇上要贫道所占何事?"

"朕崇敬真人仙姿,也就不拐弯抹角。朕想让真人给朕算算,朕的长子常洛与三子常洵,到底谁才是我大明命中的储君?"

文徽真人略有讶色,但很快平静下来,回道:"既是如此,贫道请皇上准备好两位殿下的生辰八字,同时备好炭火铜盆。皇上请稍事等待片刻,待贫道焚香沐浴后即来。"

"好,朕即刻便命人准备,劳烦真人了。"

文徽真人拱手道:"皇上言重了。"说完便在小太监的引领下离了隆德殿。

半个时辰后，隆德殿门口，文徽真人已然焚香沐浴归来。只见真人身穿黛紫法衣，头戴上清冠，腰系牙色丝绦，脚踏如意云履，恍若天人下凡。

万历忙迎上前去，亲手将皇长子朱常洛和皇三子朱常洵的生辰八字，交到文徽真人的手中，"真人，所需物件均已准备妥当。"

文徽真人摆手止住了万历，径直来到隆德殿内供奉的真武大帝像前，点燃三炷香，口中念念有词起来，声音既平且快。万历站在一旁，隐约听出真人所念的乃是《太上洞玄灵宝无量度人上品妙经》。直到三炷香燃尽，礼毕，文徽真人才接过万历手中写有两位皇子生辰八字的纸张，又从身旁道童手中接过青囊，从中取出占卜所需的龟甲。

文徽真人将两位皇子的生辰八字刻录到龟甲上，接着来到铜盆前，命道童起风，使铜盆内炭火火力加大，再将龟甲投入火中烧炼，口中念起金光神咒，"……天之光、地之光、日月星之光、普通之大光，光光照十方，吾奉太上老君急急如律令。"等念完神咒，文徽真人一扬手，向铜盆中撒入一捧金粉，瞬间火星四溅，白蒙蒙的浓烟裹挟着火焰轰然窜起，直冲殿顶。

冯保失声道："万岁爷，这是龟卜之法！"

万历也被眼前这一幕所震惊。

文徽真人回转身对冯保说道："公公好眼力，此法正是龟卜之法。"

冯保看了眼万历，见皇上并未有何不适，才道："可咱家听闻此法早已失传！"

文徽真人傲然道："世人但知其一，不知其二。此法不过是在俗世隐没而已，在我龙虎山却从未失传。"

此时，铜盆内传来一声脆响。文徽真人未用火筴，赤手就将龟甲从火焰中取了出来。他望着龟甲上的裂纹细细推算。

万历紧张地看着真人，连冯保也跟着心焦。

这大明江山将来到底要交给谁，全在这老道的一句话之间。

过了一炷香的时间，文徽真人停止推算，向万历行了一个礼，"皇上。"

万历焦急地问道："真人，如何？"

那文徽真人、张天师，居然跪了下来，答道："虽说天机不可泄露，可皇上乃天子，贫道理应为皇上答疑解惑。可贫道推算出的结果……恐怕皇上听了，并不会喜欢。"

第十一章

万历忙扶起文徽真人,"真人法术高明,所得卦象一定是上苍的旨意,朕哪有怪罪的道理。但说无妨。"

文徽真人皱着眉头答道:"贫道方才推算了大殿下的生辰八字,得出的卦象竟然是……大殿下犯有五弊三缺之中的命缺!这运可改,命难造。恐怕……大殿下并非长寿之相。"

万历脸上先是惊讶,但很快就是漠然。他赏赐了一枚上好的玉印给文徽真人后,命人将他带下去歇息。

冯保在一旁静静地观望着。此刻听到张真人这番话,心里也了然万历接下来的决定了。但他仍小心翼翼地劝道:"万岁爷,大殿下是您的骨肉,定能继承您的吉相。何况天有不测风云,人有旦夕祸福。将来大殿下未必……"

万历一挥手,打断了冯保的话,"你随朕去一趟翊坤宫,其余的就别多话了。"

冯保见万历铁了心,便不再说什么,恭敬地跟着万历前往翊坤宫。

万历的驾辇来到翊坤宫,听到传报的郑皇贵妃早就精心装扮完毕,在殿外候着。她一见到万历,便拉着万历的袖子娇嗔道:"陛下好些日子没来臣妾这里,怕不是厌烦了臣妾。"

万历看着郑皇贵妃明丽娇妍的笑靥,一脸宠溺地笑了。他用手指点了点她的鼻子,说道:"瞎说!朕何时厌烦过你?只是最近张四维殁了,毕竟是老臣,处理他的后事颇费了些时日。而且……"万历凑近郑皇贵妃的耳畔,轻轻说道,"不达成你的心愿,朕又怎么敢来见你呢?"

郑皇贵妃听了大喜,"陛下是说……"

万历将手指放到郑皇贵妃的唇上,搂着她说:"进去再说。"

进了翊坤宫,万历屏退了左右,只留下郑皇贵妃和冯保两人。在郑皇贵妃无限甜蜜的柔笑中,万历写下了册立皇三子朱常洵为太子的诏书,并命司礼监掌印太监冯保用印。

万历将诏书交到郑皇贵妃手中,握着她的纤纤玉手说:"这下可别再闹朕,说朕是负心之人了。"

郑皇贵妃拿着诏书看了又看,确保上面写的是自己儿子的名字——"朱常洵"。她喜不自禁地依偎在万历身上连连娇言软语,"陛下是这天下待臣妾和洵儿第一好的人，臣妾和洵儿的心里，也永远只把陛下放在第一位。"

万历满意地拍拍她的手，"这份诏书爱妃千万妥善保管，除了你自己，不要让其他任何人碰。等日后时机成熟，再拿出来公布。"

郑皇贵妃自是万分要紧这份诏书。她特意命人打造了一个密匣，将诏书放入其中，藏在翊坤宫的隐秘之处。

冯保回到自己的住所后，不由得破口大骂道："徐锦啊徐锦，我却是小看了你这条老狐狸！"冯保自最初在建极殿那次君臣争论，得知万历的想法后，就让宫内的眼线做了详尽调查。他发现皇三子朱常洵身边伺候着的太监，竟然是徐锦的义子徐追。冯保当然清楚"潜龙之臣"的重要性。司礼监掌印太监一职，实际上就相当于"内相"。而自己现在坐到这个位置上，也是因为当年慧眼独具，做了当今天子的随侍太监之故。这下好了，之前他见局势未定，所以不敢贸然站队。如今这皇上都写了诏书册立皇三子为太子，将来一旦皇三子朱常洵登上大宝，徐锦和徐追也会跟着鸡犬升天。那时必然是自己失势之时，徐锦就要踩到他的头上来了！

可就算他现在去投靠朱常洵也为时已晚。之前他并没有表明态度支持朱常洵，此时再去投靠，只会显得太过刻意和不诚。他又一次恨自己竟然晚了一步，被徐锦抓住先机。既然不能投靠朱常洵，那就得找个能商量的人另寻他法。首辅申时行明显是支持朱常洵的，思来想去，冯保决定找来次辅王锡爵。

接到冯保的邀约，王锡爵很快赶来与冯保商议此事。冯保将张真人所算卦象和皇上密旨之事一并说了出来，一脸凝重地道："王大人，如今万岁爷定了三殿下为储君。一旦殿下登上皇位，贵妃娘娘可就成皇太后了，你我这些曾经反对他的逆臣，下场可想而知。"

王锡爵听闻此事，大为惊讶，"皇上这就下密诏了？这可如何是好！"

冯保气得拍了一下桌子，骂道："事情还没到最终那一步，谁死谁活，还不一定！"

翊坤宫内，一片喜气洋洋。郑皇贵妃和皇三子朱常洵设了一个小宴，与徐锦父子一同庆祝这来之不易的成果。郑皇贵妃难得喝起了酒，一向在宫里不敢放肆的朱常洵，也在母亲的准许下获得开怀畅饮的机会。郑皇贵妃甚至还举杯，对徐锦父子说道："洵儿与那'都人子'争争抢抢那么多年，连带着我也挨了不少大臣的骂，甚至还背上了祸国的罪名，好在有你们父子帮衬。现在洵儿终于是太子了，虽然尚

第十一章

未昭告天下，但如今不仅有了陛下亲手写下的诏书，并且还有文徽真人所求的天授之意，我儿还有何忧！你们是第一大功臣。还望今后，你们父子二人仍旧能全力辅佐洵儿才是。"

徐锦忙喝干了自己杯中的酒，笑道："娘娘说得是，如今太子之位已是三殿下囊中之物。今后老奴与犬子必当尽心竭力，为娘娘和殿下分忧。"

在郑皇贵妃的建议下，万历要为太子册立之事论功行赏。由于万历对冯保在册立太子一事上有了心结，于是同意郑皇贵妃的要求，将徐锦升为司礼监秉笔太监，位置直追掌印太监冯保。为此，冯保还在自己的房内摔了一整套名贵茶具。而徐锦，却在升为秉笔太监的第一天，就命御用监在冯保房中重新摆了一套更加名贵的茶具。

义父升了职，三殿下这边也算尘埃落定，徐追离开乾西五所回到了内官监。他坐上了早先徐锦为之奋斗大半生才走到的位置——内官监少监，官拜从五品。任凭谁见了他，都要恭恭敬敬地称他一声"徐公公"，身边也有小太监来伺候他了。这个徐公公虽然看上去冷面冷心，却并不随意打骂下人，在他手下做事，倒比在其他地方来得舒服些。加上他是郑皇贵妃和皇三子朱常洵身边的大红人，前途无量。于是，不少小太监都争着抢到他身边伺候。从无人问津到炙手可热，虽然经过了好些年，可徐追恍惚觉得不过是一夜间。

至此，徐锦和徐追父子在宫中可谓权倾朝野，风头一时无二。

第十二章

南京锦衣卫的卫所内,一群少年郎卸去了冠服、佩刀,嬉闹着收拾行囊。蛇蟠岛倭寇一事已了,回到南京后,韩潇交付完任务就宣布全员休整,十五日后再回营报到。所有人都兴高采烈地准备归家,龙青和吴羊包了不少糕点小食及新奇的小玩意儿,打算带回去与家人分享。只有高大伟一脸茫然地坐在床铺上,看着龙青和吴羊忙忙碌碌,自己却丝毫未动。

卫所里的人都走得差不多了,吴羊把自己的东西收拾好全部放在一起,坐在一旁看着龙青小心翼翼地用绢布将一支珠钗细细包好。

听到身后没有了响声,龙青转过头发现吴羊正坐在那儿看着自己,有些不好意思地笑了笑,解释道:"二丫如今是大姑娘了,买点首饰给她打扮打扮。"

吴羊看那珠钗虽然并不华贵,却也颇为精巧,揶揄道:"龙哥,你一个大男人怎么懂得挑首饰?别是那次去青楼办事,哪个窑姐儿送你的定情信物吧?"

龙青半恼怒地打了吴羊一掌,吼道:"去去去,你和高大伟还去听人家墙角呢!真要是窑姐儿给的,我哪能送我妹子,这是我托人买的。"

吴羊挨了一掌,仍想再调侃些什么,却看到高大伟一声不吭地坐着,便凑过去问:"鼠辈,你不收拾东西回家,愣在这儿想什么呢?"

高大伟挠挠头:"我哪儿有家回啊。"

龙青停下手上的动作,问道:"那你打算怎么过?"

"就……就在这儿过吧。"高大伟说。

第十二章

　　吴羊和龙青对视了一眼。龙青对高大伟发出邀请，"大伟，要不……你跟我们走吧。不过我们那儿比不了南京城，你要是不嫌弃，就去玩几天。"

　　高大伟一听，激动地蹦下床，"哎，龙哥，我哪儿能嫌弃呢，高兴还来不及！我这就收拾东西啊，很快！"说着便兴奋地开始收拾东西。

　　此时，韩潇迈步走进营帐，龙青等人停了手里的事情，和他打起招呼。韩潇笑着摆手说："你们忙，我就顺道过来看看，还以为人都走光了，没想到还剩你们三个在这儿，回去这一路上记得别惹事。另外，别误了回来点卯的日子。"

　　三人应了一声，韩潇对着龙青说："龙青，回去代我问候你父亲，就说韩某这些年，十分挂念他，望来日再与他畅饮夜谈。"

　　龙青点点头，"韩大人，我记得了。"

　　又寒暄了几句，韩潇便离开了。

　　吴羊好奇地凑过来问龙青，"龙哥，韩大人以前认识龙叔吗？"

　　"先前听韩大人提过，说同我爹是故交，但是没细说。大伟应该收拾好了，咱们走吧。"龙青说道。

　　顾不上其他，三人拿起行囊，一身轻快地离开卫所。

　　回家了！

　　李家村一如既往地安静祥和。一路上龙青和吴羊不断地停下来跟乡亲们打招呼，高大伟在一旁跟着憨憨傻笑。路上三人商议好，高大伟先跟龙青回家住几天，之后再去吴羊家。于是到了村口，吴羊和他们分开自己回了吴家村。

　　龙青领着高大伟还没走到家门口，就远远看到何氏翘首以盼地等在门前。何氏仍是从前那般温婉娴雅的模样，不过鬓边添了几丝银发。看到儿子不仅平安无事，还长高变壮了不少，何氏一直提着的心才终于放下。

　　"伯母好！"高大伟笑着喊道。

　　何氏看着眼前的高大伟，长得黑壮，不过笑起来的样子倒也挺招人喜欢，忙应道："哎，好好，进屋说话。"

　　进了家门，龙青四下张望了一下，问道："娘，爹呢？"

　　何氏接过龙青的行囊放到一边，"你爹在地里忙，还没回来呢。"

　　龙青听闻点点头，可奇怪的是一向黏人活泼的妹妹也没见人影，龙青接着问道：

"那二丫呢？"

何氏倒了两碗水递给龙青和高大伟，"你当你妹妹还是小时候那个跟在你身后到处跑的野丫头啊？她和南京行商的董家定了亲，已是要做人家媳妇的大姑娘了，自然要矜持些。她现在应该在屋里绣嫁衣呢。"

"我走时二丫还在娘怀里撒娇，如今这就要嫁人了？"

何氏叹了口气，道："哎，可不是嘛。而且这丫头成亲之后，可能要随夫家去京师了。"

龙青一脸讶异，"娘，我去看看她，您先替我招呼一下高大伟。"

龙青迈步走到龙琴语的闺房门前，发现门并未关上，只是半掩着。龙青推开房门，却没有看见龙琴语。他轻轻地叹了口气，脸上浮现出一丝愁容，他知道要去哪里找龙琴语了。

转身来到西侧的厢房，屋门敞开着，因为白天的缘故，屋内也没有点灯，显得稍稍有些昏暗。借着屋外的光亮，龙青见到了妹妹龙琴语的背影。

龙琴语的面前是一座佛台，上面供奉着观音大士，香案上摆着一件陶制香炉，里面插着三支已经点燃的香。她跪在蒲团上，口中念念有词。

龙青没有打扰妹妹，只是静静地站在门外。

李梁父子离开后没多久，在一次机缘巧合下，龙琴语信了菩萨。为此，她缠着龙炎从重玄寺请了尊观音回来供奉。之后的每个清晨，龙琴语都会在观音像前上香、供水，每个月初一、十五吃斋，诵经也成了必不可少的功课。

龙琴语轻轻地磕了三下头，才站起身，一回头就看到龙青站在屋外看着她。龙琴语不禁惊喜地叫道："哥，你回来了！"她开心地来到龙青跟前，像小时候一样拉起哥哥的手。

"嗯，好了，咱们别站在菩萨面前说话。走，去你屋，哥给你带了礼物。"

"哎。"龙琴语拉着龙青回了自己房间。

龙青端详着如今亭亭玉立的妹妹，再看看床上铺着的鲜红嫁衣，促狭道："二丫头如今长大了，都快要有夫婿了！啧啧，看这手艺，一点儿不比南京城绣庄里的绣娘差，我这妹夫好生有福气。"

龙琴语又羞又恼，举起拳头作势要打，龙青笑得更欢了，"哎哎哎，都是快要出阁的新娘子了，还这么耍性子。你到时候去了夫家，可别做了母大虫啊！"

第十二章

龙琴语说不过他,只能收了手,别过头去不理他。龙青从怀里拿出珠钗,伸到妹妹跟前,"好啦,哥逗你玩的。二丫,你成亲哥是赶不回来了,哥还没拿到俸禄,也买不起什么值钱的东西给你,这钗子就先凑合着给你当新婚之礼。日后等哥得了钱,再给你补上好的。"

龙琴语接过珠钗,爱不释手,甜笑道:"我就知道,从小除了爹娘和李梁哥,哥哥是最疼我的。"说完才发现有什么不对劲,龙琴语眼神里的光黯淡了下来。

听到妹妹提了那个许久未闻的名字,龙青心中也是一阵失落,"是啊,李梁哥原本应是最该送你首饰的人。如今……"

龙琴语听到这话,忍不住鼻子发酸,落下泪来,"……哥,你去了那么多地方,有打听到李梁哥的消息吗?"

龙青摇了摇头。

龙琴语的眼泪掉得更厉害了,哽咽道:"你说他会不会……会不会……"

龙青拍拍妹妹的肩头,阻止了她接下来的话,安慰道:"别多想了,李梁哥吉人自有天相。他小时候就是我们这儿最聪明的那一个,不会有事的。你如今是要有大喜事的人,应该高兴才是。"他轻轻给妹妹拭去泪水,脑海中往事翻涌,心下黯然。也不知,当年那个聪慧寡言的邻家少年,如今身在何方。

临近傍晚,龙炎才从田里回家。对于归家的儿子,龙炎倒是没有何氏和龙琴语激动,只是仔细打量了一番龙青,便让他这段时间在家里好生休息。龙青将自己已然是锦衣卫一事告知龙炎,龙炎听了一怔,显得十分意外。龙青还告诉龙炎,自己的上司是老父的旧识韩潇,韩大人还托自己向龙炎问好。对于这点,龙炎的面上毫无波澜,只是微微地点了点头,就走开了。

吃过晚饭后,奔波了一路的高大伟早早便睡下了。何氏到龙琴语房里帮她一起绣嫁衣。龙青正想去院内走动一番,却被父亲叫住了。

龙炎拿出了一壶酒,说道:"龙青,陪为父喝一杯。"

龙青坐下,先给龙炎斟满一杯,再给自己也倒了杯酒。

醇香的酒液细细灌入杯中,龙炎突然开口,"儿啊,这次回去后,就辞了锦衣卫的差事吧。安心在卫所做个军卒,等过个几年回来和爹一起老老实实务农。"

龙青倒酒的手一顿,几滴酒洒在了桌面上,他不解地对上父亲沉静的眼神,

"爹，为什么？卫所里人人都想做锦衣卫，孩儿好不容易才被选中，您却叫我舍弃？"

"没有为什么，我是为了你好，叫你辞，你辞了便是。"龙炎说。

龙青仰脖喝干杯中酒，"爹，我知道在您的眼里，我是个不学无术、游手好闲的野小子。是，我是从小不爱念书、到处惹祸，可现如今我不一样了。这次在台州府缉捕倭寇，韩大人都夸我能干。我们不但帮着水师大破寇贼，还为当地百姓谋得了平安。今后，我一定更加尽心尽力做事。等以后光耀门楣，让您和娘都过上好日子！"

龙炎面色一沉，吼道："你懂什么！你说的这些，哪样我没经历过！官场不比这乡野山林，你要是出了什么岔子，让你娘可怎么活！"

龙青红着脖子争辩道："爹，我会小心的。锦衣卫只是奉旨缉拿朝廷要犯，只要我身正自好，还能被谁害了不成。再说了，韩大人还在辽东做过'夜不归'呢，至今都安然无恙。爹，不是人人都跟您一样，甘心一辈子躲在这乡野做个村夫。"

"混账！"龙炎气上心头，正想出手教训这个不听话的儿子，却被听到动静走出房间的何氏给劝住。

何氏看着父子俩这剑拔弩张的样子，忧心说："儿子才刚回家，你又何必大动肝火。一家人有什么不能好好说的？孩子大了，你就随他去吧。让你和他说的事你说了没？"

龙炎喝了口闷酒道："还没顾得上说呢。"

何氏埋怨地看了眼龙炎，"你啊。青儿，娘同你说。你看你妹妹都要出阁了，你也老大不小，早到了该婚配的年纪。如今你又去了卫所当差，这一走也不知道什么时候才能回来。你爹和我就商量着，要不就趁着这回，把你的亲事办了。"

龙青一下没缓过神，"娘，你说什么呢？"

何氏笑着道："成亲啊，傻小子。你见过的，村西头老白家的闺女。你和琴语小时候还跟她一起玩过呢，记得吗？白家闺女如今人长得可俊俏呢，而且性子也好，温柔贤惠。咱们两家知根知底，白家二老对你也很满意。上个月娘还给你们合了八字，算命先生说你们是一对良配。"

龙青不禁想起儿时与白家妹妹见面的场景，那是一个害羞内敛的娇俏小丫头，心里不禁微微一动。能有这样一位性情温婉、长相柔美的妻子，龙青自然是十分欢

第十二章

喜,于是便红着脸点头答应了。这一打岔,龙炎再也没提让他辞去锦衣卫的事情。

听说龙青要娶媳妇,吴羊和高大伟争先恐后地要给龙青当傧相。成亲当日,龙青穿着青绿色九品幞头官服去迎新娘时那满面春风的样子,让跟在后头的高大伟又是羡慕又是嫉妒。他对吴羊耳语道:"我是最早嚷嚷着想要娶婆姨的人,没想到却给龙哥抢了先。"

吴羊笑道:"你也不撒泡尿照照你自己,就你那熊样还娶婆姨呢。我和你说,你就死了这个心好好当差,多攒点银子。将来说不定哪个姑娘看在银子的份上,肯给你当婆姨。"

由于龙炎和何氏多年来乐善好施,龙家在村里颇受尊敬,白家也是积善之家,所以虽说有些匆忙,但婚事办得也算热闹,乡里乡亲送来不少肥鸡肥鸭做贺礼,宾主尽欢。

做了新郎官的龙青,拜堂时看着高堂上健康喜乐的双亲,一旁欢笑的妹妹和两个好友,还有身边凤冠霞帔、袅袅娜娜的新娘子,心中觉得暖意洋洋,人生已是十分满足。当然,还有一件事是不得不防的,吴羊和高大伟二人有听墙根的恶习,听别人的也就算了,可千万不能让他们听自己的。

新婚没几日,龙青就要返回卫所,将照顾父母的重任交付给了白氏。他辞别了亲人,便与两个好兄弟一同赶回南京。

龙青等人回到南直隶应天府的锦衣卫卫所,等待下一次任务。这天,龙青打算给白氏挑几样胭脂水粉,却被吴羊调侃他身为堂堂锦衣卫,居然整日里在街上看女人的玩意儿。龙青正要教训他,却被一把浑厚的声音叫住了,"几位兄弟,好久不见啊!"

一个魁梧的汉子惊喜地走上前,一把搂住他俩,一双大掌差点没把他们的背拍散架。此人正是早前他们在南京遇到的曹九。

曹九松开二人,热情地问起他们的近况。当他得知龙青已然成婚时,不由连声道喜。但龙青他们还没来得及问曹九近况时,曹九就借故匆匆离开了。

很快,朝廷对于海寇事件的赏赐下来了。时运不济的锦衣卫北镇抚司百户韩潇终于得到重用,他将调往京师出任锦衣卫南镇抚司千户,官居正五品。同时所属本部也将一并调往京师,出发的时间就定在一个月后。

厂卫

应天府的锦衣卫卫所本着锦上添花的心态，特意将一次抄家的肥差分配给韩潇。韩潇记着龙青等人先前在海寇事件里出的力，他把这份美差作为回报，将龙青等人也算在其中。同时，他也是存了借机观察龙青等人各自品行的心思。

韩潇告诉龙青等人，此次他们抄家的对象乃是因妄议朝政而获罪，官居正三品的南京兵部右侍郎李松。虽然龙青等人在蛇蟠岛的任务完成得十分出色，但锦衣卫的职责不仅仅是缉捕要犯，还包括拿人抄家，所有人必须尽快熟悉各个流程。韩潇额外对龙青嘱咐道："抄家拿人听着是件大事，实际上却是最轻松的活儿。你跟着杜总旗去学学。我已经关照过杜总旗，驾贴到时候就由你来递上去。好好干。"

龙青十分激动，对韩潇千恩万谢。第一次去抄家，就能担当如此重任，他深感这份荣耀。

可当龙青和众人跟着杜总旗到了李府，看到真实的抄家拿人之时，却是炼狱般的残酷景象。首犯李松，堂堂正三品官员，披头散发衣冠不整，像牲口一样被押走，毫无反抗之力。家中男子，有不顺从者当场砍杀，余者与李松一样被收押。女眷则全部送往礼部教坊司，最终将会成为官妓。李家财产全部充公，被杜总旗中饱私囊的也有不少。原本宽敞气派的深宅大院，被翻了个底朝天，地上狼藉一盘，还夹杂着斑斑血迹。宅子里充斥着男人的哀号、女人的嘶喊和幼童的啼哭声。人命如草芥，在锦衣卫的践踏下三魂七魄都归了黄泉。

龙青无力地看着这一切，他听不清杜总旗在对他命令什么，耳朵里充满着各种惨叫，眼里全是挣扎扭曲的面容。他的心乱如擂鼓，头沉重得抬不起来，脚步却轻飘飘的，后背布满冷汗，整个人像是一下子变得虚弱起来。

龙青不知道自己是怎么回到驻地的，他直接瘫倒在床上，闭着眼不声不响，脑子里乱哄哄的。他不明白锦衣卫到底是怎样的一种存在，难道这才是真实的锦衣卫？父亲让他离开锦衣卫到底是对是错？他越想越没有头绪，就这么焦躁沮丧了几天。

韩潇来找龙青几人，询问抄家拿人的情况。借此机会，龙青向韩潇道出了心中的困惑与迷茫，期待他给出答案。

韩潇沉吟良久，才缓缓说道："当年太祖高皇帝设立锦衣卫一职的初衷，是让那些个贪官污吏不能串通一气、蒙蔽圣听。你们以为朝中的文武百官，个个都是清正廉洁的贤良之臣吗？其实，不少大臣为了私利而彼此对立攻击，又或者官官相护。

第十二章

正是因为这样混沌的朝堂风气,才需要我们锦衣卫的存在。如果我们不能为皇上劈开这污浊之气,皇上就无从知晓真相,百姓们也会由此而更加绝望。所以,才需要我们去激浊扬清。我知道你们于心不忍,但现状如此。你们首先要做的是在锦衣卫内立足,干出一番事业。只有当你们达到一定的地位和高度,才能轮到你们来决定接下来该怎么做。"

韩潇从袖兜内取出一沓银票递给龙青,"这些是杜总旗分给你们的,收好吧。"

吴羊和高大伟瞪大眼睛等着龙青的反应,没想到龙青执意不收。韩潇笑着摇了摇头,"随你吧,等你想清楚也好。"

韩潇走后,龙青与吴羊、高大伟难得起了争执。一向对龙青言听计从的吴羊,忍不住责怪道:"龙哥,别跟钱过不去。韩大人都说得这么明白了,你怎么就是想不通呢?"

高大伟附和道:"是啊是啊,好几十两银子呢!"

龙青挥挥手:"别吵了,让我好好想想。"

吴羊和高大伟对视一眼,只得悻悻离开。

虽然龙青还未完全考虑好接下来的打算,但心中已有了一个模糊的目标:等到将来他身居高位的那一日,他一定要改变锦衣卫现在的种种弊端。当然,还要坚守自身的清廉。听来好似痴人说梦,但不试过又怎么会知道呢。

三个月后,韩潇、龙青等人抵达京师。众人与韩潇话别,虽然早前因为韩潇的严厉,大家都在心里咒骂过他,但经过这些时日的相处,真到离别时,还是有些依依不舍。

韩潇自是去了锦衣卫南镇抚司上任,其他人则被派往北镇抚司,由北镇抚司百户黄政浩统领。黄政浩是山东聊城人士,满脸络腮胡,膀大腰圆,看上去就孔武有力,十分豪爽。他见了这伙新丁也没什么客套话,"现在你们都是俺的兵了,俺就是你们的统领,北镇抚司百户黄政浩。今儿时辰不早了,你们初来乍到,俺就不和你们多磨叨,只讲一下规矩,京师和你们在南直隶那儿不一样,俺们这儿可不管食宿,你们得自个儿去找住所。"讲到这儿,底下叽叽喳喳一片,黄政浩斜着脑袋,等他们议论完。倒不是他抠门,而是京师的规矩就这样,他也没办法。好一会儿,龙青等人终于停止了议论。黄政浩接着说:"好了,要是你们都讲完了,那俺就接

厂卫

着说。给你们放两天假,该找住处的找住处,该找亲戚的找亲戚。另外,要是在街上看到'二椅子'千万别去招惹。后天卯时穿戴齐整再回到这儿集合。先和你们说明白,你们哪个要是敢晚了丁丁个,又或是跟俺玩些巧了咕咚的,可别怪俺拿大嘴巴呼你。俺要说的都说完了,就不留你们吃饭了,大家伙都拔腔吧。"

语毕,黄政浩等了半天,底下人仍纹丝不动。"干什么呢,一个个都还杵在那儿?"黄政浩不禁问道。

有人忍不住,硬着头皮问道:"大人,拔腔是什么意思?"

黄政浩翻着白眼:"都给老子滚!"

龙青三人很快便在京师找了个落脚点安顿下来,房子是破旧了点,但毕竟他们初来乍到,又不是富贵人家子弟,也没觉得有什么不适。

两日后卯时,所有人穿戴整齐准时来到校场。黄政浩很快便给他们安排好职务。按着不成文的规矩,新丁必须先到皇宫内站岗。于是,龙青和高大伟被派往正阳门当值,吴羊和杨明鉴则被派去把守奉天门。

龙青和高大伟到了正阳门,好奇地环顾着四周,只觉哪哪都新鲜。他们心中不禁暗叹,皇宫果然富丽堂皇、气派威严。负责宫门守卫的是锦衣卫总旗沈东生,沈总旗知道龙青等人是新丁,就将宫里定的一些规矩和众人加以说明,表情十分严肃。

就在此时,有军卒前来通报,"沈总旗,赶紧的,内官监少监徐公公要出宫办差。"

一位长身玉立、身穿华服的年轻人,被前呼后拥地走到正阳门前。一听到是这位大人物要出宫,沈总旗顾不上龙青等人,立马迎了上去,殷勤地和来人打招呼,"下官见过徐公公,徐公公您辛苦,什么事儿还要劳烦您亲自去跑一趟啊?"

徐追看也没看沈东生一眼,用手拨了拨腰间的腰牌,薄唇微启:"成了吗?"

沈东生满脸堆笑,"是是是,下官恭送徐公公。"

原本站在沈东生身后左顾右盼的龙青好奇地看了一眼徐追,一刹那如遭雷刑,全身上下的血液都燃了起来。顾不得现在所处的场合,龙青脱口而出:"李梁……李梁大哥!"

第十三章

听到这久违的一声呼唤,徐追的眼睑微微跳动。他极力想控制住自己,可还是忍不住回头,朝着龙青的方向飞快地扫了一眼,有那么一瞬间的错愕,但很快就消失不见。

徐追重又控制住自己的身体,他没有回应龙青。

龙青有些愣神,待要再走近点,却被沈东生一把拽开,"躲一边去,什么李大哥,这位是内官监少监徐公公。给我退下!——徐公公勿怪,这是新来的伙计,没什么规矩,您千万别往心里去。"

徐追的脚下没有丝毫停留,径直走出宫门,随从太监低眉顺眼地跟在后头。

沈东生还在不住地朝徐追的背影喊道:"徐公公,您走好啊!"

龙青怔怔地站在原地,看着徐追渐行渐远,虽说有心冲过去仔细看清那人的样貌,可终究忍住了。也许自己认错了人,也许那人只是长得有些相似,何况过了这么多年,他并不能真切地回忆起李梁大哥的相貌。也许……

徐追急急地朝前走着,脚步越来越快,像是想要甩掉什么似的,侍从太监金小帆甚至需要小跑才能跟得上他。直到出了宫,徐追仍是紧绷着脸,一言不发。一众太监看出他今日情绪不大对劲,可没人敢上前询问一句。

身边来往的人渐渐多了起来,不知不觉间已经到了闹市,徐追终于停下脚步,苍白的脸上隐隐透红,额间也在微微冒着汗。他看着喧闹繁华的街市,脸色渐渐放松,眼底却泛起涟漪。

厂卫

一旁的小太监们见徐追久久未动,不禁面面相觑。金小帆鼓起勇气,怯怯问道:"大……大人,您看咱们要不要先找间茶楼歇歇脚?"

徐追轻舒一口气,冷冷说道:"不必。办事要紧,走吧。"

岁月不可留,往事不可追。这世间既然早已没有李梁,又何必让他再逢故人!

不止龙青在京师遇到故人,杨明鉴也去拜会了其父的一位故交。这位故交名叫叶天章,现在成国公朱应桢的府上当差,颇受信任。杨父在此之前特地修书一封请人带给叶天章,希望他能多多照应自己的儿子。叶天章看到杨明鉴来访,也是十分高兴,不住地夸他一表人才、年少有为。

"杨贤侄如此年少,不但已经高中武举,如今还入了锦衣卫,前途不可限量啊!"叶天章笑眯眯地拍拍杨明鉴的肩,一路将他引入花厅。

"世叔过奖了,小侄不过朝廷一介武夫,哪有伯父在这成国公府里来得风光。"杨明鉴一改往日在卫所趾高气扬的模样,显得格外谦逊。

"哎,贤侄哪里的话。我不过是个闲职,给成王爷跑跑腿。贤侄前程似锦,老夫怎能和你相提并论。回想当年,我与你父亲少年意气,相约要一起出人头地。那时你还未出生,如今你已长成人中龙凤,而我和你父亲都老了。"

"小侄看世叔身姿挺拔矫健、行走如风,明明比二十几岁的小伙子还要英姿勃发。"

"贤侄真是羞煞老夫。"叶天章被杨明鉴哄得眉开眼笑,两人又寒暄了一阵,叶天章看着杨明鉴的腰刀,问道:"如今锦衣卫皆佩绣春刀,可刀剑再锋利,哪里有火铳来得又快又致命。当初你父亲荣升百户,我将钟爱的佛郎机短铳赠予了他。看他书信上写,已经传给了你。你可有带在身旁?这京师虽是天子脚下,但你身为锦衣卫,少不得要经历些险境。这短铳可是比咱们大明的鸟铳,要好使得多啊!"

叶天章不提还好,一提那佛郎机短铳,杨明鉴心中的怒火又熊熊燃起。自己从小到大都是天之骄子,却被这几个乡下土包子接连打击。先是比试中输给了吴羊那只瘦猴,被夺走父亲送的短铳;接着又是龙青,把他队正一职也给抢走。桩桩件件,都足以成为他的眼中刺肉中钉。

当然,杨明鉴是不会告诉叶天章,短铳是自己打赌输了。他稍加思索,做出一副有苦难言的样子,"世叔……唉,小侄不敢说。"

"贤侄但说无妨。"

第十三章

"也是世叔所赠的这把短铳太过名贵,小侄日日带在身边,不想被同僚觊觎,从小侄手中强抢了去。小侄人微言轻,不想与同僚有过多纷争。因此……都怪小侄软弱,辜负了世叔与家父的一番美意。"

"岂有此理!"叶天章勃然大怒,拍案而起,"堂堂锦衣卫,竟然抢夺同僚之物,这与强盗土匪有何区别!贤侄莫愁,这事既然让我知道了,我定会给你出这口恶气。我帮你把短铳拿回来,顺带好好收拾一下这帮不知天高地厚的兵痞子。咱们先如此这般……"

叶天章与杨明鉴耳语一番。杨明鉴听后大喜,对叶天章深施一礼,"小侄多谢世叔相助。"

杨明鉴从成国公府出来后,一身轻快。接连几天,杨明鉴对谁都是笑脸相迎,尤其是对龙青等人,不但不冷着张脸,反而主动招呼他们。龙青甚至一度怀疑,杨明鉴是不是吃错了什么药。

徐追办完事回宫后,悄悄去了东辑事厂找张宏张公公,请他帮着调查一下龙青入职锦衣卫以来的经历,借口要发展新的暗线。张公公不疑有他,很快便命人调来龙青的文书资料,交到徐追手中。

内官监厢房内,徐追坐在灯下,眉头深锁地盯着面前那薄薄的几页纸。

龙青入职锦衣卫已有一年多,办过几件不大不小的差事,表现还算不错。从南直隶调来京师不久,现在隶属于锦衣卫北镇抚司麾下,做了一名小小的校尉,难怪会与他在正阳门遇见。

徐追原本以为,关于李家村的回忆,还有记忆中那个卑微懦弱的李梁,随着他成为徐追,逐渐迈上高位后,就会渐渐消逝。可这突如其来的一声呼唤,瞬间将他拉回到旧梦里。

今后,该如何是好。

窗外飘起了蒙蒙细雨,淅淅沥沥的像是打在了徐追的心头。他推开了窗,任由细密的雨珠打湿他的脸,沁出丝丝凉意。他想起儿时,每逢雨季,龙青都会拉着他去泥塘里捉泥鳅,龙青的母亲何氏会将他们的收获煮成一锅汤。他就和龙青还有龙琴语挤坐在一起,端着碗眼巴巴地等着汤做好。可如今,再也喝不到那样好滋味的汤了。不知道二丫现在如何,她也到了嫁人的年纪……

厂卫

"叩叩叩",门外响起了敲门声,将徐追从回忆中拉回,他恍惚了一会儿,关上窗户,坐回灯前,冷冷地说:"进来。"

金小帆领了一名小太监进来。那日龙青遇见徐追,虽然徐追没理会他,但是他并未就此死心,而是在宫里打听起徐追的往昔。但徐追如今是何等人物,他在宫内位高权重,寻常人等哪会知道他的隐私,又哪敢触这个霉头。龙青问了许多人均无果,不知怎么找到了这名内官监的小太监,小太监也并不了解徐追的过往背景,却使了坏心,随口编造了一个身世来诓骗龙青。

"奴才说完后,那龙青看起来将信将疑,却也不再追问,许是消停了。于是奴才特地来向大人禀报,让大人宽心。"小太监几乎要趴在地上,谄媚地说道。

徐追从一旁的抽屉中取出一锭银子扔在地上,不耐烦地挥了挥手,"知道了,下去吧。"

小太监捡起银子,激动地给徐追磕了个头,喜滋滋地走了。

那一晚,内官监少监徐追公公房中的灯,一夜未灭。

龙青收到家书,得知妹妹龙琴语和夫君董琦也到了京师,可他一直没时间去探望。好不容易等到卫所换防,黄百户给了半天假,龙青就打算买些礼品去看望一下。

"我今天要去看望二丫,她来这么长时间了,我这做哥哥的一次都没上过门。你们俩要不要和我一起去?"龙青收拾着甲胄,习惯地想叫上自己这两个兄弟。

吴羊和高大伟连忙摇头摆手道:"不去,龙哥你千万别算上我们。你说,你们一家人在那儿唠家常,我们两个外人杵在那儿算怎么回事啊。好不容易今天闲着,我们还是去街上逛逛,顺便喝点小酒解解乏。"

龙青闻言也不勉强,自顾出了门。吴羊和高大伟磨磨蹭蹭半天,好好收拾了一番,才兴高采烈地上了街。

一直在不远处偷偷观察的杨明鉴看到他俩出门,马上跟了出来。

京师虽说繁华,可比起南京城仍稍逊一筹。吴羊和高大伟早已不是初来乍到的土包子,对很多事物已经见怪不怪。两人在街上闲逛半日觉得没什么意思,就商量着待会去哪儿祭一祭自己的五脏庙。这时,一个耳熟的声音在他们身后响起,"二位,真巧啊!"

两人转头一看,原来是杨明鉴。吴羊不屑地撇撇嘴,拉着高大伟就要走,却被

第十三章

杨明鉴伸手拦住，"两位，别急着走啊。"

吴羊翻着三角眼，双手暗暗握拳问道："你想干吗？"

杨明鉴罕见地冲他们笑得春风和煦，摆手说："不要误会，不要误会。你看咱们共事也有一年多了，从前呢，是我脾性差，冲撞了二位。一直想与你们和解，却没什么合适的机会。今天既然在这里撞上了，不如由小弟做东，咱们一起到聚福楼喝几杯，权当是给二位赔罪，如何？"

虽说几人平时不太对付，但伸手不打笑脸人。更何况，有这样的富家子请宴吃饭，去的还是京师最贵的酒楼，怎么想都是一桩大便宜！高大伟立马两眼放光，连连点头。吴羊原本还有点疑惑，杨明鉴这小子怎么突然转性了。可没等他细想，高大伟已经屁颠颠地跟着杨明鉴走了，他只好跟了上去。不就是吃顿饭嘛，光天化日人来人往的，谅他杨明鉴也闹不出什么幺蛾子。

三人来到聚福楼，堂倌见到杨明鉴十分熟络，看得出来杨明鉴是这里的常客。他们在雅间就座后，吴羊和高大伟也不客气，把这聚福楼拿手的好菜点了个遍，什么辽东金虾、清蒸鲥鱼、西施舌、水晶膀蹄、焖炉烤鸭、酒糟蚶、虎皮肉、裹馅肉角儿……光是听菜名，两个人就垂涎三尺了，心里对杨明鉴的厌恶不由得淡了不少。

菜还未上齐，吴羊和高大伟就迫不及待地大快朵颐。杨明鉴却坐在那儿不疾不徐地慢慢喝着酒，笑看这两人风卷残云的样子。

正值饭点，聚福楼的生意十分红火，堂倌又领了客人过来。为首的是一位周身华贵、长相颇为富态的少年，跟在他身后的是一年长者还有一群身穿灰衣的伴当，一看就是非富即贵。他们坐在杨明鉴等人的不远处，同样点了不少聚福楼的招牌菜。富态少年腆着浑圆的肚子，脸上的肉堆得像油团，脖子又粗又短，那脖子上的肉一层盖一层，就像叠叠的浪，些微的一个动作都会令他身上的肥肉颤动不已。

杨明鉴嘴角牵起一丝微笑，朝富态少年方向抬了抬下巴，说道："你们平日里老说沈总旗膀大腰圆、丰硕无朋，这不有个要富态十倍的人吗？"

正在跟虎皮肉较劲的吴羊转过头看了看，嗤笑一声："噗，这身肉若是榨出油来，得够咱们整个村的人用上个一年半载的了。"

高大伟嘴里叼着一颗虾子，看了一眼，惊叹道："哇，这可真够肥的，我老家过年杀的年猪，都没这么大的肚子。"

许是他们议论的声音有点大被人听到了,与富态少年同桌的长者拍桌而起,指着吴羊他们骂道:"小崽子们,你们说谁是猪!"

富态少年听到有人说他是猪,当时就不干了,"啪"地摔下筷子。他周围的灰衣伴当也都铁青着脸一个个站起身,狠狠地瞪着他们。

吴羊不耐烦地放下筷子,转过身正对着少年说:"谁应了我,就是在说谁。"他还"哼哼"两声,学了一把猪叫。

少年怒吼:"给我打!打烂这小子的嘴!"

他的手下闻声立刻冲了过来,一把掀翻吴羊他们的桌子。

高大伟心疼地惨叫道:"老子的肉啊!"然后怒气冲冲地一拳打翻一个,"你们赔我这一桌好菜!"

此时,但见武力值最高的杨明鉴猛一起身,连推带撞地打倒两名伴当后,突然一个纵步蹿出了门外,绝尘而去。

看到杨明鉴竟然在这关键时刻弃他们而去,吴羊和高大伟不禁又急又气。"你大爷的!这孙子,自己倒跑得快!"吴羊暗骂道。

虽说高大伟勇猛过人,吴羊也是身手灵活,但架不住对方人多势众,二人渐渐不支。不得已之下,吴羊拿出了随身携带的佛郎机火铳,抵在对方那个富态的公子哥的头上才控制住场面。当然,吴羊也不是什么善茬,借机下黑手对胖公子饱以老拳,害得那位直接变成猪头。

这伙人把聚福楼闹得天翻地覆,其他食客饭也不敢吃了,只是躲得远远地看热闹。聚福楼掌柜的心在淌血,可又不敢得罪这两拨正在缠斗的人。但京师不同于其他地方,是有巡街衙役的。没多会儿顺天府的衙役们就赶到了,闹事的这两伙人全被抓了起来。吴羊和高大伟除了衣衫凌乱,身上有点擦伤外,倒没什么大碍。毕竟也是从小打架过来的,皮糙肉厚。那位公子哥的家丁虽然看上去个个健壮,可真不禁他们二人打,有几个还在地上叫唤半天才起来。而富态公子看上去反倒是伤得最重的那个,关键是他所有的伤都在脸上。他肿着脸,嘟嘟囔囔地不知道在说些什么。人多口杂的,衙役也听不清,便不耐烦地说:"行了,你甭说了,什么王不王的,姓什么不重要。咱们到顺天府衙门再慢慢说,都别愣着了,走吧。"

一路上这两伙人也不消停,吹胡子瞪眼的不说,还在那儿互相骂骂咧咧的。一行人浩浩荡荡地被押到顺天府衙门,顺天府通判前来过的堂。听堂下衙役回禀,才

第十三章

知道是在酒楼内聚众斗殴。此事可大可小,双方既然没闹出人命,也没有缺胳膊少腿的,那这事儿就算是轻的。按常例,通判会判主事一方赔偿苦主一些汤药费,再补偿酒馆的损失,便可结案。可这一回,当通判弄明白两方事主的身份,却是一筹莫展,因为这两头他好像都开罪不起。

一边是北镇府司的锦衣卫,虽说这两位都身穿便服,也没在当差,但人家那可是现职锦衣卫啊。平日里都是他们审别人,哪儿轮得到别人审他们。弄不好,到时候吃牢饭的,可能就是通判自己。

而另一边也不是盏省油的灯,那位身着华服的富态少年,乃是成国公的公子朱鼎臣。虽然这位少爷没有多大的能耐,也没有一官半职,但你架不住人家投胎投得好,家里有背景,这可是实打实的王公贵胄。而且这位爷还是独子,意味着他就是未来的成国公,捏死通判这样的小人物,简直易如反掌。

通判只觉头疼不已,他揉着两侧的太阳穴,心想:早知道今日会有这出,还不如告假在家。憋了半天,通判才艰难地说出想让两边各让一步达成和解。结果未来的成国公——朱鼎臣公子不乐意了。他的脸被吴羊打得跟个猪头似的,哪里肯善罢甘休。朱鼎臣怒目圆瞪,说道:"本公子不过去聚福楼吃顿便饭,结果这两个小子主动挑衅,不但对本公子大打出手,还偷了我府上的东西,就是那佛郎机火铳。我见过我爹放在家中,平日里也没拿出来用过,想不到竟是被这两个毛贼盗走了。"

通判听到这里,知道案子该怎么判了。这打架事小,可偷盗成国公府中财物,事就大了。通判命左右衙役将吴羊、高大伟二人先行收押,然后满脸堆笑地哄劝朱鼎臣,"朱公子,这火铳就物归原主。至于这二人……毕竟是锦衣卫,下官实在无权处置,容下官先奏请府尹大人再来决断。不过公子尽可放心,下官一定会秉公处理。"

朱鼎臣知道只能暂且如此,就不再为难通判,只是愤恨地说:"要不是这厮是锦衣卫,我非弄死他不可。你可看紧点,别让这俩小子跑了。否则,我唯你是问。"

通判堆着笑再三答应,这才送走了这尊大佛。

而被关到牢里的吴羊和高大伟,可要吃苦头喽。虽说顺天府的通判是不愿得罪锦衣卫,府衙的牢头也不敢动吴羊和高大伟一根汗毛,可未来的成国公就不在乎他们是何职位了。朱鼎臣让人私下买通牢头,进了牢房后将吴羊和高大伟好一通胖揍。可怜两人美酒佳肴没吃上几口,却被打得鼻青脸肿。

第十四章

龙青悻悻地离了董府,他拒绝了妹妹的邀请没有留下来用饭。龙琴语出阁时,龙青在卫所当差,所以没有参加他们的婚礼,这次是他第一回见到妹夫董琦。

按说龙琴语嫁了个有钱人,生活过得也还不错,身为兄长的他理应高兴才对,可当他对着董琦那张市侩的脸,却怎么都觉得别扭。

虽然天色尚早,可龙青兴致索然。他没有去卫所,而是径直回了住处,前脚刚踏进院子,就看到同僚小林急匆匆地向他跑来,"龙青,你总算回来了!吴羊和高大伟出事儿了!"说着,拽住他的胳膊就要往外走。

龙青不知所以,经过小林一路手舞足蹈的解释,才知道吴羊和高大伟趁他不在的时候,跑到聚福楼胡吃海喝,这还不算,他俩居然间歇还跟成国公世子比画了一下身手,现在被关押在顺天府府衙。听完他那两个好兄弟这一天干的"好事"龙青有点哭笑不得,这都叫什么事,俩小子真是吃饱了撑的。他正胡思乱想之际,人已到了顺天府府衙外。

进到府衙,等了两个时辰二人才见着通判。小林一肚子邪火压不住,他对着通判亮出锦衣卫的腰牌,狠狠地说:"知道我们是谁吗?你也敢让我们等,活腻歪了吧你!"可没承想通判根本懒得搭理他们,见到他们这般模样,起身就往外走。小林当时就恼了,站起身就要去拽通判的衣襟。龙青见势不妙,赶紧拦住小林,好说歹说下终于说通小林,让他去府衙外头等着。

抹了抹额头的汗,龙青躬身对通判行礼,歉意道:"大人,对不住,我给您赔不

第十四章

是。我这群兄弟平日粗鲁惯了，您大人不记小人过，千万别和他们一般见识。"

通判龇着牙，理了理有些散乱的官服，"横惯了是吧，我知道，锦衣卫嘛！有你们这么求人的吗？啊，早这样多好。"

"是，是，您说得是。"龙青附和道。

"行了，看你也挺实诚，我就和你明说吧，这事麻烦着呢。你啊还真担不下来，还是赶紧去找救兵通路数吧。"通判叹了口气摆手说。

出了顺天府，龙青将通判的话对小林讲了一遍。

小林不以为然地说："不就找人通路子嘛，有什么大不了的，明日你去找咱们百户，同他说。我就不信，他一个小小的顺天府通判还敢不给锦衣卫百户面子！胆肥得他！"龙青抬头看了眼天色默然无语，事到如今也只能如此。

翌日，龙青早早来到卫所，找到他们的顶头上司北镇抚司百户黄政浩，向他禀明此事。黄政浩听龙青说完，失声大笑，"王八三孙子的，居然敢当街殴打小成国公，比俺当年还彪，真是初生牛犊不怕虎！不过也实在他娘太彪了，怎么会笨到在大白天众目睽睽之下就这么动手呢，唉。"黄政浩可惜地叹了口气，心想：要是这俩小子没被抓着就好了。人是彪了点，可再彪也轮不到顺天府来教育锦衣卫的人啊，不管怎么说也得把人先弄出来。

黄政浩带着龙青来到顺天府衙。果然锦衣卫百户亲自来要人，还是跟龙青这样的普通校尉待遇有别。这次顺天府通判没敢晾黄政浩两个时辰，他来到衙门口客客气气地将黄政浩迎进来。黄政浩也不客气，直接开口要人。通判却打起太极，装作为难的样子说："百户大人关心属下，下官自然理解。可您这两位麾下得罪的毕竟是成国公府，下官为了这事也是寝食难安，连头发都愁白了不少。下官唯有不停地往成国公府跑，哀求朱公子网开一面，大事化小、小事化了……"

"你哪儿他娘那么多的废话，到底怎么说？"黄政浩不耐烦地问道。

"一千两纹银，这事就算结了。"

黄政浩咽了口口水，"一千两？"

通判点点头，"朱公子好不容易才松口，只要拿出一千两作他的汤药费，那他就大人不记小人过。大人您看，如果您能现在交钱，下官立马放人。"

"嗯，俺知道了。"黄政浩说完，站起身领着众人出了府衙。

龙青一直在边上仔细听着，朱公子同意用钱解决，说明吴羊和高大伟还有救，这事儿闹得不算特别大。但问题是，哪儿来这么多钱！

众人回了卫所，黄政浩叫上龙青来到屋内，取了十两纹银交到他手里，说："龙青，事情俺已经帮你们解决了，不过银子你得自己想办法，俺这也算出个力，拿去应个急。不过，你也别急。出去找外面那群孙子，让他们搭把手帮着凑一凑，啊，你快去吧。"

龙青揣着十两银子被黄政浩攥了出来。没办法，他只能觍着脸从卫所内开始借。可锦衣卫里个个都是"谈到钱，便无缘"的老油条，何况之前龙青等人还一副自命清高、不收贿赂的模样，众人就更不愿借给他们。杨明鉴倒是拿出二十两，他当然不是突发善心，关键是大伙儿都知道他丢下吴羊和高大伟自己先溜之大吉，要是现在他再不出点钱，面子上实在是过不去。龙青自己有三四两散银，可拼拼凑凑才三十四两，离一千两差得不是一星半点。

见卫所内筹不到更多银子，龙青思来想去下只能去找他在京师里唯一的亲人，妹妹龙琴语和妹夫董琦。他寻思着董家世代经商，怎么着手头会比自己宽裕许多。

结果没想到的是，龙青才到了妹夫家说出来意，昨日还在他面前吹嘘自己日进斗金的董琦，磨磨蹭蹭地只掏出了五十两，然后满脸委屈地对他说："大舅哥，不是我抠门，实在是生意难做。这个家加上店铺里几十张嘴，都靠着我吃饭呐，一家之主不好当。"龙青见他这般不情不愿的样子，不好意思再求他，拿着银子道谢后便离开了。他走出董府一盘算，奔波了大半天，总共只有八十四两，连一百两都没到。这一千两得筹到何时？！

虽然心中着急，可眼看天色已晚，龙青在这儿再没其他熟人，硬要再想，也就剩下在南镇抚司当千户的韩潇。于是龙青只好暂且拿着这八十四两银子打道回府，打算明日一早去找韩潇。

第二日，龙青一大早来到南镇抚司，见了韩潇，把吴羊和高大伟的事一说，韩潇笑了笑，爽快地拿出三百两银票，说道："我现在手头上也只有这些，能凑一点是一点吧。"龙青赶忙接过，连声道谢。正当他准备起身告辞的时候，韩潇突然叫住他，"龙青，你等等！"龙青停下脚步。韩潇从房中又拿出一沓银票递给他，"这是上次要给你们三个人的六十两银票，结果你们没收，这下总可以拿去了吧。好啦，不要再逞强较真，过了眼前这一关要紧。"龙青此番无法拒绝，只得接了过去。韩潇拍了拍龙青的肩，安慰道："你也别太忧心，我会尽量帮着走动一下，怎么说你

第十四章

们也是我带过的兵。你先去顺天府衙交了这些，看看能不能让他们先把人放了，咱们再接着想办法。"龙青十分感激，千恩万谢地拿着银票赶往顺天府衙。

龙青到了顺天府衙把钱一交，通判点了点数，摇头说："你这钱的数目可不对啊，总共加起来也就四百四十四两，连一千两的半数都没到。"

龙青无奈地央求，"大人，要不您先把人给放了，我一定想办法凑齐交给您！我把我的腰牌先押在这儿，您看成不成？"

通判捋了捋长须，摇头道："这可不是我能做得了主的事。这两位得罪的可是成国公府，这一千两银子不到，我岂敢放人哪？您赶紧再想想办法，把余下的五百五十六两速速交来，交齐了我立即放人。不然，这二位只能继续在府衙里待着。你放心，我保管他们好吃好喝，绝对不会挨饿受冻。"

龙青明白要是不凑齐钱，这府衙是绝不会放人的。

回到住所，龙青苦苦思索半日，实在想不出其他办法，唯有咬咬牙，再去好好哀求一下妹夫董琦。他心想：不管怎么说大家毕竟是一家人，有难时互相帮衬一下也是应该的。再说了，自己只是借来救急，又不是白拿他钱财不还。

可到了董府，在龙青及龙琴语的苦苦哀求下，董琦才心不甘情不愿地又掏了三十两银子出来，然后板着脸说："大舅哥，这回可是再没有多的银子了。你即便再来，我也拿不出来了。"龙青接过银子，在手中攥紧。看了眼左右为难的妹妹，重重点了点头就匆匆离去。

龙青在街上漫无目的地走着，他将脑海中的人又过了一遍，却想不出还有谁可以帮自己。虽然自己家中并不富足，仅是温饱有余，可也从未发生过为了钱财而困窘忧愁的事情。直到这个时候，龙青才知道钱财在这世间是多么重要，难怪有如此多的人汲汲追求。

路过赌场，听到里面传来的喧闹声。龙青犹豫许久，还是心一横走了进去。第一次进赌场，他毫无经验，又急着想抓救命稻草，自然输得本钱全无，最后还押上了锦衣卫的腰牌。赌场管事怕把他逼急了生事，便还了他二两银子，将他轰了出来。

龙青失魂落魄地走出赌场，外面天色已然昏暗，街上的摊贩纷纷收拾摊档准备归家。龙青叹了口气，这两日的奔波他尽力了，听天由命吧。实在不行，明日再去找一次韩大人，看看还有没有什么其他办法。不管怎么说，总是把人先带出来再说。

心灰意懒地回到住所，龙青推开房门，就听到耳边传来两声招呼，"龙哥！"

龙青赶忙抬眼,就看到吴羊与高大伟二人躺在床上,正半支起身子看着他,脸上青一块紫一块,好不精彩。看到两人躺在床上的这副模样,龙青又好气又好笑,几日里所受的委屈在看到二人无事后也一扫而空,龙青上去就给两人的脑袋一人来了一掌,"胆大包天啊你们!我才走开一会儿,你们就惹了这么大的祸!差点没愁死我!"打得二人是"唉哟唉哟"的直求饶。

龙青坐定后,问起具体情形。按理说他还没交齐成国公府说的数,顺天府衙怎么会突然放人呢?

吴羊一边给自己上药,一边疼得龇牙咧嘴地说:"我们也迷糊得很,那年猪一般的小成国公够阴的,居然找人来牢里报复。可除了那些牢头,再没人搭理过我们。我还以为要在里面待上一段时日,谁知道突然间就把我们放出来了,什么也没交代。"

龙青想了想,说:"这两日我到处筹钱、打点关系,哪知这顺天府衙见不到一千两银子,就不肯松口放人。亏得韩大人给了三百两,还应允替你们疏通关系。难不成是他?"

高大伟一拍大腿,叫道:"那必须是他了!咱们哪儿还认识比他更大的官,而且韩大人先前就替咱们担过事。估计这回还是他帮着打通关节。韩大人简直是我的再世父母,今后我见着他,一定要磕头喊恩公!"

三人心存感激,约定明日一同去韩潇那里登门叩谢。

翌日,三人起早来到韩潇的住所。韩潇见到吴羊和高大伟居然被放出来了,也十分惊讶。没等他问起怎么回事,三人就齐整整地跪倒在他面前,磕头道谢。

韩潇赶紧将三个人扶了起来,"这是做什么?大清早的闹得是哪出啊?快起来快起来,坐着说话。"

几人落座,韩潇听龙青说完缘由,不无惭愧地说:"你们怕是跪错了人。昨日我是去了刑部,找了原先还算相熟的刑部主事帮着疏通疏通。可我毕竟离京已久,未料到这官场上的关系已淡泊至此,那主事委婉推脱一番,我也不好再坚持,其实没帮上什么忙。我想应该是其他人出手帮的你们。"

三人面面相觑,此地不可能再有其他人愿意仗义相助,难道是大罗神仙下凡来解救苍生顺道带了他们一把?想想都觉得不可能啊。见三人苦思不解,韩潇笑着劝慰,"好了,你们也别多想了。现在成国公府没有继续追究,而且人已经出来了,

第十四章

其他的不想也罢。不过你们今后可不能再如此鲁莽行事。"

三人点头称是，盏茶过后，起身与韩潇告别，回了住所。对于他们来说，接下来紧要的不是想是何人伸的援手，而是如何归还董琦和韩潇的银子。

几日后，三人轮到在宫内执夜，故白天在住所休整。

龙青正打算蒙头大睡，却被吴羊拽开了被子，"龙哥，别睡了，门外有人找你。"

龙青一把拽回，"天王老子来也得等我睡饱了再说，前几日到处跑，我都没睡好。"

"是成国公府的人。"一听吴羊说是成国公府的人来找，龙青吓得弹坐起来。高大伟也是一阵紧张，差点摔了手中的茶杯。三人慌忙整理了一下衣冠，将来人迎了进来。

来者不是旁人，正是之前给杨明鉴出谋划策的成国公府管事叶天章。

龙青听他自报家门，不由得咽了一口唾沫，心想：莫不是朱公子气不过，又要来找茬儿吧？吴羊和高大伟也是一副坐立难安的样子，恨不得现在就起身夺门而逃。

三人正在惴惴不安之际，叶天章却一撩衣袍下摆，跪在地上给他们行了一个礼，诚恳地说道："敝府世子年少气盛，无意间得罪了几位，累得两位大人受了牢狱之灾。王爷和世子心中深感歉意，特命在下前来谢罪。还望几位海涵。"说着便拿出之前吴羊被收缴的佛郎机短铳，递还到吴羊手中。

吴羊拿着短铳张大了嘴，龙青也是一脸迷茫地看着叶天章。三人如坠云中，半天不说话。叶天章见状，以为是他们觉得不解气，忙说："如若几位觉得贵府不够诚意，在下即刻回府禀报，再带一些银两来……"

龙青这才回过神，忙拉着叶天章说："不不不，不必了。叶管事，贵府的心意我们知晓了。本来就是我这两个兄弟的错，冲撞了世子。既然世子愿意冰释前嫌，我们自然不会不识好歹，继续纠缠不清。不过，我想请教叶管事，不知是哪位大人前去贵府调解，才使世子消了气？"

"这……在下不可多言。"叶天章没料到龙青会这么问，一时间不知如何掩饰。

"您就告诉我们吧，我们也好前去登门拜谢啊！"吴羊惊讶过后，摸着失而复得的火铳欣喜起来。他要好好报答这位藏在幕后的救命恩人。高大伟也在一旁不住地附和。

在三人锲而不舍地追问下，叶天章吞吞吐吐地道出原委。确有一位贵人向成国公打了招呼，此人便是如今宫里的红人，内官监少监徐追徐大人。这徐大人是何等人物，惊得成国公回府后将朱鼎臣与叶天章二人好一番训斥，把朱鼎臣禁足月余不说，还喝令叶天章即刻前去顺天府衙放人，事后还要带上火铳前来谢罪。这才有了吴羊、高大伟安然无事，以及叶天章的登门谢罪这两件事。

叶天章说完一切后又客套一番，才起身告辞。吴羊和高大伟依旧迷惑不解，他们根本不了解内官监少监这个官职，也并未听说过徐追这号人物。不过听叶天章这么说，想来必定是一位权势滔天的大人物，才会令成国公这种身份的人都如此忌惮。可这样如在云端的人，又为何会为了他们两个小小的锦衣卫出面呢？

吴羊用手肘捅了捅高大伟，"这个徐大人，我肯定从未遇见过。你认识吗？"

高大伟摇摇头，"我连姓徐的人都不认识一个。龙哥，你知道这徐追吗？"

龙青此刻完全听不进吴羊和高大伟在说什么，他的心中泛起了惊涛骇浪。在听到"徐追"这个名字时，他就犹如五雷轰顶一般僵立在了原地。手心里冒起了汗，耳朵里响起一阵轰鸣。

没错，是他，一定是他！那天遇见的那位内官监少监徐追，那个和自己记忆里的李梁长得极为相似的人。

内官监少监徐追的样貌与儿时玩伴李梁的影像在龙青的脑海中慢慢重叠、交融……直至最后浑然一体，变为同一个身影。

龙青重重地坐在椅子上，心中一阵狂喜。这么多年了，居然真的让他找到了李梁大哥。而且李大哥，分明还记得他！

吴羊和高大伟是高兴了，可有一个人心里却更不痛快了，那就是他们的死对头杨明鉴。

其实，叶天章在登门谢罪之前，已经找过了杨明鉴。他一上门，便对杨明鉴一顿劈头盖脸地责怪，"侄儿啊！你说你若是早告诉我，那几个锦衣卫背后有如此靠山，我又何苦来设这个局，这不是搬起石头砸自己的脚嘛！那内官监少监徐追，莫说是你我万万得罪不起，连成国公都得惧七分。一把短铳罢了，犯不着因小失大。如今我在成国公面前大失颜面，再不能帮你什么忙了。你今后行事可要再三小心，别到时连你爹爹也要受你的牵连！你可明白。"

杨明鉴低着头，嘴上应着"侄儿明白"，双手却在暗中紧紧攥拳。他心中对龙青等人的憎恨已到了无以复加的地步。

第十五章

　　夜幕高举,内官监里只有少监大人徐追的房中仍有光亮。在一片斑驳烛影中,徐追端坐在书案前,却没有像往日一样看书查账。书案上的文本杂乱地堆放着,徐追也不去管。他目视着莹莹烛火,可思绪却已经不知游荡至何方了。

　　徐追转头望向窗外,想起白日里在乾西五所发生的事。

　　那时他正和皇三子朱常洵在凉亭中对弈,阳光晴好,凉风习习。朱常洵刚赢了一局,笑吟吟地对徐追说:"往常一局棋总是要胶着半日才见输赢,今日这么快就分出胜负。莫不是你让我的吧?"

　　徐追一颗颗拣起棋子,赔笑道:"殿下的棋艺日滋月益,是我跟不上了。"

　　朱常洵拿起茶盏饮了一口,望向凉亭外荷花满池的景象,舒了一口气,"先前母妃凤夜忧叹,我的心思也紧绷得很。如今总算有点闲情逸致,赏赏这美景佳色了。"

　　徐追收拾着棋盘,但笑不语。

　　两人正要重开一局,有侍从太监前来禀报,成国公朱应桢求见。朱常洵头也没抬地说:"这老头子估计又有新奇玩意儿送上来,让他进来吧。"

　　成国公朱应桢在太监的引领下进了院中,来到朱常洵和徐追跟前,深施一礼,"老臣见过三殿下,徐大人也在啊。"

　　朱常洵笑着说:"成国公不必拘礼,有些时日没见你来了。来,坐下说话。"

　　"是。"朱应桢坐定后说,"老臣前些日子去了趟辽东,从宁远伯那儿得了几株

131

百年山参。这几日才回到京师,就想着给殿下送来。"

朱常洵挥了挥手,"这么好的东西,我可消受不起,你还是给陛下送去吧。"

"皇上那儿老臣已经呈上去了,这是特意留给殿下的。"朱应桢打开一个紫檀木盒放到桌上,"殿下您看,这可是好东西,都成形了。"

朱常洵探身看了看木盒内的山参,"李成梁好大的手笔。成国公,你有心了。"

朱应桢见朱常洵收了礼物,开始替李成梁说起好话,"宁远伯镇守辽东苦寒之地数十年,几乎无岁不战,无日不防,可谓竭心尽力,实乃国之栋梁。"

朱常洵颇有深意地笑了笑,"国之栋梁,呵呵,是,没错。"

朱应桢又从身后拿出一个紫檀木盒笑着对徐追说:"徐大人,这是给您的,还望笑纳。"

徐追看了眼朱常洵,见朱常洵点了点头,伸手接过木盒,"多谢成国公抬爱。成国公勤勉克己的美名天下流传,下官十分敬仰。不过……下官却听闻,令郎不仅没有继承到半点成国公您的风采,反而在京师到处逞凶行恶、鱼肉百姓。"

朱应桢惊呼道:"徐大人,您切勿听信他人的谗言啊。"

徐追看了眼朱应桢接着说:"听说前不久,世子在聚福楼与人大打出手,被打的两人至今还在顺天府衙里关着。知道的人会说是您管教不严,不知道的,还以为您纵子行凶呢!"

朱常洵挑挑了眉,"哦?还有这种事?"

徐追为朱常洵斟了一杯茶,轻笑一声,"殿下不常出宫走动,自然不知。这事儿,市井里都传遍了。"

听着二人在那儿一来一往地谈论着自家独子的劣迹,朱应桢是冷汗涔涔,直接跪在朱常洵面前,赌咒发誓说绝无此事。

朱常洵起身扶起朱应桢,笑着说:"成国公不必如此,有则改之,无则加勉就好。我与徐追还要下棋,若无他事,就早些回吧,多享受享受天伦之乐。"

朱应桢听到这话,更是吓得不轻。但朱常洵已经开口,他只能起身告退。

直到朱应桢离开,朱常洵才笑着对徐追说:"人家才给你送了礼物,你还故意使坏拿捏他,你啊!"

徐追一边重摆着棋盘,一边笑着回道:"殿下,您不也一样吗?"

主仆二人对望一眼,不禁畅怀大笑起来。

第十五章

朱应桢没有回府，他命随从即刻出宫彻查此事，自己则留在乾西五所外等候徐追出来。

整整两个时辰后，徐追终于出来了。可怜那朱应桢就站在那儿，等了徐追两个时辰。但幸好有这两个时辰的缓冲，让朱应桢有时间了解事情的来龙去脉。他不由暗骂儿子朱鼎臣蠢笨，平日里纨绔些便罢了，偏就得罪了这一尊大佛。

徐追刚走出乾西五所，朱应桢赶紧迎上前去，"徐大人请留步。"

徐追一转头，看到朱应桢，略微讶异，"成国公怎么还在？"

"本公方才听到徐大人的话心中惭愧不已，故在此等候大人，给大人赔罪。本公教子无方，不知天高地厚冲撞了大人的友人。本公回去一定让犬子亲自登门谢罪，并且将所得银两与物件全数奉还。还请大人海涵，莫要怪罪。"

徐追看着朱应桢那诚惶诚恐的样子，不咸不淡地说："那倒不必，银子让令郎收着就好，他们也该吃些苦头，权当是个教训。下官还有要务在身，不能多陪，恕罪。"

回到内官监的徐追始终心神不宁，什么事也做不下去，只能任自己在这房内神游四方。徐追自然知道自己做错了，这事原本与他毫无干系，却平白借着朱常洵的权势，教训了成国公一番。他不明白自己为何会做这些事，这么多年来明争暗斗的深宫生活，早将他变成了另一个人。一直以来，但凡与他无关的事情，他绝对是袖手旁观，就连碰都不会去碰。李梁这个名字还有与这个名字有关的一切，他也应该早就淡忘，甚至都不愿再去面对。可是为什么自己还是去做了这些事？为什么一碰到龙青，自己就方寸大乱？

为何？为何！

可任凭他想得再久，也想不出一个能够说服自己的理由。又或者，他内心深处早就有了答案，只是不愿承认。

徐追轻叹一声，忍不住想起那日在宫门前，龙青唤的那声"李梁大哥"。

"叩叩叩。"一阵轻微的敲门声将徐追的思绪唤了回来。

"大人，门外有锦衣卫求见。他说他叫龙青，是您的故友。"侍从太监金小帆在门外说道。

徐追的心又如那日般狂跳不止。

他终究还是来了！到底是见，还是不见？若是不见，自己必将终日寝食难安。可若是见了，又该说些什么？

他要是不来该多好。

这些年来，徐追本该早已练就了一身铁骨，刀枪不入、百毒不侵。唯独心上有那么一小块地方依旧有一道口子，娇嫩无比，轻轻一碰便鲜血淋漓。这一道命门，便是为了龙青，为了龙家一直保留着，无法愈合。

徐追又是一声轻叹，握住桌沿的手微微颤抖。

敲门声再次传来。

"大人，您歇息了吗？要不我把他给打发走？"见屋内久久未有回应，金小帆小声问道。

片刻后，站在屋外的金小帆就听到屋内传来了徐追那清冷的声音，只是今夜的这一抹带了一丝疲惫，"告诉他，就说我已经歇下了。让他明日戌时在东直门外的蓬莱阁候着吧。"

"是。"金小帆应道。

徐追又怔忡了一会儿，最后站起身吹灭烛火，房中瞬间黑暗下来。

龙青独自一人在内官监门口徘徊张望着，看到金小帆走了出来，他满心期待地迎了上去。

"徐大人今日没工夫，让你明日戌时在东直门外的蓬莱阁候着，赶快走吧。"金小帆对着龙青说道。

"哎哎，谢谢这位公公！"龙青原本以为徐追不见他还有些失落，可又听到徐追让他明日去蓬莱阁，心中不禁溢满喜悦，脚步轻快地离开了内官监。

龙青激动得一夜无眠，第二日还未到戌时就早早地在蓬莱阁等着。可他等了许久，直到戌时又过了两刻，仍未见到徐追出现。龙青开始不安地在包间内来回踱步。

"李大哥不会是在来的路上又反悔，不想来见我了吧？"龙青正嘟囔着，便看到一身常服的徐追推门而入。龙青赶紧迎了上去，仿佛不相信自己的眼睛似的，上上下下打量了徐追好久。比起那日的匆匆一瞥，如今站在他面前的徐追，和儿时的模样仍有七八分相似，长身玉立，清俊的眉眼间多了一股沉稳和身居高位者的威严，一时间让他有些恍惚。

第十五章

徐追见龙青呆愣的模样，心中一时酸苦，脸上却是先笑开了，"怎么，不是你约我出来相见的吗？现在见了，却又不认得我了？"见龙青还是傻傻地盯着他看，徐追温柔说道："许久不见了，小猴子。"

这个称呼一出，龙青便知道，这就是他一直心心念念的那个儿时伙伴。"李大哥，真的是你！"龙青心中禁不住一阵狂喜，大步上前一把抱住徐追，鼻头一酸，眼眶通红，瞬间落下泪来。

徐追犹豫了一下，最后还是抬起手轻轻拍了拍龙青的背，"好了，好了。你现在都是锦衣卫的校尉了，怎么还是个孩子性子。坐下说话。"

龙青松开徐追，不好意思地抹了一把眼泪，拉着徐追坐了下来。

"李大哥，李叔呢？那年你和李叔怎么突然不见了？你们后来去哪儿了？我爹到处找你们都没找到，我们一家人都很想你们。那天在宫门口看到你，我还以为自己眼花了。你怎么会在宫里？为什么所有人都叫你徐大人，你是改名字了吗？你既然没忘了我，为什么在宫里还装作不认识我……"龙青刚坐下来，就激动得连珠炮似的向徐追抛出一连串疑问。

徐追唯有沉默不语。

往事重又上演，一幕一幕划过眼前，不堪回首。

"死了吧。"徐追将一杯倒好的茶放在龙青面前，淡淡地说。

"李叔死了？什么时候的事？那你们当初怎么就突然搬家了呢？这么多年你一个人是怎么过的，一定很苦吧。可你怎么会在宫里啊？"龙青追问道。面对这个如今谜团一样的儿时伙伴，他的心中有千万个问号。

徐追只觉得今日的茶格外苦涩，直苦得他的五脏六腑都跟着搅作一团。他的脸上泛起一丝苦笑，"不知道……"

龙青还要接着问，却被徐追打断，"那你呢，怎么离开李家村来到这儿，还当上锦衣卫了？"

"嗨呀，说来话长。其实我原本没想那么多，全是误打误撞的。李大哥我跟你说，自从李叔和你走了之后，村里没人教书了，我成天跟着我爹去山里。后来我和吴羊去南京的卫所报到，在路上还认识了一个好兄弟，叫高大伟。我们三个一块去了卫所……"

看着龙青跟小时候一样活力充沛，说起话来手舞足蹈、眉飞色舞的样子，徐追欣慰之中夹杂着丝丝惆怅。他只是静静地听着，希望龙青不要停，最好永远就这么说下去。

"……结果现在当了锦衣卫，这俩小子还惹出这么大的祸，我差点要去卖身把他们赎出来了。"龙青说得口干舌燥，拿起茶杯一口气灌下，对徐追说，"李大哥，多谢你这次帮了我和我的那些兄弟们。以后有什么用得到我们的地方，你尽管开口。"

"不过一件小事，你我之间还需要道谢吗？"

"是我错了，你我之间不言谢。为了这次重逢，李大哥，我得好好敬你一杯！小二，拿一坛你们店里最好的酒来！"

徐追拦住了龙青，淡然地说："我不喝酒。"

龙青想起当年李公溪醉醺醺的凶狠样子，心中了然，便端起茶杯，"没事没事，不喝酒，那我们就喝茶。来，李大哥，我给你倒上。我跟你说，我爹和我娘到现在，还不停地念叨你呢……"

两人仿佛又回到儿时促膝而谈的时光，龙青从儿时趣事说起，直到二人分离后的际遇，侃侃而谈、滔滔不绝，说到激动之处还抚掌大笑。而徐追则是少言寡语、听多说少。

茶越饮越淡，情越谈越浓。

龙青看着徐追侧耳倾听的样子，心中对于他先前不愿相认的埋怨和疑虑也打消了。龙青觉得那么多年过去了，唯一不同的就是李大哥变成了徐大哥。虽然现在两人的身份不同，可李大哥的人却没变，还是那么的温柔宽厚，自己与他之间的羁绊从来也没断过。一时间往昔的情谊涌上心头，他只想放声大笑。

忽然间，龙青像是想起了什么很紧要的事，对徐追说："对了，李大哥，哦，不对，徐大哥。你看我这记性，我都忘了和你说，上次我回家娶了村头白家妹妹做媳妇。"徐追正要道喜，却听见龙青接着说，"但是我被调来京师，就只能把媳妇留在家，不然还能让你们见见。不过二丫琴语那丫头也在京师，改天咱们三个可以好好聚一聚，叙叙旧。"

徐追一听到龙琴语的名字，脸色刹那间变得灰暗，右手臂上的陈年疤痕一阵刺痛。他忍不住用左手去抚了一下，好不容易才挤出一句话："是吗……二丫她……她还好吗？"

龙青没有注意到徐追的神色变化，继续说道："挺好的，那丫头前不久才成的

第十五章

亲。这次随夫家进京,看样子是打算长住。你不知道,她现在就一副小媳妇的样子,再不像小时候跟着我们淘气时的模样了……"

龙青的这些话仿佛一双利爪,将徐追身上好不容易才结痂的伤口又狠狠地一片一片撕扯开来,直到他血肉模糊、面目全非。徐追疼得浑身颤抖起来,而龙青还在兴奋地说着,什么都没留意到。

徐追像是被孤独地放逐在一片荒野里,身上还沉沉地压着千金巨石。纵然是儿时最交心的伙伴龙青,也无法进入这片荒野。那个记忆中总是用一双大眼睛看着他,甜甜地叫他"李梁哥",在他受伤时为他包扎的小姑娘,那个原本有可能成为他的妻子,与之共度一生的邻家小妹妹,如今嫁作他人妇,再也不可能和他有任何命运的交集了。

他,只能孤独至死。

没有经历生的一番苦,便无法了解心的创伤,龙青不懂。

就在徐追和龙青共叙旧情的同一时刻。皇宫里,徐追的侍从太监金小帆正跪在司礼监秉笔太监,也就是徐追的义父徐锦的面前,将徐追近期的动向缓缓道出,不厌其详。如前一日与皇三子朱常洵在乾西五所下了两盘棋,棋局一负一和;其间,成国公来访,说了什么话,等等。

徐锦闭着双目,手指缓缓地敲击桌面,"你说,他去见一个锦衣卫,还是故友?"

"是的,大人。那锦衣卫是这么说的,说他叫龙青,是少监大人的故友。"金小帆跪在那边,低垂着头答道,"此人大约半年前才从南直隶调来京师,我想应该是少监大人入宫前的好友。"

"入宫前的好友?"徐锦带着疑问的口气又重复了一遍。

金小帆跪在那边,未敢吱声。

"好了,我知道了。你做得不错,下去吧。"徐锦说道。

"是。"金小帆起身后,低着头,双手下垂,慢慢向后退去,直至门外,才转身离去。

"哒哒哒、哒哒哒……"徐锦敲击桌面的声音还在继续。有节奏地、缓慢地、坚定地持续着,显得十分嘈杂。与这静谧的夜,格格不入。

厂卫

　　这厢龙青和徐追谈了许久，顾及两人接下来各自还有公务在身，这才依依不舍地分开离去。临近分别时，龙青将自己在京师的落脚之处告知徐追，并向徐追相邀今后定要勤加走动，徐追也应允了他的这个要求。

　　二人话别后，一个回了宫，一个回了住所。

　　回去的路上，龙青的心情依然无法平静，哼着小调脚步轻快。回到住所的第一件事就是将正在熟睡中的吴羊唤起，激动地将他和徐追重逢的事告知吴羊。

　　吴羊打了一个哈欠，睡眼惺忪地说："咱们村里有这个人吗？我怎么没什么印象了？你别是在外面又瞎拜把子了吧！"直到听到徐追的官职时，吴羊才意动起来，"从五品……这可是大官啊！那我们不是应了说书先生的一句话了吗？"

　　"什么话？你别是在说梦话吧？"龙青疑惑地问道。

　　"朝中有人好办事啊！龙哥，下回你们要是再见面，你可记得带上我。我也得认识认识咱们这位徐大哥！千万记得啊。好了，我不和你聊了，我接着睡了啊！"吴羊说完又倒头呼呼睡去。

　　龙青前一晚激动得没睡，而这一晚仍是不觉得累。他想起许多小时候的事情，想到今后又能时常见到徐追，心里就止不住地高兴。

　　而另一边，徐追心事重重地回到宫内的住所。侍从太监金小帆马上迎了上来，"少监大人，您回来了。"

　　"嗯，没什么事，你下去吧。"徐追冷冷地答道。

　　"是，大人。"金小帆目视着徐追进了屋内，关上门后才转身离开。

　　徐追坐到桌前，沉思良久。虽然两人已经相认，可往后的日子到底该怎样面对龙青，他依然没想明白。两人都已不再是李家村中单纯的孩童，而且其中牵扯到的利弊又实在太多。龙青心思太过单纯，可现在的身份偏偏还是锦衣卫。锦衣卫这股势力，直到现在还没捏在自己和义父的手里。因为刘守有的存在，导致锦衣卫目前处于听调不听宣这样一个尴尬的地步。徐追无法向龙青和盘托出自己目前的处境，两人所处的形势，可以说是亦敌亦友。如果让义父知道了……

　　经过一番深思熟虑，徐追还是决定继续和龙青走动。徐追心下想，通过与龙青的接触，至少可以从锦衣卫的内部再多一个讯息的来源，对自己和义父这边总还是有利的。虽然这个理由很牵强，但对徐追来说足够了。

第十六章

不知不觉间，龙青等人在京师已度过大半年的时光。黄政浩对几人的职务也做了相应调整。龙青、吴羊、杨明鉴三人被调回卫所本部任职，不再负责宫中的守卫。龙青仍会时不时地邀徐追去蓬莱阁相聚，只是徐追位高权重，公务相对更为繁重，并非回回都能赴约。龙青倒不介意，能与徐追再次重逢，对他来说已是一大幸事。只是在不多的几次见面里，每每龙青追问徐追当年失踪后的行迹和如何进宫的缘由时，徐追要么沉默不语，要么就语焉不详地搪塞过去。久而久之，龙青也明白了，对于徐追来说应该不是什么特别愉快的经历，便识趣地不再追问。

吴羊向龙青提起过两人一同去见徐追，龙青也没放在心上。有好几回，龙青明明前一刻还记得要问问徐追的意见，可后一刻两杯水酒下肚，话匣子一开就给忘了。为此，龙青没少被吴羊埋怨。龙青也学乖了，上回和徐追在蓬莱阁才坐下，就先同徐追讲了此事。徐追微微皱了皱眉，淡淡地道，"无妨。"

于是，今日龙青去见徐追时就叫上了吴羊一同前往。可两人还没走出房门，就见高大伟短衣襟、小打扮，一身臭汗地走了进来。

见着龙青、吴羊就一手一个将二人搂住，"两位哥哥，几日未见，想煞弟弟也！"

龙青和吴羊被这厮勒得直翻白眼，吴羊死命挣脱开来，嫌弃地掸了掸身上的衣服，"我才换的干净新衣裳要出门，你别把臭汗沾我身上了。"

龙青拍了拍高大伟的臂膀，高大伟识趣地松了手，拿起桌上一块抹布擦了擦脸上的汗，嘿嘿笑道："我这不是刚干完活儿，得空寻你们来了嘛。"

厂卫

龙青打趣道："你这又是打了哪位大人的金腚，得了油水去梨园看完戏才来的吧？学的这一嘴的傻话！"

高大伟从怀里摸出一些碎银，两眼放光地说道："要说最近这些个大人们跟皇上吵得欢，皇上一个不高兴，我这儿就生意兴隆了。"

原来龙青等人被调回卫所本部，可高大伟却留在宫内继续当值。这厮还真没辜负他的好名字，长得是高大威猛，所以被特意安排了个肥差——廷仗，也就是打屁股。

无论您是六部侍郎，还是翰林学士只要惹恼了皇上，他老人家说一句廷仗，那您就必须被剥掉衣履，老老实实地趴在午门外的砖地上，亮出屁股挨打。当那些得罪了皇帝的大臣们被拖去午门杖打时，负责具体动手的就是锦衣卫校尉，所以选出了像高大伟这样体格健壮的汉子来专职负责廷仗。打五板换一次人，每动一下手，四周的校尉就山呼海啸般地吆喝。受刑人往往痛苦难忍、大声哀号。这一顿廷仗下来，直打得人鲜血淋漓，心胆俱丧，非死即残。这样几十板下来，就算您是有逆天的好命没死，也没残废，可也得削去不少腐肉，腚是肯定保不住了，至少卧床半年。

虽说做忠臣被打屁股是一件很光荣的事，但若因此被打死，那又是另一回事了，谁不想棒下留人多活几年呢。这行刑的是锦衣卫校尉，监刑的是司礼监太监，受刑人的轻重死活都在他们手上攥着。只要能活命，钱财这些身外物也就没有那么重要了。留得青山在，不愁没柴烧。因此不少受刑大臣的亲友都会事先打点，以求棒下留人。虽然这油水的大部分都归了司礼监的公公们，不过他们也没忘了动手的锦衣卫。毕竟力气是他们出的，下手的轻重还是要指望他们，因此多多少少会留一些甜头。总之高大伟每月下来，这"额外收入"相当可观，小日子过得格外滋润。

高大伟美滋滋地数完钱，小心翼翼地收好后，抬头说道："你们俩不知道，那些大臣们被按在地上，一棒子下去，嗷嗷叫的声音，比我老家杀猪时叫得还惨。开始那几天晚上我都心慌得睡不着，现在日子久了，我也习惯了。龙哥，你们近来抓了不少人吧？听说诏狱里比这廷仗吓人多了。"说完他不自禁地抖了个哆嗦。

龙青和吴羊却只是一阵神色复杂地苦笑。

与高大伟不同，龙青和吴羊在卫所主要执掌侦缉及刑讯。

侦缉包含侦查和缉拿。侦查又分为官服与便服，一明一暗两种。官服侦查属于

第十六章

明察，具体就是在街上正常的巡视，探听市井之中的各类消息。便服暗访就不一般了，主要的职责是秘密监视各级官员的动向，暗中查阅往来书信等，寻找出有可能危害到皇上及朝廷的行为和言论，再加以整理、汇报，做到将一切危机都能够提前发现，防患于未然。

而缉拿就比较简单，无非是带上驾帖直接动手拿人。

至于刑讯，就是让收押在牢狱内的人犯认罪。自然锦衣卫收押人犯的地点也不普通，乃是人人都闻风丧胆的北镇抚司诏狱。同时，诏狱里被收押的人犯大都不是普通百姓，基本上都是官员、士大夫这一层面的大人们。且锦衣卫一切刑狱都通过锦衣卫指挥使专呈给皇帝，刑部、大理寺、都察院均无权过问。

诏狱内的工作分为两种，一种是看押，诏狱内虽有牢头这样的角色存在，但管理和值夜的人员必须是由锦衣卫来担任，龙青和吴羊都去轮过班。而第二种就是刑讯，顾名思义，刑讯逼供。诏狱内的刑法极其残酷，且种类繁多，刑具有拶指、上夹棍、剥皮、拔舌、断脊、堕指、刺心、弹琵琶等共计十八种，样样都超过常人所能够承受的范围。其中最令人毛骨悚然的莫过于"弹琵琶"，这个名字听起来风雅，实则残忍至极。资历较老的锦衣卫尺寸把握得十分到位，犯人只会备受折磨而不死，直至血肉模糊。所以，但凡遇到不愿招供的犯人，锦衣卫就会上此刑罚，即便你是一身铁骨，也经受不住两三回合的"弹琵琶"。

只要进入诏狱，就如同你半身已入了鬼门关。是招也得招，不招也得招，甚至连生与死的权利都已不由自己掌控，而是掌握在锦衣卫的手中。

龙青踏入这个真实世界，第一次见到这些酷刑时，被惊得浑身战栗不止，如同自己也被绑在柱上一起受刑般。可如今竟也渐渐麻木，唯一能做的不过是告诉自己，他只是在恪尽职守。

又与高大伟聊了一阵，龙青、吴羊便出门去了蓬莱阁。高大伟则是躺倒在吴羊的床铺上呼呼大睡。等龙青和吴羊到了约定地点，只看见徐追端坐在桌前饮着茶，好似已经到了一会儿。

龙青走上前，略带歉疚地说："抱歉，徐大哥。出门前遇上了高大伟，我与他也有一段时日未见，没留神多聊了会儿，你等很久了吧？"

徐追轻轻摇头，笑道："也没多久，是我自己来得早了。"

吴羊偷偷捅了捅龙青，龙青忙向徐追介绍起吴羊来，"徐大哥，这就是吴羊。

不知道你还记不记得，那时候在李家村，他跟我们一起玩的。我俩后来一起去的卫所报到，还是一起入职锦衣卫的。"说完，龙青转头看着吴羊，"吴羊，这就是李梁，李大哥。不过现在要改口叫徐大哥了。"

吴羊冲徐追躬身深深地施了个礼，随即满面春风地说："真是太久不见了，徐大哥！小时候就觉得徐大哥与我们不一般，如今重逢，果然徐大哥更显仪表堂堂。"

徐追轻轻摆了摆手，"都坐吧。"

吴羊的表情稍显僵硬，可犹自强笑道："对对对，我们别站那儿光顾着聊天了，来来来，龙哥，咱们都坐着说话。"

三人落座之后，龙青看看吴羊，又转头看看徐追，心里说不出的高兴。大家儿时都在一起玩耍，如今还能聚在一起实属不易。同样的，吴羊也是十分热络，不停地说着往昔旧事，虽然他甚至都已记不起是否真有徐追这个人了。但这不重要，此行的目的无非是要想法子攀上徐追这棵大树。于是不管徐追的态度怎么冷淡，吴羊都能忍下心中的不忿，继续笑脸相迎。龙青完全没有感觉到吴羊的不同，他只是跟着吴羊一起高兴地与徐追"叙旧"。

徐追静静地看着吴羊，他记得这个人，但没什么太大的印象，只是龙青儿时众多玩伴中的一个。对他来说，吴羊就是一个陌生人，不存在什么爱屋及乌这类的事情，因此连应付都省却了。徐追变回了那位高高在上的内官监少监大人，冷傲寡言。

没有什么相谈甚欢，约莫半个时辰后，徐追便唤来小二付账，然后道，"我宫内还有事，先走一步。你们两个可以继续在这儿坐坐，告辞。"

徐追走了，龙青和吴羊哪儿还有心思继续待着，只能一同离开。

"那个徐大哥哪是你说的那样，明明就摆着一副官架子，爱理不理的。这不是瞧不起人嘛！"回去的路上，吴羊不停地抱怨着。

龙青十分尴尬，他试图帮徐追解释："徐大哥打小就这样，他就是这么一个外冷内热的性子。也许跟你太久没见，因此生分了。你看他帮了我们这么大一个忙，其实心里是很照顾我们的。"吴羊想起徐追当初把他和高大伟从顺天府衙里捞出来的事情，只得悻悻地闭了嘴。

话虽如此，可龙青心里明白，徐追并不待见吴羊，看来今后与徐追见面还是别带吴羊的好。

第十六章

很快，就到了锦衣卫发放俸禄的日子。按惯例，锦衣卫卫所内除了每个月的俸禄外，还有一笔杂费，会在卫所内部按照职位的高低来分发。虽说是杂费，可大家都知道这笔钱的由来，无非是从各处得来的好处，上不得什么台面。由于之前有了为钱所困的经历，龙青也明白了它的重要性，终于不再抗拒，自命清高。时间久了，慢慢地也就心安理得起来。

银子发下来了，先前欠的债总是要还的。龙青从韩潇那儿借的三百两，从妹夫董琦这只"铁公鸡"身上拔毛拔下来的八十两，一共三百八十两银子，要是能一起还了，当然是好事。如果不行，也得一个一个地还。龙青这次不再一个人憋着，他找来吴羊、高大伟一起商议此事。

三人拼拼凑凑，将这几个月的所得加在一起，别说还真不少。其中最大的金主当属高大伟。高大伟挠挠头，有点自豪又有点羞涩地说："最近这段日子，皇上和那些大人们好像处得不是那么好，动不动就把人拉出去仗刑。我这几个月……着实打了不少人，所以油水多了一些。而且龙哥你之前也是为了我们才去借的钱，我既然有，多出点也是应该的。"

虽说他们的收入比起早先已是天壤之别，但加在一起还是杯水车薪。再怎么凑，总计也才八十两，刚刚够零头，还差三百两呢。

三人商讨半天，也没个主意。最后还是龙青拍板决定，"这样吧，韩大人一直以来帮了咱们那么多忙，如今还借了这么大一笔钱，咱们可不能寒了他的心。不管韩大人有没有把这事放在心上，这次咱们必须先把韩大人的钱给还上。不管怎么说，我妹夫毕竟是自家人，万事还是好商量的。"吴羊和高大伟也觉得这样比较合适。

"可就算这样，还是不够还韩大人的啊！"吴羊说道。

龙青直勾勾地盯着吴羊，把吴羊盯得浑身发毛，"龙哥，你这么看我做什么？"

京师最大的典铺，永安当里，掌柜正点头哈腰地招呼着龙青、吴羊和高大伟。要知道这可是锦衣卫，得罪了他们，可能全家都要遭殃。

"不知道三位大人要当什么宝贝？"掌柜恭敬地问道。

龙青推了一把吴羊，"快拿出来。"

吴羊磨蹭半天，才心不甘情不愿地将那把与杨明鉴打赌赢来的佛郎机短铳拿了出来，放在柜台上。

厂
卫

  掌柜拿起火铳递给一旁的朝奉,朝奉拿在手中仔细端详了好一会儿,才俯身在掌柜耳边窃窃私语起来。听得掌柜是啧啧称奇,"稀罕,这是个不可多得的宝贝啊!在下愿意以纹银一百两成交,各位大人意下如何?"

  吴羊瞪着三角眼,"一百两?你瞎啦!"

  掌柜尴尬地笑道:"没有没有。"

  "我不管你是不是瞎!你就是瞎了,用手摸你也知道这是什么!"

  "是是,在下知道。"

  "掌柜的,你可别以为我们不懂行情,故意诓我们。这把佛郎机短铳,至少值三百两。"

  "各位大人哪,在下哪敢欺瞒诸位。可这……"

  "掌柜的,你可别店大欺客啊!睁大你的眼珠子给我好好瞅瞅!"

  ……

  在和当铺掌柜的不断交涉中,龙青软磨硬泡兼威逼利诱,用尽浑身解数。最后,他们凭借锦衣卫的身份也算是豪取了两百二十两,加上之前凑的八十两,他们借韩潇的钱总算是可以先还上了。

  出了当铺,龙青看着吴羊无精打采的样子,笑着拍了一下他的脑袋,"别哭丧着脸了!又不是死当,直接卖给他了。我答应你,等咱们攒够了钱,第一件事就先把你这宝贝火铳赎回来。"

  吴羊听到这话,心情才终于由阴转晴,重重地点点头。

  看天色尚早,三人揣着银子直接去了南镇抚司找韩潇,可没想到的是居然在这儿遇到了杨明鉴。杨明鉴正和韩潇热络地聊着,估计也没想到会碰到龙青他们。杨明鉴的脸色略显尴尬,没多久就起身先告辞了。

  "怎么今天你们约好了扎堆来吗?说吧,什么事儿?"韩潇笑道。

  高大伟瓮声瓮气地说:"韩大人,我们是来还您银子的。多谢您之前仗义援手。"

  韩潇不由得笑了起来,接过龙青递过来的银子,"好,那我就收下了。你们在北镇抚司最近如何?这么快就能筹到三百两,看来过得不错啊。"

  三人争先恐后地向韩潇讲起自己的近况,气氛其乐融融。

  杨明鉴出了南镇抚司的大门,深吸了口气,可忍不住还是暗骂道:"真他妈晦

第十六章

气,怎么去哪儿都能碰上那群乡巴佬儿!"

自从上次被叶天章训斥后,杨明鉴心中的怨念一直没有放下,日积月累下已经成了他的心魔。他自认一表人才、文武双全,而且自己还曾高中过武举,勉强也算得上是身负功名,并且家境优渥,家财万贯谈不上,可百贯总还是不缺的,从小就是一帆风顺,可自打他遇上龙青等人之后事事不顺、屡屡碰壁。他原本以为到了京师,有各位非富即贵的世叔们照料,情况会有所好转。岂料,龙青他们莫名其妙地得了一座大靠山,而且这尊大佛让他的所有贵人都十分忌惮,不敢妄动,自己的处境反倒变得更加艰难。

愤恨了几日,杨明鉴便开始想尽一切办法寻求出路,他也想为自己寻求一个更大的后台。什么黄百户、韩千户,是谁全不重要,只要能帮自己平步青云。因此他频繁地和锦衣卫里的这些头头脑脑走动,誓要将龙青等人压制下去。

功名利禄,这么好的东西,谁不想要呢。

第十七章

　　清晨，尚在睡梦中的龙青被一阵急促的敲门声惊醒。他睡眼惺忪地来到院外打开门，诧异地发现门外站着的居然是妹妹龙琴语和妹夫董琦二人。

　　龙青迷迷瞪瞪地问："你们怎么来了，出什么事了吗？"

　　龙琴语没有回他的话，只是低头局促地道："哥。"

　　一旁的董琦接过话茬儿，"没什么事就不能来了？大舅哥，你这几个月都不来看我们，我只好带着你妹子登门来看你了。"

　　龙青用力搓揉了一阵眼睛，总算明白过来。这是要债来了！龙青赶紧侧过身，尴尬地笑道："是，是我的不是。卫所最近实在是忙，一直也没腾出空。妹夫，来，屋里说话。"说着把龙琴语和董琦迎进屋内。

　　龙青的确很久没去过妹夫家了，一方面是欠着钱没还，不好意思登门，另一方面是他不知道该怎么跟龙琴语说李梁的事。毕竟这两人当年青梅竹马、两小无猜，又曾有过婚约。可如今不但李梁变成了徐追，妹妹也已嫁做人妇。造化弄人至此，龙青发现自己还真不知道该怎么向龙琴语开这个口。

　　可没想到这市侩的妹夫居然带着妹妹亲自上门，真是怕什么来什么。

　　进了屋子，龙青为二人倒了两碗水递过去。可董琦碰都没碰龙青端过来的水，他掸了掸椅子上的灰，随意扫了几眼屋内，嘴角嫌弃地撇了撇，转头看到有些坐立不安的龙青，略带调侃地说："大舅哥，咱们都是一家人，我也不跟你说什么客套话了。妹夫我这回就是来找你要钱的，当初你开口借钱时可是说好了，一个月内肯

第十七章

定还清。如今是一个月又一个月，不但一个铜板没见着，你倒好连声招呼都不打。平日里还有所走动，现在索性连门都不上了，你说这是不是有点不厚道啊？"

面对董琦的质问，龙青十分狼狈，"妹夫，确实是我对不住你。你看，你也说了，咱们是一家人好说话，所以我就把别人的先还了。本想着等之后发了俸禄，再一点一点还……"

"咱们是一家人没错，可亲兄弟还明算账呢！你说你怎么能这样啊？"

"对不住对不住，等下个月朝廷发了俸禄，我一定还。"

"哎，大舅哥。你怎么说也是吃公粮的，再不济还有朝廷庇护，怎么着都要比我这做小本买卖的过得舒坦。你别看我们家表面上好像风风光光的，可谁家没本难念的经啊。你知道我这人好面子，但凡我能应付过去，我就不会登你这个门。你看看，我那铺子，都大半个月了，连半尺布都没卖出去，可这房钱、工钱，我还得出不是，样样都是钱啊。大舅哥，你就是不为我想，也要替你妹子想想啊！你也不想看到琴语跟着我受苦是吧？"

听着自家官人对兄长这一通数落，龙琴语委屈地对董琦说："相公，你就少说两句，哥又没说不还你！"

董琦横了龙琴语一眼，不耐烦地说："男人说话，你一个妇道人家插什么嘴！"

看到妹妹和妹夫起了争执，龙青忙打起圆场："别别别，千万别为了我的事，害你们两口子伤了和气。"龙青转身从箱子里拿出一个小包，"这样吧，妹夫你看我这儿还有二两银子，要不你先拿着，再给我一个月时间，我一定全还上。"

"二两？你打发叫花子呢！大舅哥，我可足足等了两个月了，你就还我二两！你是打算一个月还我一两是吧。"

"笃、笃、笃。"

龙青和董琦两人正在争执时，院子外面又传来敲门声。龙琴语埋怨地看了董琦一眼，向屋外走去。

"吱"的一声，龙琴语拉开院门，只见一名陌生男子站在门前。细细望去，此人长得是皓齿红唇、朗目剑眉，可能是没有蓄须的关系，那白皙的脸庞显得格外年轻。虽然此人一身华服、神情冷峻，却莫名地给她一种亲近感。

来人见到龙琴语也是一愣，随即深深凝望了她一眼，那目光仿佛从前世的尘雾中穿梭而来，但仅仅停留在她的眼中一瞬，就消失了。龙琴语不禁看出了神，一时间心中竟也涌起一丝疑惑和怅惘。

此人是谁？瞧这身打扮应该也是个有些身份地位的人，却没听哥哥提起过。可他，为何用这样的目光看我？

"这位公子，你找哪位？"龙琴语回过神来，微微低下头，小心翼翼地问道。

陌生男子面带微笑地回道："请问姑娘，龙青在吗？"

"他在。你是？"龙琴语听到龙青的名字，心中的好奇又添了几分。

"徐大哥，你怎么会找到这儿的？"龙青为躲董琦一起跟了出来。他看到来人是徐追，不禁又惊又喜。

"你不是告诉过我，你在京师的住址嘛。今日无事，便想着过来看看。这位是……弟妹？"徐追心跳如雷，有点期待却又有些害怕听到龙青的回答。

"哪儿是什么弟妹啊。这是琴语，二丫啊！妹妹，我跟你说，这就是咱们挂念多年的李梁，李大哥！只不过现在要叫徐大哥了。"龙青激动地给两人互相介绍，竟比自己与徐追相认时还要兴奋。

"二丫！"

"李梁哥！"

门内、门外站立的两人几乎同时惊呼起来。

一旁龙青的话语还在不间断地传来，诸如："徐大哥，你今天怎么有空来我这儿啊？""妹子，别在门口傻站着啦，快请徐大哥屋里坐啊。"之类的话语。

可徐追和龙琴语二人的耳边却如同响起春雷一般，一个紧接着一个，轰鸣之声连绵不绝，旁的什么都听不见，也听不进。

仿似，这方天地只有他们两个，也仅属于他们两人。

记忆中的娇憨少女和青涩少年，如今的淑惠少妇和冷峻男子，其间相隔的又何止是岁月。

泪眼凝望着泪眼。

亲切如水。

静默似海。

"大舅哥，我还没说完呢，你怎么就跑出来了……你们都杵在门口做什么？"

第十七章

董琦见龙家两兄妹一直不进屋，便跟着走了出来。他看到眼前身穿华服的陌生男子和自家娘子站在那儿两两相望，不禁转头冲龙青问道："我说，大舅哥，这谁啊？"

"这是徐追大哥，我和二丫儿时在李家村一起长大的朋友。后来他搬了家，没了音讯。没想到前些日子我们在京师又重逢了。来，我给你介绍一下。"龙青拉着董琦走到徐追面前。

原本还呆立在门内泪眼蒙眬的龙琴语，当听到自家官人的声音，就如同从仙界被打落到凡尘一般，瞬间清醒过来。她赶紧垂下头用绢帕拭了拭眼角的泪，没来由地慌乱起来。

徐追凝视着龙琴语的脸庞，真的是她，长大了，也变漂亮了，眉宇间依稀有些小时候的样子。可为什么她的眼神那么慌张，发生什么事了吗？

徐追也回来了，回到了当下，这个俗世中。他微微侧过脸，尽量克制自己不再望向龙琴语，却又忍不住将眼角的余光投到龙琴语的身上。

"李大哥……不对，是徐大哥。嗨呀，我这一时间还是叫得不顺口。"龙青没有意识到徐追和龙琴语之间的微妙氛围，乐呵呵地接着说道，"这是我妹夫，董琦。他和二丫成婚有一段日子了，小两口如今定居京师。"

龙琴语仍是低着头不出声，两手却在不停地绞着拭泪的帕子。董琦有些疑惑地看着龙琴语，自家夫人今日有些奇怪。虽然龙琴语平日里不常出门，可也绝不是那种娇怯内向的女子，此刻却如此局促不安，实属罕见。董琦看了一会儿龙琴语，又转头细细打量起眼前这个叫徐追的陌生男子。毕竟从商多年，董琦的眼光还是十分毒辣。他看了一眼徐追身上的穿戴，心下了然。徐追那一身锦服看似普通，实则不然。那整一身的花纹均是用丝线绣出，中间是五蝠捧寿，空白间绣彩云，两侧绣宝相花，有锁针、齐针、辅针、掺针、接针、滚针、车拧等多种针法，整个绣片平整光亮，掺色均匀。董琦这么多年绸缎庄的生意不是白做的。是蜀绣，没得跑。再看徐追的腰间玉带，花鸟纹带板，不多不少加在一起整二十块，而且均为昆仑白玉雕琢而成。这人的身份不简单！

"小弟久闻徐大哥盛名，今日终于得以一见。我看咱们别都站门口了，不如到屋内坐下说话。大舅哥，你看如何？"董琦心里估算完立马换了态度，热情地说道。

龙青自然连连称是，赶忙将徐追迎入屋内。龙琴语怔忡了一会儿，跟在董琦和龙青身后也走进了屋。

来到屋内，董琦表现得比龙青这个主人还要热络，不停地招呼徐追，同时旁敲侧击地打探徐追的身份。徐追的心思依然挂在龙琴语身上，心不在焉就这么淡淡地随口应着但就是他的这种态度更是让董琦觉得高深莫测。龙青一直乐呵呵地看着徐追，偶尔插上几句话。龙琴语躲在角落，她不愿在夫君面前显露端倪，可当她面对徐追时不时飘来的目光，又实在手足无措。徐追看出了龙琴语的窘迫，加上自己也是如坐针毡，便随意寻了个由头，狼狈地逃离了龙青家。董琦见状也没心思继续催债，拿着二两银子带着龙琴语打道回府。

"琴语，今日去找你哥的那个徐大哥，究竟是何人？我见他话也不多说，只是一直偷偷看你。他真的只是你们同村的儿时玩伴这么简单吗？"董琦回家后，就拉着龙琴语好一通问。

"他……他父亲，当年是村里唯一的私塾夫子，教过我和哥哥一段时日。"龙琴语欲语还休、心乱如麻，只想敷衍了事。

"既是如此，你们两个今日为何在门前对望许久？你我成亲也有些时日了，难道还有什么不可对我直言的吗？"董琦显然不满意龙琴语的说辞。

无奈之下，龙琴语只能说出她和徐追曾经的牵绊，"父亲和李……徐大哥的父亲早年交好，便把我……许给了徐大哥。"龙琴语刚说完这句，便见董琦的脸色一沉，"但是多年前徐大哥和他父亲却突然消失，自那以后杳无音信。因此……因此我与他，早已解除了婚约。"

董琦万万没想到，今天遇到的徐追竟然与自家夫人早有婚约。而且那徐追看龙琴语的眼神，分明是余情未了。想到刚才徐追和龙琴语之间若有似无的暧昧气氛，董琦气愤难当，最后忍不住摔门而出。

龙青简单收拾了一下屋子，伸个懒腰重又躺到床上，闭起眼打算睡个回笼觉。可没承想，又传来一阵震天响的敲门声。龙青躺在床上看着屋顶，心里有些哭笑不得。一大早的，把他家当市集了，都来赶集了是吧！挣扎着爬起床，无精打采地来到院里拉开门，龙青刚想吼一句"谁啊"，就看见董琦铁青着脸站在门外。

"妹夫，你不是才走吗，怎么又过来了？"龙青看到董琦又折了回来也是十分好奇，但还是先把他请进了屋。

董琦虽是怒气未消，但一路走来总算缓和不少。他来到桌边，拿起先前留在桌

第十七章

上的碗"咕咚咕咚"地灌了两口水,定了定心神,缓缓问道:"大舅哥,琴语回家后都和我说了,今日来找你的那位徐大哥,早先是否与琴语有过婚约!"

"对啊,当年他爹和我爹是至交好友,就想着亲上加亲。不过后来徐大哥失去了音信,这事儿也就算了。如今琴语不是嫁了你这么个好相公嘛。"

董琦摆摆手,"咱们不说这个。我见那位徐大哥衣着华贵,不知他如今作何营生?"

"噢,徐大哥如今是从五品内官监少监,他说就是负责采买些宫里需要的东西。他平日里见的都是达官显宦,自然穿衣打扮比我们要讲究许多。"

董琦自是别有用心地问,龙青却是坦坦荡荡地回。他认为事无不可对人言,于是将徐追的现状一五一十地告知了董琦。董琦听到徐追的官职,已然呆住!这位与自家夫人指腹为婚的徐大哥,如今居然是个公公,而且还是身居从五品高位的大人物!龙青可能不清楚内官监的具体情况,可身为商贾的董琦哪里会不明白其中的利害。这可是掌管着皇帝私人账户及整个皇宫大内采买的内官监少监大人啊,多少人赶趟子想巴结都巴结不上,结果就这么让他给认识了,而且还和他的亲家有千丝万缕的关系。

董琦哪里还顾得上嫉妒吃醋,他的心思一下活络开了。这么一尊活财神,可不能就这么放跑了。

董琦赖着不走,龙青也不能撵他,只好陪他继续闲聊起来。"妹夫,我知道你们也不容易。这银子我一定尽快还给你。"龙青带着歉意再次提起还钱的事情。可董琦就像是换了个人似的,在那儿满不在乎地连连摆手,并且对龙青的称呼也变了,"钱,什么钱?哦,那个钱啊。大哥,你可千万别放在心上。小弟今日找你,也就是装个样子给别人看看罢了。唉,大哥你是当着皇差,不知道我们这些做小本生意的苦楚,全都不过是表面的光鲜。是,外面欠我债的人是不少,可我欠着别人的银子也不少哇!我要是不来你这儿装装样子,他们还以为我好欺负,到时候一个个都赖着不还,那我还不得哭死啊!咱们可是一家人不说两家话,小弟在这里给大哥赔不是。这样,我做东,春满楼,咱们今日吃顿好的。"

龙青才想拒绝,就被董琦一句话给堵了回来,"大哥,你可一定要答应。不然,今晚我都进不了家门,琴语是一定不会饶过我的!"

见董琦态度如此坚决,龙青也不便推辞,"既然如此,那……好吧。"

厂卫

这厢董琦心中打着如意算盘,而那边心神不宁的徐追离开龙青家后,便像一缕幽魂般游荡在街上,不知道自己由何处来,又要往何处去。恍惚间,他路过一家梨园,门前挂牌写着当日曲目《玉簪记》。门内悠悠地传出清雅的丝竹伴奏声,还有花旦缠绵哀怨的唱词:"此情空满怀,未许人知道。明月照孤馆,泪落知多少……"徐追像入了魔怔般怔怔地站在那儿一动不动。许久后,他才叹了口气,形单影只地往皇城方向走去。

徐追回到内官监没多久,金小帆便前来禀报:"大人,徐大人唤您前去。"徐追正在宽衣的手微微颤抖了一下,"知道了,你去禀告义父,说我就来。"说完,他重又穿上外衣。

穿戴齐整的徐追来到徐锦处。刚进门,他还未来得及开口请安,就听到徐锦厉声喝道:"跪下。"

金小帆赶紧退到屋外,将门关上。徐追撩起衣衫下摆,跪在徐锦面前,低头道:"义父,孩儿知道错了。"

"啪"的一声,徐锦一鞭子抽在徐追的背上。徐追身子晃了晃,马上又直挺挺地跪好,额头开始冒汗,却一声不吭。

"啪!"

"你是不是以为自己当上了这内官监少监,又是三殿下面前的红人,就可以高枕无忧了?"

"孩儿不敢。"

"啪!"

"居然瞒着我,偷偷会你的旧友故交,还是一个锦衣卫!你难道不清楚,如今我们是什么情形吗?你简直就是在自寻死路!"

"义父教训的是。"

"啪!"

"只要三殿下一日未登基,我们就一日不能掉以轻心!从前我教你的那些,我看你都忘得一干二净了!"

"孩儿未敢忘。"

……

一下下鞭打,徐追虽是痛彻心扉,心中却没有丝毫记恨,始终咬牙硬撑着。他

第十七章

明白义父是怒其不争，才会出手教训。何况义父如同他的再生父母，对他有再造之恩，徐追点滴不敢忘。一通鞭打下来，徐锦也觉虎口发麻，便停下动作，喘几口粗气。徐追见徐锦消了些气，便跪着将说服自己的那个理由和徐锦又说了一遍。由于冯保和刘守有确实都是徐锦进阶道路上的绊脚石，就连徐锦自己目前也没有什么太好的方法对付这两人，最终也就没有再为难徐追。

徐追颤抖着站起身，正要离开，徐锦又叫住了他，"追儿。"

徐追转过身毕恭毕敬地答道："孩儿在。"

"脸面是自己挣来的，不是别人给的。他们现在看得起你、逢迎你，看到你惧怕，全因你是我的义子，你自己也要争气。"

"是，孩儿不会丢义父的脸。"

徐锦紧盯着徐追额头上因忍痛而冒出的薄汗，"你好自为之。"

徐追紧抿着唇，用力点了点头，这才转身离开。

带着一身伤痕，徐追回到住所，一夜无眠。他的耳边反反复复地响起白日里那花旦哀婉凄丽的唱词："此情空满怀，未许人知道。明月照孤馆，泪落知多少……"

与此同时，龙琴语独自站在董府的庭院中，遥望空中那一轮新月，亦是一夜无眠。

夜夜无眠，又奈何。

还不是，有始无终。

第十八章

　　三日后,内官监少监的寝所内。徐追立于书房窗前,手中紧紧攥着一封请柬,沉默良久,脸上神情明灭未定,心中的思绪难以言表。

　　请柬是龙琴语命董府管事送来的,内容是邀请徐追前往府中做客。寥寥几行字,却让徐追看了无数遍。

　　对徐追而言,龙家兄妹毕竟不同。与龙青交往,尚还有个锦衣卫的身份做托词。可龙琴语,这个他唯一动心动意的女子,本可成为他妻子的女子……

　　虽然龙琴语儿时较其他女孩多了些活泼,但即便如此她也不可能会在出阁后私下约见一个男子。何况那日重逢的情景仍历历在目,龙琴语是如此的局促不安。徐追并不认为龙琴语的这封请柬,真的只是想见他一面这么简单。

　　想到她夫君董琦那张市侩的脸,徐追的眉头不禁皱得更深。

　　无论怎么想,对他来说都是一场鸿门宴。徐追知道,不管龙琴语对他提什么样的要求,他都不会拒绝,也拒绝不了。

　　义父的鞭打声犹在耳边,徐追攥着请柬的手指微微颤抖。

　　犹豫再三,终究还是决定去吧。徐追真的想不出拒绝龙琴语的理由,他也根本不想拒绝。

　　他只会越陷越深。

　　董府管事领着府中杂役和一众轿夫在宫外焦急地等待着,心里也没个谱。听说

第十八章

这少监大人可是从五品的大官,咱家老爷有这么大的面子吗?!这请柬送进去也好一会儿了,成不成的,怎么也不见个回音?

许久,少监大人的身影终于出现在董府管事的视线中。董府管事赶紧迎了上去行礼道:"大人,小的是董府管事,请大人随我来,轿子停在那边呢。"徐追略微点了点头,在管事的引领下坐入轿中。待徐追坐定,董府管事唤过一旁的杂役低声道:"赶快回府,禀报老爷,就说少监大人随后就到。"杂役应了一声后一路小跑着离开了。董府管事这才吩咐轿夫起轿,向着董府的方向缓缓行去。

徐追坐在轿中,在一行人的簇拥之下,到了董府。落轿后,董府管事掀起轿帘,徐追探身走了出来。董琦早已在门外恭候多时,见徐追到来忙上前一步拱手行礼,稍事寒暄,就将徐追领入府中。途中,董琦刻意提起龙琴语,说琴语时常提起徐追儿时是多么照顾龙家兄妹,如今自己终于有机会结识徐追这个好大哥了云云。奈何徐追仍是那副冷淡面孔,随便敷衍了两句。董琦也不恼,依旧热情地将徐追迎进饭厅。只见龙琴语和龙青都在,龙青见到徐追十分高兴,赶紧将徐追按坐下。龙琴语仍是有点羞怯,却较初见时自如了许多。她以女主人的姿态招呼众人落座,并吩咐下人上菜。

"来来来,徐大人。啊不,反正在座的也没外人,我就跟着琴语和大舅哥一样称您'徐大哥'吧。徐大哥,都是些粗茶淡饭也上不了什么台面,与宫里那是万万比不得的,您可别嫌弃。也不怕丢脸的和您说,就为了这些菜,琴语从早上一直忙到现在。您尝尝。"董琦热忱地要为徐追夹菜。

徐追止住董琦,淡淡地道:"不必,我自己来就可以。都是些家乡菜,谈何嫌弃。"

龙琴语听见徐追这么说,低头莞尔一笑。

"二丫这手艺都快赶上娘了。徐大哥,你多吃点。"龙青大大咧咧地未曾察觉到席间气氛的微妙,只是不停地夸奖妹子的手艺。除了他,其余三人各怀心事。董琦一直维持着热情好客的模样,不停招呼徐追一同饮酒。而徐追依旧只愿喝茶。没多会儿,董琦放下碗筷,一脸神秘地对龙青说道:"大舅哥,等会儿再吃,你跟我去厢房取样东西。"

龙青嘴里塞着满满当当的饭菜,并不十分乐意。他口齿不清地道:"什么呀,你自己去取,我还没吃完呢!"

董琦硬拉着龙青,"好事,大舅哥,我不骗你,你见着肯定高兴。"

龙青这才半信半疑地跟董琦去了厢房。

经过这几日的了解,董琦知道龙青等人因为手头拮据,不得已将吴羊的火铳给当了。于是,董琦私下里找了吴羊,问他拿了当票,去永安当将火铳赎回来了。现在就放在厢房,他要当面交还龙青。

厅堂里只剩徐追与龙琴语二人。

龙琴语抬头望向徐追,只见徐追也正看着她,眼里溢满温柔。

看到龙琴语的脸,听到她的声音,都令他心痛无比。徐追知道应该说出自己的感情,可是……

"他……待你可好?"徐追淡淡地问龙琴语。

龙琴语回过神,羞涩地低垂着头,脸色微红地道:"挺好的。"龙琴语停顿了片刻,"李梁哥,自从你离开李家村,我每天都有求菩萨,求她保佑你平安。现在看到你安然无恙,我比什么都高兴。哥哥同我说了些你的事,这些年你还好吗?"

龙琴语的话像一把锈迹斑驳的刀子,慢慢地割着徐追的身体,那疼痛丝丝渗了出来。

徐追仰头饮尽了杯中茶水,看着龙琴语,"我如今什么样子你也看到了,没什么不好的。你家相公有什么要我帮他的,告诉我吧。"

龙琴语惊讶地抬起头,只见眼前的徐追正直直地凝视着她,她又急忙低下头,"你知道了?!你难得来家中做客,我原本不该……"

"无妨,你说吧。"徐追柔声说道。

龙琴语迟疑片刻,最终还是鼓起勇气,将夫君董琦前一日嘱咐她的话说了出来,"相……相公,想让我跟你商量,一样都是给宫里采买东西,那能不能买他铺子里的?"说完她又急急补了一句,"如果不方便也没关系,我会劝他……"

"可以,迟些你告诉他吧。"出乎龙琴语的意料,徐追马上就应允下来,没有丝毫犹豫。

"……谢谢你,李梁哥。"龙琴语还是不习惯徐追现在的称呼。

"举手之劳罢了,当年你们家待我视如己出,如今我能为你做的,也就只有这些了。"徐追夹起一筷子菜尝完,赞许地说道,"你这手艺,比龙婶都要好了。"

"真的吗?李梁哥那你多吃点。这些菜都是娘教我的,她在家的时候常念叨,

第十八章

这些都是你爱吃的菜……"龙琴语心里高兴，不自觉地话渐渐多了起来。

徐追恍惚间仿佛又看到，儿时那个总跟在他和龙青身后叽叽喳喳的活泼少女。

"徐大哥、二丫，你们聊什么呢？这么高兴。"龙青和董琦回到席间，龙青手上拿着吴羊的佛郎机短铳，好奇地问道。

"没什么，就是拉拉家常罢了。你手上拿着的这是什么？"徐追轻描淡写地岔开话题。

"哦，这个呀，是吴羊打赌赢来的宝贝，可厉害了，徐大哥你看啊……"龙青开心地将火铳递给徐追把玩，一边滔滔不绝地讲起来。

董琦趁着二人低头研究火铳的间歇，焦急地将目光偷偷转向龙琴语。龙琴语注视着夫君的双目，那眼神中透着期盼与渴望，她迟疑地点了点头。董琦的表情被点燃了，像花朵般瞬间绽放。当龙琴语转过头望向徐追时，却发现徐追也正看着她，眼神中透着怜惜。没来由的，龙琴语的心抽痛了一下。

两人对视的这一幕，董琦全都看在眼中，他又不瞎。可他此时心中满是得偿所愿的欣喜，哪有闲心来酸这些事情。不就是绿嘛，怕什么！想要日子过得去，身上必须带些绿。桃红柳绿，敞亮！更何况，徐追都已是个公公了，龙琴语与他注定今生无缘。自己能有大把大把的银子入账，那才是一等一的紧要事！

从董府回宫后，徐追心中酸涩难言。而同时朝堂中发生了一件大事，让他再无暇顾及这些。

自册立太子一事倍受阻挠，大明天子、堂堂九五至尊的万历越想越憋屈，自己的权力居然受到内阁及整个文官集团的制约。单纯的廷仗已经不能解决问题，要有更为严厉的震慑手段才行。这群读书人必须加以管教、约束，不然他们都快忘了，谁，才是真正拥有这个帝国的人！

皇权，不容挑战！

于是万历将这个想法略过内阁，直接传达给内相冯保，也就是司礼监掌印太监兼东厂督公，并言明让皇长子朱常洛和皇三子朱常洵共同参与其中。冯保接到旨意，立马请来两位皇子商议此事。

既然皇上想要对付这些文臣，内阁的众位大学士们自然被排除在外，余下的只有东厂和锦衣卫诸公。三人经过一番探讨后，定下了几位人选来共商此事，分别是

厂卫

司礼监二把手、秉笔太监徐锦，掌握宫内禁军及帝国兵符的御马监掌印太监张志忠，锦衣卫指挥使刘守有，锦衣卫北镇抚司指挥使石义四人。而徐追作为皇三子的随侍，被朱常洵带在身旁一同参与其中。

初始，气氛尚算融洽，两位皇子与诸位大人还能一团和气。但没过多久，就产生了严重分歧。

分歧发生在朱常洛和朱常洵两位皇子之间。

朱常洵显然是经过深思熟虑的，并且经由母妃郑皇贵妃私下提点，已经完全掌握了父皇万历内心的真实想法。所以他提出了一个非常大胆的、惊世骇俗的想法。

"请诸位大人想想，为何这些文官胆敢如此忤逆犯上？一方面是结党，什么乡党、朋党的。你我几人事先商议好，随后一同上表。为了私利也好，互保也罢，是乌烟瘴气。但这不是最重要的，最重要的是另一方面，这些文官们仗着自己为人师表，门生众多而有恃无恐。更有甚者利用在私创书院讲学之机，妄议朝政，扰乱民心。我以为，要想根除父皇的心病，必须将天下所有的私创书院全部革除。"皇三子朱常洵说出了他的想法。

"这……万万不可！书院为天下学子授课，学子们在此互相讲会、问难、论辩。此举已传承千年，一旦废止，将是巨大损失。"朱常洛马上表示反对。虽然他知道三弟正当宠，自己居于下风，可他实在无法苟同这个想法。

"有何不可？这些学子放着好好的官学不去读，偏要去那些个私创书院学什么家言邪学，摇撼朝廷！早就该好好管教一番了。"

"三弟，以德服人方能长治久安，如此霸道专横，只会引起民愤啊！"

"皇兄莫要妇人之仁。早先世宗皇帝就下过旨意，毁天下私创书院。只有废除了书院，才能让这满天下的读书人老实些。"

"可世宗皇帝后来也下旨恢复书院了！三弟，方法那么多，何必一定要废除书院呢？！"

朱常洵不屑地看着自己这位"都人子"大哥，语带轻慢地说道："那就请皇兄想一个更好的方法出来吧。"

"你我二人，再加上诸位在座的大人，定能想出一个更为稳妥的对策。"

……

两位皇子争论不休，其他几位大人也不能闲着，纷纷加入战局。

第十八章

皇长子朱常洛的岳丈、锦衣卫指挥使刘守有,皇三子朱常洵的反对者、司礼监掌印太监兼东厂督公冯保,还有以冯保马首是瞻的御马监掌印太监张志忠,自然站在朱常洛这边。

而皇三子朱常洵这里的队伍就相对单薄许多,只有他的坚定拥护者、司礼监秉笔太监徐锦,以及锦衣卫北镇抚司指挥使石义,当然还有徐追。

双方争执了一整日,谁都说服不了谁,只能无疾而终。

既然大家都拿不定主意,那就听皇上的。两方阵营将各自想法写成奏表呈上,请万历圣裁。

万历见到两份奏表,自然选朱常洵的,这才是他想要的。而朱常洛一方忘记了最重要的一条,也是唯一的一条准则。神圣、不容侵犯、帝王的权力,才是万历想要维护的。

以德服人,那不过是写在纸上,用来诓骗芸芸众生用的谎言。

禁革天下私创书院的圣旨一经传出,举朝震动,一片哗然之声。

这比当初册封太子一事还要劲爆许多。册立太子虽说事关国本,可不管怎么说,终究是您老朱家自己的事,到头来还是由您皇上决定,具体是由哪位皇子来继续坐这龙椅罢了。但禁革天下私创书院这个事就不同了,这等于要把朝中所有大臣的母校都给抄没,还要把他们的恩师全部赶下已然工作多年的岗位。

身外之名与读书人的颜面尽毁。

这还了得!

此刻,所有大臣,包括内阁的首辅、次辅,吏部、礼部的尚书、侍郎、侍中,都察院的言官们等,抛开学派、党派的成见,为了一致的利益,空前团结起来。众位大人们铆足了劲儿,就等着万历上朝,准备和他大吵特吵一番。为了捍卫自己和天下读书人的颜面和权利,他们随时随地都可以抛头颅,洒热血!

可诸位大人们不知道的是,血脉偾张的何止他们。宫里司礼监的众位公公,还有高大伟这样专职负责廷杖的锦衣卫比他们还要激动、还要兴奋。如此热闹的景象已经许久没有出现过了,照这个程度下去,只要惹了皇上生气说一句:"拖下去打!"

这得多少屁股啊?

发财了!

高大伟巴不得这些大人们捅破天才好,他远远看着金銮殿里那些大臣,嘴里呢喃道:"使劲闹,你们可千万别松气。"

就当所有人翘首以盼皇上亲临朝堂的时候,等来的却是万历一句口谕,"朕今日不早朝。"而且之后的每日,日日如此。万历也是受够了与这些酸腐夫子的争辩,索性避开图个清静,反正咱们看谁耗得过谁。

朝堂上等候的诸位大臣们顿时大乱,一时间就如同林间的雀鸟一般,群雌粥粥,叽叽喳喳之声充斥着整个大殿。

闹,一定要闹,还要大闹特闹!为了士大夫的尊严,为了自身的利益,为了子孙后代的福泽,说什么也要拼这一回。

至于具体都有哪些手段,众大臣们各有各的招数,各显各的能耐。有跪在大殿不走绝食的,有赶紧回家写奏章严厉咒骂的,还有叫喊着要撞墙殉职的……忙什么的都有,热闹得一塌糊涂。

首辅申时行大人不愧是历经世宗、穆宗朝的老臣。他并未像其他官员一般哭天喊地、手足无措。在经历了片刻的慌乱后,申大人敏锐地察觉到这起"禁毁书院"事件的核心问题。此事从谋划到实施是皇上摆脱内阁、摆脱整个文官集团而独立进行的,就连他这个堂堂的内阁首辅也被蒙在鼓里。从细枝末节的种种迹象表明,皇上对满朝大臣是不满的,其中自然也包含申大人他自己。在一切不甚明朗的情况下,自己这个首辅该以怎样的态度应对深宫内君心难测的天子和朝堂上义愤填膺的百官?如何才能做到互不得罪呢?

思量再三之下,申大人选择不动,不动如山。

这一路行来历经了多少腥风血雨,曾经那个年少轻狂、豪情壮志的他早已不在。为官这些年听到的、看到的那些才华横溢、雄才大略,比自己更优秀的同僚,许多也都销声匿迹了,没有几位能得到善终。

风云骤起之时,我自泰然处之。此举虽有老成持重之嫌,但胜在稳妥、不易犯错。这才是最稳妥的为官之道。至于什么为君为民,等到局势安稳了再考虑吧。

百官喧闹的同时,东厂与锦衣卫的脚步也未曾停下。

缇骑出,天下动。

在东厂同锦衣卫的精诚合作下,他们横冲直撞、肆无忌惮,无人可挡也无人敢挡。

大风起兮云飞扬,这股从皇城内传出来的暴风骤雨,即将席卷天下。

第十九章

　　锦衣卫校场内，朔风凛冽，旌旗卷舒。一队队身形魁梧挺拔的锦衣卫列于校场中。他们手握腰刀，面色刚毅，一阵肃杀之气扑面而来。即便在这碧空万里的天气，仍是令人感到体寒。

　　锦衣卫北镇抚司的大小官员也是悉数到场，当台上介绍诸位大人名讳时，龙青在队列中听到了一个熟悉的名字，骆思恭。龙青不禁轻轻讶异了一声。

　　吴羊听到龙青的动静，可这时候哪儿能随便动弹。他双目仍旧直视着前方，微微低头问："怎么了？"

　　龙青朝吴羊那边瞥一眼，"这位骆大人是我爹的昔日袍泽。"

　　临行前，父亲特别叮嘱过他。如果遇到一位叫骆思恭的锦衣卫，定要前往拜会。可父亲应该想不到，昔日的袍泽如今已是一位从四品的大官了吧。龙青站在人群中远远看着威仪堂堂的锦衣卫北镇抚司镇抚使骆大人，心中思量之前也没机会遇到这个骆大人。现在既然见着了，那这次任务结束后，可定要前去替父亲拜会一番；否则被父亲知道，免不了又是一顿念叨。

　　想到家里，龙青的嘴角不自主地往上扬起。也不知道现在家中情况如何，早先收到母亲托人带来的家书。信上说妻子白氏已有了身孕，算算日子，应该快临盆了吧！不知道生的是男孩还是女孩，长得像不像他，自己竟然都要当爹了。下次归家时，定要给家里多备些礼物才行。等自己真正在这京师站稳脚跟，就把父母和妻儿都接过来住……

厂卫

"……书院中人,狂妄凶悖,怨望其上且流毒于百姓万民。此番禁革天下书院,实乃当今圣上英明裁度。身为臣子,我等自然要为君分忧。此次任务中,尔等若是遇到负隅抵抗的书院中人,都可将其视为抗旨不遵……"

指挥使石义在台上的一番军誓,将龙青的思绪从遥远的李家村拉了回来。这位北镇抚司指挥使大人慷慨激昂、正气凛然,包括言行间流露出的身居高位者的霸气,无不让吴羊心驰神往,"要不说石大人能成为咱们指挥使呢,这风范就是不一样。"

龙青没有理睬吴羊,他一脸茫然地琢磨着指挥使石义所说的话。怎么突然之间就要禁革天下书院?那些为了书院抗争的读书人,竟然就这么成了阶下囚了吗?

龙青不明白。

不过,没关系。这世间,旁人也许会犯错,但皇上会错吗?

答案就摆在眼前,显而易见。

龙青不由想起前几日徐追特地来寻他时的景象。

徐追如往常般清清冷冷地问道:"小猴子,你知道锦衣卫这潭水有多深、多脏吗?"

"徐大哥,我大致知道些。"龙青手足无措地晃动着身体。

"你都知道,为何仍甘愿混迹其中?又或是说你还有其他打算?"

"我说了你可不能笑话我。"龙青有些不好意思地挠了挠头。

"我笑话你干吗!说吧。"徐追皱了皱眉。

"我想当指挥使。"龙青小声道。

"指挥使?锦衣卫指挥使?"徐追觉得自己可能听错了,不确定地问道。

"嗯,我想当锦衣卫指挥使。"

可能徐追觉得答案过于夸张,他露出了少有的顽皮,用手搭了搭龙青的额头,不解地说:"这儿也没发烧呀。"

"别闹,徐大哥,我说真的。"龙青急得推开了徐追的手。

看着龙青着急的表情,徐追笑着说道:"好,那你倒是说说,你是怎么想的。"

龙青理了理思绪,"徐大哥,你说得没错,锦衣卫现在这个样子确实不行。平日里,仗势欺人、假公济私,这些还都是轻的。贪赃枉法、草菅人命的事也不是没有。可我就是个校尉,人微言轻不说,也没法子阻止。但我觉得,只要我在这里靠自己的努力有所作为,进而最终当上锦衣卫指挥使,那时我就有能力来决定怎么做,

第十九章

就有机会去改变这一切。终有一日,我要让皇上知道民间的疾苦,让那些奸臣们无法再蒙蔽圣听,让贪官们无所遁形。"

一席话,听得徐追目瞪口呆。半晌,他才缓了过来,仿佛初次相识般,细细打量起龙青。

"徐大哥,你别这么看我。"龙青被徐追看得一阵扭捏。

徐追收起轻佻,一脸肃穆道:"龙青,你真这么想?"

"嗯。"龙青用力地点了点头。

"说实在的,你能这么想,我倒是没有料到。不过,你说得没错。"

"徐大哥…你真这么觉得?"

"是。龙青,你知道这世上最难的事情是什么吗?"

"我不太明白。"龙青皱着眉。

"能够掌握自己的命运。"

龙青懵懂地点着头。

"好了,你既有如此打算,我也不妨与你直说,你们此次的差事十分紧要。你一定要借此机会好好表现,万不可有半点纰漏。"

难得见到徐追如此郑重模样的龙青点头应允着。

龙青明白,于公也好,于私也罢,这件差事他必须完成,而且要出色地完成。

是夜,仁文书院外万籁俱寂,只余偶尔一两声虫鸣。浓墨般的夜色,沉沉地压在书院内微弱的烛火上,仿佛随时都会将这一丝残存的光亮吞没。

龙青身着夜行衣躲在暗处,窥视着不远处的书院。盏茶工夫,同样一袭黑衣的吴羊悄无声息地来到龙青身旁。

龙青的视线没从书院上移开,只用余光扫了一眼吴羊,问道:"里面情况怎么样?"

"老陶头在里面呢,我见着了。不过,其他的教书先生倒是跑得差不多了,屋里没剩下几个。另外还有一看门老头和两个仆人,加在一起也就十来个人吧。"吴羊扯下面巾说道。

龙青迟疑了一会儿,"你去让兄弟们上来吧,咱们争取在两炷香的时间,把这事给办了。记得告诉他们,不要点火把,趁黑上去。"

厂卫

吴羊略带疑惑地看了眼龙青，问道："龙哥，为什么呀？这大半夜的还要摸黑上去。咱们这次办的可是正儿八经的皇差，怎么还得偷偷摸摸的像个贼似的！哥，你别瞪我，你瞪我我也要说！按我说，咱们就应该在白天领着大队人马直接冲进去，把人这么一抓，直接带走不就得了嘛！怎么现在搞得那么麻烦？"

"还是动静小点好。你也不想想，大白天的直接上去抓人，那些读书的学生都在，你抓了他们的师长，他们还不得和你闹？到时周围的村民们再这么一围，这人还怎么抓，书院还怎么封？最后事情越闹越大，那才叫麻烦！"要不是怕打草惊蛇，龙青真想像往常一样敲吴羊一下。

吴羊面露不屑地说："我看谁敢！还反了天了！什么时候锦衣卫办事轮到他们来指手画脚！还敢闹事，真当我的火铳是吃素的！信不信来一个我崩一个！"说着就要摸出那把佛郎机短铳。

龙青按下吴羊的动作，淡淡地说："不过是一些读书人，又不是作奸犯科的恶人，平日里既没杀人也没放火，何必如此大动干戈。"说完，龙青站起身，拍了拍身上的浮灰又整了整衣冠，看了眼还想继续说什么的吴羊道："好了，你也别争了。我先过去，你就按我刚才说的，带他们上来吧。"说完这一切，龙青缓步向着前方的书院走去，消失在夜色中。

吴羊看着龙青的背影，轻微地摇了摇头。

仁文书院内，年近古稀的教书先生陶云嵊正坐在书案前，随手翻阅着一本古籍，与往常所有夜晚一样。

突然，外面传来一阵沉闷的敲门声。由于已是深夜，声音被毫无限制地放大，在寂静的夜中显得格外悠远。陶云嵊翻书的手停顿了一下，慢慢抬起头。

片刻后，守门的老仆在屋外轻声唤道："老爷，门外有一个陌生男子求见。"

陶云嵊合上书本，问道："都这个时辰了，怎么会有人前来？他可有报上名讳？"

"那倒没有，不过那人有一份拜帖，说是老爷您看了就会明白。"老仆答道。

陶云嵊皱了皱眉，"哦？既是如此，那便拿进来吧。"

发须斑白的老仆推门进来，恭敬地将拜帖放在书案上。借着屋内昏暗的烛光，陶云嵊微微探身拿起拜帖，就看了一眼，脸色瞬间变得惨白，身子无力地跌坐在椅子上。他不禁颤抖起来，垂在椅边的手死死地攥着那张帖子，上面只简洁有力地写

第十九章

了两个字：驾帖。

老仆见状，赶忙上前扶住陶云嵘，神色焦急地问："老爷，您这是怎么了？"

陶云嵘紧闭双眼，额角豆大的汗珠渗入花白的鬓边。好一会儿，他才艰难地睁开眼，吃力地挤出几个字，"无碍……请那位大人……进来吧。"

老仆将一身黑衣的龙青请进屋内，不无担忧地看了一眼陶云嵘，见陶云嵘交握在身后的手轻轻摆了摆，只能躬身退出屋外。

龙青站立在屋内，环顾了一下四周，便将视线投在眼前这位年过半百的老者身上，朝他轻施一礼后问道："阁下可是陶云嵘，陶先生？"

陶云嵘赶忙还礼，"先生这个称呼不敢当，不知大人如何称呼？"

"锦衣卫北镇抚司校尉，龙青。"龙青稍稍停顿后继续说道，"想必先生也知道在下所为何来，我特意选了这个时辰，希望先生能明白我的苦心，切勿做些毫无意义之事，伤了你我的和气。望先生海涵。"

陶云嵘双唇颤抖着说："明白，老夫明白。"

"那就好，既然先生明白，那我也不必多说什么了。麻烦先生叫齐书院的人，随我走一趟吧。我在院子里候着各位。"龙青见陶云嵘面白如纸，压下心中不忍，转身离开屋子。

没多久，一众教书先生跟随在陶云嵘的身后来到院中。这些文弱书生听说锦衣卫来拿人，皆是一副战战兢兢的样子。当他们看到夜色下的龙青以及他腰间的佩刀时，更是慌乱无神。

龙青的目光从每个人的脸上逐一扫过，最后转头冲陶云嵘问道："陶先生，人都到齐了？"

陶云嵘不住地点头，"齐了，都齐了。常驻本院的老师全都在这儿。还有一些是临近乡里的秀才，如今天色已晚……"

龙青抬手打断陶云嵘的话，"好了，我都知道了。书院暂时会被查封，所有人不得逗留其中。另外，辛苦各位先生和我走一趟。各位不用过于慌张，这中间的是非曲直，皇上圣明，相信总是会弄个清楚。"

听说书院要被查封，院中的各位老师不免议论纷纷。陶云嵘抬手示意各位老师安静后，说道："各位不必着急，我相信皇上一定会给我们一个公道的。我们不要让这位大人为难，就和他一起走一遭吧。"

陶云嵊在仁文书院德高望重，听他这么一说，院中的所有人便不再作声。

眼见局面得到控制，龙青便带着书院人等出了大门。直到此时，这些读书人才发现，门外的黑夜中早已是厉兵秣马。一众身穿黑衣的锦衣卫及当地府衙的捕快们在吴羊的带领下已是箭上弦，刀出鞘，就等着龙青的讯号。但凡里面有一丝反抗的动静传出，吴羊就会领着大队人马杀入，后果不堪设想。

陶云嵊抬头看了眼四周，又望着眼前这一身凌厉的年轻人，低声说："多谢大人手下留情。"

龙青微微点了下头。

趁着四下无人，一众捕快和锦衣卫正忙着押解其他人等的杂乱之际，陶云嵊低着头轻声说："大人，老夫还有一事相求。"

龙青停下脚步。"书院中的几名家仆，都是跟随老夫多年的老人。他们目不识丁，平日里只管打扫做饭。可否请大人网开一面，放他们归乡。老夫来生结草衔环，必定报答大人的恩德。"

可好一会儿，陶云嵊都没有等到龙青的回答。他不免有些心急，只得微微抬起头向龙青望去。却看到原本站在他身前的龙青，此刻正转过头看着他，可夜色下也看不出他脸上是喜是怒。陶云嵊心中狂跳如擂鼓，差点就要跪在地上磕头。

龙青心中不忍，眼前的花白老者几乎要跪在自己的身前。他刚想扶起陶云嵊说些什么，却从眼角看到不远处的吴羊正朝着自己这边走来。龙青只好停下动作，若吴羊知道此事，这小子定然反对。龙青不再理会陶云嵊，抬头和到了自己身旁的吴羊交代道："你和弟兄们带众位先生先赶路，我处理完余下事务便与你们会合。"

吴羊撇了撇嘴角，看了眼陶云嵊后说："知道了，龙哥你自己小心些。"说完拽着陶云嵊，将他们一并押走。

等吴羊等人出发，龙青安排当地府衙的捕快，处理查封书院的后续事宜。其间，他顺手将几名原本要就地收押的老仆遣散了。

安顿好善后事宜，龙青连夜赶路，终于在次日同吴羊等人会合后向着京师赶去，只是在回程的途中龙青未曾与陶云嵊讲过些什么。毕竟兹事体大，万一被一同关押着的其他人听到，再把这事给抖出来弄个戴罪立功，龙青可真就倒血霉了。

等龙青等人回到京师，却发现他们这支队伍回来得已算是迟的，其余大部分锦衣卫都已抵达。吴羊心中多少有些不悦，一双三角眼略带埋怨地看着龙青，想和他

第十九章

说些什么，可最终还是忍住了。

龙青同吴羊前往卫所交付了任务，将人犯收押后便来到营地。一群刚完成任务的锦衣卫们聚坐在一起聊了起来，其中一个锦衣卫一面敲着自己因为骑马赶路而酸痛不已的胯骨，一面摇头说："这趟差事什么油水都没捞着，把人倒是给累得够呛。不过，你别说可真没想到，活阎王这次可算是出尽了风头。"

"活阎王，谁啊？"吴羊凑了过去，好奇地问道。

"咱们的举人啊！"

"举人？你是说杨明鉴！"龙青找了个空位坐下来，疑惑地问道。

"怎么，你们都还不知道哪！营里营外都传遍了，咱杨举人这回可大发了！活阎王就是他的新诨号。"那锦衣卫见到龙青、吴羊等人还不知道这事，不由得来了精神，絮絮叨叨地讲了起来。

与龙青他们这一队的谨慎低调不同，杨明鉴所带的队伍行事十分跋扈张扬。他们负责查抄白鹿书院。在联系完当地府衙协同办事后，便在光天化日下一路鲜衣怒马，毫无顾忌地直奔白鹿书院。现场的一众锦衣卫及府衙差役由于所着服饰的缘故，远远望去红黑相间煞是好看。再加上当地好事民众的围观，是里外三层，场面热闹得如同过节一般，一间小小的书院被围得水泄不通。

杨明鉴穿着飞鱼服，大摇大摆地在书院行走，书院内被翻得一片狼藉。杨明鉴环顾四周，满意地点了点头，这才是查抄该有的样子。教书先生们早已戴上枷锁跪在一旁，而学子们被喝令跪在另一旁，皆在颤颤发抖。围观的民众叽叽喳喳议论不停，甚至有些好事的无赖汉子偷偷溜进来想看个究竟，府衙的差役忙在一旁呵斥、阻拦着，一片繁忙景象。

就在杨明鉴审视查抄结果的时候，不知从哪里冒了出来一名漏网的学子。他满脸青紫瘀痕，看样子是刚刚经过一番乱斗。他手上拿着一把柴刀，一边胡乱挥舞着，一边大喊："狗贼！还我书院！"众差役刚要围上去将其拿下，却听见杨明鉴一声高喊："谁都不许拦他！"杨明鉴正愁事不够大，这送上门的机会怎么能轻易放过。

毕竟是早先得过武举的人，功夫就是了得。只见杨明鉴一个箭步向前，对着那个一脸青紫、惊慌失措的学子当胸就是一脚，踹倒在地后又顺势将其踩在脚下，喝道："好一个胆大包天的东西！竟敢谋逆！"说完，抓住他拿着柴刀的胳膊，从肘部硬生生掰断。那学生疼得在地上边滚边号。杨明鉴见状心生厌恶，再是一脚踢在

厂卫

他脸上……

讲故事的这位锦衣卫估计平日没少上茶馆听书，说到紧要关头居然故意停了下来，咽了咽口水。边上有那眼疾手快的赶忙给他递了口茶。他倒好，坐那儿优哉游哉地喝了起来，把龙青、吴羊等人急得一阵跺脚。

"喝完了你倒是快说啊！后来呢？"吴羊着急地问道。

"别急，别急嘛！后来啊，连鼻子带嘴都给踢烂了。那学子也是倒霉，该他命有此劫。谁让他碰到了这位煞星呢，被拧断胳膊不说，还背上谋逆的罪名，连累全家三十多口悉数被捕。当时在外面围观的人见着杨明鉴打伤了人，还打算闹腾呢。这活阎王也是心狠，一通鞭子将围观的民众好一顿打，人群就被他这么活活给抽散了。最后不得封书院嘛！他倒好，连封条都给省了，一把火将书院直接烧了。回来后咱百户那是好一通夸，说他这活儿做得漂亮，干净利落。现在杨明鉴名声大噪。要不说这年头，心狠才能办大事啊……"

那名锦衣卫后来絮絮叨叨还说了什么，龙青已经听不进去了。

"走了，没什么好听的。"龙青对吴羊说道。

见吴羊不为所动，仍听得津津有味，龙青一把拽着他离开。

"别急着走啊，龙哥，咱们接下来又没什么事儿，再坐着听听呗。"吴羊一路上吵吵嚷嚷，让龙青怒火更炽，松开他大声吼道："听什么？难道你也想像杨明鉴一样，杀人放火，草菅人命啊？"

"不然都要像你一样，妇人之仁才行吗？"吴羊大声抗辩道。

龙青一愣，从小到大，这个兄弟一直跟在自己身后，从来没有反驳过他的话。这还是吴羊第一次对他表示出不满。

"龙哥，咱们在这卫所都这么久了，你也看到了。其他的我也不说了，就说我和高大伟入狱这事，咱们就连找人借个钱都借不到，你说再这么下去有意思吗？那些书院里的人与你我非亲非故，你又何必处处袒护他们。再说，以你我的能力，不说同其他人比，但一定能比杨明鉴做得更好。"吴羊说完见龙青仍是沉默不语，气鼓鼓地独自离开。

龙青看着吴羊离去的背影，心中的疑惑如海浪般一波一波袭来。难道，真的是他错了？

第二十章

华灯初上的京师，繁华依旧，与白天相比少了一份庄重、肃穆，多了一份神秘、冷艳。

徐追身着藏蓝色常服独自一人站在蓬莱阁雅间的窗前。就是在这座酒楼，这个房间，他和龙青二人初次相认、再次相识。彼时龙青满心欢喜，而他却满腹愁肠。从那以后，他那如铜墙铁壁一般的心房就有了裂痕，然后那裂痕不断扩大，露出他脆弱得不堪一击的本心。望着楼下喧闹的街市，徐追不禁神思恍惚起来。

他深知要想彻底摆脱过往，就不能继续沉沦在往昔的岁月中。可是一想到龙青，想到龙琴语，想到当年在李家村与他们相处的时光，他总又狠不下心，忍不住就会提点、帮衬他们。

就拿这次皇上下旨革除天下私创书院一事来说，他之前特意叮嘱过龙青，要他务必将这趟差事办好。确实，事情办得不错、扎实，但过于稳妥了。锦衣卫奉驾帖，拿人也好、抄家也罢，要的就是一个名正言顺，求的就是一个光明磊落。可这小猴子不知道是怎么想的，居然大半夜去查抄书院。麻烦是少了，却没明白朝廷真正的意图。这件事，皇上就是要办得世人皆知，目的就是要杀一儆百、以儆效尤，让满朝的酸儒们明白一个道理，这天下还是老朱家在当家做主。哎……还是心善了，不过这倒是他所熟知的那个龙青。可从校尉升为小旗这件事，怎么会是骆思恭举荐的呢？他可是刘守有的得力干将啊！奇怪！

"大哥，等很久了吧？实在对不住，卫所内有些事给耽误了。小弟一会儿自罚三杯。"一袭新装的龙青推门而入,抱拳致歉。

徐追回过神,转身看着意气风发的龙青,笑着说:"没事,知道你最近忙。坐吧。"

待两人坐定后,徐追这才唤来店家,随意点了些龙青喜爱的菜肴和一壶好酒。

徐追斟满酒,放到龙青手边,"你近来劳顿辛苦,今晚就当大哥为你接风洗尘,你只管吃喝。只不过你也知道,我不喝酒,只能以茶代酒陪你。"

龙青笑弯了眼,"大哥,那我就不客气了!"

徐追举起自己的茶杯,戏谑地说道:"不过这一杯,可是要庆贺你升官了哦。祝我们的龙小旗今后平步青云、步步高升!"

龙青赶忙举起酒杯,一口饮尽,不好意思地说道:"大哥,你也来笑话我!"

喝了茶水,徐追敛起笑容说道:"升了官这是好事,我真心替你高兴。大丈夫处世,为的就是建功立业!何况也算离你想要的更近了一步。"

"是,大哥教训得是。"龙青频频点头,"可大哥你不知道,咱们卫所里有一个叫杨明鉴的同僚,在这次查禁书院一事上,为了自己出风头,做事极其阴毒,实在可恨。"随即,龙青将杨明鉴在查禁书院时的所作所为告诉了徐追。

徐追蹙眉听完,忍不住帮龙青分析起来,"按你这么说,杨明鉴这个人不简单。此人有两大特征:一是狠,遇事下得去狠手。另一则是绝,为达目的不择手段。这个人既有野心又有手段,你对此人要格外留心,做好分内事的同时,也要提防着他,可别遭了此人的暗箭。"

"我与他如今不在同一队,他算计不着我!真不知黄百户他们是怎么想的,就这种人,以权谋私不说,行事还如此歹毒。此次居然还对其嘉奖,将他升为小旗!"龙青"咚"地一下放下酒杯,气愤地说道。

"好了,好了,不说这些烦心事。你的小跟班呢,怎么没跟你一起来?你们不是一向焦不离孟吗?"

"你说吴羊啊。我原本叫了他一起过来,可他嫌我俩太闷,每次就只是坐着喝茶谈天,没意思。他要找韩潇大人喝酒吃肉,不跟咱们掺和了,甭管他,咱们吃咱们的。"龙青夹了一筷子菜塞进嘴里,口齿不清地说道。

"韩潇,锦衣卫南镇抚司的韩潇?"徐追执杯的手一顿,疑惑地问道。

"是啊,他是我和吴羊在应天时的头儿,对我们有大恩。他虽然被调去了南镇

第二十章

抚司，但我们还是会时不时地去拜会一番。大哥，你也认识韩大人吗？"

"我怎会认识这样的人物，不过听说过而已。"徐追不露声色地随口问道，"对了，说起这个，你认不认识你们北镇抚司一个叫骆思恭的镇抚使？"

龙青笑着答道："骆大人啊，之前不认识，如今算是认识了。"

"哦？听你这么讲，里面还有什么故事不成？"徐追问道。

"大哥你一定想不到，这个骆大人和我爹以前竟然是同僚。前几日我去他府上拜访，骆大人还说我爹年轻时不但文武双全，还有勇有谋。当年……"说到兴奋处，龙青连吃喝也顾不上，像个孩童般手舞足蹈起来。

看着龙青谈论到父亲龙炎时那神采奕奕的神情，徐追黯然无语。这份亲情是他不曾有过的，也是他渴望而不可得的。他没有这样令人骄傲的父亲，他那个所谓的亲生父亲李公溪，将他如同一件货物般就这么随意地卖了。而且还是卖到宫中，成了一个太监。他失去了原本可以拥有的人生，这道伤口永远也无法愈合，并且将使他永生永世痛楚。

夜色深重，龙青再三谢过徐追的款待后，便各自话别。

可徐追回宫的这一路上，却是愁思百转。其实他在席间没怎么下筷，却也不觉得饿，只觉得疲惫不堪。递上腰牌，进了宫门，徐追本打算直接回内官监的住所休息。可浑浑噩噩之下，就连走岔了道也没发觉。等他反应过来时，才发现自己竟不自禁地一路走到了直殿监，他最早的住所处。

徐追闭上双眼，微微摇了摇头，想把满脑子的杂念甩出去，却发觉都是徒劳。这时，耳边传来一个谄媚的声音，"是徐公公吗？真的是您老啊！您怎么上这儿来了？"一名直殿监太监刚巧经过看见徐追，赶忙迎了过来。徐追摆了摆手，厌恶地看了来人一眼，却发现远处另一个身影，令他感觉有一丝熟悉。昏暗中，一个弓腰驼背、头发花白蓬乱的老太监，颤巍巍地提着一个夜香桶，正往角门走去。也许是夜香桶对于这老太监来说实在太沉，没走几步就要停下来歇息，还要不停地揉捏着右手。那名献媚的太监顺着徐追的目光看去，当他看到老太监时，急忙跑了过去，嫌恶地踹了老太监一脚，咒骂道："老东西，不是让你别走这条道嘛！熏到大人怎么办！就不会滚远点，是不是又想找打！"

老太监嘴里含糊地嘟囔着什么，却始终凑不齐一句整话。等他的脸转到光亮处时，徐追陡然一惊，终于明白这熟悉感从何而来。

那老太监，就是曾经踩在义父徐锦头上的前任内官监掌印太监陈公公！

如今的陈公公看上去比之前老了二十岁不止，不但口不能言，右手也使不上力气，成了一个人人唾弃的老废物。当初义父说让他天天倒夜香，居然不是一句玩笑话。

陈公公无法说话，只能不停地点头哈腰赔着不是，当他无意间看到徐追时，惊恐得拔腿就跑。可没走几步，就被人拽住后衣领，摔倒在地。献媚太监上前一步，对着陈公公劈头盖脸地扇着巴掌，同时咒骂道："老东西，我还没骂完你就想跑！不想活了是吧，还以为自己是掌印太监啊！你个狗东西，老不死的……"

徐追不想再看下去，转过身匆匆离开。

成王败寇，在这座深宫里，无论之前如何风光，只要不小心踏错一步，就会重重摔下，成了任谁都可以鱼肉的蝼蚁。

再想从前如何被命运所愚已毫无意义，最要紧的还是当下和未来。绝不能让自己也落入这种生不如死的境地中！

革除书院一事经过锦衣卫雷厉风行地推进，很快便完成得七七八八。一些书院为了自保，只好搬离原址，改换门庭。书院虽已被封，朝廷的文官大臣们却仍在坚持，他们认为事情还有挽回的余地。

内阁次辅王锡爵的府上访客不断，这些平日里忙着给皇帝进谏挑刺儿的耿直大臣们，还在幻想着万历经过他们的谆谆教诲，最终会收回皇命，因此他们还在做着无用的挣扎。

"王大人，如今圣上多日未朝，也不肯传召任何大臣觐见。这可如何是好？"王府花厅中，几位头发花白的老臣急得团团转。

"诸位大人，本官也是束手无策啊。本官请内相冯大人帮着通禀皇上要求面圣，可皇上却传来旨意，说未奉召不得觐见，就连王某这个内阁次辅也一视同仁。本官实在是……哎！"王锡爵不住叹气。

"那继续上书呢？皇上可有回应？"

"本官日日上书，却如同石沉大海一般，毫无波澜，不知各位大人的情形如何？"

王锡爵这么一问所有人都沉默了。的确他们也是每日上书，希望万历能像当初

第二十章

想要册立太子一般,可以回心转意。哪怕是龙颜大怒,也好过毫无回音啊。可没想到这次万历是铁了心不搭理他们,对每天如雪片一样飞来的奏表视而不见。任由他们如何苦口婆心、大胆辱骂依旧不为所动。而诸位臣公就像被拿住七寸一般,束手无策。

"诸位大人还是早些回去,我们……从长计议吧。"王锡爵疲惫地闭上双眼,让家仆送客。等人都离开后,王锡爵望着窗外的霏霏细雨,叹息道:"圣心难测,但求无愧于心啊。"

在东厂和锦衣卫的亲密合作之下,六十四张驾帖悉数送出,天下六十四所私创书院全部被禁。

以王锡爵为首的群臣只能眼睁睁地看着这场从皇城内传出的疾风暴雨,骤然而来,又悄然而去。最后虽不知所终,但已无从挽回。

内阁首辅申时行将一切看在眼里,暗中庆幸自己眼光独到。从最初选择不动如山,一直到得了徐迨从宫内带来三殿下朱常洵的讯息,而没有选择同王锡爵那群蠢材们一起蹚这摊浑水。如今安安稳稳,丝毫没有受到影响。他简直要忍不住在心里夸赞自己一句"英明"。

皇上想封书院,这天下谁又能拦得住!之前的例子还少吗,徐阶、高拱、张居正……哪一位不是满腹经纶、雄才大略的治世良臣,可他们最终的下场呢?

这大明是老朱家的大明!可笑王锡爵那群白面儒冠,到如今仍没能想明白这个道理。

申时行思量着自己接下来要做的,自然是坚定地站在三殿下的阵营。等不久的将来,皇上将册立太子的诏书一颁布,三殿下成了储君,甚至成为皇上的那一日,他就可继续他首辅的位置,风光依旧。而且自己的小儿子尚未束发,晚几年如果再能和皇家结下一门亲事,岂不快哉!真是众人皆醉我独醒。

可申时行万万没想到,王锡爵等人很快就想明白了。

查封书院一事看上去已是无法挽回,但可以另辟蹊径。

如果说之前在册立太子一事上,他们支持皇长子朱常洛是遵循祖制、大公无私的话,那么如今情形已是大不相同。

他们有了私欲。为的不是个人的荣华与富贵,而是读书人的理念及尊严。

厂卫

皇长子朱常洛不但生性温良恭让，而且同他们一样，尊崇的是儒家的孔孟之道，并且自始至终在查封书院一事上持反对态度。虽说王锡爵等人也知道皇上在暗地里已经立下了册封皇三子朱常洵为太子的诏书，但只要没有正式宣旨，总还是有一线生机。

当今之计，只有想法子让皇上改变心意，转而立皇长子朱常洛为太子，再等将来朱常洛荣登大宝后，经过众人的循循善诱，书院解禁一事也不是没有可能。

因此，王锡爵大人眼前最紧要的，便是尽快同内相冯保及锦衣卫指挥使、皇长子的岳父刘守有一起商议一个对策出来。

事虽艰难，但犹可为！

朝堂之上，百官忙得不可开交，但还有人比他们更着急。

负责廷杖的高大伟就是其中之一，宫里当差的日子是越来越没法过了。究其原因，还是和皇上不上朝有莫大关系。万岁爷不上朝了，那些大臣们就没有机会再去触犯天颜，对于众位司礼监的公公和负责廷杖的锦衣卫们来说也就无人可打。没有屁股打便捞不到油水，主要的收入来源就这么断了，高大伟的日子也开始过得紧巴巴的。

想想自己，再看着当初的老弟兄们。龙青、吴羊甚至包括杨明鉴在内，这几位哪一个不是混得风生水起，龙青和杨明鉴更是升了官职当上了小旗。高大伟虽然胸无大志，可仍不免看得眼热不已。他越想越着急，于是便去找龙青和吴羊诉苦，寻求两位兄弟的帮助。

高大伟愁眉苦脸地看着龙青和吴羊，"龙哥，羊哥，你们要帮帮小弟。如今你们过得越来越舒坦，可千万不能落下我啊！我都快急死了！本来我还想着等我'告老还乡'的时候，能和乡亲们好好显摆显摆呢。可再这么下去，我还拿什么去买地，拿什么娶婆姨啊！还显摆个屁来！哎，穷死我了。"

龙青、吴羊二人听着高大伟吐露心声，特别是当他说到"告老还乡"时，实在是憋不住，两人不禁大笑不已。吴羊更是直接笑得伏在桌上，捂着肚子"哎哟哎哟"直叫。

"哎呀，你们别光顾着笑，倒是快帮我想想办法啊。反正这宫里我是待不下去了。实在不行，你们还是让我回来接着跟你们混得了。"高大伟急得站起了身。

第二十章

"真的想好了,不靠屁股吃饭了?"吴羊好不容易止住笑,一只胳膊搭上高大伟的肩膀,戏谑地问道。

高大伟当时就不干了,这要是还听不明白,那他就是真傻了,"你……你才靠屁股吃饭呢!"

"好了好了,你就别再挤对他了。"龙青将二人劝开后,接着说,"大伟,这事倒也不难办。不管怎么说,我们都还是黄百户的人,这个忙我估摸黄百户还是愿意帮的。要不这样,你抓紧准备一份礼品。明日我陪你一起去黄百户那儿走一趟,你看行不?"

"啊……还要备礼物啊?"高大伟不情愿地问道,"龙哥,我最近手头有点紧……"

"你瞧你那怂样!怎么就那么抠呢,求人帮忙你还打算空着手上门啊?备一份薄礼表示一下孝敬的心意,这黄百户以后也好关照你不是?这办法龙哥可是帮你想好了,要不要去你自己看着办吧!赶紧的,哪儿来那么多废话。"吴羊看不惯高大伟那磨磨蹭蹭小家子气的样子,瞪着三角眼,在边上催促道。

高大伟虽不情愿,但为了将来美好的"告老还乡"生活,还是咬着牙勒紧裤腰带,准备了一份礼品。龙青和吴羊又帮着他凑了一百两银子的"见面礼"。说是凑,但大部分还是高大伟自己出的。当然这钱可都是高大伟从屁股里省出来的,噢,不,是从牙缝里省出来的。毕竟无本的买卖,还是好赚。

高大伟扭捏地带着礼金和礼品,像个小媳妇似的跟在龙青身后,去拜见黄百户。龙青说得没错,高大伟归队对于黄百户来说还真的就是举手之劳。况且高大伟还带了礼物,再加上龙青在一旁不住地奉承说好话。于是十分顺利地,兄弟三人又重新聚在了一起。

第二十一章

  内阁次辅王锡爵的宅邸如往常般门庭若市,可聚集在门口等着王锡爵给他们拿主意的各位大人却被挡在门外。门房朝诸位大人不停地拱手,"我家老爷命小的转告诸位大人,他昨夜偶感风寒。大夫来瞧了后给老爷开了药,并叮嘱他要好好卧床安养。所以今日只好闭门谢客,就不见诸公了。对不住诸位大人,都请回吧。"无法,站在门外的诸位大人只得悻悻然打道回府。

  其实所谓偶感风寒不过都是托词,王大人此时正在白家厅房内恭候着两位贵客的到来。分别是内相冯保和锦衣卫指挥使刘守有,他们才是真正能帮王锡爵拿主意的人。虽然几人所求目的不同,但利益却是一致的。同样,现状也让他们别无选择地走到一起。

  "两位大人此番愿拨冗相见,共商大计,王某感激不尽!"王锡爵将冯保和刘守有迎进书房,屏退左右、关上房门后,便向二人深施一礼。

  "王大人客气,我等皆是为了万岁爷和大殿下效力,早该携手同盟,不分彼此。"冯保回礼道。

  "冯大人说的是,当下之急便是商讨出对策,扳回这至关重要的一局!"刘守有眸中闪回一丝狠戾。

  "二位大人也知晓,皇上已经写下诏书,册立三殿下为储君,虽未颁布,却依旧是心头大患。"王锡爵眉头紧锁。

第二十一章

"这份诏书，必须毁去。"刘守有道。

"是，刘大人说得没错。但这份诏书如今所存放的位置，据王某所知好像只有郑皇贵妃她一人知道。"王锡爵说完，目光转向冯保看去。

毕竟这诏书事关郑皇贵妃及朱常洵后半生的荣华富贵，由不得她不谨慎对待。

冯保沉着脸，连连摆手，"王大人，此言差矣。就算被我等知道了诏书的所在，并顺利将其毁去，又如何？！万岁爷正值春秋鼎盛，若最终无法改变万岁爷立三殿下为储之心，那一切都是徒劳。我们毁去一份诏书，万岁爷大可以再写第二份、第三份。"

听冯保说出目前最大的症结，王锡爵与刘守有不由得抬起头对视一眼，却发现二人均是满脸愁容。

计将安出？又好似无解，头疼啊！

三人密谈一日，却仍不知该如何改变万历的心意，可又不愿坐以待毙，只好把手段重回到朱常洵身上，也算聊胜于无。

首先，由内阁次辅王锡爵负责联络朝中志同道合的诸位文臣言官，对暗中支持皇三子朱常洵的内阁首辅申时行进行弹劾，尽一切手段令其倒台，先断了朱常洵在朝堂上的重要奥援再说。同时，内相冯保在翊坤宫安插内线，不惜代价找出诏书藏匿的位置。最后，锦衣卫指挥使刘守有在私下里搜罗江湖术士及能工巧手之徒，以备不时之需。

布下这一切，王锡爵送走冯保和刘守有，疲惫不堪地瘫软在椅子上。即使再心急也无法立即扭转眼下的局势，唯有尽人事，听天命。

既然谋略已定，王锡爵便立即开始行动。他先让同是内阁大学士的赵志皋与沈一贯等人在暗中向众大臣散布消息，内阁首辅申时行这些年来一直在暗地里支持郑皇贵妃及皇三子朱常洵，妄图动摇国本，居心叵测。随后再由王锡爵亲自出面告知群臣，赵志皋与沈一贯所讲不但句句属实，而且就连查封书院一事申时行亦有份参与。虽说此事的始作俑者是皇三子朱常洵，但身为皇子的朱常洵是不可能想得到这个主意，躲在他背后为他出谋划策的那个人就是申时行。身为群臣之首的内阁首辅申时行，本应是天下楷模。而他竟为自身的功名富贵，背弃了全天下的读书人。蝇营狗苟，令人不堪入目！

群臣听闻首辅申时行原来如此首鼠两端，均暴怒不已。多日来的不满与惊恐终于找到了宣泄的方向，不由纷纷唾骂起申时行。其中又以两位黄姓大臣最为激动，一位是给事中黄大效，接连上了三份奏表，大骂申时行毫无廉耻、一味媚上；另一位是内阁中书黄正宾，则指责申时行排挤同僚、陷害忠良。一时间，送到万历手上的全都是弹劾申时行的奏表。

这么些年劳心劳力、默默付出的申大人原打算隐身幕后做一个盘龙卧虎，可最终没能躲开这一劫，还是被抬到台前，在这风口浪尖之上，受尽浪花拍打。

申时行大人坐在桌前，花白的鬓角间微微地冒着汗。同时，房间内还有皇三子朱常洵及徐锦、徐追父子。在申大人面前放着的是早先两位黄大人的奏章，上面还附有万历的批复：即日起革去给事中黄大效与内阁中书黄正宾两人官职。那朱红的颜色此刻看起来格外触目惊心。

申时行看着奏章惶恐地说道："此……此事，为何老臣身为内阁首辅竟全然不知！"

"申大人，这些奏章是由内相冯保亲自呈给万岁爷的，您自然无从知晓。"立在朱常洵身旁的徐追说道。

"殿下，殿下明鉴，老臣所做的一切都是为了大明、为了皇上和殿下啊！如今这些卑鄙小人见不得老臣忠心耿耿，便想要陷老臣于不仁不义之地。老臣……老臣实在是冤屈。"申时行老泪纵横地"扑通"一声跪在地上。

"先生这是作甚，快快请起。"朱常洵搀扶起申时行，"先生一生殚精竭虑，皆是为了大明的江山社稷。先生受的这些委屈，不单单我知道，父皇心中也是明了的。"朱常洵笑着安抚申时行。

"殿下，可……"申时行止住抽泣，刚要开口说出自己的担忧。

朱常洵端起茶盏，浅浅抿了一口，抬手打断了申时行的话语，"先生请看，这奏章上父皇已然讲得明明白白。只要父皇了解我等的心意，先生又何须忧虑呢？"

"殿下说的极是啊！申大人，只要万岁爷还向着娘娘、向着殿下，其他人就算再闹腾又有何用，不过是一群跳梁小丑。"徐锦附和道。

申时行看了看波澜不惊的朱常洵，再看看徐锦和徐追父子的一脸淡然，明白自己多说无用，何况他们说得不无道理，便缓缓地点了点头，"老臣一时惊慌，便手

第二十一章

足无措起来,让殿下和两位公公见笑了。老臣先行告退。"

徐锦陪着申时行一起退下后,徐追随着皇三子朱常洵向乾西五所走去。

"殿下,我还是有些不放心。所谓无风不起浪,那些大臣们不可能无缘无故地弹劾起申大人,我担心……他们是项庄舞剑,意在沛公。"徐追犹豫了一会儿,还是把心中的疑虑告诉了朱常洵。

朱常洵停下脚步,看了看身旁的徐追,轻轻一笑,说道:"我知你向来心思缜密,不过这回只怕你是多虑了。那些大臣们只是看不清时局,不识时务罢了。查封书院一事,他们觉得是申时行替我出的主意,他们遭到了申时行的背叛,所以对他群起而攻之。其实他们不知道,这又何尝不是父皇的心思,只不过是借我之口讲出来罢了。让他们自己去闹吧,于我们毫无损失。况且父皇的诏书还在母妃那儿好好地摆着。这段时间里我们要做的就是安守本分,其他最好什么都不做,这样就不用担心行差踏错。放心吧,时间不会太久的。"

徐追看着朱常洵不再作声。他哪里会不明白,朱常洵的最后这句话其实也是说给他自己听的,毕竟等待总是煎熬的。

可让人没想到的是,申时行最终还是选择了辞官回乡。

虽然申时行知道万历支持他,将两位上疏弹劾他的黄大人都罢了官,但次辅王锡爵却并未就此罢手。在王锡爵的刻意引导下,众臣没有像上次反对查封书院一事时那般退缩不前。御史邹德泳再次领头上书,前赴后继。申时行害怕了。他担心将来的某一天自己同样失了势,失去皇帝的圣眷,也被罢了官职,这满朝文武岂肯善罢甘休?以这群人的秉性必定会落井下石,届时自己的下场只怕会凄惨百倍。

是的,自己一把年岁了,也享了半生的荣华富贵,实在不计死了也就死了,可自己这一家老小怎么办?真有可能做到祸不及家人吗?就连申时行自己都不会相信。毕竟张居正的下场就近在眼前,这前车之鉴,由不得申时行不害怕。

于是申时行权衡再三后,让出了内阁首辅的位置,从这波云诡谲的朝堂纷争中抽身离开。

申时行的突然辞官让皇三子朱常洵颇有些措手不及,但也仅此而已。朱常洵思量着,群臣上书所言申时行首鼠两端,也不是没有道理。如今诏书在手,大局已定,申时行依旧如此姿态实在难堪大用。

皇三子朱常洵大意了！真正大戏的帷幕此时才刚拉开，生旦净末丑正要登场。

此事在王锡爵与冯保的刻意运作下，已不单单是让首辅申时行离开权力中枢，使得皇三子朱常洵失去朝中的重要奥援那么简单。更重要的是，朱常洵将在朝堂之上再得不到任何支持。他不仅仅是失去了整个文官集团，他现在是站在了整个文官集团的对立面。对于以新任内阁首辅王锡爵为首的众位大臣来说，他皇三子朱常洵，是敌人！

而沉浸在美好幻想中的朱常洵及徐锦、徐追父子，还没做好应对的准备。他们根本不知道，自己将要面对的那一方势力是多么强大。

申时行离开京师后不久，大明权倾朝野的三位人物又聚坐在一起。

内相冯保站起身，对着王锡爵拱手道："恭喜王大人，这么快便登上这首辅之位。"

王锡爵摆手道："冯大人，实在受之有愧。我本意不在此，可未承想皇上厚爱，将这首辅之位交与本官，本官深感任重道远。"

冯保面带笑容说道："王大人，所言极是。朝堂之上还需仰仗王大人来运筹帷幄。"

"冯大人，申时行是跑了，可您那边安排得如何了？"锦衣卫指挥使刘守有焦急地问道。

"刘大人少安毋躁。咱家已经知道诏书藏匿在何处。"

无愧是在宫中经营多年的司礼监掌印太监冯保冯大人，身旁那些个蜂趋蚁附之徒，攘攘熙熙的倒也从未少过。早前投靠过来翊坤宫的一位女官，冯保一直是引而不发，现如今可以派上用处了。虽然郑皇贵妃对诏书藏匿之地守口如瓶，但这位女官通过观察郑皇贵妃的言行举止，终于还是被她知道了诏书的摆放处。

"何处？冯大人别卖关子了，你倒是快说啊。"刘守有追问道。

"诏书就藏在郑皇贵妃床下的密格中。"

刘守有赞道："如此隐秘之事都能查到，冯大人好本事！"

"余下的就要仰靠指挥使大人了。如何令其看上去顺其自然、天衣无缝？"冯保说道。

"奇技淫巧之徒？"王锡爵呢喃道。

第二十一章

"知道了诏书藏在哪儿还不好办吗？偌大的一个大明朝，奇技淫巧之徒总是不缺的。"刘守有气定神闲地说道。

"哦？听指挥使所言，想必心中已有人选？"冯保问道。

"不错。不知二位大人还记不记得邱橓大人？"

"邱橓……南直隶吏部尚书？"王锡爵问道。

"不错。"刘守有回道。

"慢，你说的邱橓，是不是早年去湖广查抄张宅的那个邱橓？"冯保记起这个名字可又不太确定。

"冯大人好记性啊。这么些年的事，您还记得！"刘守有不禁惊叹道。

听到这里，王锡爵忍不住露出厌恶的神情，"原来是他！"

张居正老宅的惨案，所有人都还记得。如果不是万历的恩宠，邱橓也不可能做到南直隶的吏部尚书。

"怎么把他绕进来了？"冯保疑惑地问道。

"他同我一麾下当年一同查抄张宅，这些年二人一直互有往来。当得知卫所在寻找能工巧匠，便举荐了一个叫左莘的奇技淫巧之徒。听闻左莘此人有家传秘药，能让布帛、绫锦等物自行溃烂，而且形同虫蛀蚁咬一般让人无迹可寻。"刘守有说道。

"此人现在何处？"冯保问道。

"已隐秘抵达京师。"刘守有说道。

冯保点点头，"嗯。不过，刘大人需得提防邱橓此人。"

刘守有哂然一笑，"呵呵，冯大人放心，我知道他是个什么样的货色。"

两个老狐狸默契地对视一眼。

"如今万事俱备，只欠东风。我等就差一个契机，一个牵一发而动全身的机会。计日可期！"王锡爵兴奋地说道。

刘守有在一旁双拳紧握，眼中燃起熊熊希望之火。

冯保虽是但笑不语，可心中也是狂跳不已。

也许是看到如此周密细致的计划，上苍都被感动了。于是，老天决定给他们一次机会帮他们一把。

这一日临近傍晚时分，原先还霞光满天、平静祥和的天空没缘由地就变了脸色。几乎就在一瞬间，天空中乌云压顶、雷声隆隆。皇宫内到处飞沙走石，天色迅速地暗淡下来，白昼成了黑夜。

　　一片黑暗中，紫禁城上空豁然裂开一个口子，降下一道让人无法直视的强光，紧随而来的是"轰隆"一声巨响。

　　在这声巨响下，万历的寝宫——乾清宫被一道雷电给劈了，同时还引发一场大火，点燃了整座宫殿。

　　此时，正在卫所内休整的龙青等人听到集结的锣鼓声。众人赶到校场才站稳身形，就在黄政浩的带领下赶往皇宫。

　　入得宫门后，龙青与队伍走散，正在到处乱转时，迎面撞进一个人的怀中。他抬眼一看，"徐大哥！"

　　徐追见是龙青，忙将他拉到一旁，"你怎么来了？"

　　"黄百户召集了所有弟兄往宫内赶，这乱糟糟的到底怎么回事啊？"

　　"万岁爷的乾清宫遭雷击，引发了大火。"

　　"啊？那皇上……"

　　"所幸先前万岁爷临时起意去花园赏鹿，尚未回寝宫休息，这才躲过一劫。"

　　"那就好，那就好。"

　　"时间紧迫，我们此后再详谈。你先过去吧，注意别伤着自己。"

　　"好，徐大哥，你自己也要多留心。"

　　目送龙青远去的背影，徐追看向远处乾清宫冒出的阵阵黑烟，一阵不祥的预感在心中油然而生。

　　隆德殿中，北极镇天真武玄天上帝的铜像立在大殿中间，金甲玉带、仗剑怒目，十分威严。五十代天师、文徽真人张国祥自来到京师后就被万历盛情挽留下来，每日里除了道家必修的功课，其余时间都在道观内修著道经，倒也闲散清净。张真人似是料到万历今日必会来寻他解惑，于是早早地沐浴更衣后来到隆德殿，净屋焚香，恭候万历的驾临。

　　惊险逃过一劫的万历心中很是惊慌，自己住的房子好端端就这么被雷给劈了，换了谁都会心有余悸，身为帝王的万历也是不能免俗。他第一时间就想到滞留在京

第二十一章

师内的张天师，随即就赶到了隆德殿。

"朕究竟做了何事？令得上苍如此气愤，竟要降下天雷，击毁朕的寝宫！"万历皇帝又惊又怒，"真人，你千万要帮朕好好算算！"

万历的来意文徽真人自然早已知晓，所以话不多说，直接推算起来。贵为一国之君的万历在一旁耐心地等待着，他想知道上天到底想要给自己怎样的启示。经过一番推演之后，文徽真人默然无语。良久，他才问道："皇上，贫道斗胆一问，先前皇上册立太子的诏书现在何处？可否取来一观？"

万历心里一惊，表面还要保持着镇定，吩咐身边的冯保道："你去，让皇贵妃娘娘带着诏书来隆德殿见朕。"

冯保的嘴角露出一丝不易察觉的笑容，可很快便恢复了恭顺的样子，"老奴遵旨。"

雍容华丽的郑皇贵妃迤逦而来，梨花带雨地对着万历好一阵撒娇，表示自己因乾清宫失火受到惊吓后，才呈上密匣。

当着众人的面，文徽真人打开密匣，取出诏书，缓缓展开。一旁的郑皇贵妃只看了一眼，就觉得一口气上不来，直接被惊得晕了过去。而万历皇帝则脸色煞白，呆立在原地，如同被人施了定身咒一般，无法动弹。

那由绫锦材质所制、掌握着无数人命运的诏书，被郑皇贵妃保存得十分之好，光艳四溢、焕然一新。可独独"皇三子朱常洵"这六个字被虫蚁蛀掉，只留下一个黑漆漆的破洞，仿佛一个无声的大口，吞噬掉郑皇贵妃和皇三子朱常洵多日来的美梦，还有徐锦和徐追多年来倾注的心血。

这究竟是一场旷世的阴谋，还是天意本就如此？

谁又能讲得清、道得明。

第二十二章

乾清宫遭雷击后不久,万历收到文徽真人张国祥天师的辞行表,他忙命冯保招来辇乘,赶往隆德殿。

尚未到达隆德殿,万历远远地就看见张天师已然跪在殿外。等来到近前,万历急急下了辇乘,快步来到张天师身前,双手搀扶起他,动情地说:"张真人慈悲。不知真人因何要离去,是觉得朕招待不周,还是在这宫内耽误了真人的功法?"

"非是皇上之过,是贫道自己的劫数快到了。所以贫道想尽快回龙虎山安排好身后之事。"张天师面带微笑缓缓起身。

万历这才发现,张天师全然没有了初到皇宫时的龙精虎猛,不但精神萎靡困顿,整个人也变得干瘦枯黄。万历面露恐慌地问:"真人,怎会如此?"

"皇上,虽说修道之人是我命在我不在天,但贫道确是泄露太多天机。昨日,贫道为自己卜了一卦,方知,贫道的死劫快到了。"

"真人勿慌,这宫内守卫森严。如果真人还不放心,朕还可以另行加派守卫,定保真人无忧。"

"贫道谢皇上抬爱。不过此乃天谴,实在是避无可避。况且,贫道如果一直躲在这深宫,那就不是修道之人了。"张天师笑着摇了摇头,接着说,"皇上早先一直记挂于心的事,如今想必已有决断,贫道总算是使命已了。贫道恳请皇上,准贫道回归龙虎山。"

万历见张天师去意已决,无从阻拦,只得赏赐下一堆财物,摆放开来足有好几

第二十二章

车之多。

此时冯保拱手上前一步，说道："启奏万岁爷，龙虎山路途遥远，真人又带着这么多财物，实在多有不便。为保平安，不如由锦衣卫护送真人回龙虎山。万岁爷您看？"

"冯保所言极是，就按你说的办。"万历吩咐下去后，又盛情挽留了张天师三日。三日后，张天师一行才得以启程。

十月十五日，这是一个普天同庆的日子，悬而未决的储君之位终将告一段落。

这一天，负责禁卫宫廷的锦衣卫威风凛凛地排列在午门的东西两侧。旌旗猎猎，仪仗森严。文武百官身穿官服，分不同品级，齐集于午门外。万历也穿上了庄严尊贵的礼服衮冕。下方百姓摩肩接踵，他们听说今天要册立太子，都想赶来看看热闹，并一睹天子真容。

皇长子朱常洛身穿礼服，在冯保的带领下来到皇帝的面前，战战兢兢地跪下行了一个礼，"儿臣……参见父皇。"

万历瞟了他一眼，淡淡地说道："平身吧。"

这时号炮引燃，发出三声震耳欲聋的巨响，紧接着低沉的号角响起，显示出一种庄严肃穆的气氛，最后鼓声雷动，响彻云霄。鼓声渐止，礼仪官手捧圣旨向前走了几步，他面对下边数万百姓大声念道："奉天承运，皇帝诏曰：皇长子朱常洛，为宗室首嗣，天意所属，兹恪遵初诏，载稽典礼，俯顺舆情，谨告天地，宗庙，社稷，授以册宝，立为皇太子，正位东宫，以重万年之统，以繁四海之心。布告中外，咸使闻知。"万历同时册封了其余几位皇子为亲王，原先储君的最强候选人朱常洵，被封为福忠王，也称为福王。诏书中还包括十余条皇帝赐予百姓的恩典，诸如蠲免赋税、大赦天下等。

宣读完圣旨，皇帝在近侍的簇拥下起身乘辇前往大殿。冯保捧着皇帝的玺印，侍仪导引圣驾，一路前往大殿。宫廷乐队吹奏雅乐乐章。皇帝在美妙的乐声中升上宝座。四位服饰庄严的引导官引皇太子朱常洛进入奉天门。太子朱常洛到大殿前丹陛拜位侍立。

赞礼官站在太子左右。赞礼官高声喊道："鞠躬！"朱常洛懵懵懂懂，一拜再拜。承制官跪向皇帝承制，然后，承制官起立，站在门外，喊道："有制。"赞礼官应声喊："跪！"

朱常洛"扑通"一声跪下。

宣制官宣布:"册封朱常洛为皇太子。"

太子朱常洛由赞礼官引导行礼,俯伏,平身。

承制官跪在殿西回奏:"传制毕。"

太子朱常洛再次鞠躬,再拜。赞礼官宣布行册礼。引礼官引太子朱常洛由大殿东门进入殿内。内赞官接引太子朱常洛到御座前拜位。内赞官唱道:"跪!"

太子朱常洛也不记得跪了第几回。捧册官在案前跪下捧册,郑重交给读册宝官。内赞官宣布读册。读册宝官跪下宣读册书。读完后,郑重将册跪授皇太子朱常洛。皇太子朱常洛接过宝册,表明接受册立,然后将宝册交给身边的捧受册宝内使。宝内使同样按照册一样的礼仪程序授给皇太子朱常洛。皇太子朱常洛再转交给捧受册、宝内使。皇太子朱常洛在赞引官唱令声中出跪、俯伏、平身。

捧册、宝内使前导,太子朱常洛走出大殿。内使将册、宝放入册宝亭盈匣中。皇太子朱常洛在丹陛下鞠躬,郑重四拜。内使领册、宝亭前行。册、宝亭在仪仗鼓吹和百官迎送下抬入东宫。朱常洛正式成为皇太子。接着他拜谒宗庙、敬告祖宗。从此以后,皇太子朱常洛将作为皇位继承人,住进慈庆宫,开始储君的东宫生涯。

只是就算在这样普天同庆的日子里,也是有人弹冠庆贺,有人则注定彻夜无眠。

大典结束后,龙青回到住所脱下飞鱼服,正打算好好睡一觉时,吴羊小跑进屋,一把抓住龙青,气喘吁吁地叫道:"龙哥,小左他……他死了!"

龙青愣了很久,"小左?哪个小左?"

"就是咱们当年到应天府赶集时遇到的那个卖'洪武弓'的小子啊!咱们当上锦衣卫之后,不是还在应天府碰见过他几回吗!你不记得了?"

吴羊这么一说,龙青才想起这号人物。早先和徐追在蓬莱阁闲聊时,他还将"洪武弓"一事当作笑话特意跟徐追提过。

"小左怎么会来京师了?在应天时没听他提过啊,怎么又死了呢?你这消息从哪儿来的?"龙青随即向吴羊打听起消息的来源及详情。

此事的起因还同龙青和高大伟有些关系。那时,高大伟整日混迹在宫内的廷仗队中,剩下龙青和吴羊二人。等龙青也去找妹妹龙琴语或同徐追见面时,吴羊一个人就实在无事可做了。由于早先因小成国公一事,吴羊和高大伟被顺天府关押过,

第二十二章

虽说在顺天府也吃了一些苦头，可也因此结识了顺天府中的衙役。当然也与吴羊和高大伟的锦衣卫身份有很大关系，衙役们也不敢太为难他们。而当吴羊找不到伴儿时，就想到顺天府内的这些个衙役。于是一来二去的，渐渐熟络起来。平日里见面大多是喝喝小酒，听衙役们说些东家长、西家短鸡毛蒜皮的一些小事，又或是京师内最近发生了些什么案件，哪家又被盗了、谁人又被抢了，等等。

小左的死讯，便是由此得来。那日，吴羊提着酒菜去了顺天府衙门。一个和吴羊聊得来的衙役小六恰好不在，吴羊跟其他人喝酒时随口问了句："小六呢？"从而得知那小子是收尸去了。也不知道吴羊是怎么想的，真是闲得无聊、吃饱了撑的，喝到大半夜突然说要去找小六，顺便也瞅瞅仵作停尸的房间。于是到了停尸房后，在一片笑骂声中，吴羊认出躺在桌上的尸体，就是与他有过几面之缘的小左。

据仵作验尸后得知，死者应该是溺水而亡。对于顺天府衙来说，这就是一件异乡人客死他乡的事情，只是不巧地死在了京师而已。这样的事，每年都至少会有几十起，没有人会把这些真当回事。原本这些尸体是连姓甚名谁都不知道的，如今吴羊认出了人，还有了个名字，算是很好的了。至少能在乱葬岗上有块碑，碑上还可以刻上名字。当然，前提是如果吴羊肯出这笔银子的话。

"就是这么一回事儿了。"吴羊说完，便沉默下来，不知道在想些什么。

"咱们出钱把小左葬了吧，好歹也算相识一场。我记着小左的大名叫左莘。"龙青不忍地说道。

出乎龙青意料，铁公鸡吴羊这次居然没有反对。他俩一起出了点银子，给小左在乱葬岗刻了块碑，又给他烧了些纸钱。

自从万历册封皇长子朱常洛为皇太子后，徐追去福王朱常洵那儿比原先少了许多，倒也不是什么眼看福王大势已去之类的事，主要还是见不得朱常洵那一副魂不守舍的样子。曾经那个一腔热诚、意气风发的年轻人不见了，变成了现在这个颓丧模样，整日里除了借酒消愁就是唉声叹气、怨天尤人。

更多的时候，徐追选择在内官监待着，看看书、下下棋，消磨一下时间。当然，他有时会陪着义父徐锦一起到翊坤宫，和郑皇贵妃商议看看有什么办法可以让满朝文武再度支持福王。

"自从申时行走了之后，这满朝文武对洵儿皆是虚与委蛇。更别提眼前了，一个个都像躲瘟神般地对洵儿避而远之。一群势利小人！"翊坤宫里，郑皇贵妃愁眉不展，愤恨地啐了一口。"哼，太子那班人下手也够快的，皇太子即位这才宣布几天呐。那个王锡爵就带着内阁那帮老不死的去给陛下上书，说什么要求洵儿尽快离京就藩，此乃祖制！又是这挨千刀的祖制！"

见郑皇贵妃气极，徐锦忙宽慰道："娘娘息怒。那帮内阁大臣们上书又有何用，万岁爷心中始终念着娘娘您和福王殿下的好，压根儿就没搭理过他们。"

"总之，你们一定要给我想出法子，不然洵儿这一天天的，成什么样子。"

"是。"

徐追从徐锦处回到内官监已是深夜，父子二人商议半天仍没有什么太好的办法。坐在书桌前，徐追随手查阅着内官监的造册，可没翻几页，"洪武弓"这三个字就映入眼帘。

徐追愣了一下，盯着纸上"洪武弓"这三个字看了许久，有一种似曾相识的感觉，依稀记得好像谁和他提过。良久，徐追终于记起来，是龙青曾经把此事当作一个笑话般同他说过。

翌日，徐追约龙青在蓬莱阁相见。

"小猴子，你先前是不是跟我提过'洪武弓'这样东西？"蓬莱阁的雅间内，龙青刚坐下，徐追就问道。

"是啊。我和吴羊在应天府，见到有人拿'洪武弓'骗人被我识破了嘛。我和吴羊生平第一回进衙门，就是为了这事。"

"那后来呢？"

"后来……我们在应天当差的时候还见过他几回。大名叫左莘，家里排行老二，咱们都习惯叫他小左。手艺倒是十分精巧，可惜都用在歪门邪道上。也是个可怜人，兄弟二人守着个寡母过日子。前些时日死在了京师，唉，还是我和吴羊去给他收的尸。"

当听龙青说到那"洪武弓"的制造者左莘，不久之前死在了京师时，徐追的脸色变了，眉头紧锁了起来。

龙青看到徐追表情凝重，问道："大哥，怎么了？有什么不对吗？"

"没事。你再和我说说，关于左莘这个人的事。不要怕啰唆，越详细越好。"

"好。但是时间毕竟有点久了，你容我好好想一想。"

龙青慢慢地将脑海中与小左有关的记忆全部挖掘出来，从初次在应天府相见怎

第二十二章

么拆穿小左的骗人把戏,衙门里那个邱大人的相助,再到龙青入职锦衣卫后为数不多的几次相遇,全都应徐追的要求,事无巨细地缓缓道来。

徐追全程若有所思,听完后,原本紧锁的眉头不由得皱得更深。可徐追却没有对龙青说些什么。直到最后二人话别时,龙青还在问:"徐大哥,你是不是在办什么事?有什么需要我做的,你尽管开口,千万别跟我客气!"

徐追摇摇头,表情严肃地说:"龙青,左莘此人牵扯的事情不是你可以想象的。同样,你也帮不上任何忙。所以,你就当作什么事都没发生过。不要打听,也不要和任何人提起,更不能自己去擅自追查。谨记。"

龙青隐约觉得此事重大,应该是关乎皇宫内的秘事,不然徐追也不可能如此紧张。可具体是什么他又说不上来,只能默默地点了点头,"我知道了。徐大哥,你自己也要多加小心。"

回到皇宫后,徐追去了内官监掌管的库房。当他将那把"洪武弓"拿在手上后,就如同一尊石雕般,站在那里一动也不动了。但如果你仔细观察就会发现,他握着弓的左手,其实正在暗暗用力,仿佛要将这把弓生生捏断。

这把弓就是不久前,太子朱常洛敬献给万历的"洪武弓"。传闻此弓乃是洪武年间,由太祖高皇帝亲自督造,留存世间的已然不多了。而太子声称自己也是偶然从民间所得,为表一片孝心,特意取来献给了万历。

徐追的右手轻轻地摩挲着"洪武弓"上一个奇怪的花纹,花纹被刻在角落,不是刻意去寻找的话,很难注意到。但徐追知道,这不是为了装饰而刻的花纹,这是篆书的"左"字。

龙青至今都不知道,当年那个救了小左的邱大人到底是谁,可徐追知道他就是早先查抄张宅的刑部右侍郎邱橓。想来他应该是在那时,和锦衣卫搭上了线。不太可能是王锡爵,毕竟邱橓因为饿死了张居正的老母,在朝臣中的名声不太好。锦衣卫的刘守有、内阁的王锡爵,还有冯保,那可都是太子一方的得力干将。

一条一条线索在徐追的脑海之中慢慢地交汇、联系起来,将一件一件事情逐步地拼凑在一起。整个事件的来龙去脉渐渐浮出水面。

这一切,果然不是什么天意,而是一场阴谋。

"大人。"库房外传来太监金小帆的声音,"徐公公让您过去一趟,他有紧要的事和您商议。"

徐追冷静下来，理了理思绪后向门外走去。

"文徽真人、张国祥天师死了。"这是徐追踏入房门后听到义父徐锦说的第一句话。徐锦让徐追坐下后接着说了下去。此次护送文徽真人回龙虎山的重任，由锦衣卫指挥使刘守有的心腹、北镇抚司镇抚使骆思恭全权负责。整个行程由陆路转水路，一行顺风顺水。当船到了龙虎山地界时，张天师可能思乡心切，一时兴起站到船头观望，忽然一个巨浪将天师卷入河中，众人措手不及，等兵士们拼死将天师救上来后，就看到天师头顶破了一个大洞，鲜血汩汩而出，再一摸口鼻，已然没了气息。据事后详查，天师是落入河中后，头部撞击到船底，因而毙命。另外，从骆思恭的密报上来看，他应该是在暗指，这可能就是离京时天师所言的"死劫"。

徐追听完后冷笑不止，"釜底抽薪吗？！这帮人好快的动作。"

徐锦一脸诧异，"怎么？你觉得有什么不对的地方吗？"

徐追略微整理下思绪后，将自己理出的线索详尽地告诉了徐锦，并且道："义父，孩儿怀疑，张天师其实早就被他们收买，来了这么一出欲扬先抑的戏码。等他们利用完，张天师也就没有了价值，这才痛下杀手。同时，也让我们无法再借张天师来翻盘。而且，这所有的一切目前都是我们的猜测，没有任何实据。与此事相关的人等，都已经全部被他们给灭了口，简直是滴水不漏啊。"

徐锦坐在椅子上听着，开始时还有闲心用手指有节奏地敲打着桌面，听到后来，他连这习惯性的动作都停止了，默然不语。

过了半晌，徐锦才缓过来些，重重地叹了口气后和徐追说道："追儿，随为父一起去见郑皇贵妃娘娘同福王殿下。把你刚刚说的这些，同他们再讲一遍。"

很快，翊坤宫内传来了一阵撕心裂肺的怒吼声及东西倒地后破碎的声音。

福王朱常洵犹如困兽般在宫内嘶吼着："'都人子'，你这个阴毒的东西！你不得好死！"

见福王散发赤足地砸东西，郑皇贵妃也不阻拦，任由他发泄完，才心疼地搂住他，"留得青山在，不愁没柴烧。洵儿，你要振作起来啊！"

朱常洵赤红的双眼怒瞪着窗外，没有回话。

他一定要让那个"都人子"付出代价！

第二十三章

　　董琦中等身材，有着南方人典型的特征，短脸，宽额，看上去十分瘦削。嘴巴有些扁，头发也不是很浓密。虽然样貌称不上英俊，可他在经商营利方面的嗅觉格外灵敏，将自家的几个店铺经营得也算红火。再娶得龙琴语这样贤良可人的妻子，小日子过得可谓舒心惬意。但董琦亦有他的苦恼，族中叔伯长辈时刻在暗处注视着他，令他恍若芒刺在背，分毫不敢松懈。董琦满脑子只想得到更多财富，来向他们证明自己，因此处处抠门，时时都卡在钱眼里。

　　自从他在无意间通过龙青结识了徐追，并知道徐追的身份后，就绞尽脑汁地想着怎么才能攀上这棵大树。当他发现夫人龙琴语，还有大舅哥龙青同这位内官监少监大人青梅竹马、交情莫逆后，心思就更加活络起来。董琦开始往这个方向狠下功夫，从早先替龙青从当铺内赎回那把佛郎机短铳起，他便开始有计划地接近徐追。

　　其间，凭借从商多年培养出的敏锐洞察力，他觉察到自己的夫人和这位徐大人之间气氛有些微妙，仿佛对自己隐瞒了什么。在他逼问夫人龙琴语后，得知这两人早先曾有婚约时，董琦竟喜不自禁起来。在他眼中，站在面前的不是自家同床共枕、朝夕相对的夫人，而是一座取之不尽的金山银矿。

　　董琦心知如果由他来相邀，徐追定然拒绝。因此他特地以龙琴语的名义宴请徐追。徐追明知不该，可每当想到龙琴语望着他那欲言又止的神情时，偏又于心不忍，便次次赴约。就这样，徐追深陷在前世与今生的纠葛之间，难以自拔。

厂卫

在董琦的刻意献媚下,他和内官监少监大人这一来一去,二来二往的关系越来越近,内官监绸缎采买的生意自然也落到他的手里。这么一大块肥肉砸下来,铺子里每月的进账相当可观。董琦在族中的地位也是水涨船高,备受长辈推崇。

可对于董琦这样一个商人来说,逐利的欲望本就天经地义,且永无止境。

特别是在结识了经由徐追介绍结识了赵常五后,董琦跟着此人一起做起了难度颇高的海外贸易。要知道,大明朝虽然开了海禁,可除了官家,其他人等都是严令禁止的,要是暗中经营被抓到,那可就是杀头的大罪。但因为利益实在惊人,便总是不乏铤而走险之辈。不然,又怎么会有那么多海盗呢。当然,董琦不用去做海盗,他可是有官府许可的。

董琦在暗中所做、所想的一切,徐追自然全部知晓。在宦海中沉浮也有些年头了,什么样的人是徐追没见过、没打过交道的呢?

徐追之所以如此关照董琦,当然不会是真的欣赏董琦,他是为了龙琴语。他明白,自己早已错过龙琴语。将来在她身边陪她终老之人,是她的夫君董琦。因此徐追唯有略尽绵薄之力帮衬些董琦的生意,这样至少能让龙琴语衣食无忧。同样,还是为了龙琴语,徐追也不愿让董琦在如今这个时局中牵扯太多。所以,关于赵常五的真实身份,还有赵常五同徐追的真实关系,董琦全然不知。

赵常五乃江浙人士,原名常五,早年间在浙东蛇蟠岛一带做过海盗,后大部被明军所灭,而他恰好带队外出,借此躲过一劫。事后,常五逃往倭国,投奔倭国巨商小西隆佐。而实际上,常五就是当年那个向明军通风报信之人,所以带队外出也就不是什么巧合。现在他同倭国有了联系,重回大明,摇身一变,成了一个商贾。为了使自己听上去更像个商人,他改名为赵常五,通过与小西隆佐的贸易往来为福王敛财。

就这样不经意间,董府成为徐追与赵常五互通讯息的一个最佳场所。

董府偏厅内,徐追支开董琦,单留下赵常五。

徐追坐在上座,端起茶盏轻轻呼气,看向赵常五,问道:"常五,那边现在怎么样?"

赵常五站立在徐追面前,恭敬地回答:"大人,那边现在乱得跟一锅粥似的,打得那叫一个热闹。一个叫北条的家伙打了小西他们的主子平秀吉,还攻下他们的一个城池。平秀吉正在加紧集结兵力,准备再打回去。"

第二十三章

徐追挑了挑眉,"哦?那他们同意了吗?"

"小西那儿没什么问题,但他们有一个要求。"

"讲。"

"他们想要火药,数量还不少,当然他们愿意使银子买!"

"火药?"

"是的,大人。"

徐追用杯盖撇茶沫的动作越来越慢,最后干脆停下。

赵常五屏息静气,观察徐追的表情变化。可徐追只是稍微皱了一下眉,很快又面无表情,"等我消息吧。"说完便起身向外走去。

赵常五赶忙躬身说道:"大人慢走。"

徐追走出偏厅,恰遇龙琴语带着丫鬟们端着莲子粥和一些茶点款款而来。徐追不禁一愣,停下了脚步。

龙琴语看到徐追正要离开,好奇地问道:"李大哥,今天这么快就要走了?"

徐追点点头,"嗯,宫里有些急事要办。"

"不再多坐会儿?我刚熬好了莲子粥,还做了一点你从前爱吃的茶点,不如吃一点再走。"

"不了。"徐追说着就向门口走去,快要出门时,他微微叹了口气,回转过头,看着还在原地的龙琴语,柔声说,"你多保重身体,过两日我再来。"说完便快步离开。

"嗯。"龙琴语低声喃喃道,"我等你来。"

龙琴语自己也不清楚,徐追有没有听到她的话,抑或自己根本什么都没说,只是站在那边默默地看着他远去。

徐追没有敷衍龙琴语,他确实有急事。而他的急事向来与自己的主子福王朱常洵有关。徐追将赵常五带来的消息禀明了福王。皇宫福王宅邸内,朱常洵早就屏退了所有人,当他听完徐追带来的消息时,便在屋内来回踱步,犹疑良久,"你说那件事他们同意了,但想要火药,还要一大批?"

徐追点点头,说道:"是的,殿下。他们就这一个要求。"

"这么一大批火药,你……打算从哪儿走?"

"漳州,从月港走水路,距离最近也最稳妥。"

沉吟片刻后，福王仿佛下定决心，说道："好，就从漳州走。工部军器局那边我来想办法。他们想要火药，就给他们火药。"

徐追没有马上应承，而是望向福王，缓缓问道："殿下，您真的想好了？此事比以往任何一件事都要更加凶险，这么做可就没有退路了！"

福王猛地转过身看着徐追，用坚定的语气说道："这一切本就是我的，现在我不过是把它拿回来而已。那个'都人子'，我要让他付出代价！"

半年后的一个夜晚，空气中透着一股凉意，寂静阴森，没有一丝光亮，仿佛黑暗已经吞噬一切。在一片黑暗中，有人正在窃窃私语。

"人都到了？"

"禀大人，都到齐了。"

"安顿好了吗？"

"大人放心，都安排好了。"

"嗯。这两日，尚衣监的料子就该到了。另外，刚好御用监也有批紫檀、乌木要入宫，就趁着这当口，把人领进来。一定要小心行事，切勿走漏风声，知道吗？"

"明白了，大人。"

两日后的清晨，龙青、吴羊和高大伟一大清早就收到紧急集结的号令赶到卫所。他们惊讶地发现，平日里根本碰不到一块的锦衣卫南北两大镇抚司的各位头头脑脑，居然罕见地聚在了一起。这些大人们一个个面色凝重，有些彼此见面就连寒暄都省去了，直接进入会客堂便关上房门，似是要商量什么大事。而百户黄政浩和他们这些虾兵蟹将一样，都要在外面候着。

龙青看着这个阵仗，偷偷地向黄百户问道："大人，是不是发生什么大事了？"

黄政浩朝四下瞥了一眼，看到没有人看向他们这边，才低声说道："昨晚太子殿下遇刺了，你说这事大不大！"

龙青还没说什么，站在一旁偷听的高大伟已是发出一声惊呼："啥？"

黄政浩瞪了一眼高大伟，"嘘，噤声！你个王八三孙子，里面都是些什么人，你这么大声想害死老子！"吴羊赶紧拽高大伟，高大伟吓得急忙捂住自己的嘴。

但这动静已经被杨明鉴注意到，他也好奇地凑了过来。

龙青接着问道："太子殿下现今如何，可有大碍？"

第二十三章

黄政浩压低声说："应该没有性命之忧，听说只是躲避的时候受了一点皮外伤……"还没来得及说完，便听得会客堂里面传来命令，黄政浩也被唤了进去。

吴羊轻声地问龙青，"龙哥，你说到底是谁这么胆大包天，竟敢行刺当朝太子。那可是未来的储君啊，难道太子殿下在宫外还有仇家？"

龙青摇摇头，"别瞎打听了，这不是你我该知道的事。咱们就等着大人的指示吧。"

杨明鉴露出一个古怪的笑容，又默默退回到自己原本的位置。

好一会儿，黄政浩才陪同北镇抚司镇抚使骆思恭一起走了出来。骆思恭对黄政浩说，"务必迅速。"黄政浩恭顺地道，"是。"待骆思恭走远，龙青等人迎了上去将黄政浩团团围住，七嘴八舌地问起情况。

黄政浩瞪了众人一眼，"闭嘴，别跟老子废什么话。有任务，全都跟我走！"

黄政浩将龙青等几位小旗集结到卫所一间空房内，将太子遇刺的详情大致对众人讲了讲，随即又说了一下卫所新的安排，"……事情就是这么着，咱们现在都归骆大人统领，太子遇刺这个案子也算是交在咱们手里。你们一个个的，可得给老子打起精神来，好好干！眼么前的头等大事就是把这个案子破了。皇上可是下了谕旨，限期一个月，一个月内必须得把这个案子给办了！办得好那就是升官发财、光耀门楣！要是办不好……革职查办那都是轻的。福祸两相依，就看咱们造化了。"

"大人，那咱们现在第一步该怎么办？"杨明鉴在一旁问道。

黄政浩沉吟片刻后，说："杨明鉴。"

"属下在。"杨明鉴答道。

"你立刻带人前往内宫，给我去查这刺客到底是怎么混进宫的。另外，他们在宫里面有没有什么内应。"

杨明鉴拱了拱手答道："是。"

黄政浩接着看向龙青，说道："龙青。"

龙青答道："属下在。"

"你带人给我去城内所有的客栈、酒馆、青楼、集市……查清这伙人的身份、落脚点，还有没有余党。哼，如今全城戒严、城门封锁。我就不信了，他们还能插翅飞出去，就算挖地三尺也要给老子把人找出来！"

龙青答道："是。"

厂卫

黄政浩看了一下神色各异的众人,大声说道:"请吧,几位,就别杵在这儿了,全都给老子滚蛋!赶紧的,该干吗干吗去!老子还要去顺天府跑一趟呢!一个月时间转眼就到,都给我麻利点!"

福王宅邸中,徐锦和徐追恭顺地跪在朱常洵面前。所有宫人都被朱常洵喝退,地上满是杯盏碎片,房内充斥着暴怒过后的气息。

朱常洵黑着脸,看着徐锦、徐追父子二人,眼神里尽是不满之情。他"啪"地拍了一下桌子,问道:"你们倒是给我说说,怎么会让那'都人子'跑了?徐追,你不是说这二人都是武艺高强之辈吗!"

徐追答道:"殿下,奴才没想到他们的行踪会被李进忠识破。"

朱常洵问道:"李进忠?这又是哪儿冒出来的?"

徐锦往前跪了几步,答道:"殿下,李进忠是甲字库的一个太监。据老奴所查,当日,他去甲字库送料,无意间遇到那二人便随口问了声,可那二人许久没回应,他这才起的疑。"

朱常洵狐疑地看着徐追,"那他们应一声不就完了,怎么会被识破?"

"殿下,他们……不会说我大明的话。"徐追答道。

朱常洵被气得哑口无言,好半天才憋出一句话,"……那现在,人呢!"

"当时就死了一个,另一个逃了出来。我安排他在城外先躲几日,等风头小些就把他送去河间府,再从大沽出海。"徐追说道。

徐锦弓着背,低声提醒道:"万岁爷已经安排锦衣卫追查此事。并且,今日已有锦衣卫在大内调查。"

"义父放心,我保证他们在宫里什么都查不到。"

"那外面呢?"

"孩儿已经在处理。"

朱常洵看着仍旧跪在地上的徐锦、徐追,摆了摆手,"行了,也都别跪着了,忙你们的吧。下回别再让我听到这样的消息。"

一周后锦衣卫所内,骆思恭神情冷冽地在堂内正襟危坐,黄政浩弯腰站在一旁,递上茶水。

骆思恭没有动,他微微转头扫了黄政浩一眼,"已经过去一周时间,太子殿下

第二十三章

遇袭一案调查得可有眉目？"

黄政浩捧着茶盏，恭敬地说道："回大人，下官安排了两路人马，一路在宫内查找线索，一路在城内城外加紧搜查。如今……倒是查出了一些线索。"

骆思恭这才接过茶盏，抿了一口，说道："嗯，你继续说。"

"太子殿下遇袭当日，尚膳监、御用监及尚衣监恰逢皆有物品入宫，估计刺客就是混在其中一起进的宫。"

"恰逢？只怕不是什么巧合吧。刺客是如何得知尚膳监、御用监和尚衣监会在那日有物品入宫，又是如何能混入其中？"

"下官也是这么认为，已经安排人等继续追查。"

"还有什么线索？刺客的身份可有查明？"

"确实查出了一些线索，但尚未查得刺客身份。另外，据仵作上报，刺客所用兵器，乃是我军所用制式刀具。"

"这叫什么线索，还有呢！"

"回禀大人，目前只有这些。"

"那不就是什么都没查到吗？真是一群饭桶！你告诉我刺客用的是军中制式刀具又有何用，刺客身份到底是什么，又是受何人指使，人现在何处？我要知道的是这些！"

黄百户赶忙下跪说道："大人息怒，下官知罪。"

骆思恭看了眼跪在堂下的黄政浩，喝了一口热茶，总算是平复些情绪，"不是我要对你发难，你要明白此案非同小可。遇袭的是我大明的储君，而你到现在，不但连余下的那名同党没有拿到，其他也是一无所获。你让我如何向皇上交代。你也知道，皇上限期一个月内破案，如果届时还是如现在这般……会有什么后果，应该不用我告诉你。"

黄政浩跪在地上，后背已被冷汗浸透。他低垂着头颤颤巍巍地回道："下官……明白。"

第二十四章

　　两周后的一日，天色尚未全明，皇宫内的宫人们却已早早起身开始了一天的忙碌。

　　由于前一晚天降大雪，等内官监太监金小帆起身时，地面上早已铺满厚厚的一层积雪。漱口、净面、更衣，一切妥当后，金小帆离开自己的屋子来到徐追住所外。看了眼徐追屋外的积雪，金小帆又抬头大致估算了一下时辰。时辰还早，估计徐追不太会这么早就起身。于是，金小帆找来扫帚，对着手心哈了两口气，开始清理积雪。一个时辰后，徐追屋外小道上的积雪已经基本清理干净。金小帆捏了捏冻得通红的手，正打算放下扫帚休息一下。"吱呀"一声，房门被推开了，穿着披风的徐追走了出来。

　　金小帆见状忙将手里的扫帚放在一旁，快步迎上去，"大人，早。您是……"金小帆机灵地注意到徐追身上的披风，忙改口说，"这么早就出宫去吗？"

　　"嗯，你去厨房看看，有什么糕点、小食之类的拿上些，随我一起出宫。"徐追冷冷地说道。

　　"是。"听到徐追的嘱咐，金小帆一路小跑前往内官监的厨房。

　　往日徐追出宫去会龙青，从未让任何侍从跟随。他从来就没有信任过身边的这些个太监、宫女们。在这宫里面，见利忘义的人实在太多了。何况徐追知道，金小帆背着他私下里向义父徐锦禀报着自己的行踪，可近日徐追却一改往日的做法，与

第二十四章

龙青见面时次次都带上金小帆。虽然每回不是让他在酒楼里另开一桌，就是让他在巷口等候，明显少了许多避讳。只因太子遇刺一案现由骆思恭在督办，而龙青作为锦衣卫北镇抚司小旗，也被牵扯在其中。骆思恭这个人对于徐追来说是铁板一块，油盐不进。徐追唯有从龙青处下手，所以他特意连日来看望龙青，借机了解锦衣卫掌握的线索。而龙青浑然不知，仍是对徐追无话不说。

不多时，金小帆就跑了回来，手上还提着一个食盒，里面装着厨房一大早蒸好的糕点。

徐追掀开盖子看了一眼，"走吧。"说完，当先走去。

金小帆躬身应了声"是"，便跟在徐追身后出了宫。

来到龙青住处，徐追正要抬手敲门，门却从内打开了。龙青身穿锦衣卫冠服，腰系单刀，一副正要出门的打扮。

"徐大哥，这么早你怎么会来我这儿？对了，吴羊才走，你碰上他没？"一大早就遇到徐追，龙青心中不免有些诧异。

"没什么事，原想让你尝尝宫里的点心，可未曾想你那么忙。"徐追晃了晃手中的食盒，故作不解地问道，"你和吴羊那么早就出门，难道发生什么事了？"

龙青略带歉意地说道："是我没有这口福。哎，还不是为了太子遇刺的事。"

面对徐追，龙青毫无防备地将自己刚刚得到的线索全盘托出。原来，据与吴羊交好的顺天府衙役小六透露，几日前，京师同福客栈突发大火，掌柜佟姓满门尽数葬身火海。经仵作查证，佟掌柜脖颈处有刀痕，真正的死因极有可能并非是那场大火；而佟家其他人等虽一同死于火场，但死状奇特，身体形态显得极不自然。且据顺天府衙役查证，佟掌柜在城外另有一处宅邸，但大火后依旧有人居住。

徐追过来时，龙青正打算前往卫所将此事上报给百户黄政浩。

"徐大哥，等我把手上这件差事忙完，再请你上馆子。"

"无妨，公事为重。万岁爷对太子遇袭一案如此看重，你一定要好好办差，不可怠懒。快去吧。"徐追笑着拍了拍龙青的胳膊。

看着龙青走远后，徐追快步走到巷口，唤了一声，"金小帆。"

金小帆从不远的转角处跑了过来，"在。"

"你马上去找赵常五，告诉他，藏身之所已经暴露，让他即刻安排人手向河间府转移。要快，锦衣卫就要找上门了！"

"是。"金小帆领命后，跨上拴在一旁的骏马，飞奔而去。

徐追注视着龙青和金小帆消失的方向面色复杂。

龙青与徐追话别后直接来到卫所，正打算将所得讯息禀报百户黄政浩，却听见卫所内人喊马嘶。龙青疑惑地环顾四周，看到吴羊和顺天府衙役小六正忙着套马。

龙青来到吴羊身旁，"怎么了？"

"龙哥，你来了。"吴羊回头看向龙青，"我带着小六和黄百户说了，他命咱们立即出发。来，这匹马给你，我再去套一匹。"

龙青皱了皱眉，也没多想，接过吴羊递来的缰绳。不大工夫，卫所人马集结齐整，一行人在黄政浩的带领下疾风骤雨般向城外呼啸而去。

可当他们赶到小六所说的地点时，已是人去屋空。

"人呢！王八三孙子的，屁都没一个，逗你爷爷玩儿呢！"气势汹汹地扑了个空，黄政浩不由得火冒三丈，不待小六辩解，就用马鞭狠狠地抽打起小六。打得小六原地直窜，不停地高声呼叫："大人冤枉，大人冤枉！"随行众人忙着劝阻，现场一片鸡飞狗跳。

借着这个当口，龙青独自一人在屋内屋外细细观察起来。杨明鉴留意到龙青的动向也跟了过去。龙青走到厨房，伏下身子看了看灶台，又将手探进去摸了摸燃烧后剩下的灰渣，发现竟还是温的。龙青赶忙大声喊道："大人，他们刚离开不久！"

黄政浩听到动静也顾不上小六，提着马鞭赶了过来，在门口遇到龙青，"你说他们刚跑？"

"嗯，刚跑。"龙青随口应着话，急急地向大门外跑去。

看到龙青的模样，黄政浩也是十分着急，高声喝道："都愣着干什么呢！赶紧跟上，给老子追！"

出了院落，众人上马，在龙青的引领下大队疾驰而去。一路紧赶慢赶，一直追至顺天府与河间府的交接处，在武清杨村一带终于发现了刺客的行踪。

黄政浩刚要下令拿人，却被龙青拦了下来，"百户大人，刚刚我在村外查看了一下，发现这里不但住户众多，而且往来商户也不少。若我们现在就行动，只怕会打草惊蛇，反被这群刺客逃脱。依属下之见，不如等到天黑后再行抓捕。"

黄政浩沉思一会儿，"嗯，你说的也不是没道理。趁这个当口儿，正好去附近

第二十四章

府衙再调些人手过来。"众人前去调兵的调兵,负责盯梢的盯梢,很快时间就到了亥时。

锦衣卫将杨村团团围住,在黄政浩一声号令下,众人手持利刃分为几波缓步向客栈慢慢逼近。作为第一批次的杨明鉴在行进中没留神,腰侧的刀鞘被树枝挂住,他回身用刀砍断树杈时,不小心弄出了动静。没想到这伙贼人十分警觉,就连夜间也未放松警惕,特意安排人手值夜。于是,锦衣卫的行踪被发现,一场激战随即爆发。出乎所有人意料,这伙贼人不但各个武艺不凡,而且皆是心狠手辣之徒。最终锦衣卫凭借着手中的火铳、十字弓才堪堪获胜。但也因为战况惨烈,贼人余党大部分身亡,仅剩一个活口。混乱中,就连那名混入宫中行刺的刺客也死于非命。黄政浩命人给俘虏简单地处理下伤口后,架上马车,急忙押回京师。

一路披星戴月赶回京师,将人犯押解至诏狱,黄政浩便兴冲冲地赶去向骆思恭邀功,临行前特意让龙青、杨明鉴等人准备一番,等他回来就连夜审讯。

可当受到了骆思恭赞赏的黄政浩回到诏狱时,却听到一个犹如晴天霹雳的消息——那名人犯死了!

黄政浩气得浑身发抖,伸出颤抖的手,指着龙青等人咬牙问道:"这是怎么回事?!我走前他还活得好好的,怎么才一会儿工夫人就死了!你们是不是趁我不在,提前用刑了?"

无人敢上前应答。

良久,龙青才上前一步答道:"大人,犯人是突然窒息而亡。仵作刚刚验过尸,说是……死于心悸。"

"啪!"黄百户用力地拍了一下桌子,嘴里"啐"了一声:"王八三孙子,倒血霉了!"

徐追也正向徐锦及朱常洵汇报最后的结果。朱常洵一改之前的颓丧,脸上一派轻松。而徐锦依然是恭顺地站在一旁。

徐追说道:"……宫内,关于刺客如何入的宫,锦衣卫什么都没查出来;宫外,客栈的接应点及佟掌柜一家被诛杀,潜入宫内行刺后逃脱的那名刺客已毙命,唯一被锦衣卫拿了押入诏狱的活口,也被卫所内的暗线灭了口。他们什么都没查到。"

朱常洵拍了一下雕着精致花纹的座椅把手,"好!一个月的期限将至,届时待本王再去参上一本，看刘守有如何收场。没想到，我们还能以退为进。"

待徐追陪同义父徐锦离了朱常洵的宅邸，徐追看了眼四下，压低声音说道："义父，据锦衣卫中暗线所报，百户黄政浩手中可能还握有其他线索，但始终无法确认。您看孩儿要不要……"

"这事你就不用管了。追儿，你要专心以福王殿下的大业为重，莫要再分心了。此事，我会让金小帆去处理，明白吗？"

徐追虽然心中疑惑，却还是恭敬地答道："孩儿明白。"

当万历听到跪在底下的刘守有说到刺客和相关人等均已身亡，太子遇袭一案毫无进展时，不由得勃然大怒。是，万历是不喜欢太子朱常洛，可不管怎么说这朱常洛也是他的亲生儿子。儿子遇袭，作为老子要是再不出头总是说不过去，毕竟皇家的脸面还是要的。

天子一怒，血流漂杵。

锦衣卫办事不力，锦衣卫指挥使刘守有罚俸一年，北镇抚司镇抚使骆思恭连降三级，官至百户，调至应天，这还是刘守有力保骆思恭的结果。北镇抚司百户黄政浩则背负起主要责任，不但被降为总旗，还被调往关外辽东都司。龙青也被降回了校尉，与吴羊二人同骆思恭一起调离京师，派往陪都应天，协助应天府收集福建等地倭寇军情。而杨明鉴和高大伟则被留在京师，戴罪立功，继续协助锦衣卫北镇抚司指挥使石义办理此案。又因为郑皇贵妃及朱常洵的挑唆，就连冯保也受了牵连，因举荐无方，由徐锦接任东厂督公一职。

第二日，黄政浩叫上卫所同僚一起去酒楼饮酒。雅间内，已被降为总旗的黄政浩郁闷地灌着酒，心里不停地埋怨着自己。早知道京师是非如此之多，当初就不该绞尽脑汁地往这儿钻。"喝喝喝，今晚都给老子放开了喝！不醉不归！"黄总旗醉醺醺地喊着，"老子叫你们几个来吃个散伙饭，结果杨明鉴这小子居然看不起人，还借口说公务繁忙，恕其无法前来践行！王八三孙子的小人！"

"大人，为这种人生气不值当，您就少喝点吧！"虽然龙青与吴羊内心也十分不快，但不得不再三劝慰黄政浩。

高大伟默默地坐在一旁，突然"哇"的一声哭出来，死死抱着龙青和吴羊不肯松手，"龙哥，羊哥，我舍不得你们啊！咱们一起进卫所以来，从来没分开这么远

第二十四章

过。以后就我一个人在这儿孤苦伶仃,我要是想你们了,都不知该怎么找你们啊!"

"行了行了,别跟个娘们似的。又不是生离死别,总有再遇到的一天。"吴羊拿三角眼瞥了瞥高大伟,拍了拍他的背。

"吴羊说得对,说不定很快又能调到一块儿。往后你一个人,遇事多留个心眼,凡事悠着点。还等着你告老还乡,娶妻置业,请我们一起吃酒呢!"龙青也觉得鼻尖有些酸。

离别在即,徐追也约了龙青在蓬莱阁话别。

"徐大哥,其实也没什么可担心的事,就是二丫……她一个人在这儿,我实在不放心。虽说这丫头都许了人家,可我毕竟是她哥,在京师地界她也就只有你我这两个亲人。徐大哥,你要是有时间就替我多照看着点,小弟以茶代酒,先干为敬。"前一晚陪黄政浩喝了一夜酒,醒来头疼欲裂,龙青此次便也跟徐追一样喝起了茶。

"琴语从小便如我亲妹妹一般,你不在京师,我这个大哥自然会多多照应,放心吧。小猴子,你也别太伤心,回应天其实也不是什么坏事。你刚好可以见见那出世已久的孩子,到现在孩子还没见过爹,也不怕别人笑话。"徐追安慰道。

两人秉烛长谈了一夜,这次谈话徐追比以往任何一次都要轻松。没什么试探,也不需隐藏,只是单纯的与故交好友谈谈家常、聊聊往事,就如同儿时一般。

最终,龙青还是离开了京师,心中极为感伤、不舍。可徐追却是无喜无悲。京师的情形真的不适合现在的龙青。风云变幻之际,小小的蝼蚁离得远点,总会安全些。唯一让徐追觉得不合适的是,龙青为何还是与骆思恭搅在了一起。

在窗前默立良久,徐追默默提起笔,写下一行小字,用蜡丸将其封死后,命人送了出去。

龙青、吴羊二人护送着骆思恭一同前往应天赴任。途中,骆思恭私下约见了龙青、吴羊二人,告知此行的目的其实还是要调查太子遇刺一案,只不过需在暗中进行。龙青、吴羊二人十分诧异,但事关机密,骆思恭并未再透露其他什么讯息。

一行人不日便抵达了应天,待公文交接完毕,稍事休整几天后,骆思恭便同龙青、吴羊一同前往苏州府李家村拜会龙炎。时隔多年,老友重逢,原本应有讲不完的过往,诉不尽的衷肠,可龙青却感觉在热络的表面下,父亲龙炎刻意地同骆思恭保持着一份疏远。

厂
卫

　　此时，白氏满脸笑意地领着一个孩童走了出来。那小孩好奇地打量着眼前的这个陌生男子。白氏轻轻将孩子抱到龙青面前，说道："快叫爹。"

　　龙青看着这与自己长得有七八分相似的稚儿，一颗心早就化了。孩子才刚怯生生地叫了一声"爹"，就被龙青一把抱着，让他骑在肩上，"走！爹带你去买糖吃！以后爹天天都背你出去玩儿！"直把孩子逗得咯咯直笑。

　　父亲龙炎与母亲何氏经过商议后，决定明日宴请乡亲父老。一方面是替龙青洗尘，另一方面也算是补之前孩子的满岁宴席。晚饭时，龙青也将在京师遇到李梁一事告知父母。得知李梁如今作为徐追的境况，一家人是唏嘘不已。龙母何氏更是心疼得不住拭泪。

　　第二天正午，龙家的院落内热闹非凡。龙青抱着孩子，跟白氏不停地张罗招呼着客人，心中充溢着满足和幸福。亲朋好友及乡里乡亲齐聚一堂，一派喧闹欢腾的景象。可酒宴开始不久，骆思恭就因公事要赶回应天，敬了众人杯酒后就先行离开了。

　　酒宴行进到中途，门外有人高喊道："在下奉京师徐追徐大人所托，特意前来送上贺礼。徐大人说，这些都是给他尚未谋面的小侄子的见面礼。"

　　龙青听闻是徐大哥遣人送的礼，忙放下酒杯，迎了出来，"几位一路辛苦，快请里面落座！"

　　侍从见着龙青，随即递上一个首饰盒，里面是特意为小儿打造的纯金长命锁。

　　而且，院外还停着两辆马车，一辆车上满是布料、绸缎，另一辆车上则摆着几个大箱子，也看不出里面究竟有些什么物件。

　　龙母也跟了出来，开心地连声说道："李梁这孩子，人没到就没到呗，有心就可以了，干吗还要破费送礼，真是！"

　　乡亲们更是议论纷纷，没想到龙青竟然在京师还认识了这样的大人物，真是为龙家长脸。可一片熙熙攘攘之下，谁都没注意到，那些替"京师徐大人"前来送礼的侍从们正慢慢地一个个悄悄地离开了酒宴。

　　众人酒酣耳热之际，龙家的大门突然被人从外踹开，四扇门口各自半蹲着四人，面前架着四架迅雷铳，一时间枪声大作。龙母在枪响的一瞬间就倒在了血泊中，当场毙命。而龙青的妻子白氏和儿子也在眨眼间倒了下来，和一众乡亲一般，如同秋日的落叶，轻飘飘地坠落、跌倒，零落成泥。

第二十四章

　　龙青的肩头中了一枪,可他呆立在那儿无法动弹。他被眼前的一切惊呆了,原本欢乐的景象变成了一片猩红色。他的耳边充斥着各种尖叫声、孩童和女人的哭喊声,还有人群倒地的声音。杯盏碗盘纷纷跌落在地上,破裂成碎片,无数个尸体砰然倒在碎片上。

　　血,到处都是血,蜿蜒成小河,流过龙青的脚边,流进了他的眼睛里、脑子里和心里,堵住了他所有的感觉。

　　"砰"的一声,又是一枪,这次打中了龙青的小腿。龙青跪倒在地,他颤抖的手伸向不远处的白氏和孩子,想要擦去他们脸上的血迹,却发现越擦越脏。

第二十五章

先前还在推杯换盏欢愉庆宴的李家村，瞬间成了阿鼻地狱。

迅雷铳一轮响罢，十多名身穿黑衣的蒙面人手持刀斧兵器从门外鱼贯而入，见人就砍、逢人便杀。一个个鲜活的身影轰然倒地，有的甚至来不及闪躲、求饶，就被削去了首级。空气中弥漫着浓厚的血腥味。

"龙哥！快起来啊！"吴羊一边拔出腰刀抵御着黑衣杀手，一边着急地去拽还趴在妻儿尸体身边的龙青，却发现根本拽不动。

一名黑衣人出现在吴羊身后，举起刀刚要往吴羊的后心扎去，却被从后赶来的龙炎直接砍翻在地。

龙炎大力拉起龙青，转过头对吴羊吼道："走！"

经过一番激战，龙炎与吴羊拼死突围，总算暂时逃离了这片修罗场。他们拖着受伤呆滞的龙青一路向西往村外的树林逃去，可那群黑衣杀手在身后紧追不舍。龙炎和吴羊在打斗中都受了不同程度的伤，再加上带着已然浑噩的龙青，始终无法提起速度。结果，没跑出多远就又被黑衣杀手从后赶上，将他们团团围住。

逃不掉了，龙炎将龙青摆在一旁，与吴羊背靠着背准备御敌。吴羊瞧着眼前的架势，心想：只怕这回是凶多吉少了。心如死灰之下，吴羊只觉浑身酸软无力，就连握着兵刃的手都在些微颤抖。认命吧。吴羊慢慢闭上双眼叹了口气。耳边却突然传来一声惨呼，吴羊忙睁开眼，就看见一名黑衣人正死死地捂住面门，倒在地上痛

第二十五章

苦地翻滚着，指缝间还在不停地往外渗着鲜血。"嗖"的一声，一枚铁珠从吴羊眼前划过，又一名黑衣人应声倒地。吴羊急忙转头，一个高大的身影出现在他眼前。

"曹大哥！"吴羊不禁脱口而出。来人正是他与龙青、高大伟早年在应天府结识的游侠曹九。

曹九顾不上客套，将弹弓往腰间一插，抬手取出背在身后的虎头双钩，便与黑衣人们厮杀在一起。龙炎见来了帮手，忙强打起精神也迅速地加入战局。幸亏得了曹九的相助，几人才好不容易杀退了这伙黑衣人。趁着黑衣人退去的空当，曹九背起龙青，对着龙炎、吴羊说道："跟我走，快！"

几人在密林间穿行了大约一个时辰，来到一间破败的寺庙外。

曹九放下龙青又原路折返，确认再无追兵后才回到原处，将三人领进寺庙。龙炎和吴羊架着龙青来到寺内，让龙青依靠在柱子旁。

"这寺庙荒废已久，方圆又皆是密林，他们应该暂时找不到，咱们先在这儿避一避。"曹九看向龙青，"也让龙兄弟缓缓。"

龙青靠着柱子，眼睛怔怔地望着地面，仍是一言不发。

"曹大哥，多谢你出手相救，否则我们今天就没命了。"吴羊感激地说道。

龙炎也给曹九深施一礼："龙炎多谢侠士救命之恩。"

"伯父不必客气，我也是碰巧路过。只是不知那些人是何来历，又为何要追杀你们？"曹九忙扶起龙炎，问道。

吴羊随即将龙家家宴上发生的一切告诉了曹九，当说到龙母何氏和龙青的妻儿都已遇害时，吴羊偷瞄了龙青一眼，声音渐渐低了下去。

曹九看了一眼龙青，重重叹了口气，说："怎么会到如此地步！"

吴羊望着寺外的残垣断壁，摇着头喃喃自语："不知道！哎，也不知道骆大人那儿怎么样了。"

吴羊的担忧并不多余。骆思恭离开龙家返回应天的途中，也遇到了一伙黑衣人的袭击。在随行侍卫的护卫下，骆思恭是边打边跑。直至他遇到一队调防路过的官兵，黑衣人见官兵势大只得无奈撤离，骆思恭这才得以保全性命。

而远在京师的徐追对李家村发生的一切浑然不知。他正忙着和徐锦商议太子遇刺一案到底该给万历一个怎样的交代。

厂卫

"义父，石义找过孩儿好几回，万岁爷那儿他不知该怎么回复。孩儿愚钝，也不太明白义父的打算，求义父教我。"徐追望着徐锦，希望能从徐锦那儿得到答复。

"这个还不容易嘛。荣王朱载瑾。"徐锦不紧不慢地说道。

"荣王？不知因何是荣王？"

"朱载瑾贵为亲王，世受皇恩。但仍心有不甘，妄图取皇上而代之……哼！"徐锦冷笑一声。其实，徐锦能够入宫成为一名太监，追根溯源起来，恐怕还要拜荣王朱载瑾所赐。当年若不是朱载瑾强占了徐锦家的宅院、田地，此刻徐锦应该还在家中做一名小小的富家翁。至少吃穿不愁，也许还能儿孙满堂吧。对徐锦来说，朱载瑾的这个"恩泽"他还没有回报。现在，是时候了。

同样身处京师的高大伟，此时正与杨明鉴一起在城外一处荒郊野地里追查太子遇袭一案的蛛丝马迹。

高大伟也不知道跑来这破地方到底要查些什么东西。以往有任务时，他只管跟在龙青和吴羊的身后，他们俩做什么，自己跟着照做就是了。后来在宫内当差，每天要做的事情更加简单，完全不需要过脑。可如今不但龙青和吴羊都不在身边，他还被委派给了杨明鉴，只好每日跟在杨明鉴身后跑东跑西，却不知道具体在忙些什么。

高大伟走在杨明鉴身前，嘴里叼着草梗正随意地四下张望着。突然，从他的右臂处传来一阵撕心的剧痛。

"啊！"高大伟发出一声惨呼。他急忙伸出左手想去捂住右臂的伤口，却发现摸了一个空。他的右臂，竟被人从身后一刀砍断。

高大伟惊恐地回转头，看到的却是杨明鉴眼中的嘲弄和嘴角溅出的那一丝阴狠的笑容。不知怎的，高大伟突然觉得此刻杨明鉴的眼神好像一只猫，正盯着身受重伤的老鼠，思考着要怎么玩弄它，最后又用何种方式把它弄死吃掉，而自己就是那个无路可逃的老鼠。

"奇怪吗？早就想这么砍你们一刀了，现在终于舒坦了！"杨明鉴双眼眯成了一道缝，邪邪地笑了起来。

"为……什么？"

"为什么？因为我早就看你们不顺眼了！你们三个土包子，一直跟我对着干。本来太子一死，皇帝必会册立福王殿下为太子，我也能升官发财。可没想到太子命

第二十五章

还挺大，没死成。而你们几个居然还想追查刺客？真不巧，我就是福王殿下的人。不然你以为诏狱里的那个人犯是怎么死的？"

高大伟的断臂不停地往外迸射着鲜血。他强忍着疼，脸色煞白，连一句指责的话也说不出来。

"哦，对了，还有就是你们本来都不用死的。是我故意向福王殿下禀告，说你们手上还有刺客的其他线索。你千万别怪我，要怪就去怪龙青，为什么要处处与我为敌！不过他应该已经在下面等你了，可惜不能亲眼看着他死，那场面一定非常精彩。好了，我也不与你多费口舌，现在就送你们兄弟去团聚吧。"说完这一切，杨明鉴慢慢地绕到高大伟的身侧。

斜靠着泥墙，血顺着泥墙流了一地，高大伟知道这次自己在劫难逃。他的脑内不自觉地蹦出诸多念头：其实在宫里当差也挺好的，可惜再也没有机会告老还乡了，这辈子就这么过去了，可自己连媳妇儿都还没娶……龙青、吴羊，他们真的也死了吗……

恍惚间，眼中的世界开始旋转，高大伟发现自己竟然看到了自己的身体。奇怪，自己的头怎么不见了？

杨明鉴瞥了一眼躺在地上已经身首两处的高大伟，用力甩了甩佩刀，将上面的血迹甩去后，刀入鞘。他回到马匹处，从挂在马鞍上的箭囊中取出一支箭矢，拿在手中，稍微端详了一会儿。毫无征兆的，杨明鉴突然将箭矢用力地插在自己的左臂上。顿时鲜血四溅，杨明鉴皱了一下眉头，满意地看了眼自己的左臂。接着，上马疾驰而去。

凄风苦雨中，穿着麻衣，提着纸钱和元宝、蜡烛的龙炎默默地走在最前方领着路。吴羊和曹九一路抬着龙青，跟在龙炎身后。

一行人来到龙母、白氏和龙青孩儿的坟前，不禁泣涕如雨，百苦难咽。吴羊赌咒一定要杀了徐追为大伙报仇，而龙青已然哭得泪干肠断，仿佛成了一个无魂无魄的行尸走肉。

亲人的音容笑貌还在眼前耳畔，却又是一片虚无。对龙青来说，幸福过于短暂，显得那么不真实，仿似梦境。现在梦碎了，留下撕心的悲痛，即便时间也无法将其磨灭。

阴间路、人间道，自此两不相干，天人永隔。

厂卫

骆思恭得知龙家发生的惨案后，安排兵丁将龙青等人接到应天养伤。而此时的荣王朱载堉也被锦衣卫请到了京师，住进诏狱。

对荣王朱载堉的审讯很快开始了。由于人犯的级别比较高，所以由锦衣卫北镇抚司指挥使石义亲自审理。对于荣王朱载堉来说，这场牢狱之灾来得完全莫名其妙，简直称得上无妄之祸。面对石义的所有指控及炮制出来的种种证据，朱载堉自然矢口否认。可怜石义作为主审官，因为朱载堉的皇亲身份，诏狱内赫赫有名的十八套酷刑是一套也用不得，只能每日每日地过堂，反而变得投鼠忌器。

这样的情况持续了十来日，石义实在没办法，只得无奈地来找新任东厂督公徐锦。

"督公，下官是什么法子都用过了，这朱载堉他不但不招，还将下官骂得狗血淋头。下官又无法对他动刑，实在束手无策啊！"石义满腹委屈地说道。

听着石义所言的种种顾忌，徐锦十分不屑，心想：也是个废物，怪不得多年来只能屈居于刘守有之下。但在场面上他还是和颜悦色地安慰石义，说："石大人公务繁忙，想必也无心于此。不若让犬子徐追来代大人审理此案，你看这样可好？"

"如此甚好，如此甚好。下官早就听闻徐少监年少有为。由他来审理此案，下官自然放心。"石义连连谢过，安心地将这烫手山芋甩给了徐追。

徐追在皇城内穿行着，一路走马观花，十分悠闲。这一日，碧空无云，艳阳高照，处处充满扑鼻的桂花香，沁人心扉。不多时，徐追来到了东缉事厂，跨过东缉事厂的大门，又穿过几道回廊，终于在一间屋子的门口停下脚步。门外等候已久的小太监手拿大氅赶忙迎上前去，将大氅轻轻地披在徐追的肩头。

徐追笑着说道："从一大早便忙到现在，真真是饿了，给我备些吃的去。"

小太监赶忙回应："不知大人想用些什么？"

鼻腔中隐隐残留着桂花的香味，想那苏州府的桂花开得可比京师的要好多了。徐追的脑海里浮现出儿时在龙家与龙青兄妹一起吃着龙母亲手做桂花糕的画面。香甜可口不说，吃下去后还满嘴都是浓郁的桂花清香。

"就桂花糕吧。"徐追说道。

小太监连连点头，"好的大人，小的这就让厨房准备。"

第二十五章

徐追点了点头，随即推开房门。一股寒气迎面而来，徐追用力地拉了拉领口，走入屋内。

明明是八月桂花盛开的节气，可屋内却是寒气逼人，连屋内站立着的两名锦衣卫也是穿着厚厚的冬衣，鼻尖还被冻得微微发红。

放眼看去，整整一屋子都铺满了晶莹剔透的冰块，在烛火的映衬下美轮美奂，显得分外迷人。而且为了防止屋内冰块消融，所有的门窗还刻意用棉被挡了起来，密不透风。

屋子的正中间单独摆着一把椅子，一个中年男子被绑在上面，无法动弹。他浑身上下的衣服被剥了个精光，只剩一条亵裤。因为寒冷的缘故，男子的身体在不由自主地颤抖着。

徐追用手指轻轻弹了弹身旁的一坨冰块，感受着指尖传来的凉意，"王爷，这些冰块是下官特意命人从雪地冰窖拉来的。您是知道的，那是咱大内御用的冰窖，这些冰每年腊月的时候从太液池取来，许久不化。下官为了王爷，可是花费了不少的心思。"

那名赤身的中年男子原来正是荣王朱载堼。

朱载堼用冻得发紫的嘴唇颤抖地说道："本王不过是一个闲散王爷，平日里并不涉足朝政，你们为何要诬陷本王？"

"王爷，这话您可说得不对了，是您安排的刺客行刺皇上和太子殿下，意图取而代之，怎么反倒成我们诬陷您了？您要知道，锦衣卫还从您的府邸搜出了龙袍、金印，不会连这个您都要抵赖吧？一个安分守己的闲散王爷，为何要穿龙袍，用金印呢？"

朱载堼无力地争辩着，"你血口喷人！本王怎会有龙袍、金印！那都是你们栽赃的，你们诬陷本王！皇兄，皇兄会明白本王的真心！"

"王爷，到这儿来的人，就没有一个不说自己是冤枉的。下官是为了您着想，才来劝您早日说出实情，也少吃一些苦头不是？没事，您要是没想好，咱们有的是时间，您可以慢慢想。下官一会儿再来看您。"徐追说完，向一旁的锦衣卫点了点头，走出门外。

那名锦衣卫从屋子的角落处提来一个木桶，桶内盛满了清水，只见他径直走到朱载堼身旁，提起木桶，将整桶的清水向朱载堼泼了过去。

荣王朱载堼浑身颤抖、惨呼不止。

厂
卫

　　徐追来到门外，看到小太监已经手捧着桂花糕候在了一旁。吃了两块桂花糕，又喝了口茶漱了漱口，阳光下，徐追慵懒地伸了个懒腰。今儿这天还挺热的，也可能是因为刚刚喝了热茶的关系，徐追的鬓角都有些微微地冒汗。

　　半个时辰后，徐追再次回到屋内。看着身上结着冰霜的荣王朱载堹，徐追问道："王爷，那您倒是说说，您有什么证据可以证明呢？"

　　朱载堹无法控制地抖动着，他迟钝地抬起头，目光涣散地望着徐追，"证明什么？"

　　"证明行刺太子一事不是您做的。"

　　"不是本王做的，难道本王还要拿什么证据来证明吗？"

　　"要，当然需要。"

　　"为什么？"

　　"因为万岁爷觉得是您做的。您既然口口声声说不是，那您得证明给万岁爷看呐。"

　　朱载堹自然无法证明，谁都没有办法证明。

　　看着默然无语的荣王朱载堹，徐追接着说道："王爷，何苦呢。您若是答应好好与下官合作，或许下官还有机会可以保全您儿女的性命。可您要还是如此冥顽不灵的话，下官就真的无能为力了。到底是不是您做的，您再好好想想。"

　　最后，荣王朱载堹还是招了。照着徐追陈述的事实，记下了罪状，录下名讳，最后按上指印。

　　徐追让一旁的锦衣卫将有荣王朱载堹签字画押的供状，带给北镇抚司指挥使石义，而自己则带着一名小太监前往董琦的住所。因为刚刚抵达京师的赵常五，带来了倭人最新的动向。

　　可徐追进到董府，连半炷香的时辰都还没到，就又冲了出来。他抢过在门外护院的腰刀，一刀砍断马车的辕、轭，翻身上马向着皇宫赶去。

　　赵常五带来的不仅仅是倭人的消息，一同带来的还有龙家遇袭的噩耗。龙家满门仅龙炎、龙青父子二人逃脱，其余人等尽数丧命。

　　风声从耳边"呼呼"吹过，耀眼的日光刺得徐追几乎要流泪。他虽不惯骑马，可此刻却紧紧攥紧牵绳，不停地策马狂奔。

　　心跳如雷，五脏六腑仿佛全都拧在了一起，痛得他几乎要从马上跌落，可他都咬牙忍住了。

　　往事历历在目，只是那世间最香甜的桂花糕，却是永远也吃不到了。

第二十六章

　　金小帆已经不再是徐追的侍从太监，他被新任东厂督公徐锦调入了东缉事厂。他在东缉事厂内有了一间属于自己的屋子，终于不用再去干下人做的那些端茶递水的活儿了。好不容易才有了这可以独当一面的机会，金小帆做起事来格外用心。督公吩咐的事情，他丝毫不敢马虎。

　　从各地汇总来的密报在面前堆积如山，金小帆足足花了两个时辰才堪堪看完，想着一会儿还要将这些密报分类、归档，心中不免有些乏累。金小帆捏了捏鼻梁，打算闭目养神休息一会儿。

　　可他才刚要闭眼，房门突然被人从外给一脚踹了开来。金小帆吓得一激灵，忙睁开眼，面露诧异地看着房门。就看到一个人影向着他直扑过来，同时来人一把将金小帆从椅子上拎了起来。面前的书案也被一并带倒，书案上的物件散落一地。直到此时，金小帆才有机会看清，来人是徐追！

　　金小帆感觉脸上有些发僵，眼前的徐追没有了以往俊秀的模样，整张脸微微扭曲，显露出完全陌生的阴狠。一股令人窒息的感觉压迫在金小帆心头，他的手不受控制地颤抖起来。他心里十分明白，徐追是为何而来。金小帆慌忙辩称："大人，大人，此事督公……"

　　"啪"的一声，所有的辩解被一个响亮的耳光打断。金小帆被徐追一巴掌打倒在地，眼冒金星。"督公他是应允的。"这后半句话被生生地打断，打进了肚子，烂在了里面。

屋子门口人头涌动,许多人听到动静,都禁不住好奇地跑来看热闹,可没人敢上前阻拦。徐追像蛇一般盯着金小帆,大吼道:"都给我滚!"围观的众人赶忙从门口作鸟兽状散开。

徐追当然听到了金小帆的话,听得清清楚楚、明明白白。他知道金小帆后半句想说的无非是"督公他是知道的",又或是其他什么推脱的话。但他没有停手,而是选择了继续,继续掌掴着已经倒在地上的金小帆,边打边带着恨意咬牙说道:"你怎么敢动他!你这个贱人!你这个……贱人!"

徐追心中悲愤恼恨交加,恨不得将金小帆生生撕碎,因此下手又狠又重。没几下,躺在地上的金小帆就被徐追打得七窍流血、神志不清。而徐追也将自己弄到了虚脱,他没力气了。手掌虽然是火辣辣地疼,可心中的怒火依旧无法抚平。徐追从身旁随意地捡起刚才从书案上掉落下来的一个物件。那是一方铜制的玄武镇纸,十分精致,而且寓意着长寿、招财。沉甸甸的,手感很不错。

将玄武镇纸牢牢地攥在手中,徐追用自己余下的所有力气,将镇纸向着金小帆的头上重重砸落,一下、两下、三下……

当徐锦听闻消息赶来时,看到的是满屋子的鲜血和散落得四处都是的一些黏糊糊的物件。而徐追仍跨坐在金小帆的身上,在那儿一下一下地砸着。

"来人,快把少监大人拉开!"徐锦急急地叫道。

这时才有几个太监战战兢兢地上前,将满手鲜血、两眼赤红的徐追拉了起来。

直至徐追被拉开,他身下的那个人终于露出了身形。可徐锦却完全无法认出这个人到底是谁,因为那人的脸已经不见了,一片血肉模糊,根本无从辨认。

徐锦忍受着血腥味向身边人狐疑地问道:"这……躺着的是谁?"

一旁的太监不忍朝地上望去,他低着头紧盯着自己的鞋尖,颤抖地回道:"回禀督公,躺着的……是、是金小帆金公公。"

徐锦厌恶地看了眼那具据说是金小帆的尸体,用一块随身带着的帕子捂住嘴鼻,"行了行了,不管是谁,这大热天的,赶紧让人来收拾了。收拾得干净点,别招虫子。"徐锦指了指不远处的两个太监,"你们俩快把少监大人扶回去休息。另外,今日之事不可外传,如果被我听到什么闲言碎语,小心你们的脑袋!"

两名太监赶紧小心翼翼地上前,架起已然脱力的徐追,跟着徐锦一同离开东缉

第二十六章

事厂。

比起京师的瞬息万变,应天府显得安详平和许多。龙青的伤势已经好了大半,可他仍是每日无力地躺在软榻上,面无表情地望着窗外斑驳的树影,沉默不语。

龙青养伤期间,骆思恭不时前来探望,言谈间还告诉众人,他来应天继续调查太子遇袭一案的缘由。龙青依稀听到一句"刺客不是中原人士"。可刺客到底是中原人士还是他国蛮人,又与他何干?龙青真恨不得当时就同妻儿、老母一起死在乱枪之下。

胡思乱想之际,他的耳边又传来吴羊与曹九对话的声音,"我吴羊发誓,只要我活在这世上一日,定要杀了那十恶不赦的徐追为李家村乡亲父老们报仇!"

"你先别忙着赌咒发誓,这件事情还没完全弄清楚。"曹九劝慰道。

"还有什么不清楚的,当日那些人都说了,他们是内官监少监徐追大人派来的。"

"那徐追他为什么要这么做?我听你先前所说,他明明也是李家村的人,还是龙青从小拜把子的兄弟,有什么深仇大恨非要灭人满门?"

"他丧心病狂!一个阉人、疯子,有什么做不出的!"

……

不是他,一定不是他,不可能是徐大哥啊!龙青在心中呐喊。但龙青没有理由也没有立场,可以支持他站出来去大声地反驳吴羊。而且,现在细细回想起来,他的确觉得,现在的徐追与当年的李梁早已不是同一个人。重逢以来,都是他在掏心掏肺地交代自己所有的底细。而徐追,却变得高深莫测、不可见底。

"骆大人来了。龙哥在里面呢,我领您进去。"吴羊的声音从室外传来。很快,骆思恭便随着众人进了屋。

龙青挣扎着想直起身,但被骆思恭按在榻上。"好好养伤,不必拘礼了。"骆思恭叮嘱道。

龙青缓缓地点了点头,"谢骆大人。"

骆思恭又安抚了龙青两句,便在龙炎和吴羊的陪同下离开内室。可不大一会儿,吴羊就红着眼睛走了进来,很明显刚才哭过一场。

"怎么了?难道又发生了什么事情?"龙青问道。他的心中升起一股不祥的预感。

厂卫

吴羊咬着牙也不说话，只是一个劲地摇头，可眼泪又禁不住冒了出来。在龙青的逼问下，吴羊才不得已说出实情，"龙哥，骆大人刚刚带来消息说……说高大伟和黄总旗都死了……高大伟是在同杨明鉴一起调查太子遇刺一案时，遭到了刺客余党的伏击。杨明鉴重伤逃脱，而高大伟不幸遇难，还身首异处。黄总旗则是在关外带领所属锦衣卫打探消息时被蒙古骑兵击杀，无人生还……"

吴羊还没说完，龙青已两眼一黑晕死过去。

等龙青苏醒过来的时候已是深夜，他睁开眼就看到父亲龙炎坐在不远处的窗边，目视着窗外，也不知道在想些什么。龙青仔细端详着龙炎，发现父亲头上的白发和眼中的血丝比先前又多了不少。儿时觉得无所不能的父亲，如今是真的老了。而且他此刻也同自己一样，正承受着丧亲的痛楚。

龙炎发觉到龙青的目光，却没有回头，只是淡淡地说道："醒了。"

龙青吃力地直起身，应了一声："嗯。"

"为父曾经和你一样，也是一名锦衣卫，这你应该早就知道了。"

"嗯，我知道。"

"可还有许多事情是你不知道的，想听听吗？"

龙青自然是想听的，从小他就爱缠着龙炎，让父亲给他讲各种各样的传奇故事。

没等龙青回答，龙炎便用自己低沉浑厚的嗓音缓缓地将当年的往事，那起人间惨剧不带感情地讲了出来。"张居正张大人亡故后不久就被查抄家产，其长子张敬修被逼自诬，为自证清白，他最后选择了自缢身亡。其他的家人亲族被监禁在张家老宅中，并且严禁任何人等出入。最后，张宅中活生生地饿死了三十八口人！其中包括张大人八十岁的老母和两个尚在襁褓中的婴孩。张大人生前是内阁首辅，如此权贵，算得上一人之下万人之上了。可那又如何呢？最终还不是落得个家破人亡。"

龙炎双目含泪地看着龙青，"儿啊，不要想着去报仇了。就当你娘和你妻儿，她们没这个福分可以在这世上继续活下去，都是老天定好的命数。现在家里就剩下你和二丫，为父也老了，为父不想见到你们之中的任何一个人再出事。过去的就让他过去吧，本本分分地做一个庄稼人，好好活下去比什么都强。你娘他们在天有灵，也一定希望你们平平安安的。"

龙青脸涨得通红，额头的青筋都鼓了起来。他挥拳"咚"的一声砸在床边，"够了，爹！娘他们都被害死了，你还和我说，让我过什么安生日子！那些人就这么闯

第二十六章

进来,杀了我娘和我妻儿,还有李家村那么多人,我做鬼都不会放过他们!我要报仇!我不会和你一样,妥协、逃避,就这么没出息地浑浑噩噩过完一生!我不但要查清楚到底是谁干的!我还要生吞活剥了他!"

龙炎看着气急的龙青又苦口婆心地劝了好一会儿,却都被龙青给驳了回来。最后,龙炎见实在无法说服龙青只得离去。离开前,龙炎取出一个包裹,对龙青说道:"这包东西放我这儿好久了,是琴语那丫头托人从京师带给你的。"说完将包裹放在床边,默默地转身走了出去。

看着床边的包裹,一时间龙青反而不知所措起来。许久,才拿起包裹轻轻打开。

包裹里面是两份书信和一块破旧软布,龙青先拆开其中的一封,是妹妹龙琴语寄来的家书,信内满是对家人的惦念与牵挂。可怜琴语还不知道家里发生的惨案,该怎么向她说这个噩耗呢?

龙青黯然了一会儿,才继续看下去。龙琴语提到包裹里的其他东西是高大伟托她寄来的。看到妹妹信上提到高大伟,龙青忍不住潸然泪下。

龙青抹了抹泪,打开高大伟的书信。很明显书信是高大伟在街头请人代的笔,字迹十分不工整,不过听着倒是这小子平日里的口气。信中的内容无非是高大伟抱怨,杨明鉴将他如同狗一般的使唤。不过,里面特意提到随书信一同寄来的破布,是高大伟在办案途中发现的,他原本交给了杨明鉴,可杨明鉴却随手丢弃了。高大伟觉得破布上的花纹十分少见,但他自己是个草包,怎么看也看不明白,就寄给龙青,让龙青帮着瞅瞅。万一立了大功,龙青他们能调回京师,三人重聚不说,自己还指不定就真的能衣锦还乡、置地娶妻……

然而,高大伟再也没有这样的机会了……

龙青紧紧攥着那块破布。太子一案如果真如骆思恭所言,线索是在应天的话,那就一定要查个水落石出。为那些枉死的家人和兄弟们报仇!

可当龙青仔细地看着破布上的花纹,却发现自己也不认得这玩意。那是一个看起来好像一棵树上结下来三串果子的花纹。这个花纹到底代表了什么意思,龙青丝毫没有头绪。

第二日一早,龙青顾不得身上的伤势,硬是起身。他叫上吴羊,随着自己一起去拜会骆思恭。龙青拿出高大伟送来的那块破布递给骆思恭,但骆思恭同龙青一样,拿着它端详半天仍不知其所,"这个花纹好生奇怪,我也从未见过。不过,我倒是可以让人去调查一下。龙青,此事我来安排,你回去好好养伤,等我这里有了消息,即派人通知你。"

"骆大人,我想亲自调查。"

"可你的伤?"

"没事,我撑得住。"龙青苍白的脸上满是坚定。

骆思恭思量再三,最终还是答应了龙青的要求。不过骆思恭特意叮嘱一旁的吴羊,让吴羊一定要照看好龙青,千万不可再出差池。

就在骆思恭和龙青等人继续在应天府调查的时候,一份来自京师的公文摆到了骆思恭的面前。太子遇刺一案已然告破,主谋之人乃是荣王朱载塆。荣王不但在民间强取豪夺,还在暗中意图谋叛朝廷,甚至不惜遣人入宫行刺皇帝、太子。现革除荣王之藩,废为庶人。朱载塆父子不但被斩于京师,朱载塆更是在死后被勒令挫骨扬灰。

东缉事厂上下及锦衣卫北镇抚司指挥使石义受到万历嘉奖,就连杨明鉴也晋升为百户。

面对这份旨意,内阁首辅王锡爵和司礼监掌印太监冯保都觉得事有蹊跷。可皇上的旨意已下,他们自然不能反驳,只能在私下里与锦衣卫指挥使刘守有协商,让远在应天的骆思恭继续追查真相,只不过一切需在暗中进行。

京师福王宅邸,房内只有朱常洵、徐锦、徐追三人。朱常洵不安地来回踱着步。太子遇刺一案算是糊弄过去,可对于他们来说仍是于事无补。更糟糕的是,好不容易通过与倭人交易积攒下来的大量银钱,朱常洵用以结交那些朝廷大员,以求在朝堂上重新获得他们的支持。可没想到的是,这帮吃肉不吐骨头的老家伙更狠。他们只拿钱不办事,对朱常洵百般推诿。现如今,敛来的钱财等于都喂了狗。仅有的好处也只是将东厂控制在自己的手里而已。

朱常洵看着徐锦问道:"你说那帮倭人愿意助我登上皇位?"

徐锦看了眼徐追,徐追说道:"是的,殿下。"

"他们想要什么?"

"朝鲜。"

第二十六章

"朝鲜？我大明的属国！"

"是的，殿下。"

朱常洵恨恨骂了一句，"豺狐之心！倒也不怕噎死。"他来到门外，吩咐候守在门外的小太监道，"将我大明舆地图取来。"

不大一会儿，小太监捧着地图跑了回来，将地图在地上工整铺开。

朱常洵双眼紧盯着大明舆地图，"徐追，你接着说。"

"殿下，倭人愿意先助您登上大宝。之后您再将朝鲜国王的所有土地全部册封给他们，这样他们就可以名正言顺地去攻占朝鲜。"

朱常洵转头看向徐锦，"督公，你知道朝鲜国王的称号是由我成祖皇帝亲自册封的。"

徐锦答道："是，老奴知道。"

"那辽东现在依旧是李成梁在镇守？"

"是的，殿下。"

朱常洵沉吟良久后问道："即便得了倭人的相助，可他们又有什么办法可以助我登上大宝？难道还要继续刺杀那个'都人子'？"

"殿下，自然不必再去管那'都人子'，老奴这倒有一计……"

朱常洵听完徐锦的计策，转头看向徐追，"徐追，你认为呢？"

"下官不太赞同将朝鲜赐予倭人。"

"为何？"

"殿下，我们卖火药给倭人是一回事。可如果殿下您真的同意登上大宝后将朝鲜赏赐给倭人，恐怕满朝文武都会激愤。毕竟我大明东南沿海一带，一直饱受着倭乱。"

朱常洵沉吟片刻，说道："徐追，你只知其一，不知其二。其实父皇早就想动一动李成梁的那一群骄兵悍将了，可建州女真的威胁又实实在在地摆在眼前，只得暂且由着他去。现如今倒是个机会。朝鲜不过蕞尔小国，给便给了。可这群倭人，哼！也不是什么好东西。你觉得他们真的只要一个朝鲜就够了？只怕未必吧，我曾听你提起，倭人那里动荡不安，一直未曾停止过争斗，那现如今也可以称得上百战之士了。而女真则近乎蛮荒，堪称虎狼之徒。不如我们引虎拒狼，让那倭人与建州女真去角力一番。在这期间，我们不但可以得空在辽东重新部署，还能坐收渔翁之利,何乐而不为呢?另外,他倭人想得挺好,可我朱常洵也不是愚笨之人!待我全部安排妥当,到那时……既然这伙倭人那么喜欢这里,那我就给他们一个机会,让他们有机会可以永远地留在这儿。我大明可没有割地的习惯,就算是属国番邦也不行,现在你明白了吧?"

"殿下,下官明白了。那下官这就同倭人们约定。"徐追深施一礼回道。

朱常洵满意地点点头,说道:"另外,就按照督公的计策来,我们讨论下具体的细节。"

徐锦的眼中透出一丝狠戾,"是,殿下。"

第二十七章

在曹九的盛情邀请下，龙青等人暂时搬入了曹九的住所。毕竟，想在短时间内离开应天是没可能了，可一直在骆思恭的官邸打扰总又不是太方便。

曹九的宅子位于东井巷，出了门向西就是应天府的府衙，往东面离南京锦衣卫的卫所也不远，十分便利。而且还是一座三进的院落，曹九无父无母又未曾娶妻，独自一人居住在内。按曹九的话来说，"老子就一个人，住那么大个地方也是浪费。"

一行人随着曹九走入这三进的宅子，安顿好行李后在偏厅坐定。

龙炎同曹九说："曹兄弟，太麻烦你了。"

"伯父，你也太见外了。龙青是我兄弟，你哪能也叫我兄弟啊，咱们中间还差着一辈呢。你要是不嫌弃就叫我一声世侄，再不行你就叫我大名，曹九得了。"

"那怎么行，要不还是叫你世侄吧。"

"好，怎么都好。"

龙青感激地来到曹九身前跪倒在地，拱手说道："曹大哥，大恩不言谢。从今往后，但凡你有用得上我的地方，小弟是莫敢不从。"

"你这是干吗？赶紧起来，自家兄弟，你跟我还客气什么。"曹九忙搀起龙青。

一旁的吴羊此刻倒像个没事人似的，独自在院里闲逛起来。看着粉墙黛瓦的屋子，吴羊眼馋得脱口而出，"曹大哥，你发财啦！我记得你之前没住这里啊？什么时候置办了那么大的一个宅子啊，花了不少银子吧？"

曹九瞪了吴羊一眼，不无痛心地说："发个屁财，老子是拿手里的宝贝跟人换来的。"

听到宝贝，吴羊觍着脸靠了过来。他勾起曹九的胳膊，死皮赖脸地问道："曹大哥，你还有宝贝哪！快说来听听是什么宝贝？"

曹九甩开吴羊的手，说："你小子滚远点，别瞎打听。"

可吴羊怎肯放弃，缠着曹九是左一句"曹大哥"，右一句"曹大侠"的，没完没了。

曹九熬不过吴羊，最后只得露出憨厚的笑容说出了实情，"不就是我的那些个兵器嘛。"

吴羊将三角眼瞪得大大的，惊讶地看着曹九，说："我的天哪！这天底下，还有比你更傻的人哪！"

"去你的！"曹九伸出一脚，将吴羊踹了一个跟跄，摔倒在地。

随后的日子，龙青、吴羊二人每日穿梭在应天的大街小巷，忙着收集各类可能有用的线索。这无异于大海捞针，虽然有地头蛇曹九在市井中帮着他们牵线，可依旧是毫无进展。

这日清晨，龙青与吴羊按惯例前往卫所点卯，却迎面撞上了正好找他们有事的骆思恭。

二人随着骆思恭进了屋子。骆思恭关上房门后面色凝重地说："漳州府出事了，我需要你们尽快赶过去一次。"

"骆大人，怎么了？"龙青不由紧张起来。

"四日前，福建漳州府的月港码头发生了爆炸。死伤的无非是一些码头上的漕卒和帮工，但码头毁损严重。漳州府市舶司虽说也上了公文来说明此事，但我仍觉得此事有些蹊跷，只怕没有市舶司讲的那么简单。"

"您是发现了什么不寻常的地方？"龙青皱了皱眉。

"不错，市舶司的公文中提到是由于走水，意外引燃了堆积在码头的货物。"

"什么货物会爆炸？"吴羊不解地问道。

"燃灯用的素油。"骆思恭停顿了一下，接着说道，"你们去查证一番，看看情况是否属实。如果真与市舶司公文上所言一致，那就不用管它，尽快赶回来。不可

第二十七章

为此耽误了我们的大事。"

"是。"龙青迟疑的点点头。

龙青、吴羊同骆思恭告辞后便赶回住所。进了门,就看到曹九敞着衣衫赤裸着胸膛,慵懒地躺在院中的软榻上晒着太阳。龙炎则坐在一旁喝着茶,两人有一句没一句地闲聊着。龙炎见到龙青、吴羊二人不大工夫就折返回来,有些好奇地问道:"怎么这会儿工夫就回来了?"

龙青将事情原委说出,他与吴羊打算整理一些随身衣物,就立刻动身前往漳州府。眯着眼晒着太阳的曹九猛地坐起身,说:"等一下,就你们两人去漳州府?不行,太危险了。龙青,你的伤还没好利索呢,我跟你们一起去。"

"儿啊,爹觉得这主意挺好。曹世侄不但一身武艺,而且行走江湖多年,他能与你们一同前去,我也放心些。只是又要麻烦曹世侄了。"龙炎看着曹九。

"无妨。"曹九满不在乎地挥了挥手。

"好啊,那就劳烦曹大哥了。"龙青拱手说道。

就这样,三人打点完行装,便日夜兼程地来到漳州府龙溪县,到了漳州府龙溪县,第一件事就是立刻前往漳州府市舶司,拜会市舶司总管太监韦明禄韦公公。可韦公公不但一问三不知,还觉得龙青等人是在无理取闹。最后,寻了个由头将他们给撵了出来。看样子在市舶司是不可能查出什么线索的,三人商议后决定,索性也别在龙溪县过夜了,直接赶去月港当地得了。

三人也不耽搁时间,说走就走,不日便抵达月港。他们先去了当地衙门,找来衙役了解情况。可衙役们所说的同公文里的内容一模一样。不得已,三人只能去往港口实地查证。

来到港口码头,三人找来几个码头的漕卒询问,却仍是一无所获。漕卒们只知道,那批货物属于一个姓董的商贾所有。可这个人从来没在此地出现过,自然也就没有见过此人。

"也是见鬼了,骆大人不是说死了好些人吗?可这儿居然没人当回事!"跑了大半天,又累又饿的吴羊蹲坐在地上埋怨道。

码头爆炸现场还没完全清理干净,龙青在一堆残留废墟中仔细翻找着。

吴羊这边还在不停地念叨:"大老远地跑来,结果什么也查不到。难不成……这真是一起意外?"

厂卫

"你小子哪那么多废话,有这力气,你帮着龙青一起翻那堆破烂儿去!"曹九朝龙青的方向甩了甩头。

对于吴羊的这些牢骚,龙青充耳不闻,只是一心翻找。结果真被他翻出了点名堂——一块箱子的碎片。龙青取出高大伟生前送来的残缺布匹与碎片两相比较,发现碎片上的图案与布匹上的花纹竟然完全一致。

吴羊感觉龙青一直没搭理他,便向龙青的方向看去,可一抬头却发现龙青不见了。吴羊慌乱地站起来四处张望,远远望见龙青和曹九正一起朝着码头漕卒们的方向走去,他赶紧起身也跟了过去。

"……这上面的图案,你们认识吗?代表什么意思?"吴羊气喘吁吁地赶到龙青和曹九身边时,就看到龙青手上拿着木头碎片和破布在向漕卒们询问。

"这……这上面的花纹,要是我没记错的话,应该是倭人家族的标志。"其中一个矮瘦的漕卒仔细看了看花纹,不确定地说道。

"家族,哪个家族?"龙青紧张地问道。

"具体哪个家族,我就不清楚了。还有啊,你这都拿反了,应该这么看。"矮瘦漕卒一边说着一边将碎片和破布倒转过来。上面的图案看起来就像是一朵桐花。

"倭人?怎么还跟倭人扯上关系了?"吴羊感到十分奇怪。

龙青看着碎片上的桐纹,沉思良久,说:"这也算是一条线索。我们分头行动,走访这一带的商家,看看能不能再问出点什么。"

然而三人问遍了码头附近的所有商铺,再没有得到更多的线索。

月港已经查无可查,龙青三人决定赶回漳州府再说。他们打算如果再找不出新的线索就赶回应天,先将倭人族徽一事禀报骆思恭。

赶路途中天色已晚,三人决定在驿站内歇息一晚再走。

为了省些银子,三人向驿站借了一间屋子同住。夜色深沉,曹九在自斟自饮,吴羊打着哈欠正准备睡下,龙青还在灯下看着碎片上的倭人族徽。突然外面传来了打斗的声音。

"龙哥。"吴羊猛地睁开三角眼看向龙青。

龙青抓起佩刀,"出去看看。"

而曹九早已放下酒碗,手持双钩飞奔了出去。等龙青踏出房门,就看到一道寒

第二十七章

光出现在眼前。一把明晃晃的钢刀冲他迎面砍来，龙青急忙向后躲去的同时，顺势拔出了腰刀。

几个黑衣人瞬间缠了上来，与龙青战在一处。龙青伤势未愈，应付得颇为吃力，幸好有吴羊在一旁帮忙。可缠斗了一会儿，几名黑衣人互通了个眼色后竟自行撤离了。龙青和吴羊一头雾水，由于记挂着曹九的安危，二人也不去追赶，而是急忙四下里搜寻起曹九的身影。

龙青在西边的回廊处找到了曹九。地上躺着两具黑衣人的尸体，曹九已将手中的双钩并到一处，正同身旁一位衣着考究的中年人攀谈着。不远处，几个随从模样的男子正畏首畏尾地探头张望着。

"曹大哥，你没事吧！"龙青来到曹九的身边问道。

此时，吴羊也赶了过来。

"没事。对了，我来介绍一下。这位是漳州府的副转运使谷丰轼谷大人。这两位是我兄弟，龙青、吴羊。方才我来到这儿，见这两人在围攻谷大人，便插了一脚。你们怎么样，没有受伤吧？"曹九仔细打量了一下龙青和吴羊，确认他们没有受伤后才松了一口气。

"我们没事。见过谷大人。"龙青和吴羊向谷丰轼深施一礼。

"几位不必多礼，今晚多亏几位侠士出手仗义相助。否则谷某这条命，就要交代在这驿站之中了。"谷丰轼长得本就憨厚，乐呵呵一笑，简直像一尊弥勒佛。

"我就说不像是冲着咱们来的。"听吴羊小声咕哝着，龙青用手肘撞了他一下。

谷丰轼邀请众人到他房中稍坐片刻，容他略表谢意。一场打斗下来，龙青等人也是没了睡意，便随谷丰轼进了屋，谷丰轼赶忙吩咐随从去厨房找来些酒菜。把酒言欢间，谷丰轼谈到自己遇袭的原因。他在月港巡视当地漕运时无意间得知，漳州府市舶司内竟有人胆敢违抗朝廷命令，暗中协助他人向倭人私运火药。于是他马上赶往漳州府准备上报朝廷，可才离了月港，就在驿站遇袭。

龙青赶忙拿出那个倭人族徽给谷丰轼辨认。谷丰轼拿到灯下仔细察看后肯定地说："这个图纹，应该是倭人首领，也就是所谓的倭国关白丰臣氏的家纹——五三桐纹。倭人与我们一样，认为梧桐乃是凤凰栖息之所，因此桐纹有吉祥寓意，从而成为倭人贵族的标识。你们看这上面三根桐花的花序，分别是三、五、三，因此也被称为五三桐纹。只是不知，此物由何而来？"

厂卫

龙青随意编了个理由，搪塞过去。得了线索，三人也坐不住了，互通了眼神，便起身向谷丰轼告辞。

回到住处才进房门，吴羊就说："没想到还真与倭人有关！"

走在最后的龙青警惕地看了眼门外，确认没有其他人后，才进屋关上房门。

"曹大哥，你说谁胆子那么大，竟敢同倭人交易往来。这可是通敌叛国，抓着了就是灭族的罪啊！"吴羊看着曹九问道。

"你别看我，你们锦衣卫都不知道的事，我去哪知道！"

吴羊又将目光移向龙青。龙青没有回答，只是摇了摇头，心想：这个图案既出现在月港，又出现在京师。这中间到底有什么关联呢？难道说是同一伙人所为？

明日就要赶回应天将这条线索禀报骆思恭，众人便早早休息。可心中藏事，三人都没睡好。于是，第二日天还未亮，三人就急急地上了路。

听龙青讲完月港之行所得的线索，骆思恭十分震惊。这起爆炸案果然不像其表面看起来那么简单，只是没想到中间竟还牵扯了倭人出来。骆思恭夸奖了龙青、吴羊一通，便命他们早早去休息。自己则来到书案前，铺纸、研墨，写起奏报来。半个时辰后，骆思恭将刚写完的奏报装入密匣，又提笔在密匣上写道：呈锦衣卫指挥使刘守有大人亲启。做完这一切，骆思恭唤来亲卫，叮嘱道："让驿站用八百里加急发出去。"亲卫领命而去。

没几日，骆思恭就等来了刘守有的手谕：命骆思恭全力追查与此相关的事项；应天府锦衣卫指挥权暂由骆思恭全权代理。

全力以赴的锦衣卫是极其可怕的，有了五三桐纹这个线头，骆思恭立即将漳州府市舶司的总管太监韦明禄公公请进诏狱。十八种刑罚才起了个头，韦公公就尿着裤子全都说了，"我是受南京镇守太监王国臣公公所托，要从月港的码头走一批货物，可具体是什么货物，又要运往哪里，我真不知道。"

"可有物证？"骆思恭看着韦公公。

"没什么物证，王公公命我到应天后当面关照。"韦明禄耷拉着脑袋。

只有人证，没有物证，如果是其他人倒也好办，直接抓入诏狱，一用刑什么也都招了。可牵扯到镇守太监，就较为棘手。况且王国臣地位不低，在宫内的关系也是错综复杂。在没有确凿的物证，仅凭人证的情况下，贸然动他，稍有差池，只怕

第二十七章

自己这次就不是降职而是罢官了，而且势必还会牵连到刘守有。骆思恭在房间内来回踱步思量着。

"大人，门房送来帖子。"门外亲卫说道。

"何人的帖子？"

"是南京镇守太监王国臣公公，说今夜将在府中设宴，请百户大人务必过府一叙。"

"王国臣……"

"大人……"

"知道了，把帖子留下，你下去吧。"

王国臣一定是察觉到了什么，才会邀自己前去，去还是不去呢？真是宴无好宴！骆思恭看着桌上的帖子举棋不定。不去的话，难免自露破绽，说不定还会打草惊蛇。并且南京镇守太监专程邀他赴宴，不去也说不过去。可去的话，万一王国臣狗急跳墙、痛下杀手又当如何应对。这个阉人的葫芦里，到底卖的是什么药呢？

骆思恭抬头看了眼天光，留给他决断的时间已经不多了。思量再三，骆思恭来到门外，嘱咐亲卫，"把龙青和吴羊给我叫来。"

片刻时间，龙青、吴羊二人来到骆思恭处。

"大人，您找我们。"龙青、吴羊二人拱手问道。

"嗯，南京镇守太监王公公派人送来的帖子，你们看看吧。"骆思恭将拜帖递给龙青。

龙青大致扫了一眼，急急地说道："大人，韦明禄才刚招供，王公公就邀您过府，只怕没那么简单。"

"嗯，所以我打算带你一同前去，你可愿意？"

"属下愿跟随大人，万死不辞。"龙青拱手道。

骆思恭点了点头，随即看着吴羊，"另外，吴羊……"

"属下在。"

"你领两队人马，在王国臣府衙外设伏，以备不时之需。"

"属下遵命。"吴羊说完急忙离开，安排起人手。

等一切安顿妥当后，骆思恭重又整了整衣衫，便领着龙青一同去赴这场鸿门宴。

第二十八章

京师一座僻静雅致的宅院，屋门紧闭，屋内一缕熏香袅袅婷婷。徐追坐在主位上，面无表情地听着赵常五的汇报。自从龙家的灭门惨案发生后，徐追就再也没有踏进过董府一步。哪怕董琦用尽各种理由再三邀请，甚至连龙琴语亲自写信给他，徐追都狠心拒绝了。徐追知道，自己再也无法面对龙琴语了。因此，为了有个可以安全说话的地方，他让赵常五在京师的僻静处置办了一个宅子。

"大人，倭人答应派遣大约三百人的使团，在上元节当日入宫向皇上朝贡。另外，其余的五百人会在此之前陆续抵达京师。"

赵常五才说完，徐追脸上露出难以置信的神色。"八百人，才这么点？"要知道不算其他，单单拱卫京师的明军三大营就足有四五万兵马。而且，宫内还有直属御马监提督操练的四卫营六千余人。徐追即使再不懂兵事，也知道，按着赵常五所说的这点人，恐怕连塞牙缝都不够。

赵常五却对倭人的实力十分有信心，"大人，此次来的这八百人都是武艺高强的死士。您或许不知道，早先这伙倭人可是只凭借十余人就一直打到了南直隶。他们的实力万万不可小觑。"

徐追依旧不太相信，"哦，这伙倭人当真有那么厉害？"

"真是如此，此次来的这伙倭人在倭国号称武士，个个通晓武艺。他们平日里除了砍杀打砸，其他什么事都不干。一个个心狠手辣、勇不畏死。另外还有倭国关

第二十八章

白圈养的少量甲贺忍者随行,这些忍者能飞檐走壁不说,还精通诸般武器。这还不算,最为厉害的要数他们的暗器。倭国那些将领,平日都不太舍得用他们呢。"

徐追直视赵常五的双眼,再一次确认道:"我问你,你说的这些,可都是你在倭国亲眼所见?"

"小的亲眼所见,千真万确。"赵常五信誓旦旦地说。

"好,你既然如此肯定,我也就放心了。我已调入御马监,任监督一职。你去同倭人说,上元节当日,万岁爷为了节日喜庆,定会命宫中燃放烟花。我会先一步,假传万岁爷旨意将宫内四卫营调开。就让他们以烟花为号,见到烟花即刻行动。你在此之前,领着其他倭人在京师内制造混乱,让顺天府的衙役自顾不暇。"

"小的明白。"

"另外,你先前联络的那些海上亡命之徒如何了?"

"现如今大约有六百人上下。"

"可都信得过?"

"小的以性命担保,都信得过。"

"行,那就你领着他们,在京师和倭人们一起闹吧,闹翻了天才好。"

赵常五笑嘻嘻地说道:"是,小的遵命。"即便已经变换为商人的身份,可赵常五的心里还是喜欢从前那刀头舔血的日子,格外怀念那时的味道。

徐追交代完毕,便换了装束回到宫中。他先去拜见义父徐锦,随后两人一起来到福王宅邸觐见朱常洵。

徐锦躬着身,仍是那副恭敬的样子,"殿下,事情差不多都安排妥当了。老奴让徐追向您禀明。"

朱常洵心中十分焦急,点着头连声说:"好。"

徐追上前一步,正色说道:"殿下,倭国那边将会发来国书,就如同当初的朝鲜一般。倭国关白终于一统倭国,他们特意向大明皇帝禀报,以求获得大明皇帝的册封。随后倭国将派遣三百人的使团来京,进宫叩见皇上,领取封赏的日子则定在上元节当日。届时所需的刀剑鸟铳等兵器,会由使团一起带到京师。下官的手下,将会带领余下五百名倭人另行潜入京师。在使团入宫时于京师内制造混乱,以求分散他人的注意。另外,下官已就任御马监监督一职。届时下官会假传万岁爷旨意,将

厂卫

宫内四卫营先行调离。众人以烟花为号，烟花一响，倭人使团就会攻入大殿，控制住万岁爷，击杀太子及内阁王锡爵等大臣。东缉事厂的张宏会以镇压叛乱为由堵住内宫宫门，以防有人通风报信。并且，锦衣卫北镇抚司指挥使石义也会带领麾下拦住外面宫门，禁止其他人等进入，将整个皇宫内外隔绝。而义父陪在殿下身边，在朝堂上先行登基。随后再胁迫万岁爷退位，等取得退位的诏书即大功告成。殿下，您看是否可行？"

朱常洵没有马上回答徐追，他皱紧眉头在那思考着。经过短暂的沉寂，才缓缓说："可行倒是可行，但有一个疏漏。父皇身旁的那些护卫禁军、府军前卫该怎么办？"

"府军前卫唯有万岁爷方能调动，下官实在无法巧取，唯有届时拼死一搏了。不过殿下不必太过忧虑，据下官的手下言明，此次来的倭人战力极强，皆是武士、忍者之流，刀法一流不说，浑身上下皆是暗器，人人都可飞檐走壁，以一当十不在话下。"

"哦，此话当真？"

"当真，下官的手下在倭国时亲眼所见，不会有假。"

朱常洵再次沉吟良久，最后终于下定决心。他猛地抬起头，目露精光，一掌狠狠地落在月牙扶手上，"事情到了这一步，都是你们逼的。既然如此，那就不要怪我心狠手辣。徐追，就按你说的办。不过你要谨记，切勿走漏风声。"

徐追躬身说道："下官明白。请殿下放心。"

京城早已是山雨欲来风满楼，应天府此刻也是暗流涌动。

吴羊将人马布置在镇守太监王国臣府邸四周隐蔽处，骆思恭带着龙青及一众护卫，披坚执锐地去赴这场鸿门宴。临行前，吴羊特意将自己那把佛郎机火铳偷偷塞给龙青，让他带着以备不测。

可臆想中的腥风血雨并未发生。酒过三巡，王国臣公公主动把事情挑明了。说他先前乃是受人所托，帮着联系过一些江湖人士，但所做之事仅限穿针引线，对于之后发生的种种事情，他全然不知，更是不曾参与。而托他之人正是他的老友，现东缉事厂督公徐锦的义子徐追。因徐锦曾对他颇多照应，所以他才帮了这个忙。讲到后来，王公公老泪纵横地跪在骆思恭的面前，恳请骆思恭千万不要将此事上报朝

第二十八章

廷,他愿意将功赎罪,把所知一切全部告诉骆思恭,毫无保留。

可真是毫无保留吗?如果真的是这样,他王国臣也不可能坐上南京镇守太监这个众人垂涎的位置。他的目的说来其实也简单,不过是为他自己留个后手罢了。万一福王事败,他王国臣早已弃暗投明。更何况亲王靠着走私贩卖些违禁的货物,借此捞点油水,在大明是再正常不过的事了。而如果福王事成,就算事后被其知晓也不打紧。他可以托言,自己的目的不过是为了故意扰乱锦衣卫的视线。无论事情如何发展,他都立于不败之地。

骆思恭看着王国臣跪在那里,哭天喊地忏悔罪过表述着忠心,冷目不语。为了套出消息,必须先哄住这老匹夫再说。于是骆思恭佯装思索,又假意推脱一番,最后才勉为其难地答应了王公公的请求。王公公不由得大喜,随即将自己是怎么安排的漳州府市舶司提督韦公公同徐追的手下赵常五见面一一道出。同时,他也说明这赵常五原本就是海寇。

骆思恭什么表情龙青没有看到,也没留意去看,因为他在一旁已经听得呆住了。

徐大哥居然为了一己私利而里通外国。为什么?那自己的家人,真的是他杀的吗?往日的情分,终究还是抵不过这功名利禄吗?

也不知道骆思恭接下来又跟王公公讲了什么,又说了多久。浑浑噩噩之下,龙青眼神涣散地跟着骆思恭离开王国臣的宅邸,如同又回到老母和妻儿遇害的那天。

从王国臣府邸出来,骆思恭散去了埋伏在周围的锦衣卫,对吴羊说:"你也辛苦了,先回去休息吧。"然后转头看向失魂落魄的龙青,"龙青,你跟我回卫所,我有话问你。"

吴羊拍拍龙青的肩先行回了住所。龙青没有回应吴羊,他只是低着头,木讷地跟在骆思恭身后,一直到回了卫所,进了骆思恭的书房。

骆思恭坐在太师椅上,指着面前的一张椅子说道:"你也坐下歇会儿吧。"

待龙青坐下,骆思恭才神色凝重地问道:"龙青,你的父亲曾与我是同僚,你也算得上是我的世侄,有些话我就不拐弯抹角直接和你说了。我且问你,你是否知道徐追徐公公,是福王殿下的心腹?"

龙青抬起头看了眼骆思恭,神情复杂,"我……我不知道。"

骆思恭仔细地观察着龙青的神色,似是想要从他脸上找出什么破绽,"那我现在告诉你,徐追和他的义父徐锦,从福王殿下还是皇子时便一直是福王殿下的心腹。

我怀疑,之前我、你和你的家人,还有黄政浩及高大伟的遇袭,都是徐追一手策划安排的。"

龙青沉默不语,目光黯淡,不知该如何回答。因为他依旧无法相信,那个儿时最好的朋友、重逢后依然对他关怀备至的徐大哥,会对他和他的家人下如此狠手。可从龙家惨案那天起至今所见的一切线索都残酷地指向这个方向,种种事实摆在眼前,由不得他不信。

骆思恭接着说道:"可为何将你们一个个贬职调离京师后仍嫌不够,还要执意杀人灭口呢?会不会是你们几个当初在查案时发现了什么重要的线索,你们没有察觉到,却让他们感到了危机,这才决定要斩草除根。可到底是什么让他们如此紧张呢,难道就是私运火药这么简单吗?不应该啊。"

见龙青久久不语、一副失魂落魄的样子,骆思恭重重地叹了口气,"木已成舟,过去的事情已经过去了,你也别过分自责。你只要记得,锦衣卫的职责其实很简单,无非是'了却君王天下事,赢得生前身后名'这两句话罢了。好了,你先去休息吧。"

龙青抱拳施了一礼,便缓缓走出门外。

看着龙青离去,骆思恭起身来到书案前。坐定后,他提起笔,写起了准备呈给锦衣卫首领刘守有的密报,"禀刘大人,下官怀疑太子遇袭一案与荣王无关。实则与福王及倭人有关……"

还处在恍惚茫然状态下的龙青,不知道自己是怎么回到的住所。他躺倒在床上,一闭眼就看到母亲和妻儿的笑脸,笑得他心里直泛酸。龙青猛地坐起,走出房门。他想去找父亲龙炎,却想起父亲几日前就住回了李家村。不如去吴羊或曹九那儿坐一会儿,却发现两人房间内的烛火都已熄灭,想是两人都已经睡下。龙青无奈,只得回到自己屋内,强迫自己合眼不去想什么事情,可他却阻止不了亡故之人入梦。

就这么辗转反侧、昏昏沉沉了一夜,总算窗外天色渐亮。龙青不愿再睡,便起身穿衣来到吴羊的房外,想要找他一起出门散散心。可龙青连着敲了几下门,房内都没回应。龙青又用力地敲了几下,房内依然无声无息。龙青心下奇怪,吴羊今天怎么睡得这么沉?往日他可是睡得最浅眠的,当初三人在一间屋里睡觉,高大伟只要一打鼾,吴羊就会被吵醒。而现在自己都把门敲得震天响,他怎么会连一点反应

第二十八章

也没有？

正当龙青犹豫要不要撞门而入时，恰好遇到曹九一早习武归来。看到这一幕，曹九抹着脸上的汗问道："怎么了？"龙青的声音微微颤抖，"吴羊在里面……却没有回应……"

曹九面色一沉，抬脚从靴子里取出一把匕首，说道："你让开，我来。"等曹九用刀撬开了房门，龙青马上冲进里屋，高喊道："吴羊！"却看到吴羊依旧把自己包裹在被子里，一动不动。

龙青和曹九惊恐地对视一眼，曹九上前一把掀开被子。

吴羊的身体僵直不动，一双三角眼瞪得大大的，脸色惨白如纸，毫无血色。他早已被人割喉身亡，包着被子只不过是为了防止血流出门外被人发现而已。

曹九见状赶忙跑出门外找人帮忙，而龙青则早已是跌坐在地。

就在前一夜，吴羊还活生生地站在他的面前。不想才过了一晚，他与吴羊便阴阳两隔。眼前触目惊心的血迹和刺鼻的血腥味让龙青有点反胃，他哭着一路跌跌撞撞地来到门边，扶着门栏狂吐起来。

为什么，为什么身边这些与他亲近的人都会一个个惨遭横祸，为什么！

龙青用力地捶打着地面，仿佛不知疼痛。

徐追！一定是他！吴羊之前一直吵着要亲手杀了徐追报仇，一定是被徐追知道了，所以他派了人来将吴羊给杀了，一定是这样！

这个恶鬼！禽兽不如的东西！

龙青抬起头，双目通红。他的眼神变了，原本目光中的仁慈、柔情、怜悯，荡然无存，剩下的只有仇恨、冷酷、残忍和杀戮。

他一定要手刃徐追，为枉死的亲人和挚友报仇！

锦衣卫指挥使刘守有接到了骆思恭的密报，可这次他没有相信骆思恭的话。因为就在不久前，朝廷收到了日本国送来的国书。日本关白派遣的使团将在一年一度的上元节当日叩拜大明皇帝，以求封赏。如果真如骆思恭所言，太子遇袭案和漳州码头爆炸案都是倭人做的，那他们现在又亲自来拜见皇上，目的何在？简直毫无道理，说不通啊！但让骆思恭他们继续留在应天的确已经毫无必要，目前查到的所有线索又指向京师。且上元节即将到来，单就灯会已是人山人海，更何况倭国使团还

厂
卫

要在此期间入宫面圣。仅靠顺天府现有人手来维持秩序，确实有些捉襟见肘，届时锦衣卫必然也会全员出动。于是，刘守有以卫所人手不够为由将骆思恭及龙青调回京师。

龙青原打算让曹九与他同去京师，可曹九却以过不惯北方生活为借口拒绝了龙青的邀约。龙青无法，只得请曹九代自己照顾父亲龙炎，曹九欣然同意。

待骆思恭及龙青上路后，曹九回到自己的屋子，关上房门，提笔在一张小字条上写道：骆思恭、龙青返京，另吴羊已诛。随即将字条用蜡丸封住，拿出信鸽将蜡丸绑妥后放飞了鸽子。只见鸽子径直地向着北方飞远。

其实曹九在很早前就投靠了赵常五。父母双亡那年，曹九尚是总角幼童，一个饱受家族亲友冷眼的孤儿，在饥寒交迫下不得已混迹于街头市井之中。如今他虽只是一介草莽，但幼年惨痛的经历让他对这世间冷暖看得十分透彻。他知道只有不择手段，方能保全自己。白天的曹九在旁人眼中是个绿林好汉，可到了夜间他就成了一名江洋大盗。长期的风霜给他打造了一颗黑心。曹九信奉的是：人为财死、鸟为食亡。同样，他也正是这么做的。

第二十九章

　　上元节又称灯节。天官喜乐，白昼为市，热闹非凡，夜间燃灯，蔚为壮观。京师届时将会处处张挂彩灯，满城的火树银花。距上元节还有五日，骆思恭和龙青终于抵达京师。其实不单是他们，五湖四海的人都在朝着京师的方向汇聚而来。人们不愿意放弃这一年一度的盛会，路上的行人变得拥挤不堪，节日的气氛已经提前酝酿起来。

　　骆思恭和龙青无暇流连于京师的繁华景象中。进了城门，两人面色沉重地直接去拜见了锦衣卫指挥使刘守有。骆思恭将手中现有的线索及他大胆的猜测再一次向刘守有阐述了一遍，可刘守有依旧无法相信骆思恭所言。

　　"大人，若我们不提早防备，只怕那倭人……"骆思恭焦急地说道。

　　刘守有挥手打断了骆思恭，板着脸说道："好了，此事容后再议。眼下最紧要的，便是这五日后的上元节。倭国使团已经抵达京师，将在上元节当日入宫叩见皇上。在此期间，你们可不许给我横生枝节！"

　　龙青在一旁忍不住出声，"指挥使大人，骆百户所言……"

　　刘守有眼神凌厉地瞪着龙青，"你是听不懂我的话吗？"

　　骆思恭一把将龙青拉到身后，拱手同刘守有赔罪道："大人，龙青他只是一时心急，才会出言顶撞，还望大人勿怪。"

　　刘守有转头看了眼骆思恭，"这上元节越来越近了，京师内近期出现大量倭人商贩。你给我盯着倭国的使团和那些商贩,切不可在上元节期间出了纰漏。明白吗?"

"是,下官明白。"骆思恭应道。

"好了,下去吧。"刘守有的神色略显疲惫,端起茶盏打发走了骆思恭、龙青二人。

离开刘守有的府邸,骆思恭笑着同龙青说:"刘大人没那么难相处。我估计,是被倭人使团的事弄得有些心烦。"见龙青默默地点了点头,骆思恭接着说,"你先回原来的住所休息,卫所今日也不用去了,明日再去。其余的等过了上元节,我会和刘大人再好好说说。"

龙青苦笑着说:"大人放心,我明白。没什么事我就先走了。"

告别了骆思恭,龙青遥遥望向董府的方向,深深叹了口气。按照往常,龙青每次回到京师,总是先去董府探望妹妹。可这次龙青犹豫再三,还是决定放弃。见了二丫该如何向她开口?难道说一家人都遇害了,而且凶手还是徐追派来的?龙青实在说不出口,索性还是先不见的好。

龙青站在原地发了会儿怔,百无聊赖下只得形单影只地向着住所走去。

进了巷子,三转两转之下,龙青来到自己住所外,却发现一名陌生的男子正站在自己的屋外。同时这名男子也看到了龙青,快步朝龙青的方向迎了上来。龙青心中不由得一紧,右手下意识地握住腰间的佩刀。那男子看到龙青如此警惕,忙停下脚步,大声喊道:"龙大人,小人只是替人传个口讯,大人无须慌张。"

听到那个男子的话语,龙青没有放松警惕,依然把手放在刀柄上,"什么话?就站在那儿说。"

那男子略微有些迟疑,他抬头环顾了下四周,又犹豫了一会儿,才压低声音说:"大人,有人让我给您带句话。今日亥时,东直门外蓬莱阁,不见不散。"说完,转身从巷子另一侧离去。

当听到东直门外蓬莱阁时,龙青心下已经了然,来的这个陌生男子是徐追的人。说不清自己现在是什么感受,一种既愤恨又心痛的情绪卡在他的心头,令龙青手脚发麻,难以呼吸。徐追怎么知道我回京了?他为什么要见我?难道还想再利用我?到底该不该去?龙青的思绪不由翻滚起来,魂不守舍地在门外久久站立。

第二十九章

天边一轮如血残阳渐渐西沉，留下一抹霞光映照在龙青神色复杂的脸上。

最终，龙青还是决定前去赴约。因为他想当面向徐追问一句"为什么"。

夜色如水，蓬莱阁的雅间内，相同的场景，一样的画面。甚至人还是同样的这两个人，他们分坐在桌子的两边，可一切都已时过境迁。

龙青直勾勾地盯着徐追，强忍怒火道："为什么？你为什么要这么做？"

徐追眼睑轻垂，"你为什么要回来？"

"报仇！"

"你回来，去看过二丫……琴语了吗？"

"我没脸见她。也没脸告诉她，究竟是谁，把我们家还有李家村的老老少少都给杀了！"龙青说到激动处，轰然站起，推开面前的餐桌，冲过去揪住徐追的衣领，瞪着他，目眦尽裂。

徐追任由龙青将他提起，没有丝毫反抗。他只是深深地看着龙青恨极的脸，悠悠地道，"我也没脸去见她。这次我叫你来，就是想告诉你，龙婶、你的妻儿……还有其他人不是我杀的。我没有安排过任何人去害你一家老小。"

龙青手上越收越紧，"你为福王卖命，是不是你安排的，有差别吗？"

徐追无力地闭上眼，"……是，你说得对，没差别。所以你想杀了我，给他们报仇。"

龙青咬牙切齿地回道："是。"

"那你怎么还不动手？"

"你以为我要直接杀了你？哼，杀了你岂不是太便宜你了！不！我要亲手将你抓入诏狱，再将你们的罪行公之于世，让你们身败名裂、遗臭万年！你们做的那些事，不要以为别人都不知道！"

徐追睁开了双眼，"噢，什么事？"

"你与福王置朝廷法度于不顾，里通外国。将火药私下贩卖给倭人，勾结倭人行刺太子，事败后诬陷忠良。桩桩件件，皆是灭九族的大罪。你还要我说下去吗？你就算现在想杀我灭口也没用，这些事我都已上报给锦衣卫指挥使刘守有大人了。马上朝廷就会将你们绳之以法，你们全都会死！"龙青松开徐追，坐回原位，仰头喝下一杯酒，胸口仍在剧烈地起伏。

徐追的眼中闪现一丝慌乱。龙青怎么可能知道这么多？而且他还通知了刘守有，刘守有会不会已经禀报给了万岁爷？

片刻的冷场后，徐追缓缓坐起身，整理了一下凌乱的衣领，"你不该回来。"

龙青冷哼一声："怎么，徐大人害怕了吗？"

徐追没有回答，而是选择起身离开。临出门前他同龙青说了最后一句话，"龙青，趁早离开此地吧，带上琴语一起找个隐蔽的地方好好过日子。"说完他带上门走了。

龙青摔碎了手中的酒杯。其实，他是故意诓骗徐追，想看到徐追的慌乱，只有迫使徐追犯错，他才有机会追查下去。不然之后就连这样的机会也不会有了，因为刘守有根本不相信他和骆思恭，认为他们说的都是疯话。

徐追万万没有想到，锦衣卫居然由龙青处了解到那么多的线索，并且离真相已如此之近。出了蓬莱阁，徐追直奔皇宫，找到徐锦及福王商议，将锦衣卫掌握的线索告知了二人。

"什么！你说刘守有已经都知道了？！"朱常洵惊得瞬间脸色惨白。

"是的，殿下。"徐追眉头紧锁答道。

徐锦脸色阴沉，向朱常洵躬身道："殿下，以老奴所见，既然锦衣卫已经起了疑心，那咱们就不能等五日后的上元节了，唯今之计只有将计划提前这一条路。"

"是，你说得对，再等下去恐怕夜长梦多。那依你们看，我们应该如何提前？"朱常洵焦急地问。

"殿下，下官觉得，义父必须尽快赶回万岁爷身边探听消息，看看锦衣卫是否有密报上奏。而提前行动，下官需要三日的准备时间。"徐追沉声道。

"嗯，说说你的打算。"徐锦嘴角下垂，皱紧了双眉。

"三日后，下官会命赵常五带领手下及倭人开始刺杀平日里与殿下意见相左的大臣，特别是内阁中那些支持太子的大学士。同时，让他们在京师内制造混乱，令顺天府应接不暇。锦衣卫为控制事态势必倾巢而出，如此一来卫所内定然空虚。下官让石义在卫所待时而动，找机会除掉刘守有，接过锦衣卫的指挥权，这样我们就控制住了整个锦衣卫。再以京师治安为由，让锦衣卫强行接管顺天府的所有城防。随后，由石义率领本部人马与赵常五及借朝贡之名抵达京师的大队倭人使团汇合，以宫内有人谋反为借口，合力攻打皇宫。而东厂二档头张宏，负责在宫内接应。里

第二十九章

应外合之下,伺机打开宫门,接应石义等人杀入内宫。下官会先带领倭人的忍者混入宫内制造混乱。同时,以御马监监督身份将宫内禁军的注意力调开,随后伺机刺杀万岁爷,而义父届时便陪同殿下准备登基。"徐追冷静地将回宫路上想到的对策讲了出来。

"连父皇也要一起……"朱常洵有些举棋不定。

"殿下,这也是逼不得已的事。如果万岁爷不死,皇宫内四卫营随时都会反扑。就咱们这点人马,根本抵挡不住。"徐追说道。

"其他的就按你说的办,但这件事,你容我再想想。"

三人心中都明白,正值危急存亡之秋。此举若不成功,则必定成仁,是以布局不得有失。虽然朱常洵的野心早已写在了脸上,可仍难免忐忑。

"殿下!"徐追还想再劝导朱常洵。

"你去吧。"可朱常洵却不愿再听。

屏退了徐锦、徐追二人,朱常洵思量许久。最后他独自一人来到翊坤宫觐见了郑皇贵妃,并将计划告之于她。

"放肆!谁许你们如此胆大包天,还想谋害陛下!洵儿,那可是你的父皇啊,你怎可如此薄情寡义!你要知道,弑君弑父乃是极为不忠不孝之举。你若当真如此行事,必遭天谴!徐锦他父子,竟敢挑唆我儿做如此天理不容之事,到底是何居心!"翊坤宫内,郑皇贵妃听完他们的计策,不由勃然大怒。

朱常洵跪倒在地,"儿臣知道,所以儿臣没有应允他们,而是特意来同母妃商议。"

郑皇贵妃听到朱常洵的话,目光这才好些,她上前一步扶起朱常洵,"洵儿,起来吧。"

郑皇贵妃让朱常洵坐到自己身旁,握着他的手,柔声说道:"洵儿,母妃当然支持你取代那个'都人子'当太子,甚至以后荣登大宝。可母妃绝不会允许你伤害陛下。如若你定要一意孤行,那就先杀了母妃吧!"

朱常洵紧紧拉住郑皇贵妃的手,恳求道:"母妃莫恼,儿臣明白。儿臣会命他们控制住父皇,请他退位,传位于我即可。儿臣绝不敢伤害父皇丝毫。"

郑皇贵妃看着朱常洵,"可当真?"

厂
卫

"儿臣愿起誓！"

"那好，你放手去做吧，后宫有我帮你看着。"郑皇贵妃眼中闪过一丝狠厉决绝。

抵达京师的第二日，龙青抽空拜访了韩潇。

当听龙青讲述到，家宴上龙青家人遇难以及高大伟、吴羊的惨死时，韩潇感到十分惊讶。他没想到，不过才些许时日未见，龙青的身旁竟发生了这么多的惨事。

"人死不能复生。龙青，你自己也要保重身体，想他们的在天之灵定不愿见你太过悲伤。有什么我能帮得上忙的你尽管开口，怎么说你们三个也是我一手带出来的，不要跟我客气。"韩潇看着龙青眼神哀痛、倍感沧桑的脸，叹了口气，拍了拍龙青的肩膀。事已至此，他能做的唯有尽量宽慰龙青而已。

"韩大人，我没事，谢谢你。"龙青纵然内心酸楚异常，无法消解，却还是强颜欢笑，感激地回道。

韩潇心知他心中郁结一时难消，便转移话题聊起自己的近况。两人闲话了一会儿，韩潇欲请龙青去酒楼，但龙青毫无胃口，起身匆匆告辞。

辞别了韩潇，龙青前往卫所，得知锦衣卫北镇抚司对他和骆思恭有了新的安排。龙青暂归杨明鉴百户统领，骆思恭则另有重任。

龙青起初有些惊讶，怎么会毫无征兆地就把他调派到昔日对头杨明鉴这边。但是很快他就接受了这个事实，如果说从前的他还怀着努力争先、光耀门楣的想法，那么如今的他心境已然不同，对于功名早已没有了追逐的欲望。现在的他只求能查清真相为亲友报仇，因此在谁手下做事，又有何分别呢？而且在杨明鉴麾下也好，不管怎么说他也算是故人。龙青也正好能乘此机会，向杨明鉴了解下他和高大伟遇袭那天的具体情况。

于是龙青在卫所四处寻找杨明鉴，最后在校场找到了他。远远地，龙青就看见杨明鉴蜷缩在角落里，手里好像拿着什么东西在看。杨明鉴察觉有人靠近，忙将手中物件藏进衣服中。他起身看到是龙青，居然难得满面笑容，主动与龙青攀谈起来。

"想起当日……直到现在，我仍是追悔莫及啊！"讲起往事，杨明鉴未语先泣，"那日，我与高大伟被朱载堃的杀手困住，不得已之下分头突围。途中，我肩上中了一箭，可总算捡回一条命，拼死逃了出来。但是没想到，高大伟却被那伙贼人给堵在了里面……当初我就应该豁出这条命，回去救高大伟的，这样他就不会……

第二十九章

就不会身首异处死得那么惨！龙青，都是我的错，你打我、骂我吧！"杨明鉴捂着肩头，痛心疾首、涕泪横流。

龙青直到今日才知道高大伟遇害那天的具体情况，泪水不受控制地划过脸颊。他用手抹去脸上的泪痕，对杨明鉴说："这事不能怪你，那时你们人单势孤，自己想着往外突围还来不及，哪里还顾及得了旁人。我想，高大伟他的在天之灵也不会怪你的。你不要再自责了。"

杨明鉴用袖子擦了擦眼泪，诚心诚意地对龙青说："当年一起出来的兄弟，现在也就剩下你我二人。以前的那些破事，咱们就把它当个屁放了拉倒。龙青，你放心，现在你在我这儿做事，我一定会多多照应你，绝不会让你出任何事！"

"别说什么照应不照应的，有什么任务你照常吩咐我就是了。"龙青无所谓地耸耸肩。

虽说卫所内，给杨明鉴与龙青安排的任务是维护京师的安全。但龙青志不在此，他只是想着上元节能快点结束，这样他就可以继续追查福王同徐追等人的罪证。

可一切在上元节的前两日开始变得不同，因为福王朱常洵的计划开始实施了。

第三十章

正月十三日的夜晚，月华如洗，照亮了整个京师。因为上元节的临近，京师中早已彩灯满城，风动影绰。

当夜，文华殿大学士兼户部尚书李时奉、顺天府府尹孙一正分别在各自宅邸遇袭身亡。几乎同一时间，文渊阁大学士王锡爵也在府中遇袭，不过王锡爵虽然年事已高，但还算身轻体健，又幸得府中侍卫拼死相救，才保住了一条性命。

京师内一时人人自危。锦衣卫指挥使刘守有为控制事态，当即宣布全城戒严。偌大的京师恍若成了一座鬼城，大街上除了全副武装的兵卒外少有见人。不但如此，刘守有还命驻扎京师的锦衣卫全员出动，挨家挨户搜索凶犯。龙青接到命令后，与其余锦衣卫一起，跟随着百户杨明鉴在京师内四处追查刺客的线索。

一切正如福王朱常洵等人设想的那样行进着，石义等候多时的机会终于到了。乘着卫所内人员空虚，疏于防范之机，石义带着手下匆忙来到刘守有的房间。一进屋，石义就急急地对刘守有说道："大人，下官有紧急军情向大人禀报！"

"石大人，快请讲。"刘守有心中不免有些局促，心想：难不成又出什么大事了？

可石义站在那儿，只是用眼睛不停地瞥着屋门，一副欲言又止的样子。刘守有心领神会地站起身，来到门前将房门关了起来。回转身，却看到竟有一双眼睛紧紧地贴着自己，刘守有下意识地向后躲去，不料撞上了身后的房门。突然，他的下巴上一阵刺痛，他甚至还没来得及发出任何声响，就倒在了石义的身前。

第三十章

卫所传来消息，在白纸坊、玉皇庙一带发现了刺客行踪。杨明鉴带着龙青及一众锦衣卫急忙赶了过来，将白纸坊团团围住后，开始挨门逐户地搜寻起来。龙青同杨明鉴敲开了一户人家，正要进屋搜查，却听到头顶传来一阵轻微的瓦片响动声。龙青急忙退到院中抬头张望，就见到一道黑影从屋檐上飞快地掠过。

来不及招呼其他人，龙青跟着黑影追了下去。杨明鉴看了眼龙青的背影，转身对同行的锦衣卫吩咐道："我和龙青去追赶，你们进屋接着搜，切不可让贼人同党逃脱！"说完，他便朝着龙青消失的方向急急追去。

杨明鉴脚下速度极快，不一会儿就赶上了龙青。龙青听到身后的脚步声，微微转头用眼角的余光看去，见到杨明鉴手持单刀也赶了过来。龙青冲杨明鉴点了下头后收回目光，继续紧盯着身前的黑衣人追了下去。可就是这瞬间，那名黑衣人居然消失在了夜色里。龙青停下身形，屏息凝神地细细观察起来，却突然感到耳后一股劲风袭来，龙青下意识地向前探身躲避。

夜色下，一道寒光划过，紧接着传来一声闷哼。

龙青的右手无力地下垂着，原本紧握在手中的佩刀跌落在地。幸好往前冲了半步，那一刀只是砍中了龙青的右肩。额头和后背还在不停地冒着冷汗，龙青用左手紧紧捂住右肩的伤口，一阵钻心的疼痛，引得双眉也绞在了一起。鲜血正在汩汩流出，顺着手掌往下淌。龙青咬着牙，转身看向杨明鉴，吼道："你疯了！"

此时，那个消失在夜色下的黑衣人竟出现在杨明鉴身边。原来他同杨明鉴是一伙的，方才只是故意做了个饵，为的就是引龙青上钩。

杨明鉴看着受伤的龙青，一脸阴笑，摇头叹息不已，"当日我还和高大伟说呢，你会在下面等他。啧啧，龙青啊龙青，你说你这不是让我言而无信嘛！为何还要垂死挣扎呢，痛快点下去，不是对大家都好吗！"

"高大伟是你杀的！"龙青死死地瞪着杨明鉴。

杨明鉴拍了拍掌，"没错，正是本公子干的。一刀下去，'咚'的一下，那傻子的头就这么掉了。哈哈哈哈，痛快，痛快！为了掩饰这件事，我还特意扎了自己一箭。你别用这种眼神看我，要怪就怪你自己，谁让他是你的好兄弟呢。所以他该死，当然你更该死！"

"你混蛋！杨明鉴，你我等人也算是同僚，当年一同受训入职……"

杨明鉴飞起一脚将龙青踹倒在地，踏前一步将龙青的脑袋狠狠地踩在脚下，用力碾着,"闭嘴吧你!什么狗屁同僚!我明明处处比你强,凭什么你一直压我一头,凭什么你官职与我相同!就因为你认识骆思恭,认识徐公公?呸!如今你还不是要死在我手里!"

看着脚下的龙青,杨明鉴的嘴角向上扬起,"看你死到临头,我也不怕再多告诉你一些事,让你也做个明白鬼!那些个大臣都是我们的人干掉的。现在这个时辰,估计刘守有应该也死了。指挥使一职将由石大人接任,而我和石大人都是福王殿下的人。当然,你的好兄弟徐公公也是。等过了今晚,我们辅佐福王殿下登基,立马就可飞黄腾达、加官晋爵,人人皆是功臣。而你……家破人亡不算,身边好友也都要受你牵连做了孤魂野鬼,现在连你自己也要一命呜呼了,看你还拿什么再跟我争。哦,对了,还有你的恩师,韩潇韩大人他……"

话未说完,"嗖"的一声,杨明鉴被一箭射穿了右臂,手中的刀落到地上。他诧异地回头,可黑暗中什么都看不到。杨明鉴慌忙地用左手捡起刀,再转头看向龙青时,就看见一个黑洞洞的火铳口正对着自己的面门。杨明鉴记起来了,这把火铳正是吴羊从他手中赢过去的那把佛郎机短铳。

龙青举着火铳冷冷地看着杨明鉴。

杨明鉴惊恐地瞪大双眼。"嗵"的一声爆响,龙青开枪了,一阵青烟飘过,杨明鉴仰面倒在血泊中。一旁的黑衣人见势不妙,转身就想逃。黑暗中又是"嗖"的一声,黑衣人被一箭射中了脖颈倒在地上,可并未立刻死去。他躺在地上嘴里不停地冒着血沫,口中还发出"咝、咝"的声音,手脚也在胡乱抽搐着,像极了一条离了水的鱼,在那做着最后的努力,无用地挣扎。

黑暗中,韩潇领着一众锦衣卫走了出来。龙青见来人是韩潇,这才放下手中的佛郎机短铳,大口地喘着粗气。韩潇赶忙将龙青扶起,查看起龙青的伤势。

"韩大人,快,别管我,福王要谋反!"龙青顾不得自己的伤,着急地抓着韩潇的胳膊说道。

韩潇取出金疮药给龙青止住伤口的鲜血,"别急,你先冷静一下,你是说福王……要谋反?"

"没错,就是福王!而且那些大臣也是福王派人杀的,他们还要杀指挥使刘大人!"

"刘大人在卫所坐镇,卫所内防范森严,岂是他福王想杀就能杀的!"

第三十章

"韩大人,石义也是福王的人!"

"那就糟了。"韩潇紧锁着眉头。

此时,一名锦衣卫校尉走了过来向韩潇禀报,"千户大人,杨百户同那名贼人都死了。"

"知道了。集齐人马,通知下去,即刻赶回卫所。"

校尉得令而去。

韩潇站起身看着龙青,"你的伤怎么样,还能动吗?"

"没什么大碍。"龙青用背抵着墙,缓缓地站了起来。

"好,那就随我一同回卫所看看。"

"是。"

号令声中,众人翻身上马,一路策马狂奔。借着赶路的机会,龙青来到韩潇的身边,"韩大人,多谢你的救命之恩。如果不是你碰巧经过,今晚我只怕难逃一死。"龙青感激地对韩潇说道。

"你不用谢我。其实是我收到一份密函,上面说你有危险,而且密函上还标识了大致方位,我才能及时赶到。"韩潇一边说着,一边心下奇怪。今夜常五突然找到他,命他去救一个人。他还特意叮嘱韩潇,说此人徐公公极为看重,千万马虎不得。能够让徐公公挂心至此,龙青究竟跟他是什么关系?可为何常五临走前还要说一句,不可在此人面前点破呢?

龙青也是心下疑惑,到底是谁知道自己有危险,特地为他搬来救兵呢?他哪里知道,徐追原打算直接提醒他本人的,可当徐追赶到卫所时,却听闻他已同杨明鉴外出。徐追无法,这才命人通知韩潇。

一路无话,众人向着卫所的方向疾驰。进了宣北坊快到琉璃厂时,只见远处人影憧憧,一队人马身着锦衣卫的服饰,而且看着方向也是要赶往卫所。

众人止住马匹,借着月色看去,为首的人影有些熟悉。龙青试探地问道:"骆大人,是您吗?"

"是我。对面是龙青吗?"说话间,骆思恭已然到了近前。

"骆大人真的是你?"龙青看了眼四周,压低着声音,"福……"不料却被韩潇打断了。

韩潇道："骆大人，你是要赶去卫所吗？"

"是。这位千户……"借着灯光，骆思恭打量起龙青身旁的这个陌生男子。千户的服饰，可夜色下面容看不真切，却有一种似曾相识的感觉。"韩潇！"骆思恭终于认出眼前的男子，不由得一声惊呼。

"正是韩某。"韩潇坐在马上拱了拱手。

慌乱中，骆思恭想到了韩潇现在的身份，急忙道："千户大人，下官失礼了。"

"骆大人，不必客气。不知大人此时赶往卫所所为何事？"

"锦衣卫指挥使刘守有大人遇害身亡，下官收到命令，即刻回本部听调。"

龙青担忧地看着韩潇。

韩潇接着问道："那指挥使一职现在由何人接任？"

"宫中传来旨意，由石义石大人暂领锦衣卫指挥使一职。"

"骆大人，你千万不能回去，福王要谋反。"龙青不禁脱口而出。

骆思恭被龙青的话惊得深吸了口气，"你从哪里得来的这个消息？"

龙青将杨明鉴死前透露的消息告诉了骆思恭。听得骆思恭眉头一阵紧锁。

"骆大人，不知接下来你作何打算？"韩潇盯着骆思恭的双眼。

骆思恭垂着双目心中盘算着，卫所本部是不能回去了，去了只会被他们一网打尽。现如今只有尽快去找内阁首辅、文渊阁大学士王锡爵，将实情告知他，请他定夺。

骆思恭将心中所想讲出。韩潇沉默了片刻后抬起头，看着骆思恭和龙青说道："看此情形，我估计福王今夜就会动手。不如让龙青与你同去王大人府邸，而我带着其他人等先行赶往皇宫，找司礼监冯公公一同向皇上禀明此事。"

龙青着急地看着骆思恭。

"今夜！好，那就如千户大人所言行事。"骆思恭心知去找冯保和随后觐见皇上意味着什么，可眼下形势危急，实在不是争功的时候，于是爽快地答应下来。

重又集结队伍，韩潇调转马头，看着骆思恭，"骆大人，你我一别二十余载，没想到竟会在此刻重聚。哈哈，有趣。驾……"韩潇向着皇宫方向纵马而去，余下锦衣卫紧随其后。

骆思恭露出一丝苦笑，看了眼愣在一旁的龙青，说道："走了，没时间发愣了。"

第三十章

两队人马分头行事，骆思恭与龙青抵达王府后，同首辅王锡爵大人见了面，将情况向王大人做了简单说明。

王锡爵看着骆思恭再三确认，"骆思恭，此事非同小可，你确定福王将在今夜谋反？"

"王大人，就在今夜，当初反对册立福王为储君的诸位大臣接连遇害，现在就连指挥使刘大人也惨遭不测，而且接任之人还是暗中支持福王的石义，世上哪有这么巧的事！"骆思恭着急地争辩着。

王锡爵仍是拿不定主意，在屋内四处踱步。此时，门外传来王府侍卫的声音，"大人，城东、城南传来火光！"

王锡爵停下脚步，看着侍卫用颤抖的声音问道："那皇城呢，没事吧！"

"大人，皇城内也有火光传来。"

"这可如何是好？"王锡爵一下慌了神，手足无措地说道，"老夫虽然是首辅，可手中却无一兵一卒，更无兵符能调动城中禁军啊！"

龙青跪倒在王锡爵的面前，恳求道："大人，不能再犹豫不决了，请您速速决断。"

王锡爵思索良久，终于下定决心，"你们二人带领老夫府中侍卫先赶往皇宫护驾。老夫再想想办法，看从哪里还能调来兵马增援。"

骆思恭心知王锡爵一时也不可能再有其他办法，只得领着龙青及王府一干侍卫向皇宫赶去。

与此同时，韩潇已到达皇宫，在宫门口着急地等待小太监禀报司礼监掌印太监冯保。

宫内，福王这场反叛大戏终于开锣了。

先行潜伏入宫的倭人刺客，乘着夜色在几处僻静的宫殿里淋上火油，点起了火。火借风势，一时间皇宫内火光冲天，四处弥漫着烟雾。宫人们一边高喊着"走水了"，一边四处救火。由于着火点太多，宫中的火龙队忙得人仰马翻，实在是来不及调派，不得已就连负责守卫宫内安全的禁军也被调去一同灭火。徐追看着眼前的一片乱象，满意地点着头。同时，他的身体慢慢地向后退去，直到整个人消失在夜色中。

半炷香的时间,徐追来到万历的寝宫外。躲在假山的暗处,徐追细细观察着驻守在殿外的府军前卫,暗暗地捏了捏拳,转过头对着黑暗中说道:"不要妄动,等我消息。"黑暗中,出现数道人影,皆是一身黑衣,就连脸上也用黑布重重包裹,只露出一双双凶残的眼睛。看到领头的黑衣人重重地点头后,徐追深吸几口气,将剧烈的心跳稍事平抚,又蹲下身子抹了些泥土在脸上,这才跌跌撞撞地向着寝宫跑去。

徐追边跑边喊:"走水了!走水了!"

"止步!何人喧哗?"一名府军前卫校尉大声喝道。

"下官御马监监督徐追,劳烦大人启奏皇上,因宫内走水,特请万岁爷移驾。"徐追停下脚步,慌乱地说道。

"噢,是徐公公,还请稍候片刻,待我禀明我家大人。"校尉听闻是徐追,言语间不觉客气了许多。

"走水吗?"一男子身着戎装从大殿的转角处走了出来。

"大人。"听到话声,校尉赶紧低头请安。

"窦大人。"徐追用热忱的目光看着身前这位长相憨厚的中年男子,心中却是叫苦连连。府军前卫的五位指挥使,唯独这窦双喜最难对付。别看他浓眉大眼,平日里总是笑嘻嘻,一副人畜无害的样子,可心思十分缜密,而且软硬不吃。

"当前时局未明,若让万岁爷在此刻移驾,只怕不妥。徐大人,请恕下官难以从命。"窦双喜面带笑容地看着徐追。

"窦大人,眼看火势蔓延,火龙队已是应接不暇。下官也是唯恐惊扰万岁爷圣安,这才前来请万岁爷移驾。还望大人勿怪。"徐追试图说服窦双喜。

窦双喜眯着眼睛,似笑非笑地看着徐追,"圣上的安危自有府军前卫负责,无须徐大人费心,徐大人还是请回吧。"

"既如此,那就有劳大人,下官先行告退。"徐追扬了扬眉,见已无法将万历骗出寝宫,便转身告辞。可徐追才向前走了两步,就听到身后又传来窦双喜的声音,"尔等听好了,大火未被扑灭前,任何人等皆不可靠近陛下寝宫。违者,斩杀当场。"

守在殿外的府军前卫齐声喝道:"遵令。"

躲在假山处的黑衣人见徐追回来,压低声音,用拗口的语气问道:"皇帝,出来吗?"

徐追摇了摇头,"没办法,被府军前卫识破了。"

第三十章

"那现在,怎么办?"

徐追咬了咬牙,"只有强攻了。"

"好。"说完,黑衣人便消失在徐追的眼前。

夜色下,几声斑鸠的叫声过后,毫无征兆的,几名站立在灯光下的府军前卫校尉突然仰面倒在地上,一动不动。大殿前余下的校尉一阵慌乱,就在此时,四周的黑暗中闪出几道黑影,向着大殿前的府军前卫袭去。

第三十一章

  人喧马嘶声中，小太监终于找到焦头烂额的司礼监掌印太监冯保，将其引到宫门处。冯保的心思都在宫内的火情上，他看了眼韩潇不耐烦地问道："什么事啊？指名道姓地要见我，难不成你那儿还有比宫内失火更重要的事？你可想好了再回答，要不然小心我撕了你。"

  韩潇向前一步跪倒在地，"公公，就在今夜，福王要谋反！下官带领麾下特来救驾。"

  冯保诧异地看着韩潇，一副匪夷所思的表情。"快告诉咱家，到底是怎么回事！"

  韩潇忙将事情原原本本地告知了冯保。当听到刘守有已经身亡时，冯保着急地问："那锦衣卫现在何人掌控？"

  "下官听说宫内传来旨意，指挥使一职暂由石义接任。"

  "放屁，谁传的旨意！咱家身为内相，怎么不知道这事！是了，一定是福王假传的圣旨。"冯保扶起跪在地上的韩潇，"随我一同入宫面圣，将此事启奏万岁爷。"

  "是。"韩潇顺势站了起来。

  就在此时，骆思恭与龙青带领王锡爵府上的侍卫也赶到了宫外。骆思恭见冯保、韩潇都在，急忙下马迎了上去，并将王锡爵大人已去联系援军的消息告诉了两人。冯保听闻大喜，"原来王大人已经知晓此事，那咱家也就放心了……"

第三十一章

"嗵、嗵……"冯保的话被一连串的火铳声打断。宫门外,队伍尾端王锡爵府上的侍卫,瞬间就有十多人倒在了血泊中。

石义及赵常五率领着手下兵马及东瀛武士从后掩杀而来。

看着黑暗中乌压压的一大片人马快速地接近,所有人都慌乱不已。冯保在一旁急得直跳脚,他冲着身边的禁军厉声尖叫道:"快,快关上宫门!"

皇城内外一时间兵荒马乱。

宫门外,只有少数士卒抽刀同身后的敌人战在了一起。绝大部分的人都是丢弃了手中的兵器,仓皇地向着宫门内逃窜。

宫门内的禁军听到冯保的嘶叫声,急急地关着宫门,却被门外那些想进宫躲避的士卒给死死抵住,无意间反倒是等于帮了石义等人。看着眼前的乱象,冯保急得一脑门子汗,却束手无策。他转头看到先前向自己通报消息的那名小太监,仍木讷地站在一旁,不由怒从中来。冯保用力推了那名小太监一下,"快,快上去帮忙!"小太监被推了个趔趄,跌跌撞撞地向前跑去。"嗵、嗵……"又是一排火铳声响起。眨眼间,没跑出几步的小太监就倒在了冯保的眼前。冯保被眼前一幕吓得连连后退,慌乱间,也不知是踩了谁的血肉,脚下一滑,身体竟不受控地直接向后倒去,眼看就要摔倒在地,却被人从后一把稳稳地扶住。

冯保惊魂未定地转头,一张刚毅的脸出现在眼前,"韩千户……"

"下官在,公公勿慌。"韩潇见冯保没什么大碍,忙对着身边的校尉说道,"你们几个过来,给我守好冯公公!"

"是。"几名锦衣卫校尉从韩潇身后的队列中走出,将冯保围在了中间。

冯保感激地看向韩潇。韩潇对冯保点了点头,转头接着吩咐道:"其余人等,戒备,听我号令行事。"

龙青此时正同骆思恭一起,帮着宫内禁军合力关闭宫门。由于宫门外守城士兵不停地涌入,使得这一过程显得格外艰难。好不容易关闭了半扇宫门,另半扇却怎么也无法合拢。龙青倚着门将身体微微探出,就看见宫门上斜插着一杆长矛,上面还挂着一个人。应该是宫内禁军,他脸朝着宫门,脑袋向后半仰着。看样子是想逃入宫的时候,被人从身后用长矛给捅死了。可身体还悬挂在长矛上,随着尚未关闭的宫门前后晃动着,下垂的双脚恰好抵住了宫门的下槛。龙青收回目光,对着身旁正死命顶着宫门的骆思恭说:"大人,没用的,门槛被尸体卡住了。"

骆思恭迟疑了一下,对龙青说:"准备关门。"说完,不等龙青反应就闪身冲了出去。龙青只能看着骆思恭一人孤军奋战。骆思恭用力拔出斜插在宫门上的长矛,将尸体拖到一边。正当他返身就要顺利回来的时候,却是身体歪斜,脚下一阵趔趄。龙青赶紧冲上去,接住骆思恭,同时大喊:"快,关门关门!"

"吱呀"声中,东华门总算关上了。

皇宫内的援军终于来了,人数虽然不是太多,而且大多还是太监。可至少说明消息已经传了出去,宫里有动静了。

冯保急忙吩咐身旁的校尉,"扶我起来。"借着灯光远远看去,冯保认出了人群中东厂的二档头张宏。冯保铆足了劲儿高喊道:"张公公,咱家在这儿!"

可没想到等来张宏的回音却是,"冯保这厮在那儿!诛杀逆贼冯保!"

冯保脸色一阵惨白,喃喃道:"张宏这厮也反了。"

骆思恭闭着双目,牙关紧锁。就在刚才返身的瞬间,骆思恭不但后背连中两箭,就连腿上也中了一箭。如果最后不是龙青将他一把拽了进来,只怕是凶多吉少。

"骆大人,骆大人!"龙青的神色十分焦急。

"没事儿,皮外伤,暂时死不了。"骆思恭暗自庆幸,这两日京师时局动荡。亏得自己多留了心眼,在身上多套了件内甲。骆思恭试探着动了动身体,箭头只是嵌在肉里没伤着骨头,没什么大碍,唯独腿上中的那一箭有些麻烦。这时候也顾不上这些小伤了,骆思恭先向龙青询问起情况,"怎么样,宫门关上了吗?"

"大人,宫门关上了,可宫内有他们的内应。"看到骆思恭并无大碍,龙青稍稍松了口气。

骆思恭挣扎着站起身,四下打量了一下,问道:"韩千户呢?"

龙青忙指了指身后不远处,"韩大人在后面顶着呢。"

骆思恭用手搭着龙青肩头,"快,扶我过去。"

二十多名锦衣卫将韩潇和冯保团团护在中间。韩潇站在高处,一脸肃穆地观察着战况。龙青搀扶着骆思恭蹒跚来到韩潇的身旁。

"冯公公,韩千户,局势如何?"骆思恭拱手问道。

"张宏居然投靠了福王!就这个阉人,也敢背叛皇上!"冯保顾不得自己的身

第三十一章

份,激动地破口大骂起来。

"腹背受敌,不妙啊。不知道他们还有什么后手。"韩潇紧皱双眉,脸色铁青地低语道。

"诸位大人,不如先突围吧。"龙青看了眼众人的反应,"此刻,皇上的安危才是重中之重。如果皇上有什么不测,就什么都晚了。"

韩潇收回目光,看着龙青,"说得不错。冯公公您觉得如何?"

"咱家也是糊涂了,当然是万岁爷的安危要紧!"冯保局促不安地来回搓着双手。

韩潇看了眼骆思恭的伤势,"这东华门也是紧要所在,切不可出什么差池。骆大人行走不便,不如留在此地固守待援。"

"大人放心,只要我还有一口气在,这东华门就破不了!人亡门破!"骆思恭斩钉截铁地说道。

"好。"韩潇不再理会骆思恭,对身旁的校尉们命令道,"锦衣卫听令,结箭阵!"

"得令!"二十多名锦衣卫异口同声地答道。人数虽然不多,但在乱军之中也颇有些气势。

很快,箭在弦上,一触即发。

韩潇看了眼前方,心中估算了下距离,转头命令道:"五十步,三轮齐射!"

"嘣、嘣、嘣……"连着三阵弓弦的声响。对面阵营瞬间躺倒一片人马,就连东厂二档头张宏也意外地在这三轮箭雨中丧了命。什么功名富贵,与他再没有半点关系。

韩潇低声对龙青说道:"护好冯公公,一同突围!"见龙青肯定地点了点头,韩潇抽出佩刀,喊了声"杀",便当先冲了出去。余下的锦衣卫扔了手中弓矢,拔出腰刀紧随其后也一同向前杀去。

因为张宏的意外身亡,韩潇等人十分顺利地突围而出,还顺势将负责宫内接应的人马也给杀散了。当冯保领着韩潇、龙青及一众锦衣卫赶到万历寝宫时,不但空气里带着一丝焦灼的味道,而且一路上遍布禁军与黑衣人的尸体,万历的寝宫外有明显打斗后留下来的痕迹。冯保着急地一路小跑,突然前方传来一声厉喝:"站住!

再往前一步，杀无赦！"冷不丁一下，惊得冯保一阵哆嗦，"窦大人，咱家是冯保！咱家领人来救驾了！万岁爷龙体无恙吧？"

窦双喜没有回答，依旧是嘴角上扬，眯着双眼死死盯着冯保。

"我的窦大人啊！你还信不过咱家吗？是福王要谋反……"冯保一边说着，一边无意识地上前两步。

窦双喜晃了晃手里的刀，"冯公公，该说的下官已经说了。您要是再向前走一步，别怪我手下无情！"

"窦双喜！瞎了你的狗眼，咱家侍奉陛下四十余载，我会背叛万岁爷吗？！给你脸了是不是！你要再敢拦我，小心我治你个大不敬！"

"冯公公，下官不是这个意思！"

"那你是哪个意思啊！人人皆是叛党，就你窦双喜是忠臣不成！还是说，你小子想做曹孟德，来个挟天子以令群臣！"冯保被气得脸色发紫。

窦双喜的汗都出来了，老东西你也太狠了！这句话要是传出去，自己这出生入死护驾的功劳铁定没了不说，弄不好这条命也要丢了。看着眼前的冯保，窦双喜心中懊悔不已。冯公公身为内相，随便拔根汗毛都比他的大腿还粗，自己同他较真做什么！想到儿，这窦双喜恨不得抽自己两个嘴巴，暗骂自己糊涂，"冯大人，我是被鬼迷了心窍，您千万别往心里去，我这就领您面圣。不过，这几位恐怕得在这儿候着。"窦双喜看了眼韩潇、龙青等人。

"哼。"冯保恨恨地瞪了窦双喜一眼，转头对着韩潇点了点头，快步随窦双喜进了寝宫。

"万岁爷，您没事老奴就放心了！……"一进寝宫，冯保就跪倒在万历面前，痛哭流涕起来。好不容易在万历的宽慰声中，冯保止住了泪水，抽搐着将福王伙同石义勾结东瀛人造反的事缓缓讲了出来。他还向万历禀明，东华门外的激战仍在继续。

万历仿佛一夜之间苍老不少，沉默良久后，才低声唤道："冯保。"

"老奴在！"

"传朕的旨意，命腾骧左卫、右卫两营前往东华门增援。"

"是。万岁爷，那福王殿下那儿？"冯保抬头望着万历，小心翼翼地问道。

"殿外那个锦衣卫千户叫什么？"

第三十一章

"万岁爷，他叫韩潇。"

"武骧右卫营肃清宫中残余乱党，让韩潇带着武骧左卫营去将那个逆子给朕抓起来。"

"奴才遵旨！"冯保向万历行了礼后，急急向外走去。

万历重重陷回了椅子上，抚着额头，沉重地叹了一口气。

先前见无法将万历骗出寝宫，徐追便命令潜入宫内的倭人忍者们进行强攻。这伙忍者虽然确如常五所言各个武艺高强，但因人数实在有限，始终也无法突破府军前卫防线，万般无奈之下只能先行散去，等待石义率领的大队人马杀入宫中后再一同行事。而府军前卫要以护卫万历的安危为主，唯恐中计也未敢追击，最终只能看着徐追及余下的倭人走脱。

此刻，徐追一脸铁灰地站在福王面前。

"你是说没有挟持到父皇？"朱常洵显得有些焦急。

"是的，殿下。"徐追低着头，声音有些沉闷。

"石义有消息了吗，他是否进宫了？"朱常洵转头看着徐锦。

"东华门的禁军还在垂死挣扎。不过石大人那儿人马充足，而且准备充分，再加上张宏的接应，攻破城门只是时间上的问题。"

"我们缺的就是时间，这石义的动作太慢了！"朱常洵哀叹道。

这时，福王的侍卫急匆匆地跑了进来，"殿下！"

"石义攻破城门了？！"朱常洵无法再假装镇定，匆忙站起身来。

"不是。东华门外来了援军。而且驻守宫内的腾骧左卫、右卫，武骧左卫、右卫，这四大营都动了！"

就在骆思恭即将抵挡不住，东华门将要失守时，王锡爵率领一支奇怪的援军终于赶到了，这只援军竟是由顺天府的捕快及衙役组建而成。

原来，王锡爵与龙青等人分别后，到处去找援军。可依照大明律，没有兵符是无法调动军队的，就算是内阁首辅也不行，所以王锡爵无计可施。但最后，还是被这老头儿想出来一个主意，王锡爵赶到顺天府，找到府衙内的衙役及捕快，告知他们，京师内有重要人犯走脱，死活不论，抓住有重赏。最终随着王锡爵抵达皇宫门

厂
卫

口的援军竟有千余人之多。

　　朱常洵不顾一切地努力反抗，试图改变自己的命运。但是就在短短的几个时辰里，什么都没有了。身边的一切显得格外虚幻，没有一样是真实的。恍惚间，他来到屋外，独自站在回廊上，仿佛听到一个巨大的声音从天而降，狠狠地砸向他，大声地对着他喊着："你完了！"

第三十二章

  皇城内局势几经变幻，所有人都在为了各自的命运做着最后的努力。四海鼎沸之时，同样不也正是平步青云最好的时机。而此刻福王的府邸内，却格外寂静冷清。府中不少人眼看大势已去，早已收拾了细软行囊逃之夭夭。只剩下零星的侍卫把守在王府的正门处，偌大的宅子没有了往日的热闹喧嚣。

  "义父……"徐追看着徐锦，眼神中透露出少有的迷茫。

  没有人回答他，徐锦只是凝视着站立在屋外回廊上的福王朱常洵。处心积虑地谋划多年，真的就要这么完了吗？

  朱常洵仰头望着满天繁星，心神恍惚地自语道："大祸临头各自飞。你们说说，我现在算不算众叛亲离啊？"说完，朱常洵苦笑着摇了摇头。

  徐锦双膝一弯跪倒在地，向朱常洵重重叩了个首，"殿下，是老奴父子二人误了您。老奴罪该万死。"

  徐追赶忙在旁一同跪伏在地。

  朱常洵转过身，看着跪在地上的二人，"现在说这些又有什么用呢！"

  "殿下，还没到最后一步，或许还有……"徐追倔强地抬起头辩解。

  朱常洵长吁了口气，"所有后手都用上了，还能有什么机会。完了……"

  屋内一片死寂。沉寂许久，徐锦才缓缓说道："殿下，不如请皇贵妃娘娘去万岁爷那儿求求情？或许万岁爷看在娘娘的……"

朱常洵的脸开始扭曲，表情变得狰狞起来。他眼神可怖地瞪着徐锦，"不行，绝不能因为我而害了母妃！"

没想到从屋外传来郑皇贵妃的声音，"有什么不行的！"

朱常洵不由惊呼道："母妃，您怎么来了！"说着，忙上前将郑皇贵妃迎进了屋内。

郑皇贵妃一反往日雍容的风采，显得格外憔悴。眼中也没了精明厉色，却盛满了担忧。她握住朱常洵的手，"傻孩子，这个时候母妃怎能在宫内坐得住呢。"

朱常洵跪坐在一旁，"儿臣不孝，让母妃受惊了。母妃，儿臣终究是输了。"

"输了便输了。洵儿，接下来你要听母妃的话。要知道，你父皇向来最是宠爱你我母子二人，他的心，其实一直都是向着你的。唯今之计，只有你我靠苦情来打动你父皇，毕竟虎毒尚不食子，望他能看在舐犊之情上留你一命。一会儿你随母妃去见你父皇，母妃会在你父皇面前脱簪请罪。你也要极力陈情，逼宫并非你的本愿，就说你是受人挑唆蒙蔽，用多年的父子情分来赌上一赌！"郑皇贵妃紧紧盯着福王，目光不再悲戚，而是坚定地反复问道："听明白了吗？你可千万别再犯糊涂了！只要留着这条命，就还有希望，死了就什么都完了！"

朱常洵拼命点头，"母妃放心，儿臣知道该怎么做！"

郑皇贵妃轻轻抚了抚朱常洵的头，慈爱地说："你是母妃唯一的孩子，只要有母妃在，就绝不会让你有事。"她转头看向仍跪伏在地的徐追，眼神变得冷酷，"徐追，你抬起头来。"

徐追缓缓抬起上身，迎上郑皇贵妃的目光。

"你们既然选择了这条路，就会有胜、败、生、死。你知道我不是针对你，我也知道你对洵儿忠心。但现在只有牺牲你才能保住洵儿，你不要恨我！"

"是，徐追明白。"徐追的表情稍微一僵，但马上恢复了固有的镇静。

徐锦明白郑皇贵妃的意图。虽然他当初更多的是看上了徐追的聪颖，抱着利用的目的。可同样，多年的父子情分依旧也令他不舍，"娘娘，追儿他、他……"

朱常洵没有出声，只是微微抬起头看了徐追一眼。

"义父！"徐追截住了徐锦的话。虽然此刻他心中已经方寸大乱，可从脸上却看不出丝毫慌乱、畏惧。徐追深吸一口气静了静心神，像是下了极大的决心，说："自我入宫以来，唯有殿下与义父是真心待我。皇贵妃娘娘亦待我不薄，还委以信任。此间恩德徐追无以为报，唯有誓死追随殿下。此次事败，是我思虑不周连累了

第三十二章

殿下,不若就让我一人承担。娘娘、殿下请安心,我虽然称不上是什么正人君子,却也绝不是那种恩将仇报的小人。我愿在此立誓,一定不会辜负娘娘、殿下和义父的恩情,至死也不会做出卖娘娘、殿下的事。"

还没等朱常洵再说些什么,就听到有人在门外禀报:"殿下!娘娘!锦衣卫杀过来了!"

徐追立马起身,抢过朱常洵挂在腰间的长剑,肃然说道:"我带着侍卫想办法引开他们。娘娘、殿下,你们赶快离开吧!"再转头看向徐锦,"义父,请恕孩儿不孝先走一步,您保重。"说完便毅然决然地冲了出去。

朱常洵和徐锦看着徐追决绝的背影,一时间竟有些失神。"徐锦,速将洵儿绑起来。"郑皇贵妃的声音响起,将二人的思绪打断。

是啊,怎么还有这个闲暇呢。现在这个机会,是追儿拿命换来的。徐锦摇了摇头,强打起精神,在屋子的角落里找了一团细绳,走到福王朱常洵的身边。

徐锦小心翼翼地绑着朱常洵,郑皇贵妃看到朱常洵无精打采的样子,仍旧觉得不放心,再三叮嘱道:"洵儿,切记要说全部事情都是他徐追一手策划。你也是被蒙在鼓里,剩下的就交给母妃来说。"

"是,儿臣记得了。"朱常洵的声音有些无力。

"走吧,去见见你的父皇。"郑皇贵妃领着五花大绑的朱常洵向后院走去。徐锦站在屋外,有些迟疑。他停下脚步,看着徐追最后消失的方向深叹了口气,最终还是朝后院的方向走去。

徐追如疯了般冲出去,不管不顾地一路挥剑砍杀。他全无平日的冷峻优雅,犹如一个被逼入绝境的恶徒。然而不精武艺的他,又怎能敌得过犹如虎狼的锦衣卫及宫中禁军。他很快就被人打倒在地,押入大牢。

而石义等人在王锡爵加入战局时就已是强弩之末,再加上随后赶来的腾骧左卫、右卫这两营生力军。乍一接触,便是溃不成军。手下大半战死,余下则伤的伤,逃的逃。就连石义本人也是见机不妙,早早带着几名心腹脱离战场。

冯保如往常般安静地站在万历身旁,看着跪在身前的郑皇贵妃。她哭得梨花带雨,替福王朱常洵做着最后的抗辩,"陛下,洵儿他是您的骨肉。他怎么可能对陛下有任何不忠不孝的恶念!都是徐追和石义这些贱奴将他蒙在鼓里,在背后行的不轨之事。"

厂卫

"父皇，儿臣罪该万死！儿臣……儿臣只是为了谋些钱财，才同意他们与东瀛人来往。如若儿臣早知道他们的真实意图，定会将他们立斩于剑下！"朱常洵跪在那边将头深深埋在地上，只是有一把明晃晃的刀正抵在他的后心处。

"你这个弑君弑父的东西，给朕闭嘴！"万历震怒，站起身指着朱常洵大骂，"朕对你们母子恩宠有加，你们就是这么回报朕的吗！"说着，万历转头怒视着郑皇贵妃，胸膛剧烈地起伏着，"你看看你教的好儿子！竟会如此愚笨，轻易就受了奸人的挑唆，来造他老子的反！你觉得朕会信他现在说的每一个字吗？"

"陛下！"郑皇贵妃拔下头上的发簪举在身前。这个突然的举动，让一旁的侍卫一阵紧张，"臣妾教子无方，罪无可赦。恳请陛下赐臣妾一死，只求能留洵儿一命。"

"放肆！你这是做什么，威胁朕吗？你自然逃脱不了干系，好好给朕回翊坤宫禁足反省！"万历感到更加头疼了。

"臣妾爱重皇上甚于生命，但臣妾只得洵儿一子，同样爱如生命。如若皇上不念及这骨肉亲情，执意要杀了洵儿，那就让臣妾陪着一同入土吧！"郑皇贵妃的双手微微颤抖，声音却十分坚定。

"冯保。"万历低声道。

冯保心领神会，冷不丁地对着一旁的窦双喜高喝道："拿下！"

窦双喜猛地上前一步来到郑皇贵妃身侧，劈手夺过她举在半空的发簪。可随后，窦双喜就不敢再有任何过激的行动。跪着的这位是谁啊，皇上亲封的皇贵妃。她和皇上那可是两夫妻，要是他俩哪天床头吵架床尾和，最后弄得自己里外不是人。再说，那一声"拿下"是冯保叫的，又不是皇上叫的。自己不久前刚刚得罪过他，万一被这老阉人借机阴一道……

冯保阴沉着脸，似笑非笑地看着窦双喜，耳边又传来万历的声音，"冯保，带娘娘回宫，没朕的旨意不准踏出宫门半步。"

"老奴遵旨。"冯保回应道。

"窦双喜，将这个逆子押下去。"万历接着说。

"陛下！"跪在地上的郑皇贵妃一声惨呼。

万历用力挥了挥手。

随着二人的离开，万历仿佛瞬间被抽去了所有力气。他精疲力竭地倒在椅子上，闭着双目大口喘气，好久才缓过劲来，悠悠地说："传王锡爵。"

第三十二章

冯保小声道："万岁爷，王大人已在殿外候着了。"

"让他进殿吧。"

"是。"冯保来到殿外将等候多时的王锡爵领了进来。

王锡爵跪倒在地，"臣王锡爵叩见皇上，吾皇万岁、万岁、万万岁。"

"起来吧。"万历调整了下坐姿，不等王锡爵完全站起身，就接着说，"朕的儿子说，今天发生的事情是受人挑唆、被人蒙骗。一切都是他的近侍徐追，背着他伙同锦衣卫的石义在暗中策划的。呵呵，你说朕该不该信他？"

王锡爵迟疑了一下，事关皇族隐秘，他本不应多言。可细细斟酌后，还是忍不住将心里的想法说了出来，"皇上，福王满口谎言、其罪当诛！"

"噢，你是这么想的。"万历半眯着眼睛，紧紧地盯着王锡爵。

"是的，皇上。"王锡爵略微停顿了一下，"不过，如此一来皇上也将遭人口舌。毕竟虎毒尚不食子，老牛亦有舐犊之爱。臣觉得，皇上倒不如就信了福王所讲。这样不但保全了皇家的颜面，也堵住了天下悠悠之口。"

万历沉吟良久，"那朝臣那边……"

"臣自会说服他们。"

"嗯，那好吧。你和冯保一起下去拟个旨，明日早朝时宣布吧。"万历终于下定了决心。

"是，臣先行告退。"

翌日，许久未上朝的万历，终于出现在了朝堂上。他高坐龙椅，神色疲惫不堪。福王朱常洵身背枷锁跪在大殿中央，两侧的大臣们都在窃窃私语。

万历看着底下低声耳语的群臣，心中烦躁，于是开门见山地说："昨夜之事，众卿想必都知道了。冯保，宣朕的旨意。"

"老奴遵旨。"冯保清了清嗓子，"奉天承运，皇帝诏曰……"

福王朱常洵被贬为庶民，着礼部宗人府关押。首犯徐追挑唆福王谋反，依律当凌迟处死，余下同党枭首示众，一并于七日后在西市行刑。

朝堂上的众臣自然有些不同的声音，可都被准备充分的首辅王锡爵给弹压了下去。

端坐在龙椅间，大明万历皇帝朱翊钧以一个父亲的身份，看了被禁军押解远去的儿子朱常洵最后一眼，便冷漠地起身离去，他彻底失去他了。

厂卫

六日后的深夜,龙青独自一人在诏狱门口徘徊许久。他向骆思恭恳求再三,好不容易骆思恭才答应让他来见徐追最后一面。可事到临头,龙青又有些踌躇不决,他不知道自己的这个决定到底是对是错。

终于,还是踏进了诏狱的大门。每次来诏狱,龙青总是受不了里面这股令人作呕的味道。因为潮湿的关系,牢房里的木头和铺在地上稻草散发出一股腐朽霉变的味道,再夹杂着屎尿的气味,实在令人难以言表。龙青挥挥手,试图赶走这股气息,可注定徒劳无功。龙青皱着眉跟在狱卒身后,来到了一间牢房外。等狱卒打开牢门上的锁链,龙青赶紧偷偷塞了五两银子到狱卒的手里。狱卒用手掂了掂分量,转头露出了笑容,"大家都是自己人,龙大人,你看这不是见外了嘛。"话虽这么说,可手却已将银两塞入了兜里。

"那么晚还要麻烦你,实在过意不去。小小意思,权当个酒钱。"龙青当然知道,这些狱卒个个都是难缠的小鬼,不认人、只认钱。

"既然这样,那我就不打扰你了。不过,龙大人你可抓点紧,这小子毕竟是重犯,万一给别人看到了,横竖也是个麻烦。"看到龙青如此识趣,狱卒也好意提醒道。

"多谢提醒,我自有分寸。"龙青拱手看着狱卒向外走了出去。

推开牢门,龙青踏入牢内。借着昏暗的灯光,就看到徐追身穿灰色麻衣,披头散发地蜷缩在角落里。

龙青来到徐追的对面,就听到徐追虚弱的声音,"我就知道,今夜你一定会来。"徐追缓缓地抬起头,"小猴子,谢谢你特地来送我最后一程。"

龙青的声音有些冰冷,"我说过,会将你们全都绳之以法。"

"呵呵,那恭喜你,你做到了。"眼前的徐追不复以往的俊秀,脸上青紫一片,身上处处渗着鲜血。

他已从那个高高在上的位子上跌落下来,成了即将被凌迟的死囚,再没机会翻身了。那些审讯的锦衣卫和看押的狱卒也就没了顾忌,诸多刑罚在徐追身上来回施展。

"后悔吗?早知今日,当初何必做那么多的坏事!"龙青见到徐追落得这般田地,心中多少还是有些不忍。

"后悔……没什么后悔的。如果有机会再来一次,我应该还是会这么做。"徐追直视着龙青的双眼,没有丝毫躲闪,"朱常洵比他大哥更适合当这个太子,他大哥

第三十二章

就是个废物。"

"太子殿下宅心仁厚,他……"

"你不明白,碌碌无为何尝不是在助纣为虐!好了,我们就不要争论这个了,以后你慢慢会懂的。"

"你是哪根筋不对吗?都这个样子了,你竟仍没有一丝悔意!"一股怒气涌上龙青的心头。

"成王败寇。现在这副境地,不是理所当然的吗?"

"疯子。你们都疯了!"

"可能吧。龙青,你知道吗,有时我真希望自己在金陵的时候就已经死了,要是那样的话该多好。"

龙青无言以对,而徐追也陷入了那又冷又温暖的回忆中。

牢房内出现片刻的冷场。

"现状你也看到了,如今我只是放心不下你和琴语。幸好你今夜来找我,不然一切就晚了。"徐追的声音打破了宁静。

龙青低头看着徐追,他不明白徐追的话到底是什么意思。

徐追为防隔墙有耳,特意压低了声音,"听着,小猴子,你要早为琴语做打算。"

"关琴语什么事?"龙青一阵紧张。

"她的夫君董琦想做内官监采买的生意,我想能帮就帮一把,所以同意了。但没想到董琦的生意越做越大,与我的瓜葛也越来越深,最后同倭人来往的船只都是由他经办的。我本无意害他,可事已至此,董琦受牵连那是一定的了。可琴语千万不能有事……"

龙青愤怒地站起身,"你为什么要把她也扯进来!"

"龙青,是我对不起你,对不起琴语。但你一定要为她早做打算!"

龙青紧皱眉头,深深吸了口气,平抚了一下心情,说:"你没有对不起我,你只是对不起琴语。我会想办法的。"

"是,你说得没错。但是不管你信不信,我都要再和你说一遍。龙婶、你的妻儿、你的朋友真的不是我让人杀的,我唯一做过的就是替你除掉了吴羊。"

龙青听懵了,他大声抗辩道:"替我?什么叫替我除掉了吴羊?吴羊是我兄弟,我有让你杀他吗?"

"他不再是你兄弟了,他反水了。"

"不可能!"

"没什么不可能的。这世上所有的人都会为了利益而屈服,无非是价码不同。"徐追头倚着墙,看着牢房外闪烁的烛火,问了个不相干的内容,"韩潇此次应是锦衣卫指挥使了吧?"

"嗯,他们都在传这事。"龙青迟疑地看着徐追,不明白他为什么会突然问自己这个问题。

"你一直仰仗为楷模和恩师的韩潇,其实很早之前就投诚福王殿下了。而吴羊则是韩潇的暗线。"

"你还想骗我!还是你又想玩什么花样?"龙青皱着眉瞪着徐追。

"他能从一个百户调回京师做了千户,这份功劳还是我送给他的。"徐追收回了目光,看着龙青。

"无凭无据,我为什么要信你。"

"你那时应该就在他身边,或许你也听闻过此事。"徐追见龙青未曾接话,便自顾自地接着说了下去,"韩潇想投诚福王,我又不知他是真心还是假意,便让他去杀了回籍丁忧的原内阁首辅张四维,权当交一个投名状。这事你知不知道?"

"我怎么会知道?"

"那老头还是你杀的,你会不知道?"

"老头……你是说那个给倭寇通风报信的老头!"龙青一脸诧异地看着徐追。

"原来他是用这个理由来诓骗你的。"

"不会的,韩大人不是这样的人!"

"你啊!他这是借刀杀人,还假装给了你一个天大的恩情。这个人见风使舵惯了,他觉得我们这次行动提前得过于仓促,机会渺茫,才会再次背叛福王殿下,并且反过来咬了我们一口。好手段啊!"

"怎么会这样?"龙青双眼满是迷惑。

徐追抿了抿干裂的嘴唇,"龙青,身上有没有带水?"

"嗯。"龙青应了声,从身上解下水壶远远地递过去。

"麻烦拿近些。"徐追试着用手够了一下,距离有些远。

"怎么了?"龙青来到徐追身边蹲下身子递过水壶。

第三十二章

徐追接过水壶猛灌了两口,"腿被他们打断了,动不了了。"

龙青心中不忍,"徐大哥……我知道你不是这样的人,你一定不是主谋,为何不向皇上说出真相,说不定还有机会活下来!"

"我是什么样的人你真的知道吗?你看到的,是我让你看到的。你听到的,是我让你听到的。其实,你什么都不知道。如果不是因为你与我相识,早就被他们咬得粉身碎骨了。"徐追惨白的脸色因为激动而涨得通红,"你想要真相,真相就是这个世界恶意横流。他们一个个在人前都披着伪善的面具,却在暗中争来斗去。他们的心都变了,都变成一颗颗兽心,就和咱们补服上绣着的一样。哈哈,你知道吗,只有死了,才是逃离这一切唯一的途径。有时我会想,或许是老天觉得惩罚我够了,才会让这次的计划失败。可我却不想按着它给我的方式去死。"徐追身体微微后仰,胸膛剧烈地起伏着,他看着龙青,"能不能最后替我做件事?"

"你说,只要我能做到,一定为你做!"

"杀了我。"徐追就像在说一件与自己毫不相关的事情,声音很轻,但十分坚定。

龙青拼命摇头,"不行……我做不到。"

"听说凌迟很痛的,我一直也没告所过你,其实我很怕痛的。"

龙青双眸含着泪水,"徐大哥!"

"今后你要靠自己了,学着成长起来。"徐追抓住龙青的双手,放在自己的脖颈上,直视着龙青。

龙青的泪水簌簌落下,手不受控制地颤抖着。

"求你了。"徐追生平第一次,也是最后一次求人。

龙青想起了两人童年的种种时光。一起读书、一起玩耍、一起受到李公溪的责罚,所有所有的过往映入眼帘,接着慢慢消散,变成徐追现在的模样。

两人就这样四目相对,慢慢地龙青手上的力道开始加重。徐追的脸色逐渐变得红紫,眼前一片虚无。应该就快死了吧,听人说,人死后三魂七魄会脱离自己的身体远去。可为什么自己的魂魄反而没有这样,感觉它正向着脑海的深处钻去,越来越深。最终,它陷在了里面,万劫不复。

不知道过了多久,最后当龙青松手时,徐追的身体软软地倒在了地上,再无气息。

尘世中痛苦扭曲的一生终于结束了,徐追以自己的方式谢了幕。

龙青双目涣散地瘫倒在徐追身边,就像被抽去了魂魄。只是他的胸口仍在剧烈起伏着，双手也止不住地抽搐。他杀了徐追的同时，也埋葬了自己的人生。

徐追至死亦没有将董琦参与倭国走私一事说出。但是之后不久，石义及赵常五也被抓获押回京师。赵常五在诏狱受审时为了保全性命，将他所知道的全都讲了出来。董琦参与向倭国走私火药一事败露，也随之落网。

董琦被抓后，龙青在诏狱见了董琦，他告知董琦有办法保住董琦及其满门的性命，但条件是要董琦写一份休书，将龙琴语逐出董家，董琦为了自保立马答应。龙青拿到休书后，径直来到门口，取出一锭五十两的银子，塞给狱卒。狱卒收了银子后凑到龙青身边，对他低声耳语道，"大人放心，他活不过今夜。"龙青冷漠地点点头，离开诏狱。

当夜，狱卒向朝廷禀报，犯人董琦在诏狱内自缢身亡。

石义受审后被处以腰斩之刑，其两子一同斩立决，赵常五自然也未能逃脱一死。而董家参与走私的证据确凿，虽主犯已死，但其罪难消，于是董家一门杀头的杀头，流放的流放。女眷一律归入教坊司，做了官妓。

龙琴语因已被其夫董琦所休，故不在其列，她被龙青接到了京师的住所。

时隔不久，朝廷论功行赏。果然如徐追所料，锦衣卫指挥使由韩潇升任，龙青也因在此次事件中立下大功，升任为锦衣卫北镇府司百户。锦衣卫则受命继续追查逃亡的东瀛人下落。

福王谋反的这场大戏终于落下帷幕。

二个月后的三月初三，上巳节，传说是王母娘娘开蟠桃会及真武大帝诞辰的日子。司礼监掌印太监冯保奉旨前往宗人府，看望被关押在内的朱常洵。可就在冯保离开后不久，宗人府内的太监发现朱常洵竟离奇失踪了，直到第二日上午才在府内的水井中发现了朱常洵的尸首。

傍晚时分，龙青眺望着远处的皇城，心中却是空荡荡，一片惨白，毫无报仇后该有的欢欣与痛快。经过这场纷争、杀戮，他已生出厌恶。

天依旧是灰茫茫的。

……